AtV

Stephanie Barron ist eine große Bewunderin der englischen Schriftstellerin Jane Austen (1775–1817). In ihren Romanen »Jane Austen und der dunkle Engel«(1996), »Jane Austen und die Herren der Nacht« (1998) und »Jane Austen und das Medaillon des Todes« (1998) hat sie uns die Autorin von »Sinn und Sinnlichkeit«, die eine hervorragende Beobachterin der sie umgebenden vornehmen Gesellschaft war, anhand kürzlich aufgefundener Tagebücher bereits von einer ganz anderen Seite gezeigt.

Stephanie Barron lebt im Bundesstaat Colorado, USA.

Die schöne und wohlhabende Bankiersgattin Françoise Grey hat wenig Freunde unter den Damen und Herren von Adel im südenglischen Kent, einerseits weil sie Französin ist und Napoleons Truppen an der englischen Küste zu landen drohen, andererseits weil sie ihren Launen lebt und sich in keiner Weise an die Gepflogenheiten des vornehmen Landlebens hält. War es die Eifersucht eines verschmähten Liebhabers, die sie das Leben kostete? Oder wollte einer der Spielschuldner aus ihrer Kartenrunde sich an ihr rächen? Hat ihr Ehemann sie vielleicht auf dem Gewissen?

Jane Austen – Schriftstellerin mit kriminalistischem Spürsinn – und ihr Bruder Neddie – Friedensrichter in der Gegend von Canterbury – haben eine Menge Rätsel zu lösen.

Stephanie Barron

Jane Austen und die Dame in Rot

Historischer Kriminalroman

Aus dem Amerikanischen
von Friedrich Baadke

Aufbau Taschenbuch Verlag

Titel der Originalausgabe
Jane and the Genius of the Place

ISBN 3-7466-1380-9

1. Auflage 2000

Published by arrangement with Bantam Books, a division of
Bantam Doubleday Dell Publishing Group, Inc.
Umschlaggestaltung Torsten Lemme unter Verwendung
eines Gemäldes von Edgar Degas, um 1877
Druck Elsnerdruck GmbH, Berlin
Printed in Germany

Dem Andenken von Ruth Connor gewidmet,
deren Genius fortlebt
an den Orten und in den Menschen, die sie liebte.

Wenn man einen Garten anlegt,
muß man als erstes und wichtigstes
den Genius des Ortes beachten.

Alexander Pope, 1728

Vorwort der Herausgeberin

Die britische Romanschriftstellerin Jane Austen wurde 1775 geboren, am Vorabend des Konflikts ihres Landes mit seinen amerikanischen Kolonien, und sie starb nur zwei Jahre nach Napoleons zweiter Abdankung im Jahre 1815. Dennoch treten die Wirren von Revolution und Krieg, die England mehr als vier Jahrzehnte hindurch zu bestehen hatte, in ihren Romanen kaum in Erscheinung. Infolgedessen ist ihr Werk nur zu oft als oberflächlich oder als bloße Wiedergabe der rein »weiblichen« häuslichen Beschäftigungen abgetan worden. Ein Austenkenner würde natürlich sogleich auf den Einfluß der Marine auf »Persuasion« hinweisen oder ins Feld führen, daß die feinen Veränderungen der gesellschaftlichen Konventionen und Sitten, die Jane Austen vielfach festhält, nur im weiteren Kontext des politischen Wandels eintreten konnten – doch im wesentlichen erscheinen Militärs in ihren Werken nur auf Bällen, und von Politik ist überhaupt nicht die Rede.

Jane Austens Briefe enthüllen jedoch, daß sie die Tagesereignisse keineswegs ignorierte. Warren Roberts berichtet in seinem spannenden Buch »Jane Austen and the French Revolution« (London, Macmillan 1979), daß die Autorin ständig die Londoner Tageszeitungen las und ihre politischen Meldungen kommentierte. Sie verfolgte die Schlachten und Gefechte der Royal Navy mit brennendem Interesse, denn zwei ihrer Brüder dienten als Kapitäne von Linienschiffen, und sie verbrachte den ganzen Sommer des Jahres 1805 nahe der Küste von Kent, dem bevorzugten Landeplatz für Napoleons geplante Invasion.

Zu unserer Freude finden wir also in diesem, dem vierten Teil ihrer lange verschollenen Tagebücher, der nun zur

Veröffentlichung gelangt, einen Bericht über Jane Austens Leben in einem Abschnitt, den ihre Zeitgenossen den Großen Schrecken nannten. Mehr als zwei Jahre lang, von Mai 1803 bis August 1805, plante Napoleon Bonaparte die Invasion Englands mit einer Leidenschaft, die an Besessenheit grenzte. Er leerte seine Staatskasse, um eine Transportflotte von über tausend Schiffen zu bauen, zog ein Heer von einhunderttausend Mann in den Häfen an der Kanalküste zusammen und trieb seine zögernden Admirale dazu an, die erstaunlich wirksame britische Blockade Frankreichs zu brechen. Seit der normannischen Eroberung war England nicht mehr einer so ernsten Bedrohung durch einen Einfall seines Nachbarn ausgesetzt gewesen; und erst in der Schlacht um England im September 1940 sollte es wieder einer so gewaltigen Kriegsmacht nur zwanzig Meilen von Dover entfernt gegenüberstehen.

Jane Austen beobachtete die Entwicklung des großen Planes Napoleons von einem idyllischen Punkt aus, von Godmersham Park in Kent, dem Hauptsitz ihres Bruders Edward Austen Knight. Die faszinierenden Ereignisse jener Tage – die mit der Rennwoche in Canterbury zusammenfielen – werden hier zum ersten Mal geschildert.

Bei der Vorbereitung des Manuskripts zur Veröffentlichung war mir das Buch »Trafalgar: Countdown to Battle, 1803-1805« von Alan Schom (Oxford University Press 1990) eine unschätzbare Hilfe zum Verständnis der Zeit. Aber nichts geht über die Freude an meinem kurzen Spaziergang an einem heißen Nachmittag im Juli durch den Park von Godmersham selbst, dessen von Schafen bevölkerte Wiesen sich zum Stour hin senken.

Stephanie Barron
Evergreen, Colorado

Kapitel 1
Die Gestalt in Scharlachrot

Montag, 19. August 1805

Miss Jane Austen, meine Wenigkeit, vormals in Green Park Buildings, Bath, ansässig, aber nun, nach dem kürzlichen Tode unseres verehrten Vaters und der daraus folgenden Auflösung unserer Häuslichkeit, ohne festen Wohnsitz, hatte sich nie dem Vorwurf der Verschwendung ausgesetzt. Nie hatte ich teil an den Vergnügungen der vornehmen Gesellschaft, die auf erlesenen Bällen bis in den Morgen hinein tanzt oder geheime Spielhöllen aufsucht, in denen Hazard mit schändlich hohen Einsätzen gespielt wird. In meinem Alter – und ich bin bereits dicht an den dreißig – ist es schon etwas unziemlich, wenn man sich modische Kleidung wünscht, Gefallen an teuren Badeorten findet oder die gesellschaftlichen Konventionen ungescheut mißachtet. Von Geburt an gewöhnt an die bescheidene Rolle einer Pfarrerstochter, kann ich die Sitten meiner materiell glücklicheren Mitbrüder und Mitschwestern nur mit Entsetzen und Entrüstung betrachten und hoffen, daß meine heißen Gebete – mit all der Demut einer Frau gen Himmel gesandt, die ihr irdisches Ende bedenkt – die Gefallenen mit ihrem Schöpfer versöhnen helfen.

Es sei denn, so hielt ich mir gegenwärtig mit Befriedigung vor Augen, daß die materiell glücklicheren Mitbrüder meinten, mir stünde auch einmal eine kleine Zerstreuung auf Kosten anderer zu. Der Besuch eines Pferderennens zum Beispiel, im vollen Glanze eines Landauers mit bester Aussicht auf die Pferde, einem bis zum Überlaufen mit guten Dingen gefüllten Picknickkorb und Bedienung von Lakaien, die in ihren Livreen schwitzen. Es gibt wenige Gelegenheiten, die so gut geeignet sind, mit einem Elfenbeinfächer zu wedeln oder vorsichtig mit Hilfe eines Sonnenschirms aus Musselin zu flirten. Und wo, wenn nicht mitten in der Augustrennwoche von Canterbury, fände man alle Auswüchse menschlicher Torheit so bequem beieinander?

Allein innerhalb meines Gesichtskreises, kann ich Ihnen versichern, bahnten sich zahlreiche Skandale an. Die Gesichter vieler Herren waren gerötet vom Wein und von den Verheißungen des Rennens und vielleicht auch von der Besorgnis wegen ihrer hohen Wetten – denn durch die Entscheidung eines Augenblicks können Vermögen gewonnen oder verloren werden, kann ein guter Ruf ruiniert und nicht nur ein Pferd in den Untergang getrieben werden.

Von ihren Plätzen in ihren hübschen Equipagen aus flirteten junge und alte Damen mit jedem männlichen Wesen, das vorbeikam, und boten den von der Hitze Erschöpften Himbeerlikör oder Sprossenbier an. Unsere Freunde, die Wildmans aus dem nahen Chilham Castle, die Edward Taylors aus Bifrons Park und die Finch-Hattons aus Eastwell Park in ihrer eleganten grünen Kutsche unterhielten sich alle lebhaft über die Abstände zwischen ihnen hinweg. Die Diener packten die schweren Essenkörbe aus und gossen die Getränke aus Hunderten von Flaschen ein, während die Stallburschen die geduldigen Kutschpferde in den geringen Schatten führten, den sie finden konnten.

Eine dunkelhaarige junge Dame in einem hinreißenden roten Kleid aus Bombasin und mit einem federgeschmückten Dreispitz thronte auf dem Bock ihres eigenen leichten Phaetons – eine Kühnheit bei einer so öffentlichen Zusammenkunft, die weniger Mutige nicht gewagt hätten. Es war ein reizvolles kleines Fahrzeug, auf Schnelligkeit und Eleganz gebaut und wahrscheinlich gut geeignet für die Spazierfahrt einer Dame im St. James Park, aber ein seltener Anblick inmitten der eher praktischen Wagen von Kent. Sie fuhr ein Gespann zusammenpassender Grauschimmel und führte einen schnaubenden schwarzen Wallach mit – das heißt, ihr Reitknecht führte ihn. Es war ein mürrischer kleiner Kerl mit einem krummen Rücken, der in enger goldbestickter Livree hinten auf dem Phaeton hockte, auf die Befehle seiner Herrin wartete und gelegentlich dem schnaubenden Rappen ein paar Grashalme hinhielt.

Während ich noch hinsah, zog die Dame in Scharlachrot eine Ziernadel aus ihrem Kragen und warf sie einem Bewunderer zu, der neben dem Phaeton stand. Er fing sie geschickt auf und führte sie wie eine Siegesbeute an die Lippen. Sie warf den Kopf zurück und lachte. Ich wollte mich nach dem Namen der Dame erkundigen, aber da erblickte ich meine Brüder, die sich unserer Kutsche näherten, und vergaß die schöne Unbekannte ohne Bedauern. Ich muß gestehen, daß selbst ich der eleganten Torheiten überdrüssig werde, wenn ich sie volle drei Monate vorgeführt bekomme.

Im Juni hatten meine Schwester Cassandra und ich den Staub von Bath von den Füßen geschüttelt und waren in Kent eingefallen, wo wir den ganzen Glanz von Godmersham, dem Hauptsitz unseres Bruders Edward, genossen.* Dieser Wechsel in unseren Lebensumständen war bedeutsam, kann ich Ihnen versichern. Nachdem mein vortrefflicher Vater Ende Januar aus dem Leben geschieden war, wurden die folgenden Monate von der Trauer überschattet, und diese düstere Zeit wurde auch dadurch nicht leichter, daß meine Mutter von Herzen wünschte, aus den Green Park Buildings auszuziehen, und hoffte, eine Wohnung zu finden, die ihren Mitteln und ihrer Witwenschaft angemessener wäre. Februar, März und schließlich auch April gingen hin in dem Bemühen, ein billigeres Domizil zu finden, doch

* Edward Austen (1767-1852) war das dritte der acht Kinder der Austens. Im Alter von sechzehn Jahren wurde er 1783 von einem reichen Vetter, Thomas Knight II, adoptiert. Von ihm erbte er drei Güter: Godmersham in Kent sowie Steventon und Chawton in Hampshire. Edward führte ein Leben in Wohlstand und Ehren, wie es keinem seiner Geschwister vergönnt war. 1812 nahm er den zusätzlichen Namen Knight an. – *Die Herausgeberin.*

die Ansichten von uns drei Frauen über das, was für unser Wohlbefinden wesentlich ist, gingen so weit auseinander, daß wir uns auf nichts einigen konnten. Und so gaben wir diese gräßliche Pflicht bei erster Gelegenheit auf, meine Mutter reiste zu Besuch nach Hampshire, und ihre Töchter stiegen dankbar in die Kutsche ihres Bruders, die dieser eigens zu diesem Zweck aus Kent geschickt hatte.

In dem großen Haus in Godmersham scheut man keine Kosten, um es mir gemütlich zu machen. Alles wird mit Leichtigkeit und Stil erledigt, denn eine elegante Lebensart ist das Hauptziel Elizabeths, der Frau meines Bruders. Es gibt nicht viele Aufgaben, für die die Tochter eines Baronets zu verwenden ist, doch die beständige Haushaltführung für einen Gentleman kann man füglich dazu zählen; und darin und in der Aufzucht einer zahlreichen Nachkommenschaft beweist Lizzy täglich ihre Tüchtigkeit. In Godmersham genieße ich den alleinigen Besitz des Gelben Zimmers (des Schlafzimmers oben an der Treppe, das für mich reserviert bleibt, sooft ich nach Kent komme), und einen regnerischen Nachmittag kann ich mit einem guten Buch und einem noch besseren Feuer im Frieden der Bibliothek verbringen. Hier bin ich frei von vulgären Sparzwängen, trinke nur Rotwein zum Mittag und verachte den Orangensaft, der mir gewöhnlich beschieden ist. Wenn Edwards ausgezeichnete Equipagen für jede meiner Launen zur Verfügung stehen, brauche ich nicht auf eine Mietkutsche zurückzugreifen, um meine Besorgungen zu erledigen, und wenn mich das Schreibfieber packt, brauche ich mich nicht zu verstecken und in steter Furcht vor Entdeckung zu leben. Der Park von Godmersham ist sehr schön und verfügt über ein Sommerhaus und darüber hinaus noch über ein hübsches Tempelchen auf einem Hügel, das für den Besuch der Muse ideal ist.

Alles in allem finde ich mein Dasein hier so beneidenswert und so sehr nach meinem Geschmack, daß ich nur mit Verwunderung an ein Ereignis vor fast drei Jahren zurückdenken kann. Sollte ich wirklich im Vollbesitz meiner geistigen Kräfte gewesen sein, als ich den Antrag von Mr. Harris Bigg-Wither abwies – eines Herrn von Reichtum und guter Position, wenn auch mit zahlreichen Unvollkommenheiten –, nur weil ich ihn nicht liebte und schätzte? Ausgesprochen töricht! Der Ausfluß eines romantischen Gemüts!

Und sein bitterer Lohn sind Orangensaft und Mietwohnungen bis ans Ende meiner Tage.

»Jane!« Mein Bruder Henry, zwei Schritte vor Edward im Anmarsch auf unsere Kutsche, brach in meine Träumerei ein. »Ich fürchte, wir müssen euch sofort verlassen, sonst bekommen wir keinen Platz an den Schranken mehr. Es ist das letzte Rennen von Commodore, weißt du, und er tritt gegen eine imponierende kleine Stute namens Josephine an, die ihr letztes Rennen ganz locker gewonnen hat. Sein Handicap beträgt vier Stone sechs Pound.«*

Edward – gutaussehend, sorglos und unbefangen trotz der kleinen Schweißperlen auf seiner Stirn – lehnte sich in die offene Kutsche hinein und gab seiner Frau einen Kuß. »Du siehst bildschön aus, meine Liebe. Bist du untröstlich, wenn wir dich verlassen?«

*Bild*schön war genau der richtige Ausdruck für Lizzy mit ihrem zarten Sonnenschirm aus Valenciennes-Spitze, den sie über ihrem dunklen Haar geneigt hielt, und mit den berühmten Perlen der Knights, die matt auf ihrer Brust schimmerten. »Überhaupt nicht«, murmelte sie mit einem trägen Blick aus ihren schrägen grünen Augen, »denn wie du da stehst, Neddie, nimmst du uns jede Möglichkeit zum Flirt. Jane und ich kommen ganz gut allein aus – jedenfalls

* Zu dieser Zeit traten Pferde verschiedenen Alters und beiderlei Geschlechts zum Rennen gegeneinander an und trugen zum Ausgleich des Feldes Handicaps verschiedenen Gewichts. Das erhebliche Handicap von Commodore mit etwa 28 kg bedeutet, daß er gegen ein Feld langsamerer oder älterer Pferde startete. – *Die Herausgeberin.*

bis zur Dinnerzeit, dann werden wir gereizt und erhitzt und sind gern bereit, uns euch anzuschließen. Bis dahin, Männer, ab mit euch! Wir verzichten auf eure Fürsorge.«

Mein Bruder lachte schallend über diesen Scherz seiner Frau und küßte sie noch einmal, zum Erstaunen der kleinen schwarzhaarigen Gouvernante Anne Sharpe, doch ganz Kent hätte die beiden ohne Mißbilligung betrachtet, denn es war bekannt, daß die Austens eine Liebesheirat geschlossen hatten. Neddie ist wirklich so liebenswert und herzensgut und Lizzy stets so vornehm und ohne den geringsten Hauch von Snobismus, daß es wohl nur wenige gibt, die nicht ihr Glück bewundern und ihnen nicht alles Gute wünschen.

»Darf ich nicht mitkommen, Papa?« Meine Nichte Fanny hopste ungeduldig auf ihrem Sitz mir gegenüber herum. Sie ist Edwards ältestes Kind und sein Liebling – ein hübsches kleines Ding von zwölf Jahren, im Besitz aller Vorzüge von Abkunft, Vermögen und Beziehungen. »Ich möchte so gern Commodores Gangart sehen!«

»So, seine Gangart? Meine Güte, Fanny, wie du redest. Vermutlich haben wir Ihnen, Miss Sharpe, diese Ausdrucksweise unseres kleinen Mädchens zu verdanken!«

Ein entsetztes Erröten überflutete Miss Sharpes Wangen, und sie rang vergeblich nach Worten. Fannys Gouvernante kann höchstens zweiundzwanzig sein; sie ist zwar geschickt im Französisch- und Klavierunterricht, aber von zarter Konstitution. Mein liebenswürdiger Bruder flößt ihr beinahe Schrecken ein.

»Ich hätte nicht gedacht, daß du die Gouvernante in Verlegenheit bringst, Neddie«, warf Lizzy ruhig ein. »Im allgemeinen besitzt du einen besseren Geschmack.«

»Ich glaube, dieser Wortschatz Fannys stammt von Henry«, schaltete ich mich rasch ein, während Miss Sharpe verwirrt auf ihren Sitz zurücksank. »In der kurzen Zeit, die er bei uns ist, haben die Kinder schon alle möglichen Slangausdrücke von ihm gelernt. Heute morgen hielt mir der kleine George einen Vortrag über die Kunst des Boxens. Er wollte dem kleinen Edward seine Fäuste zeigen und ihm die Nase polieren, wenn er sich ihm nicht stellte, und noch einiges mehr davon. Miss Sharpe ist Henrys Einfluß kaum gewachsen. Sie kann den Schaden erst beheben, wenn er wieder nach London zurückgekehrt ist.«

»Also, Papa, darf ich nun mitkommen zu den Schranken?« beharrte Fanny, die die Beschuldigungen ihres Lieblingsonkels einfach überhört hatte.

»Commodores Gangart wird wohl kaum die Mühe lohnen, mein Schatz«, sagte Neddie leichthin, »nach den drei Rennen, die er schon gelaufen ist. Wir können von Glück sagen, wenn er überhaupt ins Ziel kommt.«

»Unsinn!« rief Henry. »Dieses Pferd war noch nie so gut in Form wie jetzt!«

»Aber, Papa …«

»Also, Fanny, hör auf zu quengeln. Du weißt, das gibt es nicht. Wir kommen zurück, sobald das Rennen gelaufen ist, denn dann wollen alle wegfahren, und es gibt ein Gedränge, und das ist schlimm bei dem Wetter. Ich möchte nicht, daß sich deine Mutter überanstrengt.« Die beiden Männer nahmen sich Käsebrote aus dem Picknickkorb und machten sich auf den Weg zu den Schranken.

Fanny brach in Tränen aus und vergrub ihren Kopf in Lizzys Schoß.

»Ich nehme an«, bemerkte Lizzy gelassen, während sie mit einer Hand die zerzausten Locken ihrer Ältesten ordnete, »daß eine vornehmere Dame sich darüber beklagen würde, daß ihr in einem solchen Augenblick ihr bestes Musselinkleid ruiniert wird, und Miss Sharpe zu Hilfe rufen würde. Aber ich habe mir diese Art von Vornehmheit nie angewöhnen können, Jane.«

»Nein«, erwiderte ich liebevoll, »dafür besitzt du eine angeborene Eleganz, so natürlich wie das Atmen, und damit bist du allen ein Vorbild, die dich kennen. Das Musselinkleid wird es überstehen, Lizzy, auch ohne das Eingreifen Miss Sharpes.«

Die Gouvernante sah sich auch gar nicht veranlaßt, ihrer Herrin zu Hilfe zu eilen, denn ihre Aufmerksamkeit wurde völlig von einer Szene in Anspruch genommen, die sich außerhalb unserer Kutsche abspielte. Als ich Miss Sharpe anschaute, holte sie gerade tief Luft und preßte ihre behandschuhten Hände zusammen, als müsse sie sich mühsam beherrschen. Ich folgte ihrem Blick, um festzustellen, was sie so erregte, und war nun ebenfalls davon gefesselt.

Die vorhin erwähnte Dame im scharlachroten Kleid stand jetzt aufrecht in ihrem eleganten Phaeton. Ihr Gesicht, das man in der Ruhe hätte schön nennen können, war wutverzerrt, und mit der rechten Hand erhob sie ihre Peitsche. Ein Herr stand unbewegt neben ihrem Gespann, als sei er auf ihren Zornesausbruch vorbereitet, und im nächsten Moment zischte die Peitsche auf seinen Hals herunter. Neben mir schrie Anne Sharpe laut auf und preßte dann die Hand auf den Mund.

Lizzys grüne Augen verengten sich. »Was ist denn nun wieder in Mrs. Grey gefahren?«

»Mrs. Grey?«

»Die Bankiersfrau. Sie ist zu allem fähig, glaube ich ...«

»Sie hat gerade den Herrn neben ihrem Phaeton mit der Reitpeitsche geschlagen. Kennst du ihn?«

»Nein.« Lizzy schien interessiert. »Ich habe ihn noch nie zuvor gesehen. Vielleicht ein Herr aus London, der eigens wegen der Rennwoche nach Kent gekommen ist.«

»Er bewahrt eine außerordentliche Haltung«, flüsterte ich. »Doch weshalb sollte sie ihn so in aller Öffentlichkeit mißhandeln? Ich kann mir nicht vorstellen, daß er sie beleidigt hat – er sieht weder erhitzt noch betrunken aus.«

Sicherlich war er keine imponierende Gestalt, denn er war klein und schlank wie ein Windhund, trug einen eleganten

Rock aus grünem extrafeinem Stoff und einen modischen hohen Hut. Ein junger Mann von vielleicht dreißig Jahren, dem das kastanienbraune Haar offen bis auf die Schultern fiel wie einem Kavalier vergangener Zeiten. In dieser Hinsicht sah er wie mancher andere wohlerzogene Herr aus, der auf dem Rennplatz herumschlenderte, doch sein Gesicht verriet mehr, eine Andeutung von Adel und verborgener Energie, die zu näherem Hinsehen verlockte.

»Vielleicht hat ihm Mrs. Grey ihre Gunst angeboten, und er hat sie abgelehnt«, murmelte Lizzy, »und diesen Affront konnte sie nicht ertragen. Das entspräche durchaus ihrem Ruf, kann ich dir versichern.«

Noch während wir sie beobachteten, stieg die Frau in Scharlachrot zornig aus ihrem Wagen und eilte an dem Mann vorbei, den sie verletzt hatte. Er blickte ihr einen Moment mit ausdruckslosem Gesicht nach, dann zog er ein Taschentuch aus der Rocktasche. Damit bedeckte er den Striemen, der sich oberhalb seines Halstuchs bildete, und wandte uns nachdenklich den Blick zu. Einige Sekunden sah er uns fest an, dann zog er absichtsvoll grüßend den Hut.

»Ja, Jane«, flüsterte Lizzy, »der ist voller Selbstbeherrschung und Nervenstärke. Ich gäbe viel darum, seinen Namen zu wissen.«

»Fanny«, sagte Anne Sharpe plötzlich auf ihrem Platz mir gegenüber, »du zerdrückst deiner Mutter das Kleid. Komm und setz dich zu mir, meine Liebe, und iß von dem Huhn in Gelee. Ich bin sicher, dein kleiner Ausbruch kommt nur von den Nerven. Die halten die Hitze nicht aus, weißt du, wenn du nicht von dem ausgezeichneten Lunch der Köchin etwas ißt.«

»Etwas Huhn in Gelee, Lizzy?« fragte ich.

»Dagegen wehrt sich alles in mir«, lehnte sie ab. Ihr Blick war noch auf den eleganten jungen Mann gerichtet, der in entgegengesetzter Richtung wie Mrs. Grey durch die Menge davonging. »Ich werde mich nie für Pferderennen begeistern, meine liebe Jane, denn ich finde den Gestank von Schmutz und Dung fast unerträglich. Ohne die Modenschau, die man bei solchen Ereignissen immer vorgeführt bekommt, wäre ich zu Tode gelangweilt.«

»Bist du vielleicht wieder in gesegneten Umständen?« erkundigte ich mich vorsichtig.

»Um Himmels willen, nein! Damit ist es doch wohl vorbei, denke ich«, erwiderte sie, doch ich meinte aus ihren Worten einen leisen Zweifel herauszuhören. Lizzys neuntes Kind ist noch in den Windeln, aber mit zweiunddreißig könnte sie noch mit Zuwachs rechnen. »Vielleicht etwas Himbeerlikör.«

Ich versorgte sie damit. »Fanny? Miss Sharpe? Ein bißchen Kuchen und Likör vielleicht?«

Meine Nichte hob ihr tränenfeuchtes Gesicht. »Ich bekäme keinen Bissen herunter, Tante Jane, aus Sorge um seine Aussichten.«

»Seine Aussichten«, wiederholte ihre Mutter etwas verblüfft. »Wessen denn, mein Schatz?«

»Ich glaube, sie meint das Pferd, Madam«, warf Miss Sharpe mit ihrer sanften Stimme ein.

»Was für eine hochgestochene Sprache! Sie haben sicher Fanny Ihre gräßlichen Romane geliehen, Miss Sharpe.«

»Wirklich nicht, Madam – lediglich Mrs. Palmerstones erbauliche Briefe an ihre Töchter.«* Anne Sharpe hob ihren Blick voller Belustigung zu mir, und ich konnte mir ein Lächeln nicht verkneifen. Wir hatten die Vorzüge solcher Schriftstellerinnen wie Mrs. Radcliffe und Madame D'Arblay fast eine Stunde lang im Schulzimmer erörtert, und Fanny hatte sich unbedingt mein Exemplar von »Camilla«

* Miss Sharp – deren Familiennamen Jane Austen mal mit einem »e« am Ende und mal ohne schrieb – meint hier ein beliebtes Erziehungsbuch für junge Damen, »Letters from Mrs. Palmerstone to her Daughters, inculcating Morality by Entertaining Narratives« (1803) von Mrs. Rachel Hunter. – *Die Herausgeberin.*

ausborgen wollen. Ich hatte es statt dessen Anne Sharpe gegeben. Wenn die Gouvernante öfter auf gräßliche Romane verfiel, dann war ich die letzte, die ihr das verübelte. Mit der Erziehung von zwei jungen Mädchen beauftragt und nur mit begrenzten Reserven an Kraft und Gesundheit ausgestattet, fiel es ihr sicher schwer, mit dem Temperament der Austens fertigzuwerden.

Besonders seit Commodore uns allen das Leben zur Hölle macht.

Er ist ein furchterregendes, schnaubendes braunes Pferd von ein Meter sechzig Schulterhöhe und kann als die neueste Torheit meines Bruders Henry gelten. Da Henry ein Mann von einigem Vermögen und in Bankierskreisen wohlbekannt ist und in meiner Kusine Eliza eine elegante aristokratische Frau besitzt, möchte er zu den vornehmen Sportsleuten gehören und hat sich dem Pferdesport in seiner übelsten Form verschrieben. Nicht nur, daß er atemberaubend hohe Beträge in Epsom und Newmarket verliert, nun hat er auch noch alles auf ein noch größeres Risiko gesetzt – auf ein eigenes Pferd.

Da ich wenig von Pferden verstehe und noch weniger von Gangart oder Stammbaum, bleibt mir beinahe in jeder Unterhaltung das Wort versagt, seit Henry vor einer Woche in Kent eingetroffen ist. Er ist gänzlich von diesem Thema erfüllt, und seit acht Tagen wird nur noch von Längen und Haferbrei und Tattersalls Wettzimmer geredet.* Die Kinder wurden von diesem Fieber erfaßt, Neddie ist auch nicht

* Richard Tattersall (1724-1795) war der führende Pferdehändler in London. Als Jane Austen 1805 diesen Bericht schrieb, war er nicht mehr am Leben, doch die von ihm begründeten Institutionen existieren zum Teil heute noch. 1775 versorgte Tattersall den neugegründeten Jockey Club mit einem Tagungsraum (und seinem berühmten Rotwein), und 1780 eröffnete er einen Subskriptionsraum (einen Club mit jährlichem Beitrag) zum Abschließen und Abwickeln von Wetten. Das Komitee, das Streitigkeiten bei Wetten regelte, hieß Tattersalls Komitee und war die Regulierungsbehörde für das Buchmachen. – *Die Herausgeberin.*

immun dagegen, und ich habe Henrys Gesellschaft noch nie als so zutiefst langweilig empfunden. Die Flucht der kleinen Comtesse Eliza, seiner Frau, zu einer Jagdgesellschaft im Norden deutet daraufhin, daß sie ebenso wie wir sehnsüchtig das Ende dieser Marotte erwartet. Deshalb betete ich darum, daß Commodore sich in diesem Rennen zu Tode stürzen oder wenigstens so miserabel wie ein Karrengaul laufen möge, damit wir ihn nicht länger bewundern müßten.

»Das ist doch zu schade!« Fanny lehnte sich weit aus der Kutsche heraus, um die Rennbahn überblicken zu können. »Wenn wir so weit weg sitzen, bekommen wir vom Sieg Commodores überhaupt nichts zu sehen. Ich glaube, das bricht mir das Herz!«

»Meine liebe Fanny.« Miss Sharpe legte ihre behandschuhte Hand auf den Arm ihrer Schülerin. »Wir können uns schon glücklich schätzen, daß wir dem Rennen beiwohnen dürfen. Denke daran, daß sich eine Dame niemals den Schranken nähert. Das schickt sich nicht und bleibt solchen Wildfängen überlassen, die weder Stand noch gute Erziehung zu ihren Vorzügen zählen können.«

»Mrs. Grey ist aber von Stand und guter Erziehung, Sharpie, und trotzdem bewegt sie sich frei auf dem ganzen Gelände«, erwiderte Fanny. »Ich möchte um nichts in der Welt so sittsam sein wie Sie! Lieber bin ich so wie Mrs. Grey!«

Das Kind sprach wirklich nur die Wahrheit aus. Die dunkelhaarige Schönheit in dem scharlachroten Reitkleid schlenderte frei zwischen den versammelten Kutschen herum, und mehr als ein Herr ließ seinen Blick sehnsüchtig auf ihr ruhen. Während wir hinsahen, gab sie die Neckerei eines Herrn spielerisch zurück, wobei ihr Gesicht vor Lachen strahlte. Der brutale Hieb vor ein paar Minuten war offensichtlich vergessen. Sie erschien als eine bezaubernde junge Dame von überschäumendem Temperament, möglicherweise ein wenig kühn, aber die Situation völlig beherrschend.

»Vielleicht sollten wir etwas aus Palmerstone laut vorlesen«, meinte Miss Sharpe mit leisem Vorwurf. Sie zog ein Buch aus ihrem Pompadour und klopfte auf den leeren Sitz neben ihr. »Setz dich zu mir und versuche aufzupassen. Ich glaube, wir waren bei Nummer zwölf stehengeblieben.«

»Mrs. Grey hat wohl nie Palmerstone gelesen«, murrte Fanny und ließ sich neben Miss Sharpe nieder.

»Mrs. Grey ist nicht das Vorbild, das ich mir für dein Verhalten wünsche, Fanny.« Lizzys Worte klangen wie ein Tadel, aber ich sah, daß ihre Mundwinkel zuckten. »So forsch Mrs. Grey auch manchmal wirkt, so ist sie doch nicht vornehm erzogen. Außerdem ist sie Französin, und schon deshalb unterscheidet sie sich in ihren Manieren von uns.«

Miss Sharpe begann leise zu lesen. Im selben Moment zog ein Scharlachrot meinen Blick auf sich, denn Mrs. Grey ging hinter dem vorgeneigten Kopf der Gouvernante vorbei. Während Lizzy und ich ihr wortlos nachschauten, näherte sie sich einer schäbig aussehenden Kalesche, die nur dreißig Meter von unserer Kutsche entfernt stand. Sie wurde weder von einem Lakaien noch von einem Reitknecht gehütet und schien verlassen, abgesehen von dem schweißbedeckten Paar Braunen davor. Auf Mrs. Greys rasches Klopfen wurde jedoch die Tür von unsichtbarer Hand von innen geöffnet. Die Dame sah sich rasch um und verschwand im dunklen Innern der Kalesche, und die Tür schloß sich leise hinter ihr.

»Mein Gott!« flüsterte Lizzy. »Also hat Laetitia Collingforth mit Françoise Grey Freundschaft geschlossen. Das ist allerdings eine Neuigkeit.«

»Hat sie so wenige Bekannte in der Nachbarschaft?«

»Ich fürchte, Kent hat die Greys nicht so aufgenommen, wie es sich gehörte«, antwortete Lizzy. »Natürlich ist Mrs. Grey sehr jung ...«

»... und sehr französisch«, ergänzte ich.

Lizzy nickte zerstreut, ihr Blick war immer noch auf die schäbige Kalesche gerichtet. »Das kann in der jetzigen Zeit nicht sehr angenehm sein.«

Den ganzen Sommer über waren die Londoner Zeitungen voll gewesen von Gerüchten über die bevorstehende Invasion. Bonapartes gefürchtete Armee, die an die hunderttausend Mann stark sein soll, lagert nur einen Steinwurf von Kent entfernt auf der anderen Seite des Kanals, und viele weniger standhafte Familien aus unserer Bekanntschaft haben die Gegend verlassen und sicherere Landesteile weiter weg von der Küste aufgesucht, bis die Gefahr vorbei ist.

»Eine Frau von geringerem Format als Mrs. Grey würde ihre Lage als peinlich empfinden«, bemerkte ich, »und Zurückhaltung üben, aber dazu könnte sich die Dame wohl kaum entschließen.«

Lizzy lachte kurz auf. »Zurückhaltung wäre wohl nie Mrs. Greys Sache. Ich fürchte, sie erträgt unsere Gesellschaft besser als wir die ihre. Trotzdem weiß ich nicht, was sie in Kent hält. London wäre ein viel geeigneterer Ort für ihre Bedürfnisse und Neigungen. Vielleicht bekommt ihr die Landluft besser – oder genauer gesagt, ihren Pferden.«

»Sie hat einen Rennstall eingerichtet?« erkundigte ich mich.

»Und interessiert sich leidenschaftlich für den Rennsport. Einige ihrer Pferde starten sicherlich in dem Rennen, in dem Commodore läuft, und das erklärt auch ihr ungewöhnliches Benehmen, ihr Herumspazieren auf dem Rennplatz. Sie betrachtet sich als zum Kreis der vornehmen Sportsleute gehörig, und es heißt, sie gebe ein Vermögen für das Wohlbefinden ihrer Pferde aus.«

»Dann muß ihr Gatte in gesicherten Umständen leben.«

»Mrs. Grey hat noch nie den Anschein von Armut erweckt«, erklärte Lizzy neidvoll. »Ich jedenfalls könnte mir ihre Modistin nicht leisten. Mein Nadelgeld beläuft sich nie auf solche Beträge. Du hast wahrscheinlich den Schnitt ihres Kleides bemerkt? Die Menge der Goldverschnürungen am Hals und am Ausschnitt? Und nachdem sie es hier ganz Canterbury vorgeführt hat, wird sie es nie wieder tragen.«

»Ja, ja«, seufzte ich. »Die Französinnen sind wohl für ihre verschwenderischen Gewohnheiten bekannt. Vielleicht bringt sie das Vermögen ihres Gatten durch und bietet uns allen ein Schauspiel. Wir können ein wenig Aufheiterung gebrauchen, da doch die Nachrichten von der Kanalküste so sehr schlecht sind.«

Lizzy warf mir einen spöttischen Blick zu. »Wir sind nicht alle ohne eigene Mittel, Jane. Über ein bißchen Geld verfügt die Dame selbst. Sie soll das Mündel einer französischen Bankiersfamilie namens de Penfleur sein, sie selbst hieß allerdings Lamartine. Grey heiratete sie wegen ihrer Verbindungen, glaube ich.«

Dieses Urteil war hart formuliert, aber so hätte Lizzy auch über jede andere ihrer Bekannten gesprochen. Es ist selten, daß jemand aus Liebe heiratet, wie es mein Bruder getan hat. Im allgemeinen kommt eine eheliche Verbindung durch Berechnung zustande, und jede Tochter eines Baronets weiß das auch.

»Sie muß neu in dieser Gegend sein«, erwiderte ich, »denn ich kann mich nicht erinnern, ihr je begegnet zu sein.«

»Sie wohnt erst seit sieben Monaten in Kent, und ihr Gatte, Mr. Valentine Grey, hat seinen Besitz auch erst vor drei Jahren geerbt. Ich habe dir wohl davon erzählt – The Larches gilt als eines der schönsten Landgüter in England, Jane. Vielleicht können wir eines Tages dort einen Besuch abstatten, wenn dich die Dame auch weiterhin so fasziniert.«

Ich runzelte die Stirn. »The Larches! Liegt das nicht nur wenige Meilen von Goodnestone entfernt? Weshalb haben wir sie nicht schon früher kennengelernt?«

Lizzy ist in Goodnestone Park aufgewachsen, einem schönen alten Landsitz sieben Meilen von Godmersham entfernt. Ihr älterer Bruder, Sir Brooke-William Bridges, hat den Besitz vor fast fünfzehn Jahren geerbt, und als er eine standesgemäße junge Frau heiratete, zog sich Lizzys Mutter nach Goodnestone Farm zurück, eine Meile vom Herrenhaus entfernt. Meine Schwester Cassandra ist seit zwei Wochen bei Lady Bridges und ihren unverheirateten Töchtern zu Besuch, aber in ihren Briefen war von keinen Nachbarn die Rede, weder nahen noch entfernten.

»Die Greys verkehren nicht sehr viel in der vornehmen Gesellschaft, Jane. Er ist der Hauptteilhaber einer großen Bank, und wenn das auch ein sehr ehrenwerter Beruf ist, so betrachten ihn doch viele immer noch als ein Geschäft.« Lizzy warf mir bei diesen Worten einen schrägen Blick zu, um zu sehen, wie ich sie aufnehmen würde, denn ob nun Bankier oder nicht, Henry bleibt doch mein Lieblingsbruder, und Snobismus jeglicher Art kann ich nun mal nicht ausstehen. »Und da Mr. Grey außerdem erst seit kurzer Zeit in dieser Gegend wohnt, kann man ihn noch nicht zu den richtigen Nachbarn zählen.«

»Nein«, erwiderte ich mit leiser Ironie, »dazu hätte er gezwungen sein müssen, seine Kindheit hier zu verbringen, und er hätte die Tochter eines hiesigen Würdenträgers heiraten müssen – vielleicht eine Miss Taylor von Bifrons Park oder eine der Wildmans von Chilham Castle.« Bei allem Reichtum und aller Gastfreundschaft kann Kent eine sehr geschlossene Gesellschaft bilden. Es leidet wie jede ländliche Nachbarschaft an einem Anflug von Provinzialität.

»Vielleicht habe ich mich nicht so viel um Mrs. Grey gekümmert, wie ich es hätte tun sollen«, gab Lizzy zu, »aber sie gefiel mir nicht so gut, daß ich ihre nähere Bekanntschaft gesucht hätte. Sie ist viel zu jung und viel zu hübsch und eine viel zu große Versuchung für die jungen Galane, als daß sie meine Freundin sein könnte. Solch eine Frau muß man stets unter dem Aspekt der Konkurrenz betrachten. Ich muß gestehen, Jane, daß ich lieber den Kampfplatz verlassen habe, als es mit einer solchen Gegnerin aufzunehmen.«

»Lizzy! Du brauchst doch nur den Finger zu heben, und schon gehorchen dir so viele fesche junge Herren auf jeden Wink, wie du nur willst! Und das weißt du genau!«

»Es sei denn, sie haben sich schon auf einen der gefährlichen Kartenabende bei Mrs. Grey eingelassen«, erwiderte Lizzy. »Du hast keine Ahnung, Jane, welche Anziehungskraft diese Frau ausübt. Mein eigener Bruder ist ihrem Zauber verfallen, und dabei kann sie nicht älter als zweiundzwanzig sein!«

»Und besitzt schon die ganze Raffinesse einer Gräfin Jersey«, wunderte ich mich.* »Und Mr. Grey? Ist ihm der Ruf seiner Frau gleichgültig?«

»Mr. Grey ist viel geschäftlich unterwegs. Er besitzt ein Haus in London und hält sich die meiste Zeit dort auf. Heute tritt er hier auch nicht in Erscheinung.« Lizzys Blick schweifte ruhelos über die Menge, und ihre Aufmerksamkeit wurde bald anderweitig gefesselt. »Sieh nur! Hauptmann Woodford und mein Bruder!«

»Hauptmann Woodford! Onkel Bridges!« rief die kleine Fanny, sprang von ihrem Platz neben Miss Sharpe auf und winkte den beiden mit ihrer Serviette zu. »Kommt doch her und erzählt uns! Wie sehen die Pferde aus? Stampft Commodore schon ungeduldig am Start?«

»Sie haben sich noch nicht am Start aufgestellt, Miss Fanny«, rief Hauptmann Woodford gutmütig herüber, als er sich der Kutsche näherte, »aber ich habe Ihren Favoriten im Stall besucht und behaupte, daß er in ausgezeichneter Form ist! Er ist des Pokals ebenso würdig wie jedes jüngere Pferd. Meine Damen, Ihr sehr ergebener.« Er zog den Hut und machte eine militärisch straffe Verbeugung, und wir murmelten unsere Begrüßung.

Hauptmann Woodford steht bei Lizzy in Gunst – und

* Frances Gräfin Jersey war im August 1805 schon verstorben, doch mit ihren skrupellosen Methoden hatte sie einst den viel jüngeren Prinzen von Wales umgarnt. – *Die Herausgeberin.*

wenn ich nicht der Meinung wäre, daß Berechnung und Raffinesse unter der Würde der Tochter eines Baronets seien, müßte ich annehmen, daß sie ihn für ihre kleine Schwester Harriot kapern will. Wenn er auch über die erste Jugend hinaus ist und eindeutig nicht gut aussieht, weil ihn eine Augenklappe entstellt, die die halbe Stirn bedeckt, so ist der Hauptmann doch mit einem sonnigen Naturell gesegnet, das noch aus jedem Mißgeschick Vergnügen zieht und Trost in den einfachsten Freuden findet. Bei Hauptmann Woodford kann man immer auf gesunden Menschenverstand, Humor und ehrliche Gefühle zählen. Mir gefällt er mit der Augenklappe noch besser, denn sie ist ein äußeres Zeichen dafür, daß er sein Leben in ehrenvollem Dienst für sein Vaterland verbracht hat.

Der Hauptmann ist voller Bewunderung für Harriot Bridges' frisches Gesicht, und sie errötet schon beim ersten Anblick seines roten Uniformrocks. Auch was Rang und Vermögen anbelangt, passen sie zu einander. Sie ist die Tochter eines Baronets und muß über ein gutes Auskommen verfügen, und der Hauptmann ist der zweite Sohn eines Viscounts und hat eine ausgezeichnete Offiziersstelle im Coldstream-Garderegiment inne, das gegenwärtig zur Abwehr der Franzosen in Deal stationiert ist.

»Mein Gott, Lizzy, ist das heiß! Sei eine brave Schwester und gib mir ein bißchen Ingwerbier, und erzähl bitte nicht unserer Mutter, in welchem Zustand du mich angetroffen hast.« Mr. Edward Bridges, Lizzys jüngerer Bruder, wischte sich aus Höflichkeit die Stirn mit einem Leinentaschentuch und nahm das Glas, das Miss Sharpe ihm anbot. »Woodford und ich kommen gerade von einem prächtigen kleinen Hahnenkampfplatz am Rande der Rennbahn, ein hübsches Sümmchen haben wir da verloren. Ich muß mich drauf verlassen, daß euer Commodore mir wieder zu Geld verhilft.«

»Ich möchte beinahe hoffen, daß du dich vergeblich darauf verläßt«, erwiderte Lizzy, »aber in dem Falle wirst du dich an meinen Mann wenden, damit er deine Ehrenschulden bezahlt. Ob du nun gewinnst oder verlierst, die Austens müssen wieder mal für dich geradestehen.«

Ihr Bruder strahlte über das ganze Gesicht, als habe Lizzy kein Wort des Vorwurfs geäußert, und dabei beließ man es.

Mr. Bridges unterscheidet sich sehr von seinem Gefährten beim Hahnenkampf, dem tapferen Hauptmann. Gut gebaut, von rosigem Teint, fünfundzwanzig Jahre alt, verwendet er sein ganzes Geld auf sportliche Interessen. Sobald eine neue Londoner Mode im »Gentleman's Magazine« angezeigt wird, sieht man sie alsbald an Mr. Bridges; kein Cricketspiel wird in der Gegend veranstaltet, bei dem nicht Mr. Bridges eine Guinee auf den Ausgang verwettet; keine Hundemeute wird auf die Spur einer unglücklichen Füchsin gesetzt, ohne daß Mr. Bridges auf seinem neuesten Jagdpferd hinterherhetzt. Ich habe Spaß an seinen Marotten und finde seine Gesellschaft lustig, aber billigen kann ich seine Lebensweise nicht. Lange Zeit der Liebling seiner nachsichtigen Mutter und immer noch unverheiratet, läßt er es sich in Goodnestone Farm wohl sein, zum Ärger und auf Kosten seiner vortrefflichen Familie. Lizzy zumindest macht sich Sorgen um die Zukunft ihres Bruders und meint, daß seine Vorliebe für das Wetten und für lockere Gesellschaft ihn über kurz oder lang ins Unheil stürzen werden.

Trotz dieser vielberedeten Eigenheiten kann Mr. Bridges wenigstens in einer Sache Anspruch auf Ernsthaftigkeit und Wohlverhalten erheben – er ist nämlich ordinierter Pfarrer der Hochkirche von England und hat vor einigen Jahren die Weihen erhalten. Gegenwärtig ist er der glückliche Inhaber von zwei Pfarrstellen: ständiger Hilfspfarrer von Goodnestone (über die Stelle hatte sein verstorbener Vater zu verfügen) und seit kurzem Pfarrer der Gemeinde von Orlingbury in Northamptonshire – die er niemals besucht. Daran können wir die Frömmigkeit unserer Zeit ablesen:

Mr. Edward Bridges, mit Leib und Seele Dandy und mit halbem Herzen Pfarrer!

Doch vielleicht bin ich zu streng. Ich spüre schnell, wenn jemand sich leicht arrangiert, und nenne es Heuchelei, wo ein anderer nur von dem üblichen Verhalten in der Welt sprechen würde.

»Hast du Commodore gesehen, Onkel?« erkundigte sich Fanny aufgeregt bei Mr. Bridges. »Ist er schon begierig auf das Rennen?«

Mr. Bridges erfreute uns daraufhin mit der Mitteilung, daß das beklagenswerte Tier sich zwischen den Rennen ungefähr eine halbe Stunde in seinem Stall erholen konnte, daß es beim Führen ganz wunderbar ging und daß sein Dung von unanfechtbarer Qualität sei. Nur der berühmte Eclipse zeigte noch eine bessere Gangart.* Es folgte eine Beschreibung der wichtigsten Gegner von Commodore, die demnach alle lahm, an Spat erkrankt oder strohdumm sein müßten. Darüber freute sich Fanny, die erklärte, Onkel Henry *müßte* einfach der große Gewinner des Tages sein. Nur Hauptmann Woodford hielt es für angezeigt, ihre Hoffnungen zu dämpfen.

»Ich würde Mr. Bridges in allem zustimmen«, erklärte er, »nur nicht, was Mrs. Greys kleine junge Stute betrifft. Im Hinblick auf Josephine wäre ich nicht so siegessicher. Sie geht gut und gleichmäßig und könnte über die Distanz von zwei Meilen Commodore ein scharfes Rennen liefern. Wir werden hervorragenden Sport erleben, wenn das Startsignal ertönt. Aber genug vom Pferderennen! Sie sehen heute vormittag sehr gut aus, Mrs. Austen – und ihre Schwester könnte die Jägerin Diana in Person sein, wie sie da über dem Picknickkorb thront in diesem hübschen Kleid.«

* Eclipse, ein kastanienbraunes Pferd mit einer Blesse und einem weißen Bein, wurde 1764, im Jahr der großen Sonnenfinsternis, im Besitz des Herzogs von Cumberland in Windsor Park geboren. Es war eines der größten Rennpferde aller Zeiten, und seine Nachkommenschaft kann man als die wichtigste männliche Linie in der Rennpferdezucht betrachten. – *Die Herausgebe-*

Ich errötete, denn mein Reitkleid war von Lizzy abgelegt und für mich geändert worden, und ich fürchtete, Fanny könnte mit der Wahrheit herausplatzen und uns alle in höchste Verlegenheit stürzen. Es ist wirklich ein hübsches Sommerkleid aus fliederfarbenem Musselin mit einem hohen Kragen und mit Langettenstickerei eingefaßten Ärmeln, die bis zum Ellbogen reichen. Die Schleppe ist modisch lang, um das Reiten im Damensattel angenehmer zu machen, sie behindert mich aber sehr in der engen Kutsche, und ich bin sicher, daß Fanny schon mehr als einmal draufgetreten ist. Mein Haar wurde für die Rennwoche von Mr. Hall, Lizzys Friseur aus London, geschnitten und gelegt, der sich schon länger als zwei Wochen in Godmersham aufhält. Deshalb hatte ich auf meine übliche Haube verzichtet und trug einen hinreißenden hohen lila Hut mit einem seidenen grünen Band. Wenn auch von der glücklichen Frau meines Bruders abgelegt, war dieses Ensemble zauberhaft, und ich fühlte mich ganz erhoben in meinen geborgten Federn. Ich weiß noch nicht, wie ich meine Notlage ertragen werde, wenn ich wieder in Bath bin.

»Schmeicheln Sie mir nicht, Hauptmann Woodford«, brachte ich als Antwort zustande, »sonst werde ich wie Diana Unheil über die männliche Leidenschaft bringen.«

»Ich bin auf das Schlimmste gefaßt, Madam«, erwiderte er mit einer Verneigung, »denn es kann nicht schrecklicher sein als Bonapartes Kanonen – und gegen die habe ich mich, wie Sie wissen, seit mehr als zwei Jahren gewappnet.«

»Vielleicht sollten wir Miss Austen auf dem Vorgebirge bei Deal stationieren«, schlug Edward Bridges vor, »mit einem Degen in der Hand und einem martialischen Blick, um die Invasion leichter abzuwehren – denn eine ganze Schwadron französischer Kavallerie käme nicht an soviel Schönheit vorbei. Sie würde auf der Stelle haltmachen, und die Nation bliebe verschont.«

Da ich nicht darauf antwortete, schenkte mir Mr. Bridges sein verführerischstes Lächeln. »Ich würde Sie dann mit höchster Kühnheit retten, liebe Miss Austen, und wir beide würden im ganzen Land gefeiert werden.«

Die ausgesprochene Albernheit dieser Bemerkungen entsprach durchaus dem Charakter von Mr. Bridges, doch ich setzte die tragische Miene einer edlen Heldin auf. »Nicht einmal die Aussicht, von Ihnen gerettet zu werden, Sir, erschiene mir ein zu großes Opfer für mein Vaterland. Aber sagen Sie mir: Wie ergeht es meiner geliebten Schwester in Ihren verruchten Händen?«

»Als ich zuletzt das Vergnügen hatte, Miss Cassandra Austen am Frühstückstisch gegenüberzusitzen, sah sie glänzend aus – wenn auch untröstlich darüber, diesen Renntag zu versäumen. Sie sollte auf der Farm bleiben, wissen Sie, und meiner Schwester Harriot Gesellschaft leisten, die Pferde nicht ausstehen kann. Ich bot Cassandra an, sie in meinem Karriol aus dem Haus zu schmuggeln, doch sie behauptete, schon die bloße Vorstellung eines solchen Plans verursache ihr Kopfschmerzen, und verließ ungesäumt das Frühstückszimmer.«

Bei dieser überzeugenden Schilderung konnte ich ein Lachen nicht unterdrücken.

»Du hast wieder zuviel Wein getrunken, Edward, dessen bin ich mir sicher«, sagte Lizzy mit gespieltem Ärger. »Haben Sie ihn dazu verführt, Hauptmann Woodford?«

»Ich? Verführt? Ganz im Gegenteil, versichere ich Ihnen.«

»Mama! Mama! Sieh nur – dort ist Mrs. Grey!«

Für einen Augenblick hatte Fanny Commodore vergessen, sie war aufgesprungen und beugte sich hinaus, um einen Blick auf die Schranken zu erhaschen.

»Setz dich hin, Fanny«, flüsterte Miss Sharpe scharf und zog an der Schärpe ihrer Schülerin. »Du wirst dich noch vor allen Leuten blamieren, mein Kind.«

»Schau doch mal, Mama«, beharrte Fanny, »sie ist ganz vorn in all dem Getümmel und will das Rennen beobachten. Dort ist ihr scharlachrotes Kleid zu sehen, nicht weit von Papa und meinem Onkel.«

Ich folgte mit den Augen dem ausgestreckten Arm meiner Nichte und erblickte wieder die verwegene Gestalt aus dem Phaeton. Mrs. Grey hatte ihre Equipage verlassen und sich eine günstige Position nahe den Schranken gesichert. Sie saß im Sattel, als wolle sie das Rennen zu Pferde verfolgen.* Ganz ungewöhnlich! Sie war offenbar die einzige Dame inmitten des Gedränges und würde sich allen Arten von ungehörigem Benehmen aussetzen, denn ein Pferderennen hat kaum einen erlesenen Zuschauerkreis, sondern steht vom einfachen Arbeiter bis zum Lord jedem offen.

Wenigstens war sie so vernünftig, einen Schleier zu tragen, um ihr Gesicht vor den Blicken der Zudringlichen zu schützen. Aber vielleicht lud sie sie dadurch erst recht zum Anstarren ein, denn der schwarze Tüll verbarg zwar ihre Züge, hing aber recht aufreizend von ihrem Dreispitz herab. Die hochgewachsene, frauliche Gestalt saß auf einem feurigen Pferd, dem kohlschwarzen Wallach, den ich zuletzt an dem Phaeton angebunden gesehen hatte. So unschicklich ihr Benehmen auch war, so sehr es gegen alle Konvention verstieß, mußte ich Mrs. Grey doch bewundern. Und zugleich bemitleiden. Jemand wie sie mußte wohl *sehr* reich sein – oder sehr unglücklich. Nur das Bewußtsein äußerster Freiheit oder das tiefste Elend konnte jemanden zu der Art von Verwegenheit treiben, die sie an den Tag legte.

»Kommen Sie, Mr. Bridges«, sagte Hauptmann Woodford, »wir müssen uns von den Damen verabschieden, sonst bekommen wir keinen Platz mehr an den Schranken.«

Er hatte diese Worte kaum ausgesprochen, als ein Hornsignal verkündete, daß die Pferde sich am Start versammelt hatten, und die Menge ein erwartungsvolles Murmeln hören

* Zu Jane Austens Zeit war es üblich, daß Zuschauer das letzte Stück des Rennens neben den Rennpferden herritten. Diese Gewohnheit war zwar weit verbreitet, aber höchst gefährlich und führte oft zu Stürzen – entweder der berittenen Zuschauer, aber auch der Rennpferde selbst, von denen manches seine Siegeschance wegen der Behinderung durch einen übereifrigen Fan verlor.- *Die Herausgeberin.*

ließ. Mr. Bridges stürmte davon zu den Schranken, und Hauptmann Woodford folgte ihm auf dem Fuße. Fanny kletterte auf den Bock und setzte sich neben Kutscher Pratt, und selbst Lizzy geriet etwas in Bewegung.

»Sie sind vom Start!« rief Fanny, »aber ich kann nichts weiter sehen als ein Meer von Hüten und ab und zu die Pferdeköpfe. Ach, du lieber Commodore!«

Wider Willen wurde ich auch von der Erregung des Augenblicks erfaßt und erhob mich, leicht geschaukelt von den Federn der Kutsche und Fannys ungebremster Energie. Eine von der Augustsonne vergoldete Staubwolke kündigte das Herannahen der führenden Pferde an, dann brausten sie an unserem Teil der Schranken vorbei, und ich glaubte selbst mit meinem ungeübten Blick zu sehen, daß Commodores schmaler Araberkopf sich die Spitzenposition mit einer kastanienbraunen Stute teilte. Da leuchtete ein Scharlachrot auf, als Mrs. Grey auf ihrem schnellen schwarzen Pferd über die Schranken setzte.

Rufe wie »Mrs. Grey!« und »Hurra!« schienen aus Hunderten von Kehlen zu dringen, und plötzlich bahnte sich jeder Mann, der beritten war, hinter der Dame seinen Weg auf die Rennbahn. Während die Zylinderhüte der Männer im Wind davonwirbelten, stürmten sie wie eine Schwadron Kavallerie hinter dem Feld der Rennpferde her und verschwanden um die Kurve.

»Großer Gott!« rief Miss Sharpe aus.

Ich wandte mich von der Rennbahn ab und sah, daß die Gouvernante bleich und zitternd ihre nußbraunen Augen auf die staubumhüllten Schranken gerichtet hielt. Vermutlich war sie solche Eskapaden nicht gewöhnt.

»Mehr als einer dieser Unglückseligen wird vom Pferd fallen, Miss Sharpe, das ist sicher«, erklärte ich ihr. »Aber sorgen Sie sich nicht um diese Trottel. Sie sind alle beinahe volltrunken und machen sich nichts aus ein paar Beulen.«

»Mrs. Grey wird schon im Sattel bleiben, keine Angst«,

bemerkte Lizzy trocken. »Sie wird sicher und bequem zu Hause auf dem Sofa sitzen, bevor die Hälfte von ihnen überhaupt die Bahn umrundet hat.«

Doch Miss Sharpe hatte anscheinend uns beiden nicht zugehört. Ihr Blick war immer noch auf die Bahn gerichtet, wo ein entfernter roter Fleck die einzige Frau an der Spitze der Kavalkade verriet. Viel mehr war nicht zu erkennen; Commodore, Josephine und ihre Mitbewerber waren völlig von einer Staubwolke verschluckt.

»Geht es Ihnen nicht gut, Miss Sharpe?« fragte ich vorsichtig. »Sie sind ganz blaß geworden. Vielleicht ist die Hitze zuviel für Sie. Es ist gut, daß wir dieses mühselige Vergnügen nun fast hinter uns haben – ich bin sicher, Sie wären lieber zu Hause.«

Sie sank zurück auf ihren Sitz und nahm ein Tuch aus ihrem Pompadour. »Entschuldigen Sie. Ein leichtes Schwindelgefühl …«

Die unberittenen Zuschauer, wie meine Brüder, waren den Schranken entlang hinter dem Feld hergerannt; ein unsinniges Vorhaben, denn die Pferde hatten sehr bald die Schlußkurve erreicht und bogen in die Zielgerade ein. Alle Köpfe wandten sich dorthin, das Donnern der Hufe kündigte den nahen Sieg an, und dann schoß die kastanienbraune Stute Josephine schweißbedeckt über die Ziellinie, dicht gefolgt von Commodore.

»Oooh!« rief Fanny voller Enttäuschung.

»Gott sei Dank, daß es endlich vorbei ist«, murmelte ihre Mutter.

Von der zitternden Miss Sharpe kam so etwas wie ein Schluchzen.

Es war ein ernüchterter und niedergeschlagener Henry, der eine halbe Stunde später zu unserer Gesellschaft aus Godmersham zurückkehrte.

»Ich bin sicher, daß dem armen Tier irgend etwas Böses

zugestoßen ist.« Er ließ sich in die Sitzkissen fallen und nahm ein Glas Ingwerbier an. »Die linke Hinterhand sah nicht ganz richtig aus. Vielleicht waren die Gewichte ...«

»Er sah auf der gesamten Strecke nicht ganz richtig aus, mein lieber Bruder«, meinte Neddie verdrossen. Er war völlig außer Atem und verärgert über die vergebliche Jagd. »Wobei ich allerdings gestehen muß, daß ich von meinem Platz aus keinen guten Blick hatte. Wir hätten lieber zu Pferde herkommen sollen wie Mrs. Grey.«

Wie von den Gedanken meines Bruders herbeigezaubert, tauchte die Gestalt in Scharlachrot neben dem eleganten hohen Phaeton auf. Sie stieg schwungvoll ab und warf die Zügel ihrem Reitknecht zu. Hinter ihr nahten mit bedächtigem Schritt die Stute Josephine und ihr Jockei. Beide sahen aus, als wären sie von Höllenhunden gehetzt worden, was ja vielleicht auch stimmte. Es kann wohl nicht eben bequem oder gar leicht sein, ein scharfes Rennen zu reiten, wenn der größte Teil von Kent hinter einem hertobt.

Mrs. Grey warf einen wunderschönen Goldpokal – den Hauptpreis der Rennwoche von Canterbury – so nachlässig in den Phaeton, als wäre es ein Paar alter Schuhe. Sie reichte dem Jockei einen kleinen ledernen Geldbeutel und streichelte mit ihrer behandschuhten Hand die schweißbedeckte Flanke der Stute. Dann stieg sie mit dem Hochmut, den nur jemand besitzt, der sich ständig unter den Blicken von Hunderten von Augen bewegt, in ihr Gefährt, ergriff die Zügel und ließ sie scharf auf die Hälse der beiden Grauschimmel klatschen. Mehrere der umstehenden Herren jubelten ihr zu. Als sie wendete, legte der Reitknecht mit unbewegtem Gesicht die Hand an die Mütze, dann führten er und der Jockei ihre Pferde langsam durch die quirlende Menge zu den Ställen.

»Was habe ich euch gesagt?« meinte Lizzy träge. »Sie sitzt zu Hause auf dem Sofa, während alle anderen noch auf der Straße nach Canterbury feststecken. Ein gräßliches Weib.«

»Sprich bitte nicht von ihr.« Henry nahm einen langen Zug. »Meine liebe Eliza behauptet stets, daß eine Französin immer gewinnt, weißt du – und allmählich komme ich auch zu der Überzeugung. Hast du gesehen, Neddie, wie wild diese grauäugige Hexe ihrem Pferd die Sporen gab?«

»Ich glaube, Mrs. Grey hat braune Augen, Henry«, erwiderte mein Bruder zerstreut.

»Ob grau oder braun – auf mein Wort, eine Furie ist gar nichts dagegen! Ich möchte fast glauben, sie hat Commodore verhext, als er an den Schranken vorbeikam. Sie sieht jedenfalls wie eine Hexe aus, auch wenn sie einen Schleier trägt.«

»Komm, Henry.« Ich streichelte ihm die Hand. »Bitte kein Benehmen, das einem Gentleman nicht angemessen ist. Du mußt den Kindern ein Vorbild sein, darin wie in so vielen Dingen. Deine Enttäuschung kann als ein warnendes Kapitel in den Annalen des Sports dienen. Ich sehe die Überschrift schon vor mir: Ein Gentleman erträgt ungebeugt die Wechselfälle des Schicksals.«

»... auch wenn er ins Armenhaus muß«, knurrte er unversöhnlich.

»Ins Armenhaus!« Ich lächelte ihn verschwörerisch an und senkte die Stimme zu einem Flüstern. »Dann tröste dich, Henry. Du gehst nicht allein dorthin. Der vorzügliche Mr. Bridges wird dich in deiner Einsamkeit erheitern, denn er nannte Commodore den Träger aller seiner Hoffnungen.«

»Reiße ich also noch andere mit ins Verderben?« stöhnte Henry in gespielter Verzweiflung. »Was für Vorwürfe mich dann treffen! Und wie soll ich Lady Bridges gegenübertreten, seiner gestrengen Mutter? Müssen wir damit rechnen, daß uns der unglückliche Hilfspfarrer in Godmersham aufsucht, bevor der Tag sich neigt?«

»Er sollte lieber Mrs. Grey aufsuchen«, sagte Neddie, der etwas von unserem Gespräch mitgehört hatte. »Ihr fällt im Augenblick die Wohltätigkeit zweifellos etwas leichter.«

»Eine Ehrenschuld ist eine Ehrenschuld.« Lizzy zog gelangweilt an den Spitzen ihrer Handschuhe. »Keine Dame würde erlassen, was ein Gentleman einfordert; das verstieße gegen die Gleichberechtigung der Geschlechter.«

»Du hast schon wieder diese verflixte Wollstonecraft gelesen«, sagte mein Bruder empört. »Ich werde das Buch heute abend noch verbrennen.«*

»Können wir jetzt abfahren, Papa?« bat Fanny. »Ich habe fürchterlichen Hunger.«

»Hunger!« Neddie suchte in den Tiefen des Picknickkorbes herum. »Und kein bißchen vom Huhn in Gelee habt ihr eurem armen Vater übriggelassen? Du Lauser!« Er kniff seiner Lieblingstochter in die Wange. »Wir fahren los, sobald ich einen Krug Ale ergattert habe, Fanny. Ich habe einen Durst, der selbst den Stour austrocknen würde.«

Damit ging er von dannen auf der Suche nach einem Humpen. Die meisten Herren aus der Nachbarschaft streiften noch auf dem Rennplatz umher und tauschten ihre Geschichten von Verlust oder Sieg aus. Einige hatten ihr Geld auf Mrs. Greys Stute gesetzt, andere auf Henrys Pferd und noch andere auf eines der Pferde im geschlagenen Feld, denen es nicht besser ergangen war als Commodore. Daraus ergab sich viel schallendes Gelächter und Schulterklopfen, an dem ich kaum Gefallen fand. Ich war erschöpft und erhitzt und sehnte mich danach, mich von meinem hinreißenden fliederfarbenen Kleid zu befreien.

»Da ist mein Bruder Edward«, bemerkte Lizzy, »er sieht aus, als würde er noch vor Sonnenuntergang am Galgen landen. Du hast für eine Menge einzustehen, Henry, ich weiß nicht, ob ich dich heute abend in Godmersham aufnehmen

* Edward meint »A Vindication of the Rights of Women« von Mary Wollstonecraft, das 1792 zuerst erschien. Elizabeth Austen wurde in einem ausgezeichneten Mädchenpensionat in London erzogen, das als »das Eton für Damen« galt. Möglicherweise wurde dort ihr Interesse an Frauenfragen geweckt. Im Jahre 1808 schrieb sie ihren Namen in ein Buch, das die radikale Londoner Feministin Mary Hays verfaßt hatte. – *Die Herausgeberin.*

sollte! Sieh dir den armen Kerl an, wie enttäuscht und sprachlos er ist! Würde er sich nicht auf Hauptmann Woodfords Arm stützen, könnte er wohl keinen Fuß vor den anderen setzen!«

Mr. Bridges sah in der Tat sehr mitgenommen aus. Sein Gesicht war gerötet, seine modische Frisur zerzaust, und seine Krawatte hing schief. Er faßte sich an den Kopf – der sicherlich schmerzte von einer unheilvollen Mischung von Schnaps und Wein – und murmelte unverständliche Worte in Hauptmann Woodfords Ohr. Er warf einen Blick auf seine Schwester und schien sich unserer Kutsche nähern zu wollen, doch da trat plötzlich ein dritter Mann an ihn heran und zog an Mr. Bridges' Arm. Es war ein stämmiger Herr mit vollem Backenbart und liederlichem Äußeren; ich kannte ihn seit langem. Denys Collingforth, im Besitz von geringen Mitteln und einem jähzornigen Gemüt, wurde von der ganzen Nachbarschaft verabscheut. Wären die Collingforths anständiger gewesen, hätten wir sicher viel mit ihnen verkehrt, denn sie wohnten auf Prior's Farm, nur wenige Meilen von Godmersham. Collingforth liebte es, aus dem geringsten Anlaß die Fäuste zu gebrauchen, und es hieß, er habe sogar seine Frau geschlagen, die unglückliche Laetitia, in deren Kutsche Mrs. Grey vor ungefähr einer Stunde gestiegen war.

Bei meinen häufigen Aufenthalten in Kent hatte ich Denys Collingforth schon in manch unangenehmer Situation erlebt, und nach seinem gegenwärtigen Aussehen zu urteilen stand uns eine weitere unmittelbar bevor. Er zog am Ärmel von Mr. Bridges' elegantem Rock mit einer Bewegung, die zugleich Zorn und üble Laune ausdrückte.

Der Hilfspfarrer rang nach Luft und versuchte ihn abzuschütteln, doch erreichte er nur, daß beide Hände Mr. Collingforths sich fest in seine Revers krallten. Der tapfere Hauptmann Woodford wollte dazwischengehen, wurde aber zur Seite geschleudert.

»Lizzy!« Ich erhob mich halb von meinem Sitz. »Was mag

sich Mr. Collingforth wohl nur denken bei solchem Benehmen!«

Ihr eleganter Kopf wandte sich rasch um, und sie erfaßte die Lage mit einem Blick. »Dieser gemeine Lump«, fauchte sie, »gleich wird er Edward die Nase polieren.«

Nicht nur die Kinder waren empfänglich für Henrys Boxslang.

Und Collingforth polierte wirklich Mr. Bridges die Nase. Ein weit ausholender Schlag mit der Faust, und der Hilfspfarrer fiel hintenüber; Blut schoß aus seiner Nase. Hauptmann Woodford warf sich sofort auf seinen Gegner, und alle drei wälzten sich am Boden in einem Knäuel wirbelnder Glieder und heller Kniehosen. Im selben Augenblick hatte jedoch Neddie die Notlage erkannt, und er und Henry eilten ihren Freunden zu Hilfe, zusammen mit einem halben Dutzend anderer, die keinen Grund hatten, für Collingforth Sympathie zu empfinden. Der Schläger wurde geschickt aus dem Gewühl herausgeholt.

Er fluchte leise vor sich hin und zog sich zurück, um seine Wunden zu lecken. Ein Mann, den ich nicht kannte – ich darf ihn wohl einen Herrn nennen –, legte ihm den Arm um die Schultern und sagte ihm leise etwas ins Ohr. Der Neuankömmling war ganz in Schwarz gekleidet und trug eine verächtliche Miene zur Schau, doch seine Worte schienen seinen Freund zu beruhigen.

»Das wirst du mir noch teuer bezahlen«, schrie Collingforth dem staubigen Rücken von Mr. Bridges hinterher, dann drohte er mit der Faust und ging durch die Menge davon zu seiner schäbigen schwarzen Kalesche.

Wenn seine Frau darin saß, wagte sie es jedenfalls nicht, sich zu zeigen.

»Nun, Lizzy«, sagte mein Bruder, als er zu uns in die Kutsche stieg, »ich glaube, wir treten die Rückfahrt an. Diese Zusammenkunft wird fast zur Schlägerei, und ich möchte nicht, daß Fanny so etwas mit ansieht.«

Lizzys Antwort, falls sie eine geben wollte, wurde verhindert durch einen fürchterlichen Schrei. Es war der Schrei eines Mannes, der von Leid und Abscheu zerrissen wird, als habe er das Gesicht des Bösen erblickt und sich selbst darin erkannt. Er kam von irgendwo hinter uns.

Ich wandte mich entsetzt zu Neddie um und sah meine eigene Verwirrung im Gesicht meines Bruders gespiegelt. Dann waren wir alle auf den Füßen. Die Herren sprangen aus der Kutsche, alle Müdigkeit und Streitlust waren vergessen. An der offenen Tür von Collingforths Kalesche war eine Menschenmenge zusammengeströmt. Ich sah hin und wandte mich rasch wieder ab, um Fannys Gesicht an meiner Brust zu bergen. Der Tod ist kein Anblick für die Jugend, so sportlich sie auch sein mag.

Denn aus der Kutschentür hing die Gestalt einer Frau, deren Arme sich wie bittend ausstreckten. Ihr loses Haar war dunkel, ihre Augen waren blicklos, und obgleich ihr der Schleier und das scharlachrote Kleid vom Leib gerissen worden waren und sie bleich und kindlich in einem einfachen Baumwollhemd dalag, erkannte ich doch sofort Mrs. Grey.

Und ich wußte mit erschauerndem Herzen, daß sie nie wieder reiten würde.

Kapitel 2
Eine Kriegshandlung

19. August 1805, Forts..

»Großer Gott! Mrs. Grey, und das in Collingforths Kalesche.« Neddie warf seinen eleganten Zylinderhut in unsere Kutsche und eilte zu der gräßlichen Szene hin. Henry folgte ihm auf dem Fuße.

»Mama!« Fanny wand sich aus meinem Griff. »Was ist mit Mrs. Grey passiert? Und warum liegt sie so in ihrem Hemd da? Hat sie einen Anfall?«

Mrs. Greys Gesicht war verzerrt, ihr Mund stand offen, und die Zunge quoll hervor. Um ihren Hals schlang sich ein rotes Band, mit dem sie wohl vorher ihr langes schwarzes Haar hochgebunden hatte. Mit diesem Band war sie sicherlich erdrosselt worden. Sie bot einen schrecklichen Anblick – soviel Schönheit war in einem Augenblick grausig verwandelt worden.

Mit einem erstickten Schrei sank Anne Sharpe auf dem Sitz mir gegenüber ohnmächtig zusammen.

»Setz dich *hin*, Fanny.« Lizzy ergriff die Schärpe ihrer Tochter und zog fest daran. »Wenn jemand einen Anfall hat, dann ist es deine Gouvernante, mein Kind, und das ist auch kein Wunder bei einer so unruhigen Schülerin wie dich. Bemüh dich um etwas Anstand, während Tante Jane Miss Sharpes Riechfläschchen sucht.«

Ich stöberte schon in der Kutsche nach einem solchen Gegenstand herum und fand ihn schließlich in Fannys kleiner Reisetasche, die mit allem ausgerüstet war, was eine Dame benötigt. Reservetaschentücher, eine Rolle Heftpflaster, eine winzige Schere, ein Heft Nadeln mit Fäden und endlich – zu meiner Freude – das Kristallfläschchen mit dem Riechsalz. Ich hielt es der Gouvernante unter die Nase, und sie schnaubte wie eins von Henrys Rennpferden.

Fanny war jetzt ganz besorgt und beugte sich über Miss Sharpe wie eine kleine Mutter. Die Gouvernante sah wirklich ganz krank aus, behauptete aber, ihr fehle nichts, und bemühte sich, in ihrer gewohnten Haltung gerade dazusitzen. Sie nahm ein Glas lauwarmen Likör an und wandte den Blick sorgsam von der Kalesche Collingforths ab.

Ich meinerseits empfand keine Scheu, die interessante Szene zu betrachten, die sich hinter uns abspielte. Mein Bruder war keineswegs bloß aus übertriebener Ritterlichkeit an die Seite der toten Frau geeilt, nein, im vorliegenden Fall war dieses Zeichen aktiver Anteilnahme absolut notwendig. Der Lord Lieutenant von Kent selbst hatte meinen Bruder zum Friedensrichter ernannt. Freilich übte Neddie dieses Amt erst seit kaum sechs Monaten aus. Es war ein Ehrenamt ohne Entschädigung – denn man macht Gentlemen nie das beleidigende Angebot einer Entlohnung, wie man es bei einem gewöhnlichen Friedensrichter in London tun würde. Im allgemeinen war es recht langweilig, doch einem Mann von Neddies Fähigkeiten und Neigungen angemessen. Denn obgleich mein Bruder den Schliff der Mode angenommen hat – er bewegt sich von seinem sechzehnten Lebensjahr an in den besten Kreisen, hat die große Bildungsreise auf dem Kontinent mit Erfolg absolviert und alle Torheiten, Schwächen und Laster der vornehmen Gesellschaft wie Muttermilch aufgesogen –, so ist er doch in einer Landpfarre aufgewachsen und von einem Vater erzogen worden, dessen Haupttugenden Fleiß und Hingabe waren. Im Besitz großer Landgüter – die von Verwaltern bewirtschaftet werden –, zahlreicher Kinder und eines Heeres von Bediensteten, würde Neddie in Verdrießlichkeit und Trägheit versinken, wenn ihn die Sorgen eines öffentlichen Amtes nicht ablenken würden.

Als ich ihn beobachtete, wie er über der Leiche Mrs. Greys kniete, spürte ich ein vertrautes Erschauern in meinem

Herzen. Ich hatte solche Szenen schon zu oft gesehen. Im ersten Moment hätte ich wie Miss Sharpe meine Augen abwenden mögen, aber nach kurzer Überlegung gewann ich meine Entschlossenheit zurück. So unangenehm die Untat auch sein mochte, sie betraf unsere ganze Familie, und ich konnte meine Hilfe nicht dem Bruder versagen, der sich bei so vielen Gelegenheiten mir gegenüber großzügig erwiesen hatte. Neddies überlegene Weltkenntnis und sein leichter Umgang mit den Großen der Welt hatte sonst immer seine kleinen Schwestern beschützt, nun aber mußte er sich auf ein fremdes und verwirrendes Feld begeben, wohingegen ich nur Pfade zu beschreiten hätte, die mir schon vertraut waren.

Die vielfältigen Erfahrungen der letzten Jahre haben mir eine gänzlich neue Welt eröffnet; ich habe Begegnungen mit Männern höchst skrupelloser Art gehabt und überstanden, ohne meine Würde zu verlieren oder übermäßigen Schaden an meinem Ruf zu nehmen; und es war mir völlig klar, daß Neddies Rolle in dem gegenwärtigen Drama mir eine größere Kenntnis der Einzelheiten verschaffen wird, als mir in früheren Fällen zur Verfügung stand. Nicht, daß ich krankhaft neugierig wäre oder mich von den Erscheinungen des Bösen angezogen und fasziniert fühlte, sondern die Fähigkeit, ein verworrenes Puzzle aufzulösen – zum Nutzen eines Unglücklichen und zum Vorteil der Gesellschaft im allgemeinen –, bereitet mir große Befriedigung. Trotz des besorgten Drängens meiner Mutter habe ich es noch nicht geschafft, von dieser Neugier abzulassen und von den Gefahren des Umgangs mit zweifelhaften Existenzen, zu denen sie unweigerlich führt. Ich hatte das Glück (wenn manche es auch ein Unglück nennen würden), in der jüngsten Vergangenheit einige sehr komplizierte Probleme zu lösen, und im vorliegenden Fall könnten meine Fähigkeiten Neddie in seiner Notlage von Nutzen sein.

»Was sollen wir tun, Jane?« flüsterte Lizzy, »denn wir sollten Fanny nicht länger diesem schrecklichen Anblick aussetzen. Doch Neddie ...«

»... *muß* hierbleiben«, stimmte ich zu. »Ein Friedensrichter muß erst an andere denken und danach an seine Familie.«

»Aber, Mama, wie merkwürdig sie aussieht!« Fanny starrte wie gebannt auf die Szene nahe der Kutsche, die jetzt jedoch von Neugierigen fast verdeckt wurde. Im nächsten Moment saß sie wieder auf ihrem Lieblingsplatz hoch oben auf dem Bock neben Pratt, um einen besseren Blick zu haben.

»Kommen Sie sofort herunter, Miss Fanny!« rief Anne Sharpe und packte die Knöchel ihrer Schülerin mit festem Griff.

»Vielleicht könnten Miss Sharpe und Fanny die Ställe aufsuchen«, flüsterte ich Lizzy zu. »Da hätten sie nur fünf Minuten zu laufen und könnten sich nach Commodore erkundigen. So läßt sich Fanny vielleicht ablenken.«

Lizzy schüttelte entschieden den Kopf. »Ein ausgezeichneter Gedanke, Jane, wenn nicht der Mörder noch frei auf dem Rennplatz herumliefe!«

»Mörder?« Fanny glitt plötzlich zurück auf ihren Sitz. »Aber ist denn Mrs. Grey *ermordet* worden, Mama?«

Lizzy nahm ihre Älteste in die Arme. »Ich fürchte, die Dame ist tot, meine Fanny, aber wie es dazu kam, kann ich nicht sagen. Ich hätte nichts davon erwähnt, bevor Papa zurück ist. Verlaß dich drauf, dein Vater wird sehr bald alles herausbekommen.«

Fannys Augen weiteten sich bei diesen Worten, und ihr Atem ging stockend, doch das Kind bewahrte eine bewundernswerte Haltung. Sie kreischte nicht auf und fiel nicht in Ohnmacht, sie schauderte auch nicht wie von einer schrecklichen Vorahnung (womit sie sich als Leserin von Schauerromanen verraten hätte), sondern wandte den Blick der sanften blauen Augen ihrer Gouvernante zu und sagte: »Arme Sharpie. Ich weiß, Sie können solche Dinge nicht ertragen – Sie waren doch richtig krank, als Caky mal eine

Ratte im Kinderzimmer totschlug.* Aber die schrie auch schrecklich unter den Hieben mit Feuerhaken und Kohlenzange. Sie sind ein kleiner Angsthase, nicht wahr?« Sie tätschelte Miss Sharpe die Hand. »Ich glaube nicht, daß Mrs. Grey geschrien hätte, auch wenn sie jetzt tot ist. Und denken Sie dran, Sharpie, mein Vater wird unsere Ängste gleich zerstreuen.«

Miss Sharpe küßte Fanny auf die rote Wange und holte vernünftigerweise ihr Notizbuch hervor, in dem sie den ganzen Sommer über Rätsel gesammelt hat. Es dient vor allem zu Fannys Unterhaltung, und nach kurzer Zeit waren die beiden in ein vertrautes Zwiegespräch vertieft, und die Gefahr hysterischer Ausbrüche war gebannt.

In dem Gehölz am Rande des Rennplatzes schrillte plötzlich eine Zikade, ein Laut wie eine jähe, durchdringende Totenklage, und die Hitze lastete jetzt auf uns wie eine schwere Decke.

»Bitte passen Sie auf das Kind auf, Miss Sharpe«, sagte Lizzy abrupt. »Jane und ich müssen mit Mr. Austen sprechen.« Sie ließ sich von einem der livrierten Diener, die die ganze Zeit ausdruckslos in die Ferne starrten, aus der Kutsche helfen. Ich folgte ihr sofort.

Ein Knäuel von Männern aus allen Schichten hatte sich dicht um meine Brüder und die Kalesche der Collingforths gesammelt. Lizzy klopfte mit ihrem Sonnenschirm auf eine breite Schulter und bahnte sich einen Weg in die Mitte, wo Denys Collingforth von zwei seiner Nachbarn in festem Griff gehalten wurde.

»Ich sage Ihnen doch, ich weiß von nichts!« fauchte er. »Das Weibstück wollte heute morgen so wenig mit mir

* »Caky« nannten Edward Austens Kinder ihre Kinderfrau Susannah Sackree, die mehr als sechs Jahrzehnte lang in Godmersham Dienst tat. Sie war auch oft Jane Austens persönliche Zofe, wenn Jane sich in Godmersham aufhielt. Sie ist in St. Nicolas beerdigt, der alten normannischen Kirche südlich von Godmersham Park, in der auch Edward und Elizabeth Austen Knight beigesetzt sind. – *Die Herausgeberin.*

sprechen wie einen Köter im Dreck ansehen. Zu fein für Denys Collingforth, und das wollte sie aller Welt zeigen. Ich kam überhaupt nicht in ihre Nähe und sie nicht in meine!«

»Wie erklären Sie es sich dann, Mr. Collingforth, daß sie kurz vor dem letzten Rennen in Ihre Kalesche stieg?« warf Lizzy ruhig ein. »Meine Schwester und ich haben es selbst gesehen.«

Dem Herrn klappte der Unterkiefer herunter, und das Blut wich aus seinem Gesicht. »Unmöglich!« rief er. »Ich war den größten Teil des Tages von der verdammten Kutsche weg! Everett kann das bezeugen – und hundert andere auch!«

»Wo ist Mr. Everett?« rief mein Bruder mit einem anerkennenden Blick zu seiner Frau.

Der schwarzgekleidete Fremde, der Collingforth in seinem Streit mit Mr. Bridges beigestanden hatte, schob sich durch die Menge. »Ich bin Joshua Everett.«

»Kennen Sie diesen Mann?«

»Ja. Es ist Denys Collingforth von Prior's Farm.«

»Und waren Sie heute vormittag irgendwann mit ihm zusammen?«

»Den ganzen Vormittag, Sir. Wir frühstückten um acht, fuhren zum Rennplatz und sicherten uns unsere Plätze und ließen einen Jungen da, der auf die Pferde aufpassen sollte.«

»Das war wann?« hakte Neddie nach.

Mr. Everett zuckte die Achseln und sah Collingforth fragend an. »Gegen zehn vielleicht?«

»Halb elf. Sie vergaßen den Humpen Ale, den wir unterwegs tranken.«

»Halb elf«, sagte Neddie, als führe er im Geiste Buch über Collingforths Aufenthalt. »Und dann, Mr. Everett?«

»Dann gingen wir auf dem Rennplatz umher, sahen uns die Pferde an und schlossen ein paar Wetten mit Herren unserer Bekanntschaft ab – und schließlich stellten wir uns nahe dem Hahnenkampfplatz auf.«

»Da hab ich sie gesehen«, rief eine Stimme aus der Menge.

»Ich auch«, bestätigte ein anderer.

Neddie nickte meinem Bruder Henry kurz zu, der sich auf die Suche nach Collingforths Bekannten machte.

»Das alles war noch vor den Rennen selbst, Collingforth.«

»Ja, *die* sah ich mir von den Schranken aus an.«

»Ihre Frau hat Sie heute vormittag nicht begleitet?«

»Mrs. Collingforth fühlt sich nicht wohl. Und da Everett aus London zu Besuch ist ...«

»Ich verstehe. Sie behaupten also, daß niemand in der Kalesche war, als diese Dame beobachtete, wie Mrs. Grey sie bestieg?«

»Ich sage Ihnen doch, Austen, ich war nie bei der Kutsche bis zu dem Moment, als ich die Tür hier aufzog!« Der verzweifelte Mann sah voller Ekel auf Mrs. Greys erstarrtes Gesicht hinunter. Sie lag, halb mit einem geborgten Tuch bedeckt, dicht vor meinem Bruder, wie unter seinem Schutz. »Können Sie nicht einen Arzt holen und der Frau die Augen zudrücken lassen? Wie sie uns anstarrt! Das ist doch kaum anständig!«

»Ist ein Arzt anwesend?« rief mein Bruder rauh über die gedrängt Stehenden hinweg.

Ein Murmeln und Beiseiteschieben im Hintergrund, dann tauchte ein kleiner rundlicher Mann mit kahlem Kopf auf und verneigte sich nach allen Seiten. »Tobias Wood«, stellte er sich vor, »zu Ihren Diensten, Herr Friedensrichter.«

»Sehr wohl, Mr. Wood. Wir werden später noch Ihre Hilfe brauchen, wenn wir die Leiche nach Canterbury überführen. Für den Augenblick würde es wohl genügen, wenn Sie ihr die Augen zudrückten.«

Das tat Mr. Wood mit einer erstaunlich sanften Geschicklichkeit, die sicher viele Anwesende erleichterte.

»Madam«, sprach mein Bruder mit förmlicher Höflichkeit seine Frau an, »Sie sagten, Sie haben beobachtet, daß

Mrs. Grey kurz vor dem letzten Rennen in Mr. Collingforths Kalesche stieg. Das war um ...« Er blickte auf seine Uhr und sah Henry an.

»... kurz vor zwei Uhr«, ergänzte Henry. »Ich erinnere mich an die Zeit, weil es das letzte Rennen von Commodore war.«

»Ich würde eher sagen, es war gegen halb zwei«, meinte Lizzy mit deutlicher Stimme. »Aber du weißt, daß das keine Rolle spielt, Neddie, denn Mrs. Grey war unzweifelhaft am Leben, als das letzte Rennen stattfand. Wir alle sahen sie auf ihrem Rappen an der Spitze der Meute reiten, und danach fuhr sie ihren Phaeton vom Rennplatz fort. Ich habe das nur erwähnt, weil Mr. Collingforth diesen früheren Besuch anscheinend vergessen hat.«

»Ich weiß nichts von irgendeinem Besuch!« brüllte er, und eine Ader an seinem Hals pochte gefährlich. Einer seiner Bewacher verlor seinen Griff, und Lizzy trat zurück, als sein rechter Arm frei schwang.

»Ich verstehe vollkommen, warum Sie das erwähnten«, sagte Neddie höflich zu seiner Frau, als führe er den Vorsitz bei einem Gesellschaftsspiel. »Klopfte Mrs. Grey an die Tür der Kutsche?«

»Ja. Sie öffnete sich sofort, und sie stieg ein.«

»Es war also jemand darin?«

»Das muß ich annehmen. Ein Gesicht habe ich nicht gesehen.«

»Miss Austen?« fragte mich Neddie ebenso förmlich.

Ich schüttelte verneinend den Kopf.

»Mr. Collingforth«, fuhr er fort, »was ist mit dem Jungen, der auf Ihre Kutsche aufpassen sollte?«

»Ist wohl davongelaufen, um sein Trinkgeld auszugeben. So was kommt öfter vor.«

»Würde der junge Mann, den Mr. Collingforth angestellt hatte, jetzt bitte vortreten und seine Aussage machen?« rief Neddie.

Diesmal gab es keine Bewegung hinten in der Menge. Neddie wiederholte seinen Aufruf, doch vergeblich, und Collingforth blickte seinen Freund Everett düster an. Der schaute so hochmütig drein wie immer.

Neddie trocknete sich sein gerötetes Gesicht mit einem Batisttuch und wandte sich wieder an den unglücklichen Herrn. »Haben Sie eine Erklärung dafür, daß Mrs. Grey Ihre Kutsche aufsuchte, Collingforth?«

»Nein. Und wie Ihre verehrte Gattin schon sagte, Herr Friedensrichter, das spielt auch keine Rolle. Das Weibsstück lebte noch lange genug, um das Rennen zu gewinnen und den Pokal abzuholen. Wie sie hierher kam und in diesem Zustand, das weiß ich nicht. Aber ich schlage vor, Sie vernehmen den Pfarrer Mr. Bridges und seinen prächtigen Freund vom Militär. Fragen Sie die doch mal, warum die beiden die französische Schlampe tot sehen wollten, dann werden Sie genug zu hören kriegen.«

Lizzy neben mir umkrampfte den Perlmuttgriff ihres Sonnenschirms und ließ ihre grünen Augen ruhig über die Gesichter der Menge gleiten. Vielleicht suchte sie mit leiser Besorgnis nach ihrem Bruder.

»Sie haben eine ausgesprochene Neigung zu Beleidigungen, Collingforth, die Sie lieber unterdrücken sollten«, warnte ihn Neddie. »Die Dame ist Mrs. Grey, was Sie auch von ihr halten mögen, und ich ersuche Sie, mehr Respekt vor Toten zu zeigen.«

Collingforth warf einen haßerfüllten Blick auf die Leiche, der mich erschauern ließ. Wie sehr auch Mrs. Grey die Herren von Kent bezaubert haben mochte, dieser gehörte nicht dazu.

»Haben Sie sie in Ihre Kutsche eingeladen, Collingforth, und dann Ihre Verabredung nicht eingehalten?«

»Ich habe nichts dergleichen getan. Ich bin ein anständiger verheirateter Mann.«

Jemand in der Menge lachte laut auf, und Collingforth

musterte die Gesichter aus blutunterlaufenen Augen. »Den nächsten, der mir den Respekt verweigert, fordere ich.«

»Und was ist mit Mrs. Grey?« rief jemand. »Nennen Sie das ›Respekt‹, was Sie mit ihr gemacht haben? Wo ist ihr Kleid, Collingforth? Wollen Sie es Ihrer Frau schenken?«

»Ruhe!« donnerte Neddie in einem Ton, den ich noch nie von ihm vernommen hatte. »Ich brauche ein schnelles Pferd und einen Reiter nach Canterbury! Ein Goldstück für den Burschen, der das in weniger als einer Stunde schafft!«

»Das mach ich«, rief ein junger Mann in einem Nankingrock, sicherlich einer der Stallburschen.

»Reite wie der Wind zur Gendarmerie«, befahl ihm Neddie, »und schick einen Trupp Konstabler her. Wir brauchen so viele wie möglich. Wo ist Mrs. Greys Reitknecht?«

»Mrs. Greys Reitknecht!« Der Ruf wurde aufgenommen und lief durch die wachsenden Reihen, und nach einer Weile wurde der Junge mit dem krummen Rücken aus den Stallungen geholt und brachte den Jockei der Greys mit.

Der Reitknecht blieb beim Anblick seiner Herrin stehen und stieß einen erstickten Schrei aus. Dann blickte er sich mit geballten Fäusten blindlings im Kreise um, sah den immer noch festgehaltenen Collingforth, stürzte sich auf ihn und schlug auf ihn ein. »Warum haben Sie das getan, Sie Feigling? Warum wollten Sie sie umbringen? Sie wollte nichts mit Ihnen zu tun haben! Sie konnten sie nicht in Ruhe lassen!«

Neddie packte den Jungen an den Schultern und zog ihn zurück. »Wie heißt du, mein Junge?«

»Tom«, antwortete er, »Tom Jenkins.«

»Warum hat deine Herrin dich hier zurückgelassen?«

»Sie befahl mir, La Flèche nach Hause zu führen. Crandall dort sollte die Stute führen.«

Der Jockei, sehr blaß um den Mund, legte grüßend die Hand an die Mütze.

»La Flèche?« fragte Neddie.

»Den Rappen, den sie beim Rennen ritt.«

»Ich verstehe. Und welche Straße wollte sie fahren?«

»Na, die Straße nach Wingham natürlich. The Larches liegt doch kurz vor Wingham.«

Neddie sah sich um. »Henry! Hast du ein frisches Pferd?«

»Natürlich.« Meine Brüder waren zum Rennplatz geritten, lange bevor wir mit der Kutsche dorthin fuhren, denn sie wollten Commodore in den Stall bringen und die Rennstrecke besichtigen. Wir waren einige Stunden später nachgefahren.

»Dann reite sofort die Straße nach Wingham ab. Mrs. Greys Phaeton muß gefunden und vor Schaden bewahrt werden. Zehn zu eins ist er gestohlen worden …« Er hielt verwirrt inne. Die unausgesprochene Frage lag in der Luft: Wie konnte Mrs. Grey, ihres scharlachroten Kleides beraubt, in Collingforths Kalesche liegen, wenn wir alle sie vor einer halben Stunde hatten vom Rennplatz wegfahren sehen? Und wenn ihr das Unglück auf der Straße zugestoßen und ihr Phaeton gestohlen worden war – warum lag ihre Leiche dann nicht unter einer Hecke?

»Ich schicke einen Konstabler nach Wingham, sobald ich einen hier habe«, fuhr Neddie fort, »doch bis er kommt, Henry, bitte ich dich, in The Larches zu bleiben. Falls du den Phaeton durch einen glücklichen Zufall findest, halte dich bei ihm auf, bis der Konstabler eintrifft. Nun zu dir, Tom!«

»Ja, Sir?« Der Reitknecht wischte sich die Tränen aus den Augen und bemühte sich, gerade zu stehen.

»Kann der Rappe noch traben?«

»Der ist so frisch, als wenn er ausm Stall kommt, Sir.«

»Sehr gut. Dann begleitest du mit deinem Kollegen – Crandall, nicht wahr? – Mr. Austen auf der Straße nach Wingham. Entdeckt ihr den Phaeton, bleibt Mr. Austen dabei zurück, und ihr reitet weiter nach The Larches. Ihr erklärt dem Personal, was eurer Herrin zugestoßen ist. Alles klar?«

»Glasklar, Sir.«

»Euer Herr ist vermutlich nicht zu Hause?«

»Der ist in London, wie immer.«

»Dann muß man ihm einen Boten mit der Nachricht schicken. Die Haushälterin wird das besorgen.«

»Wahrscheinlich wird sie mich schicken«, meinte der Jockei. »Ich weiß meistens, wo der Herr zu finden ist.«

Tom blickte auf seine ermordete Herrin, die so still in dem Staub und dem Zikadengesang lag. »Was wird mit Mylady?«

»Wir bringen sie nach Canterbury«, antwortete Neddie sanft und klopfte dem Jungen auf die Schulter. »Sie muß noch eine Weile im ›Hound and Tooth‹ liegen bleiben für die Totenschau.«

»Totenschau? Aber der Halunke, der sie umgebracht hat, steht doch da in voller Lebensgröße!« zischte der Junge und ballte wieder die Fäuste. »Wär ich bei ihr gewesen, wie sich's gehörte, wär'n Sie jetzt nicht so ruhig, Mr. Collingforth!«

»Halt den Mund, Tom«, sagte Neddie scharf. »Hier und jetzt sind keine harten Worte angebracht. Der Leichenbeschauer wird entscheiden, ob Mr. Collingforth schuldig ist. Du mußt der Haushälterin sagen, wo Mrs. Grey liegt: Im ›Hound and Tooth‹ in Canterbury.«

»Ich werd ihnen alles erzählen«, erwiderte er, und sein Gesicht verzog sich wieder. »Sie werden alle kommen und sie sehen wollen.«

»Ich fürchte, das geht erst, nachdem der Leichenbeschauer sie untersucht hat. Und nun ab mit euch zu den Ställen!« Neddies Stimme war fest, und das war in dieser Lage sichtlich hilfreich. »Ihr habt eine Pflicht zu erfüllen, die nicht warten kann.«

»Jawohl, Sir.« Der Reitknecht griff grüßend an die Mütze, der Jockei verbeugte sich, und dann sausten beide wortlos davon.

»Neddie«, flüsterte Lizzy ihm zu, »Fannys Situation gefällt mir nicht. Miss Sharpe geht es auch nicht gut.«

»Ich schicke euch mit Pratt zurück nach Godmersham.«

»Erst wenn die Konstabler hier sind«, erwiderte Lizzy bestimmt. »Ich verlasse diesen Ort erst, wenn ich weiß, wie es um Mr. Collingforth steht. Ich bin teilweise verantwortlich für seine Notlage, aber ich hielt es für nötig, mich einzuschalten.«

»Ohne Zweifel. Das war völlig richtig. Jane!«

»Ja, Neddie?« Ich war sofort bei ihm.

»Ich hätte sehr gern noch ein Augenpaar zur Verfügung. Wenn du und Lizzy zur Kutsche zurückgeht, von dort aus die Menge beobachtet und euch jede auffällige Einzelheit – und sei sie noch so klein – merkt, dann könnte das Gold wert sein.«

»Mit Begeisterung«, sagte ich und nahm Lizzys Arm.

»Und nun, Mr. Collingforth«, sagte Neddie, als wir uns abwandten, »muß ich Sie darum bitten, Ihre Kalesche durchsuchen zu dürfen. Treten Sie beiseite, Mr. Everett!«

»Was für ein merkwürdiges Licht das nun auf unsere Nachbarn wirft«, seufzte Lizzy, während ihre grünen Augen gespannt über die Equipagen glitten, die in unserer Nähe standen. »Dort schiebt Mr. Hayes seine ganze Gesellschaft in seine geschlossene Kutsche und will so schnell wie möglich zurück nach Ashford. *Der* bleibt keinen Augenblick länger, auch nicht aus Achtung vor der Toten. Die Chance, vor den anderen auf die freie Straße zu kommen, ist zu verlockend, als daß er darauf verzichtete. Lady Elizabeth Finch-Hatton tut so, als wäre ihr unwohl. Siehst du sie dort mit einem Taschentuch vor dem Gesicht? Vermutlich habe ich ihr einen Anfall verursacht, weil ich meine Kutsche verlassen und mich der Leiche genähert habe. Wie tröstlich, daß wir nicht so empfindlich tun müssen, wenn aller Augen sich auf Lady Elizabeth richten!«

»Ich bewundere Ihre Tatkraft, Mrs. Austen«, sagte Miss Sharpe plötzlich. »Ich wünschte, ich wäre auch dazu fähig. Dieser fürchterliche Mensch verdiente eine Antwort!«

»Sie haben auch gesehen, daß die Dame in seine Kalesche stieg?«

»Ja«, antwortete die Gouvernante mit abgewendetem Gesicht, »aber ich habe nicht bemerkt, wie sie sie verlassen hat. Ich kann mich wirklich nicht im geringsten an ihre Bewegungen erinnern bis zum dem Moment, als Fanny sie an den Schranken erspähte – auf ihrem Rappen und im Begriff, sich dem Felde anzuschließen. Den Anblick werde ich nicht so schnell vergessen!«

»Wohl kaum eines der Ereignisse dieses Tages, vermute ich«, erwiderte Lizzy. »Damit haben Sie gleich einen guten Eindruck von den vornehmen Vergnügungen der Rennwoche von Canterbury bekommen, Miss Sharpe. Ich fürchte, wenn Ihre Freunde, die Portermans, davon hören, werden sie entsetzt sein und Ihre sofortige Rückkehr nach London verlangen.«

Anne Sharpe blickte schnell zu ihrer Herrin auf und senkte dann den Blick wieder auf das kleine Notizbuch.

»Ich kann Ihr Rätsel nicht lösen, Sharpie«, sagte Fanny verdrießlich, »und mir ist heiß, und ich bin müde. Wann ist Papa denn fertig?«

»Ein bißchen dauert's noch, mein Schatz«, meinte ihre Mutter, »ein kleines bißchen. Leg den Kopf auf meinen Schoß, wenn du willst, und versuch zu schlafen.«

Während meine Schwester ihrer Tochter über die Locken strich, betrachtete ich die durcheinanderquirlende Menge.* Mehrere Gruppen hatten nicht die Absicht, auf die Konstabler zu warten, wie Lizzy schon festgestellt hatte. Die Gespanne stauten sich an der Ausfahrt des Rennplatzes, und es würde wohl Stunden dauern, bis sich das Gelände leerte.

»Erzähl mir von Mr. Collingforth, Lizzy«, sagte ich leise.

* Zu Jane Austens Zeit war es üblich, angeheiratete Verwandte so zu bezeichnen, als wären es Blutsverwandte. Der Begriff »Schwieger...« existierte, wurde aber oft zur Benennung von Stiefverwandten benutzt. – *Die Herausgeberin.*

»Collingforth? An dem ist nicht viel dran, kann ich dir versichern. Hat nichts mit der Familie in Suffolk zu tun, weißt du – ein Erbe aus einer Seitenlinie mütterlicherseits, der den Namen annahm, als er den Besitz erbte.«

»Ja, ja, aber was für einen Charakter hat er? Ist es ihm zuzutrauen, daß er eine frische Leiche in seiner Kutsche versteckt?«

»Ich kann nicht verstehen, weshalb *irgend jemand* das tun sollte, Jane«, erwiderte Lizzy empört, »und noch weniger, weshalb er sie dann selbst entdeckt. Entweder ist er sehr naiv oder sehr gerissen – im Augenblick kann ich mich da noch nicht entscheiden.«

»Er scheint Mrs. Grey zu hassen.«

Sie lächelte freudlos. »Liebe schlägt oft in Haß um, glaube ich, zumal wenn sie einer leidenschaftlichen Besessenheit entspringt. Ungefähr vor sechs Monaten noch konnte Mrs. Grey mit Mr. Collingforth machen, was sie wollte. Aber sie wurde seiner überdrüssig, wie vieler anderer auch, und schickte ihn fort.«

»Und die vornehme Gesellschaft duldete diese Affäre?« fragte ich.

»Die vornehme Gesellschaft, wie du sie nennst, beachtete weder Mrs. Grey noch Collingforth. In welchem Verhältnis sie auch zueinander standen, das lag außerhalb des Gesichtskreises der besseren Leute von Canterbury. Lediglich Lady Forbes, die Frau des Kommandierenden Generals der Coldstream-Garde, fand sich bereit, Mrs. Grey nach ihren ersten Wochen in Kent weiter zu besuchen, sobald ihr Stil bekannt geworden war, und Lady Forbes ist noch sehr jung, und man muß annehmen, daß sie es nicht besser weiß.«

»Ich verstehe. Du sagtest, sie sei vieler Herren überdrüssig geworden. Ist das vielleicht ein Motiv für ihr grausames Ende?«

»Vielleicht.« Lizzy wendete mir ihre schrägen grünen Augen zu. »Mein Bruder gehört ebenfalls zu ihnen, Jane – Mrs.

Grey konnte ihn um den kleinen Finger wickeln –, und Hauptmann Woodford natürlich auch. Der ist schon seit der Knabenzeit mit Mr. Valentine Grey befreundet und war häufig zu Besuch auf The Larches.«

Ich blickte auf Miss Sharpes glattes dunkles Haupt; ihre Augen waren geschlossen, sie schien zu schlummern. Trotzdem senkte ich die Stimme. »Du hast gehört, was Mr. Collingforth von deinem Bruder sagte?«

»Das meinen die meisten in Kent. Ich frage mich, wo der Halunke abgeblieben ist? Ich würde sehr gern wissen, was Collingforth im Sinn hatte, als er sich ihm auf so unangenehme Weise näherte, kurz bevor die Leiche entdeckt wurde. Da geht es um irgendeine häßliche Sache zwischen ihnen, und Woodford ist auch beteiligt, wenn ich den Anschein richtig beurteile; so etwas wird immer schlimm, wenn es an die große Glocke kommt. Ich möchte meinen Bruder Edward schütteln, bis ihm alle Zähne klappern!«

Unser interessantes Gespräch wurde in diesem Moment durch die Ankunft der Konstabler aus Canterbury unterbrochen, die anscheinend im Galopp aus der Stadt hergeritten waren. In ihrem Gefolge führten sie einen schwarz verhüllten Frachtwagen mit, in dem ich sofort einen improvisierten Leichenwagen erkannte.

Neddie schritt ihnen entgegen, beriet sich kurz mit dem Mann, der ihr Führer zu sein schien, und dieser bellte dann Befehle heraus, mit denen er mehrere seiner Untergebenen in verschiedene Richtungen entsandte. Ein paar von ihnen eilten sofort zu der Kalesche Collingforths.

Der Arzt Mr. Wood schob einen Arm unter Mrs. Greys Hals und hob sie vorsichtig an. Die Konstabler ergriffen sie an der Taille und an den Füßen. Neddie schaute mit gekreuzten Armen zu, eine Sorgenfalte zwischen den Brauen. Und so wurde Mrs. Grey, deren offenes schwarzes Haar über den Arm des Arztes fiel, langsam zu dem schwarz verhüllten Wagen getragen. Die Menge der Neugierigen teilte sich und stand wie eine Ehrenwache, und man hörte kein Flüstern und keinen Seufzer, als die Männer mit ihrer unglücklichen Last hindurchschritten.

»Ich möchte jetzt nach Hause fahren, Pratt«, sagte Lizzy leise in die Stille hinein. »Wir fragen Mr. Austen, was er weiter vorhat, und dann fahren wir gleich ab.«

»Sehr wohl, Ma'am«, erwiderte der Kutscher. Er sprang sofort vom Bock – was er sicherlich schon seit einer Weile gern getan hätte – und suchte seinen Herrn auf.

Einen Augenblick später kam Neddie mit Pratt zurück.

»Du kannst hier nichts mehr tun, Lizzy«, sagte er. »Fahre mit allen nach Godmersham zurück und bestelle ein kaltes Abendessen für Henry und mich. Ich fürchte, wir werden noch ein paar Stunden unterwegs sein. Ich reite jetzt gleich nach The Larches in der Hoffnung, daß man den verschwundenen Phaeton gefunden hat.«

»Natürlich«, erwiderte sie entschieden. »Jane und ich werden aufbleiben und auf euch warten. Aber, Neddie ...«

»Ja?«

»Kannst du uns nicht etwas darüber sagen, wie Mrs. Grey starb?«

»Sie wurde mit ihrem eigenen Haarband erdrosselt.«

»Das hatte ich begriffen. Aber die Kalesche! Wie kam es, daß sie darin lag?«

Er schüttelte den Kopf. »Ich konnte nichts darin finden, was das Geschehen erklären würde. Es ist eine üble Geschichte – wenn man bedenkt, was Mrs. Grey ist.«

»Eine Französin?« schlußfolgerte ich.

Er nickte. »Die Gefahr, die von ihrer Nationalität ausgeht, hätte ihr allein schon in der heutigen Zeit ein angemesseneres Verhalten nahelegen müssen, aber sie war nie sehr zurückhaltend, wie ihr sicher bemerkt habt, und damit kann sie sich den Haß oder die Eifersucht vieler Männer zugezogen haben. Ich hoffe mehr zu erfahren, sobald ich mit ihrem Gatten gesprochen habe, aber das kann erst morgen geschehen.«

»Du glaubst also, daß der Mord an ihr eine Kriegshandlung war?«

»In Zeiten wie diese, da ganz Kent in Aufruhr ist wegen der Invasionsdrohung, würde mich das nicht überraschen. Sie muß auf der Landstraße umgebracht worden sein, bei einer zufälligen Begegnung, als sie ganz allein und wehrlos war. Aber wie sie dann in Collingforths Kalesche gelangte ...«

Ich betrachtete nachdenklich den Wagen der Konstabler mit seiner tragischen Last. Der Arzt Mr. Wood hatte sich entschlossen, die Leiche zu begleiten, und saß auf dem Bock. Neben mir hatte Miss Sharpe inzwischen den Picknickkorb verstaut, und Fanny hatte sich zu Lizzy gesetzt. Rings um uns hatte sich die festliche Stimmung des Renntages verflüchtigt, und eine Reihe von Kutschen zog sich bis zur Straße nach Canterbury hin. Die behäbige Versammlung des Volkes von Kent schien der letzte Ort zu sein, an dem man einen Mörder aus politischer Überzeugung vermuten würde, andere Leidenschaften lagen da schon näher.

»Mrs. Grey besaß Reichtum, Schönheit und Temperament«, überlegte ich, »und jedes davon könnte mancher Mann als Beleidigung aufgefaßt haben. Oder auch manche Frau, denn ich glaube, daß wenige ihrer Geschlechtsgenossinnen sie als Freundin zu bezeichnen wagten.«

»Und ihr Ende wird ihren Ruf nicht gerade verbessern«, bemerkte Neddie. »Es hat schon zuviel Skandal und Gerede gegeben. Das Verschwinden des Kleides der Dame verleiht der Sache einen üblen Anstrich. Ich wünschte, ihr Gatte wäre nicht in London.«

»Der Unglückliche! Eine solche Nachricht auf so grausame Weise zu erfahren! Soviel Elend kann niemand verdient haben.«

»Und solch ein Ende ebenfalls nicht«, fügte Neddie hinzu. »Wenn sich auch Mrs. Grey weiß Gott genug Feinde gemacht hat in der kurzen Zeit, die sie unter uns lebte.« Er beobachtete die Woge der abfahrenden Nachbarn mit ungewohnter Schärfe. »Im Falle dieser Dame kann ich mir mehrere Anlässe zur Gewalttat vorstellen, Jane. Ein Mann kann sein ganzes Geld auf den Ausgang des Rennens gewettet und mit der Entscheidung ein Vermögen verloren haben; oder er bildet sich ein, seine Liebe sei verschmäht worden, und ist bereit, die Beleidigung zu rächen.«

Neddie klopfte an die Kutsche und nickte Pratt zu. Der Kutscher hob widerwillig die Leinen.

»Mußt du Mr. Collingforth unter Anklage stellen?« fragte ich eilig.

Mein Bruder zögerte, in seine grauen Augen trat ein wachsamer Ausdruck. »Was das anbelangt – ich weiß es noch nicht, Jane. Die Angelegenheit würde ich gern in größerer Ruhe besprechen, wenn wir alle in Godmersham beisammen sind. Henry meint, dein Rat könnte nützlich sein, und ich bin nicht so töricht, hoffe ich, allein vorzugehen, wenn ich gute Ratschläge bekommen kann. Mit Mord habe ich noch keine Erfahrung. Ich muß diese Pflicht sehr ernst nehmen. Sie belastet mich stark.«

Er küßte seiner Frau die Hand, strich Fanny über ihre zerzausten Locken und ging dann durch die sich verlaufende Menge zu dem grollenden Mr. Collingforth hinüber. Dessen dunkelgekleideter Freund hatte ihn nicht verlassen, doch von solch einem düsteren Gefährten war wohl kein großer Trost zu erwarten. Mehr konnte ich nicht beobachten, denn in dem Moment zogen die Pferde an, und wir waren auf dem Wege nach Godmersham und wie alle Damen von Canterbury vor weiterer Berührung mit dem Unangenehmen bewahrt.

Im Tode wurde Mrs. Grey anscheinend das zuteil, was sie im Leben bevorzugte – die Gesellschaft von Sportsleuten.

Kapitel 3

Der unbekannte Hausfreund

19. August 1805, Forts.

Wir brauchten fast zwei Stunden, um die sieben Meilen mäßig guter Straße bis Godmersham zurückzulegen. Pratt läßt die Pferde niemals schnell laufen, weil kein Staub in die offene Kutsche dringen soll, und diesmal wurde unser Fortkommen noch durch den dichten Verkehr auf beiden Seiten behindert, denn die meisten eilten in ähnlich gedrückter Stimmung vom Rennplatz fort. Eine glücklichere Gesellschaft hätte den Weg wohl im Gespräch verbracht, aber Lizzy war mit ihren Gedanken ganz woanders, Miss Sharpe war leichenblaß, und Fanny schlief schon nach einem Viertel der Strecke ein. Wir zottelten zwischen den hohen Hecken von Kent dahin, während die Sonne sich zu den Hügeln hinabsenkte, und waren so still, als führe unser guter Pratt eine leere Kutsche.

Aus der Tatsache, daß mein Bruder nicht gewillt war, über das Thema zu sprechen, schloß ich, daß er Mr. Denys Collingforth in Haft nehmen würde. Ich konnte es ihm nicht verdenken, auch ein klügerer Mann als Neddie würde zögern, einen so offenkundigen Übeltäter laufenzulassen. Aber ich konnte nicht so recht an Collingforths Schuld glauben. Er war zweifellos ein widerwärtiger Schurke; er hatte häßlich von der ermordeten Frau geredet und seinen Haß deutlich in seinen groben Zügen gezeigt; in seiner Kutsche hatte sich die Leiche von Mrs. Grey befunden. Aber Collingforth wäre wirklich ein Trottel, wenn er eine Leiche in seiner eigenen Kalesche aufdeckte. Hätte er Mrs. Grey auf der Straße nach Wingham verfolgt, um sie umzubringen, dann hätte er sie besser mitsamt ihrem Kleid in einem Straßengraben liegen lassen sollen, als sie aller Welt vorzuführen. Es hatte vielmehr den Anschein, als wollte jemand anders Collingforth für diesen Mord hängen sehen und hätte die Vorgänge dementsprechend arrangiert.

Aber wie hatte man die Leiche in die Kutsche geschafft? Gewiß, man hatte ihr das scharlachrote Kleid ausgezogen, und damit war sie weniger auffällig – wenn eine Leiche am hellen Tag, nur mit einem Hemd bekleidet, überhaupt unauffällig war. Ich hielt es jedoch nicht für wahrscheinlich, daß Mrs. Grey lebend im Negligé in die Kutsche gebracht und drinnen erdrosselt worden sei. Zu kurze Zeit war vergangen zwischen ihrer Abfahrt vom Rennplatz und dem Auffinden ihrer Leiche, vielleicht eine Stunde im ganzen, jedenfalls zu wenig für eine solche Entführung. Außerdem hatte ich keinen Schmerzenslaut von der armen Dame gehört, und unsere Kutsche stand kaum dreißig Meter von der Kalesche Collingforths entfernt. Der Tumult des Rennens hätte die Tat übertönen können, aber ganz Canterbury wußte, daß die Dame noch einige Zeit nach dem letzten Rennen am Leben war.

Soviel ich auch über die Angelegenheit von Mrs. Grey nachdenken mochte, ich konnte keine Erklärung für ihr Ende finden, ohne daß die Kalesche selbst bewegt worden wäre. Bei reiflichem Überlegen war ich mir nicht mehr sicher, ob sie die ganze fragliche Zeit hinter unserer Equipage gestanden hatte – von Mrs. Greys Abfahrt bis zu dem Moment, als Collingforth die Tür seiner Kutsche aufriß. Aber wer sollte die Kalesche für einen so komplizierten Zweck gestohlen haben? Und wäre ihm dann genug Zeit geblieben, seine grausige Tat zu vollenden? Es hing wohl davon ab, wie weit Mrs. Grey schon gefahren war und an welcher Stelle der Straße nach Wingham man sie einholte.

Ich hätte eher daran denken und Neddie auffordern sollen, den Erdboden unter der Kalesche zu untersuchen. Vielleicht hätte man Spuren eines eiligen Aufbruchs entdecken können …

Ich seufzte laut, und Pratt sah sich um.

»Ist nicht mehr weit, Miss. Das hier ist der Abzweig nach Chilham, wie Sie bestimmt wissen.«

Chilham – wo ich gelegentlich in dem bescheidenen kleinen Ballsaal getanzt und in meiner Jugend die schönen dunklen Augen Mr. Taylors bewundert hatte. Er hatte ihren Blick auf eine andere junge Dame gerichtet, die mehr seinem Stande entsprach, auf seine unbändige Kusine Charlotte, und die beiden haben dieses beachtliche Familienmerkmal nun an eine weitere Generation weitergegeben. Erst in der vorigen Woche hatte ich einen Besuch in Bifrons Park gemacht und alle Taylors bei blühender Gesundheit angetroffen.

Während ich so auf den Seitenpfaden meiner Jugend wandelte, senkte sich die Straße und folgte einem Flußdeich, die Hecken verschwanden, und vor uns öffnete sich ein hübscher Anblick. Die ganze Schönheit von Godmersham lag plötzlich vor mir. Ich ließ das Nachdenken sein, lehnte mich in die Polster zurück und fühlte mich von der heiteren Szenerie sofort erquickt.

Der Hauptsitz meines Bruders ist ein ansehnliches modernes Gebäude aus rosa Ziegeln und schmiegt sich wie ein Juwel zwischen zwei Hügel der Downs. Jede Kontur des Hauses, wie es da aus seinem Wildpark aufragt, die Gehölze, in denen Fasanen nisten und Hasen wohnen, die eingehegten Küchengärten und die stolze Lindenallee, die wir Bentigh nennen und die sanft den Fluß entlang zu der alten normannischen Kirche St. Nicolas führt – all das verkündet jedem Beschauer, daß hier ein englischer Edelmann wohnt.

Ich kenne Godmersham schon seit der Zeit, als Neddie vor gut zehn Jahren hierher zog. Ich durfte mich manchmal monatelang in seinen schützenden Mauern aufhalten, und in gewisser Weise betrachte ich es als meine Heimat, die ich immer nur mit Bedauern verlasse. Mein eigener Lebensstil wird durch die Knappheit der Mittel bestimmt, die mir dafür zur Verfügung stehen; diese relative Armut übt einen

Zwang aus, der die Seele bedrückt und den Geist ermüdet. In Godmersham bin ich stets frei von der Last der Bedürftigkeit, und diese Zeiten genieße ich mit Erleichterung. Diesen Ort verlassen zu müssen bedeutet für mich so etwas wie aus dem Paradies verstoßen zu werden.

Während ich den relativen Wert von Frieden und Wohlstand erwog, klatschte Pratt mit den Leinen, und die Kutsche rollte leicht auf die Einfahrt zum Park zu. Hellgrüne Hügel erhoben sich hinter dem Haus und schimmerten so glatt wie Samt. Hier und da durchbrach eine Baumgruppe die Gleichförmigkeit der Landschaft, und durch diesen Gegensatz betonten sich Hügelland und Baumgruppe gegenseitig. Es war eine Art von Schönheit, wie sie erst im vorigen Jahrhundert aufgekommen ist, ein Loblied auf die Natur, und sie entsprach völlig meinem Geschmack.

Der Stour rauschte leise in seinem gewundenen Lauf durch die Wiesen, und an seinen Ufern ließen die Weiden ihre Zweige hängen, deren Blätter der leiseste Lufthauch bewegte. Schwalben schossen über unseren Köpfen dahin, als wir zum Pförtnerhaus abbogen und die Räder sich laut über das Pflaster beklagten, und Fanny rührte sich und seufzte. Das schräge Licht der späten Augustsonne vergoldete ihre Wangen, glitt über die Steinbrücke, die abgemähten Felder, die rosigen Ziegelmauern und verwandelte die Luft in Honig.

Der ganze Anblick war von so ruhiger Schönheit, daß der Schrecken des Todes einem unmöglich und die Vorstellung von einem Mord völlig absurd erschien.

»Sind wir zu Hause, Jane?« fragte Lizzy und raffte sich auf. »Es wird auch Zeit. An einem solchen Tag spürt Neddie bestimmt, wie ihn seine Pflicht belastet!«

»Wie glücklich müßt ihr sein«, erwiderte ich impulsiv, »daß ihr diese Felder und Hügel euer eigen nennen könnt! Welcher Reichtum liegt doch in der gleichförmigen Gewohnheit des Landlebens! Läßt sich irgend etwas mit dem Frieden und der Schönheit von Kent vergleichen?«

»Der Staub ist unerträglich«, bemerkte Lizzy, als wir am Haus vorfuhren. »Ich bekomme sicher Kopfschmerzen.«

Diese Vermutung bestätigte sich schon an der Tür, und deshalb rief meine Schwester nach ihrer tüchtigen Zofe Sayce und ließ sich auf ihr Zimmer führen. Wir anderen kamen jedoch nicht ohne Heimsuchungen davon, denn vor Aufregung schreiend und schubsend kamen die kleinen Austens die Treppe vom Kinderzimmer heruntergesaust. Sie hatten zu Hause bleiben müssen, weil sie entweder zu klein oder nicht gesund waren, denn der kleine Edward litt an einer hartnäckigen Erkältung, gegen die alle Mittel des Apothekers nichts halfen. Die anderen zeigten eine gefährliche Veranlagung zu derselben Krankheit, und da die Ferien bald zu Ende gingen, mußten die älteren Jungen besonders vorsichtig sein.* Am Vorabend hatte sich Lizzy beim Zubettgehen die flehentlichen Bitten ihrer Kinder angehört. Sie hatte Mr. Green konsultiert, und am Ende durfte nur Fanny – die den ganzen Herbst erkältet sein und doch bei Miss Sharpe Unterricht haben könnte – in den Genuß kommen, Commodore laufen zu sehen.

»Sharpie! Tante Jane!« schrien die Kinder durcheinander. »Ist es wahr? Wurde eine Dame beim Rennen ermordet und soll Vater alles herausfinden?«

»Edward«, sagte ich streng – denn Miss Sharpe schien es nach der Fahrt noch schlechter zu gehen als vorher –, »Miss Sharpe ist ganz erschöpft. Bitte laßt sie durch und quält sie nicht mit euren Fragen.«

Anne Sharpe sah mich dankbar an und preßte die Hand an die Stirn. Die Ereignisse schienen sie stärker angegriffen zu haben als uns andere. Ich nahm an, daß ihr Kopfschmerz schlimmer sei als Lizzys, und schickte sie zu Bett.

»Ich bin wirklich etwas erschöpft«, gab sie zu. »Vielleicht

* Die Söhne Edward Austen Knights besuchten Winchester College, etwa siebzehn Meilen von Chawton, seinem Hauptsitz in Hampshire, entfernt. – *Die Herausgeberin.*

gönne ich mir eine kleine Ruhepause – bevor die Kinder ihr Abendbrot bekommen ...«

»Sackree wird sich um Milch und Brote kümmern«, erklärte ich ihr bestimmt. »Bitte legen Sie sich eine Weile hin, Miss Sharpe. Sie sehen entschieden krank aus.«

»Ich glaube, das muß der Schock sein«, sagte sie schwach. »Diese Frau ...«

»Also ist es doch wahr!« rief Edward triumphierend aus.

Ich setzte mich auf die unterste Stufe und nahm meinen eleganten hohen Hut ab. »Wo hast du denn die Geschichte her, Edward?«

»Er hat sie von der Köchin«, erklärte sein Bruder George und hopste auf einem Bein hin und her, »und die hat sie von John Butcher, und der hat einen Mann getroffen, der mit der Neuigkeit vom Rennplatz kam.«

»Es war *nicht* John Butcher, sondern Samuel Joiner, der die Neuigkeit mitbrachte, und der hat den Mann auf der Landstraße getroffen«, unterbrach ihn heftig die kleine Elizabeth, ein stämmiges Mädchen von fünf Jahren.

»Das hab ich doch gesagt«, gab George zurück. »Aber ...«

»Du sollst deinen Bruder nicht kneifen, Eliza«, versuchte ich zu schlichten.

»Du hast *nicht* gesagt, daß es so war!« beharrte sie. »Du hast gesagt, es war John Butcher. Ich hab es alles selber gehört, als ich in der Küche war und die Köchin im Hof. Wenn du dir den Pudding geholt hättest, Dordie, dann würdst du das auch alles wissen.«

»Und *warum* hast du dir Pudding geholt, als die Köchin im Hof war?« fragte Miss Sharpe und sah plötzlich ernst und nicht mehr so blaß aus. »Es ist doch wohl üblich, Miss Eliza, daß man den Pudding zu den Mahlzeiten ißt und nicht hinter dem Rücken der Köchin.«

Die beiden Übeltäter schwiegen und ließen die Köpfe hängen. Da erfaßte Fanny den Moment ihres Triumphes.

»Natürlich ist die Geschichte wahr«, sagte sie herablassend, »obwohl John Butcher und Samuel Joiner meilenweit vom Rennplatz weg waren. Ich hab alles gesehen, Edward, und wenn du ins Schulzimmer mitkommst, erzähl ich dir, wie es war.«

Die anderen schwiegen überwältigt, und die kleine Eliza brach in Tränen aus.

»Also kommt, Kinder«, sagte ich ärgerlich. »Wir beide werden euch die Geschichte erzählen. Und danach, George, spielen wir vielleicht noch eine Runde Federball. Aber ihr müßt ganz leise sein, denn eure Mama und Miss Sharpe fühlen sich unwohl.«

Ich lächelte der Gouvernante zu und scheuchte die Kinder nach oben. Doch als ich mich auf dem Treppenabsatz umwandte und zu Anne Sharpe hinuntersah, stand sie immer noch da, eine Hand am Geländer, mit den Gedanken weit fort und leichenblaß.

Meine liebste Cassandra, schrieb ich, als ich einige Stunden später im einsamen Glanz des Gelben Zimmers an meinem Toilettentisch saß – und dann hielt ich mit erhobener Feder inne und sammelte meine Gedanken. Es war schon spät, und das ganze Haus lag im Schlaf. Ich hatte in der warmen Augustnacht ein Fenster geöffnet, und meine Kerze flackerte bei jedem Luftzug. Etwas schwebte über Godmersham, als zöge sich Gewalt über meinem Kopf zusammen, und das ließ die Vorhänge erstarren und verwandelte das Licht der Mitternacht in Schwefel. Der Regen mochte Linderung bringen und danach einen kurzen Schlaf, aber bevor sich das Gewitter nicht entlud, fand ich nur Trost im Schreiben.

Wenn mich die Wechselfälle des Schicksals oder die Verlockungen des Vergnügens von meiner geliebten Schwester trennen, ist es meine unverbrüchliche Gewohnheit, ihr die Ereignisse eines jeden Tages in einem plaudernden Brief voller kleiner Neuigkeiten mitzuteilen. Zwei Frauen wie wir, die in die Jahre, aber wenig in Gesellschaft kommen, haben einander meist nicht viel Wichtiges zu berichten, doch wenn das gewohnte Gespräch durch Abwesenheit länger unterbrochen ist, findet es Ersatz im geschriebenen Wort. Deshalb sind viele Nichtigkeiten zwischen Goodnestone Farm und Godmersham Park ausgetauscht worden, seit Cassandra bei Lady Bridges zu Besuch weilt. Ich habe eine umfangreiche Korrespondenz über so unwesentliche Dinge geführt wie den Verlauf der Erkältung des kleinen Edward, über meine ständigen Fortschritte im Federballspiel, über die Meinung Mr. Halls, des eleganten Londoner Haarkünstlers, hinsichtlich der besten Anordnung meiner Frisur, und ich habe mehrere gelungene Scherze über Henrys Schwäche für sein beklagenswertes Pferd weitergegeben.

Doch an diesem Abend hatte ich viel ernstere Dinge zu berichten, wenn auch ein Teil der traurigen Geschichte Mrs. Greys Cassandra schon bekannt sein muß, denn Mr. Edward Bridges, dem sie kaum entgangen sein kann, müßte die Nachricht davon bereits überbracht haben. Meiner Schwester fehlt jedoch noch die vollständige Beschreibung des tragischen Endes der Dame, denn meine Brüder kehrten erst sehr spät am Abend vom Rennplatz zurück, und die Einzelheiten ihrer unerquicklichen Tätigkeit erfuhr nur ich – Lizzy und die Kinder waren schon im Bett.

Du wirst sicher bereits wissen, schrieb ich schließlich, *welche schrecklichen Ereignisse sich bei unserem Renntag zugetragen haben.*

Ich beeile mich mit diesem Brief in dem Bewußtsein, daß Du Dir die größten Sorgen um die Sicherheit und das Wohlergehen unserer ganzen Familie machen mußt, aber ich kann Dir versichern, daß es uns allen gutgeht. Der Gouvernante Miss Sharpe wurde beim Anblick der Leiche schlecht, doch Lizzy und ich neigen kaum zu dramatischem Verhalten, und selbst Fanny bewies eine bewundernswerte Beherrschung. Un-

ser Bruder Neddie handelte mit Entschlossenheit und Redlichkeit, und Henry unterstützte ihn hervorragend. Es sieht ganz so aus, als könne er die Sache bald zum Abschluß bringen. Es gibt jedoch noch weitere Einzelheiten, die Menschen betreffen, die Dir nahestehen: Mr. Edward Bridges, seinen Freund Hauptmann Woodford und natürlich unsere liebe Freundin Harriot, der das Geschick beider am Herzen liegt. Ich halte es für das Klügste, Dich davon zu unterrichten, und vertraue darin wie in allen Dingen auf Deine Diskretion.

Neddie vermutete zunächst, der Mord an Mrs. Grey könnte seine Ursache in dem Haß auf die Franzosen haben, da sie eine Bürgerin des französischen Kaiserreichs ist, was ihr den Eintritt in die vornehme Gesellschaft von Kent nicht eben erleichtert hat. Wäre sie auf der Landstraße getötet und der zufälligen Entdeckung durch einen Vorbeikommenden überlassen worden, hätte diese Theorie sehr gut gepaßt, doch die Tatsache, daß sie in Mr. Denys Collingforths Kalesche gefunden wurde – was Du inzwischen sicherlich ebenso erfahren hast wie die meisten Leute in Kent –, kompliziert die Angelegenheit beträchtlich.

Mrs. Grey wurde gesehen, wie sie vom Rennplatz wegfuhr, eine volle Stunde, bevor ihre Leiche ganz greifbar mitten auf dem Gelände entdeckt wurde! Unser Bruder Henry fand Mrs. Greys verschollenen Phaeton nur zwei Meilen entfernt auf der Straße nach Wingham. Ihre beiden Grauschimmel waren an einem Baum angebunden, standen ganz friedlich am Straßenrand und genossen den Schatten. Wie sie aus ihrer Equipage entführt und zum Rennplatz zurückgebracht wurde, ist das größte Rätsel; das Verschwinden ihres Reitkleides das nächste. Neddie hat einige ortskundige Leute damit beauftragt, die Hecken in der Nähe der Fundstelle des Phaetons abzusuchen, denn er ist überzeugt, daß das scharlachrote Kleid im Unterholz versteckt wurde.

Collingforth selbst hat keine Erklärung dafür, wie die Tote in seine Kalesche kam; er wurde den größten Teil des Vormit-

tages an anderen Orten gesehen und kehrte erst zu der Kutsche zurück, als er nach Hause fahren wollte. Er schien es als das Werk seiner Feinde zu betrachten und bezeichnete Mr. Bridges und Hauptmann Woodford als diejenigen, die am ehesten dafür in Frage kämen! Du kannst Dir vorstellen, welche Aufregung das in mehr als einer Brust hervorrief, doch Neddie ertrug die Beleidigung mit gewohnter Fassung, und der unerfreuliche Augenblick ging vorüber.

Unser Bruder ist jedoch zu schnell bereit, das politische Motiv unberücksichtigt zu lassen, nur weil sich ein anderes, reizvolleres anbietet. Neddie gibt freilich zu, daß der Mörder Mrs. Greys – welches Motiv er auch hatte – alle Welt glauben machen möchte, daß Collingforth der Verbrecher sei. Ein so raffiniert angelegter Plan spricht natürlich gegen die Zufallstat eines Franzosenfeindes, und Neddie drängt sich die Überzeugung auf, daß er das Leben von Mrs. Grey erforschen muß, um die Ursache ihres Todes zu erkennen. Diese Aufgabe gibt wiederum Anlaß zu noch größerer Besorgnis, denn in ganz England gibt es wohl niemanden, der weniger gern in die Privatsphäre einer Dame eindringen möchte!

Aber noch weiter …

Neddie forschte genau nach, wo sich Mr. Collingforth aufgehalten hatte, hörte sich die Bestätigungen seiner Freunde an, und nach einer längeren Pause des Nachdenkens über das beste Verfahren ordnete er an, daß der Herr fürs erste die Gegend nicht verlassen dürfe. Der unglückselige Collingforth wurde unter Aufsicht seines engen Freundes Mr. Everett, der in Kent gänzlich unbekannt ist, nach Hause geschickt, während Neddie seine schauerliche Kalesche einstweilen zurückbehielt für eine gründlichere Untersuchung.

Im Inneren der Kutsche fand unser Bruder nichts Besonderes, weder Mrs. Greys Kleid noch einen Hinweis auf ihren Mörder. Ein goldener Knopf ihres Kleides hatte sich jedoch zwischen den Sitzpolstern versteckt. Dort hätte er unbemerkt für immer bleiben können, wenn Neddie nicht so sorgfältig nach-

gesucht hätte. Dieser Fund legt die Folgerung nahe, daß Mrs. Grey in der Kalesche selbst entkleidet worden sein könnte.

So sehr dieses goldene Beweisstück zum Nachdenken anregt, so bedeutet es doch wenig im Vergleich zu dem, was Henry in Mrs. Greys Phaeton entdeckte. Und nun komme ich zum Kern der Sache, Cassandra, und muß Dich erneut dringend um Diskretion bitten.

Der Inhalt des Gefährts war nicht umfangreich und leicht zu überblicken: Eine Reisedecke zum Schutz gegen den Staub, ein ganz geleerter Essenkorb, der Goldpokal des Rennkomitees, mehrere Blumensträuße von Verehrern und ein Roman in französischer Sprache.

Henry stürzte sich natürlich auf den Roman und erklärte, er sei von der skandalösen Art, wie sie nur seine Frau Eliza zu lesen wage. Er heißt »La Nouvelle Heloïse« und soll recht schockierend sein, doch das Buch kann wohl kaum so überraschen wie das, was in ihm verborgen war. Denn zwischen den Seiten des Bandes, Cassandra, steckte ein Brief.

Selbst Neddies bescheidenes Französisch genügte, um den Inhalt zu erfassen. Er überflog ihn einmal, ließ sich einige Sätze von Henry erklären und zog ihn dann zu weiterer Prüfung ein. Offensichtlich führte Mrs. Grey einen Briefwechsel mit einem Herrn, der nicht ihr Gatte war, und hatte geplant, noch in dieser Nacht mit ihm zu fliehen. Die beiden wollten sich an der Pegwell Bay treffen, von wo ein Schiff sie nach Frankreich bringen sollte.

Was offen bleibt, meine liebe Cassandra, ist die Identität des verliebten Herrn. Der Brief trug nämlich keine Unterschrift. Sollte er gar von Collingforth selbst sein? Und ein eifersüchtiger Rivale hätte die Absicht der Dame erkannt, sie umgebracht und die Schuld ihrem Liebhaber zugeschoben? Mr. Bridges vielleicht oder Hauptmann Woodford? (Diese letztere Vorstellung müßte jedem außer Denys Collingforth absurd erscheinen.)

Oder wurde Mrs. Greys Vorhaben ihrem getäuschten Gatten

hinterbracht? Mr. Valentine Grey war diese Woche verreist, doch eine rechtzeitige Warnung, anonym oder auch nicht, hätte ihn in leidenschaftlicher Empörung nach Kent zurückrufen können. Es wäre nicht ungewöhnlich, daß ein Mann an seiner Frau Rache nimmt und den Mord ihrem Liebhaber anlastet.

Denys Collingforth verhielt sich jedoch nicht wie ein Liebhaber. Kein Schmerz zeigte sich in seinem Gesicht, als er die Leiche von Mrs. Grey betrachtete. Eher schien er das Gegenteil von allem zu sein, was einen Liebhaber ausmacht. Warum hatte man also die Leiche in seine Kalesche gelegt?

*Oder, wenn man noch weiter darüber nachdenkt, war der Brief in dem Roman etwa nur eine List von Mrs. Greys Hausfreund, die zu ihrem Ende und nicht zu ihrer Flucht führen sollte?**

Das letztere scheint wenig wahrscheinlich. Ein verärgerter Liebhaber hätte die Dame im Dunkel der Nacht bei Pegwell erdrosselt und nicht mitten auf dem Rennplatz. Der Brief ist zunächst einmal nur ein Hinweis darauf, daß einer ihrer Freunde glaubte, sie sei so unglücklich in ihrer Ehe und in Kent, daß sie die Absicht zur Flucht hege.

Wie Du verstehen wirst, ist Neddie entschlossen, den Ehemann scharf ins Verhör zu nehmen. Mr. Valentine Grey wurde durch einen Eilboten herbeordert und müßte sehr bald in The Larches eintreffen.

Hier hielt ich in meinem Brief an Cassandra inne und sah im Geiste wieder das müde Gesicht meines Bruders vor mir. Es war schon nach zehn Uhr, als er und Henry vom Rennplatz zurückkehrten, und wir hatten die gemütliche Bibliothek ganz für uns. Henry warf sich auf ein Sofa und gähnte ausgiebig; Neddie stand nachdenklich an seinem Schreibtisch. Ich war entschlossen, sie nicht mit Fragen zu quälen, und

* Ein Hausfreund war der anerkannte Liebhaber einer verheirateten Frau. In manchen Kreisen wurde der Begriff platonisch gebraucht und bezeichnete einen männlichen Begleiter. – *Die Herausgeberin.*

genoß einige Augenblicke der Ruhe in meinem Lieblingszimmer.

Die Bibliothek mit ihren fünf Tischen, zwei Kaminen, zahllosen Bänden und achtundzwanzig Stühlen ist der neueste Teil des großen Hauses. Der erste Mr. Thomas Knight fügte vor fast dreißig Jahren den Ost- und den Westflügel an, und obgleich die ganze Familie sommers wie winters in den großzügigen Räumen wohnt und die kalte Pracht der feierlichen Salons meidet, sitze ich manchmal in der Bibliothek in großartiger Einsamkeit. Das ist ein Reichtum, auf den man nicht sorglos verzichtet, denn in einem Hause, in dem häufig neun Kinder anwesend sind – deren Zahl sich mit verblüffender Regelmäßigkeit vergrößert –, sind Einsamkeit und Ruhe ein teuer erkaufter Luxus. Doch die Güte meines Bruders kennt kaum Grenzen; er versteht, daß ich täglich Zeit zum Nachdenken brauche, und weiß, wie sehr ich mich über Zurückgezogenheit im Hause freue; deshalb scheucht er seine zahlreiche Nachkommenschaft in den Garten, wenn »Tante Jane ihre Ruhe braucht«.

»Du bist also noch nicht im Bett.« Neddie wandte sich um und sah mich von seinem Platz an dem feuerlosen Kamin an. »Darüber bin ich froh, Jane. Ich treibe den armen Henry bald zum Wahnsinn mit meinem Gerede; er hat es heute schon lange genug aushalten müssen.«

»Nicht im geringsten.« Henry zog seufzend seine hohen Stiefel aus. Es sollte mich nicht wundern, wenn seine Füße geschwollen sind, nachdem sie so lange in dieser modischen Fußbekleidung steckten. »Ich werde mich voll auf diese schlimme Geschichte konzentrieren, sobald ich von Jane erfahren habe, wie es Commodore geht.«

»Keine drei Minuten vor eurer Rückkehr wurde er an den Abdecker verkauft«, erklärte ich ihm mit bewußter Grausamkeit, »und er liefert sicher ein besseres Fleisch als Rennen.«

»Pfui! Das Pferd wurde bloß zu schwer belastet. Und Staub mag er nicht. Laß Commodore auf schönem feuchtem

Boden laufen, und er rollt das ganze Feld auf. Aber ehrlich, Jane – hast du gesehen, ob er versorgt wurde?«

Ich seufzte. »Mit einem Eimer voll Hafer und einer Stunde Trockenreiben. Unter dem tat es dein Stallknecht nicht; ich glaube, er hat den Gaul die ganzen sieben Meilen vom Rennplatz nach Godmersham im Schritt geführt, Henry. Du brauchst keine Angst zu haben.«

»Angst vielleicht nicht«, bemerkte Neddie und warf sich in einen Sessel, »aber seine Besorgnis macht unserem Bruder Ehre. Du bist eine sehr versöhnliche Natur, Henry; du verlierst dein Geld und meins dazu mit der Wette auf dieses Tier, und doch fragst du besorgt, ob ihm auch sein Abendessen geschmeckt hat. Sollte ich mal was verbrechen, dann möchte ich in deine Hände fallen. Ich wäre mir einer nachsichtigen Behandlung sicher.«

»Im Gegensatz zu der unglücklichen Mrs. Grey«, meinte Henry. »Ihr hat man grausam mitgespielt.«

Neddie sah ihn fragend an. »Du neigst also zu der Theorie vom bis zum Äußersten getriebenen Ehemann?«

»Ich neige zu gar nichts«, protestierte er. »Sie kann genausogut von jemandem umgebracht worden sein, der wütend war, weil er aufs falsche Pferd gesetzt hatte und nun bankrott ist!«

»Dann hätte er lieber Commodore erwürgen sollen«, murmelte ich.

Neddie blickte mich an. »Was meinst du, Jane, zu dem, was Henry sagt?«

»Ich meine gar nichts, ehe ich nicht mehr Einzelheiten weiß. Warum solltest du Mr. Grey für den Schuldigen halten? War er nicht weit weg vom Tatort, in London?«

Neddie lachte kurz auf. »Sie ist so nüchtern wie ein Richter, unsere Schwester! Wenn du Einzelheiten brauchst, Jane, sollst du sie haben. Ich könnte es nicht verantworten, dich in Unwissenheit zu lassen, wenn bald die ganze Welt darüber redet.«

Er klingelte, ließ Wein kommen und trank schweigend ein wenig davon. Es war Henry, der die Geschichte von dem Phaeton, dem skandalösen Roman und dem Brief darin erzählte, und als er fertig war, dachte ich eine Weile darüber nach.

»Mir geht es wie dir, Henry, ich kann mich noch für keine Theorie entscheiden«, bekannte ich schließlich. »Wir müssen festzustellen versuchen, ob Mr. Valentine Grey sich zum Zeitpunkt des Todes seiner Frau tatsächlich in London aufhielt – und ob er Grund hatte, eine verhängnisvolle Verbindung mit dem Unbekannten zu befürchten. Es wäre auch gut, wenn wir den Namen des Liebhabers der Dame erfahren könnten. Bis das alles klar ist, sind wir auf Vermutungen angewiesen. Und zwar auf schmähliche Vermutungen.«

»Das haben wir uns auch gedacht«, sagte Neddie in seiner Ecke. »Und deshalb sind wir, nachdem wir den Phaeton untersucht, die Grauschimmel unter der wachsamen Aufsicht des Reitknechts in den Stall geschickt und die Kutsche der Obhut der Konstabler von Canterbury übergeben hatten, weitergeritten nach The Larches.«

»Dem Landsitz der Greys? Kein Wunder, daß ihr so lange ausgeblieben seid!«

»Allerdings. Wir haben die halbe Gegend nach Gerechtigkeit abgesucht und bis auf fünfzehn Meilen von der Küste nicht eine Spur davon gefunden. Wahrscheinlich ist sie aus Angst vor der französischen Kavallerie bis nach London geflohen.«

»Und habt ihr Mr. Grey entdeckt, mit wilden Blicken und schußbereiten Pistolen und seiner Haushälterin als Geisel, um der Justiz Trotz zu bieten?«

»Kaum. Stell dir unsere Überraschung vor, meine liebe Schwester, als wir Mr. Grey abwesend fanden, wie uns vorhergesagt, und das Haus im Besitz von Fremden.«

»Fremden?« wiederholte ich gespannt.

»Das ist vielleicht nicht der richtige Ausdruck«, fiel

Henry rasch ein. »Aber man kann sie sicherlich nicht als Angehörige des Haushalts ansehen.«

»Schluß mit den Rätseln!« Ich stellte entschlossen mein Weinglas ab. »Ich bin nicht die kleine Fanny, die man mit einem Wort ablenken kann.«

»Kannst du nicht raten, wen wir im Salon beim Durchsuchen des Schreibtischs der Toten antrafen?« Neddies Augen funkelten mit einer Schärfe, die über bloßes Vergnügen hinausging.

»Kann ich nicht«, erwiderte ich ratlos. »Bis heute vormittag hatte ich noch nie etwas von Mrs. Grey gehört. Ich habe keine Ahnung, wie ihre Vertrauten heißen.«

»Hauptmann Woodford und Edward Bridges«, sagte Henry entschuldigend, »und beide hatten eine ganze Menge Wein intus.«

»Großer Gott!« rief ich. »Wie kannst du dabei noch so verschmitzt gucken, Neddie? Überleg mal, was das für Lizzy bedeutet, wenn Mr. Bridges' Name in den Skandal um Mrs. Grey verwickelt wird! Und Hauptmann Woodford auch – auf den Harriot solche Hoffnungen setzt! Man darf gar nicht darüber nachdenken.«

»Ich glaube, es ist meine Lizzy, die Hoffnungen auf den braven Hauptmann setzt«, verbesserte er mich. »Harriots Gefühle müssen wie die jeder anderen züchtigen jungen Dame einstweilen im Zweifel bleiben. Man kann von mir nicht erwarten, daß ich an Harriot denke, wenn sie selbst nicht an sich denkt.«

»Bitte, bitte, sei doch vernünftig, Neddie!«

»Du enttäuschst mich, Jane«, antwortete mein Bruder trocken. »Du zeigst nicht den gebührenden Geschmack an Intrigen. Ich hätte Besseres von dir erwartet, nach Henrys Bericht über deine Beschäftigungen in Bath vorigen Winter. Ich dachte, du seist ganz versessen auf gefährliche Aufregungen.«

Wenn ich Henry einen bösen Blick zuwarf und einen spöttischen zurückbekam, ist das vielleicht zu entschuldigen.

»Hauptmann Woodfords Anwesenheit bei den Greys läßt sich erklären«, brachte ich endlich hervor. »Wie ich hörte, ist er seit der Kindheit mit Mr. Grey befreundet und wollte verständlicherweise zur Stelle sein, wenn der Herr zurückkehrte. Vielleicht hoffte er den Eindruck der schrecklichen Nachricht auf seinen Freund etwas zu mildern. Mr. Bridges hat ihn wohl nur begleitet.«

»Obgleich sie getrennte Equipagen benutzten und sich offensichtlich heftig gestritten hatten.«

Das ließ mich stutzen.

»Hauptmann Woodford behauptete, sie seien gekommen, um Mr. Grey ihr Beileid auszusprechen«, warf Henry ein, »allerdings konnte er uns weder etwas über den Aufenthalt des Herrn sagen, noch darüber, wann er aus London zurückerwartet würde. Und der arme Mr. Bridges war ziemlich rot im Gesicht und beinahe stumm – entweder vom Wein oder vor Enttäuschung, denn ich weiß, daß er furchtbar hoch auf Commodore gesetzt hat. Erst meinte er, auch er wolle Mr. Grey kondolieren, bis Hauptmann Woodford ihn ganz offen einen Lumpen und einen Lügner nannte. Es wäre wohl noch so weit gekommen, daß Bridges den Hauptmann zum Duell gefordert hätte, wenn Neddie sich nicht ins Mittel gelegt hätte.«

»Wie ausgesprochen sonderbar«, sagte ich langsam, »daß Hauptmann Woodford und Mr. Bridges sich streiten. Als ich zuletzt das Vergnügen hatte, mit ihnen zu sprechen, schienen sie die besten Freunde zu sein.«

»Beim Rennen selbst, Jane?«

»Allerdings eine Weile vor dem Tode Mrs. Greys. Unsere Gesellschaft traf die beiden Herren in der Pause zwischen den Rennen. Sie schienen höchst gesellig und wünschten gemeinsam Commodore viel Glück.«

»Dazu hatten sie auch Grund«, erwiderte Henry düster. »Genützt hat es ihnen nichts.«

»Vielleicht haben die Wetten zu ihrer Feindschaft geführt«,

überlegte Neddie. »Oder Denys Collingforths Beleidigungen. Er hat sie praktisch des Mordes an Mrs. Grey beschuldigt – und das vor ganz Kent.«

»Aber würde sie das veranlassen, so schnell wie möglich nach The Larches zu jagen?« wandte ich ein. »Du sagtest, daß sie einen Schreibtisch durchsuchten, Neddie. Hast du dich da nicht geirrt? Die beiden waren doch wohl nicht dabei, in Mrs. Greys Sachen zu wühlen?«

Meine Brüder tauschten einen langen Blick, dann zuckte Neddie die Achseln. »Als wir eintraten, Jane, machten sie jedenfalls einen verlegenen und ertappten Eindruck, Woodford stand über den Schreibtisch gebeugt, und Mr. Bridges versuchte sich am Schloß eines Schubfachs. Ob einer von ihnen in die Geheimnisse eingedrungen ist, kann ich nicht sagen, aber ich bin sicher, daß sie darauf aus waren.«

»Konnte die Haushälterin euch nichts über ihr Kommen berichten?«

»Nur, daß sie plötzlich und unvermutet aufgetaucht waren, als sie noch ganz gelähmt war vom Kummer über den Tod ihrer Herrin, daß sie darauf bestanden, eingelassen zu werden, und erklärten, sie würden auf Mr. Grey warten.«

»Und daraufhin ließ sie sie allein, damit sie den Inhalt des Schreibtischs ihrer Herrin untersuchen konnten«, murmelte ich. »Eine beachtliche Freizügigkeit.«

»Ich muß annehmen, daß Mrs. Bastable – die Haushälterin – daran gewöhnt war, meinen Bruder Bridges und den Hauptmann in The Larches zu sehen. Für sie war es nichts Besonderes, ihnen alle Freiheiten im Haus zu lassen.«

Einen Augenblick dachten wir schweigend über diese unglückliche Schlußfolgerung nach, während die Weiden an den Ufern des Stour in der Dunkelheit leise rauschten. Dieses sonst so beruhigende Geräusch drang durch die offenen Flügelfenster herein wie ein Flüstern aus dem Grabe.

»Weißt du, auf welche Weise Mr. Bridges mit den Greys so vertraut wurde, Neddie?« fragte ich schließlich.

Er zuckte die Achseln. »Ihre Beziehung war weder so eng, daß man sie vertraut nennen könnte, noch so flüchtig, daß es lediglich eine Bekanntschaft gewesen wäre. Edward behauptete, Mrs. Grey liebe das Kartenspiel sehr, und wenn ihr Mann geschäftlich in London sei, lade sie verschiedene Herren der Nachbarschaft ein, um die Spieler für eine Partie Whist zusammenzubekommen.«

»Mr. Bridges war zum Kartenspiel in The Larches?«

»Dann hat er zweifellos verloren«, ergänzte Henry.

»Darin besteht sein größtes Talent.« Neddie erhob sich und schritt ruhelos vor dem kalten Kamin auf und ab. »Aber ich gestehe, daß mir seine Anwesenheit in jenem Hause zu einer solchen Zeit einige Sorgen macht. Woodford beunruhigt mich fast ebenso. Sie sind beide anständige Kerle – nach der gängigen Auffassung vom Benehmen eines Gentleman.«

»Das heißt, sie sind liebenswürdige, gutmütige, lebensuntüchtige Sportsleute, denen man ihr Viertelsjahresgehalt nicht anvertrauen dürfte«, schloß ich. »Entweder hatten sie vor, ihre Schuldscheine aus Mrs. Greys Schreibtisch herauszuholen, oder ein anderes belastendes Papier weckte ihre Befürchtungen. Ein Liebesbrief? Eine Unbesonnenheit, die so kühn ist, daß sie dem Ehemann nicht vor Augen kommen darf?«

»Vielleicht«, räumte Neddie ein.

»Vielleicht fand die Dame auch Geschmack an Erpressung«, gab Henry zu bedenken.

Bei diesem Wort zuckte ich zusammen. Es hat immer einen häßlichen Klang, und im vorigen Winter in Bath hatte ich seine tödliche Art fürchten gelernt. Das Durchsuchen eines Schreibtischs war die natürliche Folgehandlung eines brutalen Mordes, wenn das Opfer sich selbst als brutal erwies. Mr. Bridges' Verhalten verriet alle Anzeichen eines Mannes, der eine Bloßstellung fürchtet. Aber welche?

Das, was Denys Collingforth mitten auf dem Rennplatz angedeutet hatte? Zuerst war der Hilfspfarrer allein seine

Zielscheibe gewesen, nicht Hauptmann Woodford – aber später hatte er Woodford in die Beschuldigung eingeschlossen, wohl als Lohn dafür, daß er seinem Freund zu Hilfe gekommen war. Vielleicht hatte dieser Fleck auf der Ehre des Hauptmanns zu seinem Bruch mit dem Hilfspfarrer geführt. Doch auch der Hauptmann war gesehen worden, wie er sich über den Schreibtisch beugte …

»Ich verstehe die Situation. Das ist eine schlimme Geschichte, Neddie.«

»Wahrscheinlich wird sie noch schlimmer.« Er trank sein Weinglas aus. »Ganz Kent mag Mrs. Grey verachtet haben, sie mögen sie in manchen Kreisen geschnitten und in anderen ausgelacht haben – aber ihr Einfluß war zu spüren. Ihr Charme war hinterhältig. Ihre Gewohnheiten und ihr Stil bezauberten manchen. Und wie sich auch die traurige Art ihres Endes enthüllen mag, keiner von uns kann hoffen, dem Geruch des Skandals zu entgehen, Jane. Er berührt uns alle zu nahe.«

Er sah aus, als fühle er die ganze Last seiner Pflicht – erschöpft, belastet und müde an Geist und Körper. Ich ging zu ihm und küßte ihm die Wange als stummes Zeichen der Zuneigung.

»Was willst du als nächstes tun?« fragte ich ihn.

»Ich versuche herauszubekommen, weshalb Collingforth hätte Françoise Grey umbringen sollen«, antwortete er, »obwohl ich nicht glaube, daß er es getan hat.«

»Du könntest auch gleich nachforschen, wer einen Groll gegen Collingforth selbst hegte«, schlug ich vor. »Daß man die Leiche in seine Kalesche beförderte, ist auch ein fragwürdiger Aspekt. Es ist eine Sache, eine Frau zu ermorden, und eine ganz andere Sache, die Schuld jemand anderem zuzuschieben.«

»Stimmt.« Mein Bruder nahm seine Kerze und schritt auf die Treppe zu. »Bitte laß mich wissen, Jane, was deine eigenen Nachforschungen erbringen. Ich bin nicht so naiv zu glauben, daß du still und ergeben zu Hause sitzen wirst, wenn soviel Interessantes vorgeht. Ich verpflichte dich nicht zum Schweigen und treibe dich nicht zur Jagd an – aber ich bin immer bereit, dir zuzuhören.«

Also endete unsere Konferenz mit einer Kerzenprozession – meine Brüder gingen zu ihren Betten und ich zu dem kleinen Schreibtisch im Gelben Zimmer.

Ich möchte um alles in der Welt nicht, daß Du diese Informationen Harriot mitteilst, ermahnte ich Cassandra. *Es ist besser, sie erfährt das Schlimmste – falls es denn zum Schlimmsten kommt –, erst, wenn es sich nicht mehr vermeiden läßt. Doch wenn Du Gelegenheit hast, die beiden Herren zu beobachten, meine liebe Schwester – von denen der eine ihr Bruder, der andere ihr Freier ist –, dann sei bitte wachsam. Denn alles, was Du in Erfahrung bringst, kann Gold wert sein.*

Ich unterschrieb den Brief, siegelte ihn mit Kerzenwachs und dem Petschaft meines Bruders und wartete darauf, daß sich das Gewitter über meinem Haupt entladen würde.

Kapitel 4

Eine Begegnung mit dem Hinterbliebenen

Dienstag, 20. August 1805

In den fast dreißig Jahren meines Lebens konnte ich oftmals feststellen, daß ein sensationelles Ereignis im Bewußtsein der Menschen nur von einem anderen von gleicher oder noch größerer Bedeutung verdrängt werden kann. Und so geschah es uns allen in Godmersham heute vormittag. Der brutale Mord an Mrs. Grey ist völlig vergessen, und den Grund dafür lieferte kein anderer als Hauptmann Woodford.

Er erschien gegen Mittag vor unserer Auffahrt, angetan mit seiner Paradeuniform, auf einem grauen Schecken. Ich hatte das Glück, ihn als erste zu erblicken, denn ich hatte die Zeit nach dem Frühstück, als die Kleinen abwechselnd auf dem geduldigen alten Pony Patch ritten, dazu benutzt, zu meinem dorischen Tempel und meiner Einsamkeit zu enteilen. Dort im Schatten der Säulen hatte ich mich mit Papier und Feder niedergelassen. Von dort konnte ich über den glucksenden Stour hinwegblicken und beobachten, wie die steigende Wärme des Vormittags einen feinen Nebel über den Wiesen erzeugte; konnte den Gesang der Vögel in meinen Adern spüren und versuchen, Lady Susan weiter ihrem Schicksal entgegenzuführen.*

* Jane Austen entwarf »Lady Susan« schon Mitte der 1790er Jahre, doch wurde der Roman zu ihren Lebzeiten weder mit diesem Titel versehen noch veröffentlicht. Schon zur Zeit seiner Abfassung galt die Form des Briefromans als eher dem 18. denn dem 19. Jahrhundert angemessen. Warum Jane Austen den Roman »The Watsons«, den sie 1803 oder 1804 begonnen hatte, liegenließ, um die pessimistischere »Lady Susan« zu beenden, bleibt ihr Geheimnis; einige Forscher führen diese Entscheidung auf eine anhaltende Depression nach dem Tode ihres Vaters im Januar 1805 zurück. Trotz der Mängel des Romans ist die berechnende und amoralische Titelheldin ganz unwiderstehlich. – *Die Herausgeberin.*

Die Art dieses Schicksals ist gegenwärtig noch sehr fraglich, denn Lady Susan ist keine Frau, die die Wechselfälle des Geschicks so willig erträgt, wie ihre Schöpferin es möchte. Sie ist eigentlich ein rachsüchtiges und berechnendes Mannweib, und ich habe meine helle Freude an ihr. Cassandra meint, eine derart schlechte Frau wirke schockierend, und sie würde Lady Susan am Ende des Romans bereuen und sich bessern lassen. Darin erkennt man die Macht der Empfindsamkeit – und das Unvermögen der Kunst, die Wahrheit widerzuspiegeln. Denn ich habe Hunderte von Lady Susans gekannt, habe gesehen, wie sie sich, ohne aufzufallen, in der vornehmen Gesellschaft bewegten, wie ihr Ansehen mit jeder neuen Missetat wuchs. Ob Rabenmutter, ehebrecherische Intrigantin oder verräterische Freundin – was kann eine solche Frau jemals von der Tugend verstehen?

Kurzum, sie gefällt mir zu gut, als daß ich sie um einer Moral willen verbiegen würde.

Meine Überlegungen in dieser Richtung hatten gerade Früchte getragen in Form der Abfassung der Schlußseiten des Romans, als Hufschlag auf dem staubigen Weg unterhalb meines Platzes oben auf dem Hügel alle meine Sinne weckte. Ich erhob mich halb, spähte hinter einer Säule hervor, sah, wie ein Offizier zu Pferde die Steinbrücke über den Stour überquerte, und legte rasch Papier und Feder beiseite. Der nächste Blick sagte mir, daß die aufrechte Gestalt eine Augenklappe trug, und von der Art konnte es nicht zwei in dieser Gegend geben. Also war es Hauptmann Woodford, der nach Godmersham kam, und das lange vor der üblichen Zeit für einen Vormittagsbesuch!

Hätte ich mich der Vorstellung hingegeben, eine schuldbeladene Seele nahe sich meinem Bruder, um ein volles Geständnis ihrer Sünden abzulegen, wäre das vielleicht verzeihlich gewesen. Ich beobachtete mit zusammengekniffenen Augen, wie der Hauptmann das Tor passierte und in gemessenem Tempo die Auffahrt hinaufritt. Er sah nicht aus, als habe ihn ein Kummer überwältigt, aber er galoppierte auch nicht wie ein Offizier mit einer äußerst dringenden Meldung. Die Franzosen standen wenigstens noch nicht direkt vor unserer Tür.

Ich suchte meine Papiere zusammen, verstaute Lady Susan und meine Feder in der Schürzentasche und machte mich auf den Weg den Hügel hinab zum Haus.

»Hauptmann Woodford«, sagte Lizzy mit ihrem charmantesten Lächeln (das kaum ein Lächeln ist), »Sie treffen uns ganz ohne unsere Herren an, fürchte ich.«

Neddie war früh ausgeritten zu Valentine Grey, und Henry hatte den Auftrag, herauszufinden, wie es um Denys Collingforths Angelegenheiten stand. Er würde vermutlich den größten Teil des Tages beim Ale im »Hound and Tooth« sitzen, wo der ganze Klatsch von Canterbury zu hören war.

Der Hauptmann beugte sich tief über die Hand meiner Schwester, dann verneigte er sich vor mir. »Mr. Austen ist nicht zu Hause? Das hätte ich vermuten können. Diese tragische Geschichte auf dem Rennplatz ...«

»In der Tat«, erwiderte Lizzy gewandt. »Mein Gatte hat das Haus um acht Uhr verlassen, um nach The Larches zu reiten. Mr. Grey ist wohl im Morgengrauen dort eingetroffen, und Mr. Austen wollte so schnell wie möglich mit ihm sprechen.«

»Natürlich. Ich wußte nicht, daß Grey schon zurück ist.« Wenn der Hauptmann bei der Erwähnung von The Larches einen Moment unsicher wurde, verriet sein Gesicht nichts davon. Sein ganzes Verhalten war eher dienstlich und ernst, als spiele er eine ihm aufgenötigte Rolle. Er reichte Lizzy ein zusammengerolltes Schreiben, das mit einer scharlachroten Schnur umwunden war.

»Ich hatte gehofft, mit Mr. Austen selbst zu sprechen, aber in Anbetracht der Dringlichkeit der Angelegenheit darf ich nicht zögern. Sie werden sicher die Wichtigkeit des Inhalts dieses Dokuments verstehen, Mrs. Austen, und dafür sorgen, daß seine Anweisungen vollständig ausgeführt werden.«

Doch Lizzy überflog bereits das Schreiben, und die feine Falte zwischen ihren Brauen vertiefte sich. »Evakuierungsbefehl?« fragte sie schwach. »Aber ist es denn sicher?«

»Nichts kann sicher sein, Ma'am, wenn der Feind so undurchschaubar ist wie Bonaparte«, erwiderte der Hauptmann. »Wir hielten es lediglich für das Klügste, die Befehle den örtlichen Gutsbesitzern zuzustellen für den Fall, daß die Invasion stattfindet. Sie werden verstehen, Ma'am, daß es nicht angeht, daß die Bevölkerung die hauptsächlichen Rückzugswege des Heeres nach London verstopft.«

»Rückzug«, wiederholte Lizzy. »Ich verstehe, Sie haben bereits kapituliert.«

Hauptmann Woodford stieß ein kurzes bellendes Lachen aus und sah mich unsicher an. »Es gibt keinen Grund zur Beunruhigung, Mrs. Austen, das versichere ich Ihnen. Es ist nur klug, auf alles vorbereitet zu sein.«

»Was hat die Versendung solcher Befehle zu diesem Zeitpunkt veranlaßt?« erkundigte ich mich. »Sind die Franzosen im Kanal gesichtet worden?«

»Ich bedauere, die Quelle dieser Informationen nicht nennen zu dürfen«, erklärte mir der Hauptmann mit einer weiteren Verbeugung, »zumal ich sie selbst kaum kenne. Ich darf nur soviel sagen, daß Generalmajor Lord Forbes mitten in der Nacht geweckt wurde und eine Nachricht erhielt, die ihn in solche Besorgnis versetzte, daß er es für das beste erachtete, das umliegende Land zu alarmieren. Es laufen überall Gerüchte um, daß die französische Flotte aus Brest und Boulogne ausgebrochen ist, daß der Kaiser sich eingeschifft hat und daß bereits jetzt an die tausend französische Schiffe mit Kavallerie und Geschützen an Bord die Küste von Kent ansteuern.«

»Die Flotte ausgebrochen? Während Admiral Nelson und der furchtlose Fly Austen den Kanal bewachen? Unvorstellbar!« spottete ich.*

»Ich wünschte, der General würde Ihre freundlichen Hoffnungen teilen«, sagte Woodford lächelnd, »aber die Vorsicht verlangt eine größere Gewißheit. Wir möchten, daß Sie Ihre wichtigsten Haushaltsgüter packen und bereit halten, falls Sie die Gegend kurzfristig verlassen müssen.«

»Das Packen ist nur ein Zehntel davon«, sagte Lizzy abrupt. Sie knüllte das Schreiben zu einem festen kleinen Ball zusammen. »Wir sollen auch die Esparsette-Ernte vom Juni verbrennen und die Herden verringern? – Das wird ein bitterer Winter in Kent, wenn alle Güter das tun! Und was ist, wenn wir uns weigern, Hauptmann Woodford?«

»Ich würde nicht gern die Befehle gegen Ihren Willen durchsetzen, Madam«, erwiderte er, »aber wenn mein General es verlangt, werde ich es tun. Wir können nicht so reiche Vorräte den Franzosen in die Hände fallen lassen.«**

Lizzy drückte mir das Schreiben in die Hand und wandte sich ab. »Entschuldigen Sie, Herr Hauptmann, aber ich muß dafür sorgen, daß sofort mit dem Packen begonnen wird. Ein Haushalt von neun Kindern, mehreren Erwachsenen und vierzehn Bediensteten kann sich nur langsam fortbewegen. Bitte übersehen Sie meine Unhöflichkeit und nehmen Sie ein Glas Limonade an. Mrs. Salkeld! Mrs. *Salkeld*!«

* Von Kindheit an wurde Janes älterer Bruder Francis Austen, ein Marineoffizier, »Fly« genannt. Er stand 1804 als Kapitän der »Leopard« bei der Blockadeflotte im Englischen Kanal und wurde 1805 als Kapitän auf die »Canopus« versetzt, ein in Frankreich gebautes Linienschiff, das unter dem Oberbefehl von Admiral Lord Horatio Nelson stand. – *Die Herausgeberin.*

** Warren Roberts berichtet in seinem Buch »Jane Austen and the French Revolution« (London, Macmillan 1979), daß die Evakuierungspläne allen Haushalten im Abstand von fünfzehn Meilen von der Küste von Kent zugestellt wurden. Godmersham lag einige Meilen weiter westlich, aber vielleicht zählte es die Garde dazu, weil es an ihrer Rückzugsstrecke nach London lag. Esparsette war eine bekannte Futterpflanze. – *Die Herausgeberin.*

Damit rauschte sie aus dem Salon, in prachtvoller Haltung, ganz die gekränkte Schloßherrin. Hauptmann Woodford starrte ihr mit gefurchter Stirn nach und lächelte mich dann trübselig an. »Wenigstens ist sie nicht in Tränen zerflossen, dafür bin ich ihr dankbar. Es ist schon schwierig, die Bevölkerung von einer so unerwarteten Abreise in Kenntnis zu setzen. Ich habe in den letzten paar Stunden alle möglichen Arten von Verhalten erlebt – Ohnmachtsanfälle, Haareraufen und sogar die Androhung von Gewalt. Eine Dame, deren Namen ich verschweigen werde, ging mit einer Schneiderschere auf mich los!«

Ich konnte ein Lächeln nicht unterdrücken. »Armer Hauptmann Woodford! Selbst in den besten Zeiten ist die Pflicht ein strenger Herr. Wir alle leiden darunter. Mein unglücklicher Bruder empfindet seine Last ebenso schmerzlich wie Sie, kann ich Ihnen versichern.«

In diesem Augenblick erschien der Diener Russell mit einem Tablett in der Tür. Woodfords Miene hellte sich erleichtert auf. Das Austragen der Befehle des Königs muß eine durstige Angelegenheit sein.

»Bitte setzen Sie sich, Herr Hauptmann«, sagte ich.

Er nahm den Hut ab, ließ sich nieder und ergriff das Glas Limonade, das ihm Russell reichte. »So wenig mir meine gegenwärtigen Befehle gefallen, beneide ich Mr. Austen doch nicht um seine Pflicht. Es ist eine Sache, einen Mann in der Schlacht zu töten, das ist nur eine Fügung des Schicksals, eine Notwendigkeit des Krieges. Aber eine Frau kaltblütig ermorden – und noch dazu eine Frau in der Blüte der Jugend! Ich werde den Anblick ihres leblosen Gesichts in meinem ganzen Leben nicht vergessen können, Miss Austen.«

»Ich hörte, Sie seien mit der Familie befreundet«, erwiderte ich sanft. »Sie haben mein tiefstes Mitgefühl.«

Der Hauptmann errötete und senkte den Blick. »Es stimmt, daß ich Grey schon seit frühester Jugend kenne. Wir sind praktisch in London im Haushalt des anderen wie im eigenen aufgewachsen und waren zusammen auf der Schule in Harrow. Aber meine Bekanntschaft mit Françoise – der verstorbenen Mrs. Grey – war recht kurz. Sie waren ja erst sieben Monate verheiratet.«

»So kurze Zeit!«

»Sie wissen natürlich, daß sie aus einer einflußreichen Bankiersfamilie aus Frankreich stammte.«

»Ich habe davon gehört«, gab ich zu, »doch die Einzelheiten kenne ich nicht.«

»Mrs. Grey war ein Mündel der Familie Penfleur. Das ist eine mächtige und erstaunliche Familie, die Zweige in jedem Königreich besitzt und einen Reichtum, der ans Wunderbare grenzt. Es gibt Penfleurs als Fürsten in Frankreich und andere als Grafen in Neapel, es gibt Penfleurs als Ratgeber der Herrscher deutscher Staaten, und nicht wenige haben wichtige Positionen in den Niederlanden. Ihre Mittel bleiben immer in der Familie, und ihr Kredit erstreckt sich über Kontinente. Doch merkwürdigerweise gab es keine Penfleurs in England ...«

»Bis Françoise kam«, sagte ich.

»Bis Françoise kam«, stimmte er zu. »Ich erzähle Ihnen dies, Miss Austen, damit sie die Art der Heirat meines Freundes verstehen. Sie wurde, glaube ich, von dem älteren Penfleur selbst arrangiert, dessen Mündel Françoise seit ihrer Kindheit war; sie kann Mr. Grey nicht sehr gut gekannt haben, als sie in dieses Land kam.«

»Kam sie also gegen ihren Willen nach England?«

»Ich glaube kaum, daß Françoise Lamartine jemals etwas gegen ihren Willen getan hat«, erwiderte er mit einem leichten Lächeln.

Aber es konnte nicht überraschen, dachte ich, daß sie sich angesichts einer solchen Ehe – von ihrer Familie ins Exil geschickt und von ihrem Gatten kühl behandelt – einem unbekannten Liebhaber zugewandt hatte.

»Wie furchtbar tragisch«, murmelte ich. »Daß eine so

junge Frau, noch dazu fremd in Kent, auf so gräßliche Weise ihren Tod finden mußte … Sie hatten vermutlich keinen Hinweis darauf, daß Mrs. Grey Feinde gehabt haben könnte?«

Er musterte mich über den Rand seines Glases hinweg und setzte es dann sorgfältig ab. »Sie gehören nicht zur guten Gesellschaft von Kent, Miss Austen, und ich kann das auch nicht von mir behaupten. Wir sind beide nur zu Besuch in dieser schönen Gegend, und es macht uns wenig aus, wie die Einwohner uns behandeln. Aber bei Françoise war das nicht der Fall. Sicherlich haben Ihre Schwester und Ihr Bruder Ihnen etwas über ihre Aufnahme berichtet.«

»Aber Kühle seitens einer fremden Gesellschaft würde doch von sich aus kaum zu einem Mord führen«, beharrte ich. »Das ist doch ein ganz anderer Grad von Gewalt, nicht wahr, Herr Hauptmann?«

»So hat man es mir beigebracht.« Er erhob sich und nahm seinen Hut. »Das Bewußtsein dessen, was ich meinem Freund Grey schuldig bin, Miss Austen, hindert mich daran offen zu sprechen. Ich kann Ihnen nur sagen, daß die Feinde seiner Frau dicht gesät waren. Sie brauchen nicht weiter zu suchen als in ihrem eigenen Haushalt.«

Ich sah ihn scharf an. »Ich kann nicht glauben, Hauptmann Woodford, daß Sie Ihren ältesten Freund beschuldigen wollen, er habe seine Frau beseitigt. Das kann es doch nicht sein, was Sie ihm *schuldig* sind, wie Sie sagten.«

»Ich und Valentine Grey beschuldigen? Unmöglich!« rief er aus. »Ich wollte nur betonen, Miss Austen, daß Denys Collingforth wohl kaum der einzige Mann in Kent ist, der Grund hat, schlecht von der Toten zu denken.«

»Und was war nun wirklich sein Grund, Herr Hauptmann, sie zu verachten?«

Woodford sah mich verlegen an. »Die Frage sollte lieber Mr. Collingforth selbst beantworten. Ich bin sicher, daß Ihr Bruder, der Friedensrichter, es mit in Betracht gezogen hat.«

»Mr. Collingforth scheint von vielen Leuten schlecht zu denken«, bemerkte ich, als ich den Hauptmann zur Tür begleitete. »Wären Sie nicht da gewesen und hätten es verhindert, hätte er sicher den armen Mr. Bridges verprügelt. Dieses Haus schuldet Ihnen Dankbarkeit, Sir.«

»Mr. Bridges besitzt solch glückliche Umgangsformen, daß sie ihm unzählige Freunde verschaffen«, erwiderte Woodford mit einer Verbeugung. »Ob er in der Lage ist, sich ihre Freundschaft zu bewahren, ist eine andere Frage. Guten Tag, Miss Austen.«

Es dauerte noch über eine Stunde, bis der Hufschlag von Neddies Pferd in der Auffahrt zu hören war. Neddie sah erhitzt und verärgert aus und betrat das Haus mit schnellen Schritten und knappsten Begrüßungen. Nach einer Zeit respektvoll gewährter Ruhe und dem Genuß eines Humpens Ale vom Faß im Keller kehrten seine gute Laune und Gesprächigkeit zurück.

»Ich habe mit Grey geredet«, verkündete der Friedensrichter und nahm seinen gewohnten Platz am kalten Kamin der Bibliothek ein, »und er hat mit mir geredet. Es bleibt offen, wer von uns beiden bei diesem Zusammentreffen die meisten Wunden davongetragen hat – doch ich überlasse dir die Entscheidung, Jane, wenn ich dir sage, daß der Herr mir seinen Handschuh angeboten hat!«*

»Großer Gott!« stieß Lizzy hervor und legte die Bücher weg, die sie gerade einpacken wollte. »Ich wüßte nicht, daß man dir schon einmal so mitgespielt hätte, Neddie!«

»Es ist auch das erstemal in meiner Erfahrung«, gab er zu, »obwohl ich mich beinahe schäme, das zu sagen. Jeder junge

* Edward Austen meint hier die Forderung zum Duell in einem Ehrenhandel, bei der der Beleidigte seinem Gegner einen Handschuh vor die Füße warf oder, in extremen Fällen, ihm damit ins Gesicht schlug. Ein Ehrenhandel wurde gewöhnlich mit Pistolen ausgetragen. Wurde ein Partner getötet, konnte der Überlebende des Mordes angeklagt werden. – *Die Herausgeberin.*

Sproß der vornehmen Gesellschaft sollte so etwas ein paarmal ausgefochten haben. Das war eine äußerst schwache Leistung von mir, Lizzy!«

»Machen Sie sich nicht die Mühe, sich meinetwegen umbringen zu lassen, mein Herr«, erwiderte Lizzy heiter und nahm die Bücher wieder auf. »Brauchst du Frühstück und Zeugen für dein Testament noch vor dem Morgengrauen?«

»Nichts so Romantisches«. Neddie las die Rückentitel der Bände, die sie ausgewählt hatte, und nahm mehrere wieder aus der Kiste heraus. »Diese laß bitte hier, Liebling – die sollte man lieber mit dem Esparsette verbrennen, meine ich.«

»Scheusal.«

»Was gab den Anlaß zu Mr. Greys Forderung?« fragte ich schließlich, als ich die Spannung nicht mehr aushalten konnte.

Mein Bruder warf sich in einen Sessel und sah mich zerstreut an. »Meine Weigerung, Denys Collingforth in Eisen legen zu lassen, vermute ich. Aber laß mich das Ganze bitte der Reihe nach erzählen. Das könnte mir helfen, mein seelisches Gleichgewicht zurückzugewinnen.«

Und damit begann der Friedensrichter seinen Bericht über die wesentlichen Ergebnisse seiner vormittäglichen Arbeit: Wie er kurz nach neun Uhr in The Larches angekommen war und den Herrn des Hauses bei einem gemütlichen Frühstück in seinem Wohnzimmer angetroffen hatte; wie Valentine Grey, ein stämmiger, kräftiger Mann mit müdem Gesicht, aber scharfem Blick trotz der verlorenen Nachtruhe bei bester Gesundheit schien. Er hatte den Friedensrichter eingeladen, mit ihm im Salon Kaffee zu trinken, und schien etwas zerstreut, im ganzen aber gefaßt. Einen Mann, der noch weniger wie ein trauernder Ehegatte aussah, könne man sich kaum vorstellen, versicherte uns Neddie, und von da an ging er davon aus, daß Liebe in der Ehe der Greys wohl keine große Rolle gespielt habe.

Im Salon war zuerst alles Unbefangenheit und Sympathie. Grey erklärte gelassen, er sei schockiert, könne das

Vorgefallene überhaupt nicht begreifen und sei begierig darauf, daß die Gerechtigkeit ihren Lauf nehme. Neddie sagte alles, was einem Mann, der einem Hinterbliebenen kondoliert, angemessen ist und vom Herzen kommt. Nach dem Kaffee jedoch, als Grey sich schließlich nach dem Stand des Verfahrens erkundigte, war dessen Wutausbruch wie ein Donnerschlag auf Neddies Haupt niedergegangen.

»Verstehe ich Sie richtig, Sir, daß Sie nichts unternommen haben, um den Schurken zu verhaften, der an dem Mord schuldig ist? Das ist doch unerträglich!« Der Witwer erhob sich und stand drohend vor meinem Bruder, der seine Überraschung nicht verbergen konnte.

»Ich fürchte, Mr. Grey, darin bin ich weniger voreilig als Sie. Ich kann schließlich nicht jemanden festnehmen, bevor ich seinen Namen kenne.«

»Aber das liegt doch auf der Hand! Collingforth ist der Täter. Die Leiche meiner armen Frau wurde in seiner Kalesche gefunden!«

»In solchen Fällen kann das Nächstliegende aber auch zweifelhaft sein«, erwiderte Neddie standhaft. »Mr. Collingforths Aufenthalt wird von seinen Freunden bezeugt. Es scheint so gut wie ausgeschlossen, daß er Ihre Frau auf der Straße nach Wingham ermordet und die Leiche zu seiner eigenen Kalesche zurückgebracht haben sollte. Ich fürchte, wir müssen den Schuldigen woanders suchen.«

Valentine Grey schritt erregt in dem Salon auf und ab, blieb schließlich vor der Terrassentür stehen, die zum Garten führt, und preßte die Hand an die Stirn.

»Haben Sie irgendeine Vermutung hinsichtlich der Ursache des schrecklichen Endes Ihrer Frau, Sir?« fragte Neddie.

»Wie kann man von jemandem erwarten, daß er so etwas Entsetzliches erklärt! Sie muß einem Teufel in die Hände gefallen sein!« Grey fuhr herum, und sein Gesicht war von einem tiefen Schmerz erfüllt, der so sehr von seinem bisherigen Verhalten abstach, daß Neddie seine Verblüffung eingestehen mußte. »Können Sie denn diese Vorstellung ertragen, Mann? Eine Dame allein – schutzlos –, völlig im Stich gelassen von denen, in die sie ihr Vertrauen setzte ...«

»Ihr Vertrauen?«

In Greys nächsten Worten lag die ganze Heftigkeit einer Herausforderung. »Leugnen Sie doch nicht, Mann, daß die gesamte Nachbarschaft sie haßte! Alle, die sie hätten als eine der Ihren aufnehmen und beschützen sollen, lehnten sie von Anfang an ab. Denken Sie nicht, ich hätte die Kälte nicht gespürt, in der sie lebte. Ich sah das alles, wußte das alles, und es zerriß mir das Herz!«

»Ihre Gattin, Mr. Grey, stammte nicht aus Kent«, konterte Neddie. »Sie war Französin. In Zeiten wie diesen läßt ihr Ende manches vermuten.«

»Eine Kriegshandlung, wollen Sie damit sagen?« Grey lachte rauh. »Unmöglich. Françoise hat nichts getan, was besonderen Haß erregt hätte.«

»Und doch ist sie tot«, stellte Neddie trocken fest. »Ist es so unwahrscheinlich, daß sie von einem Idioten getötet wurde? Einem einfältigen Burschen, der ihr den Sieg beim Rennen ebenso verübelte wie Siege der Franzosen auf dem Schlachtfeld? So einer mochte gedacht haben, er treffe das korsische Ungeheuer, indem er Ihre Frau ermorde.«

Grey schnaubte nur verächtlich.

»Sie haben keine Alternative genannt, Mr. Grey«, rief mein Bruder verärgert aus.

»Weil ich keine anzubieten habe.«

»Und Sie wüßten niemanden, der Ihrer Frau übelgesinnt gewesen wäre?«

»Das müssen Sie herausfinden, Mr. Austen, Sie als die Verkörperung des Gesetzes. Wie ich höre, sind Sie der Friedensrichter in dieser Gegend. Warum sehe ich Sie dann so untätig? Liegt es daran, daß meine Frau bloß eine *Französin* war, daß Sie sich so wenig anstrengen?«

Neddie gab zu, daß er langsam in Zorn geriet. Ich bin

sicher, daß er rot wurde und sich nur mit Mühe beherrschte. Doch als er schließlich sprach, wählte er seine Worte mit bewunderswerter Gelassenheit. »Sie haben allen Grund, Ihren Ärger an mir auszulassen, mein lieber Herr. Es ist mir viel lieber, wenn Sie das hier in diesem Zimmer unter vier Augen tun als in der Öffentlichkeit bei der Leichenschau Ihrer unglücklichen Gattin. Das war ja gerade meine Hoffnung, daß wir uns ohne Zeugen sprechen könnten vor dieser schmerzlichen Verhandlung, die morgen stattfinden soll, denn es gibt da noch eine heikle Angelegenheit, von der ich hoffte, daß Sie sie aufklären können.«

Mr. Grey erblaßte. »Was zum Teufel meinen Sie?«

»Ich beziehe mich auf einen Brief, der nach dem Tode Ihrer Frau unter ihren Sachen gefunden wurde.«

»Brief? Was für ein Brief?«

Neddie legte ihm die unfeine Nachricht des unbekannten Verführers vor. Grey las sie mit beachtlicher Schnelligkeit durch – er war sichtlich mit der französischen Sprache vertraut – und zerknüllte sie in der Faust.

»Davon könnte ich Ihnen Hunderte vorlegen, Austen. Daran ist nichts so ungewöhnlich.«

»Tatsächlich?« erwiderte Neddie einigermaßen überrascht. »Hatte Mrs. Grey öfter die Angewohnheit, mit Herren durchzugehen, die nicht ihre Ehemänner waren?«

Hätte ihm Valentine Grey in diesem Moment seinen Handschuh hingeworfen, wäre das wohl verzeihlich gewesen. Statt dessen gab er seiner Empörung nur mit Blicken Ausdruck und bemühte sich um eine Erklärung.

»Diese Nachricht ist nicht mehr und nicht weniger als eine Botschaft von einem ihrer französischen Kuriere, Mann. Er wurde zweifellos von ihrer Familie in Paris abgesandt und sollte mitten in der Nacht mit dem Postschiff ankommen. Kuriere reisen gewöhnlich auf diese Weise, aus Furcht vor kreuzenden britischen Kriegsschiffen, die sich wenig um Geleitbriefe kümmern. Es ergab sich dann aber, daß er vorzeitig anlangte und sich mit meiner Frau in diesem Zimmer hier traf, am Morgen des Renntages.«

»Ein Kurier?« wiederholte Neddie. »Und was für ein Kurier, wenn ich fragen darf?«

Greys Ungeduld war seinem Gesicht abzulesen. »Das ist ein übliches Verfahren in Bankkreisen, kann ich Ihnen versichern, besonders bei denen, die Filialen in ganz Europa haben. Rechtzeitige Kenntnis der Weltereignisse ist in Finanzfragen von entscheidender Bedeutung, wie Sie verstehen werden. Meine Frau war das Mündel einer mächtigen französischen Familie, der Penfleurs, die zusammen mit anderen Bankhäusern wie den Hopes und den Rothschilds über einen Kurierdienst verfügen, den sie jederzeit einsetzen können. Solche Männer befördern unter dem Schutz von Geleitbriefen Post über die Grenzen von Kriegsgegnern hinweg und können auch Wege gehen, auf die andere sich nicht wagen dürfen.«

»Ein Mann mit Nachrichten direkt aus Frankreich?« rief Neddie aus. »Und dieser Mann traf sich mit Ihrer Frau genau am Tage ihres Todes?«

»Allerdings. Die Haushälterin berichtete mir gleich bei meiner Ankunft heute morgen von seinem Eintreffen. Aber er war schon lange dahin zurückgekehrt, wo er herkam.«

»Sie wissen nicht, was er für Nachrichten brachte?«

»Keine Ahnung.« Grey spielte den Uninteressierten.

»Aber ist das nicht ein außerordentlicher Zufall?« beharrte Neddie.

»Françoises Familie war es gewohnt, auf diese kostspielige Weise mit ihr zu korrespondieren. In Zeiten wie diesen ist ein privater Kurier sicherer als die Post über den Kanal hinweg.«

»Ich verstehe.« Neddie musterte das Gesicht des Bankiers scharf. »Und Sie sind ihm nicht auf der Landstraße begegnet?«

»Ich?« Grey war verblüfft. »Was sollte ich gestern vormittag auf der Straße zur Küste zu suchen haben? Ich war vollauf in London beschäftigt, und das schon seit ein paar Wochen. Es war Ihr Expreßbote, der mich gestern am späten Abend in meinem Klub antraf und so schnell von Pall Mall hertrieb, wie Räder und Pferde mich bringen konnten. Ich hielt nur in meiner Wohnung an, um meinen Diener und Kleidung zum Wechseln mitzunehmen.«

Und Greys Diener, wenn er denn zu finden wäre, würde das sicherlich beschwören, dachte Neddie. Und dann war da noch der Expreßbote, der Greys Anwesenheit im Klub bezeugen könnte, und eine ganze Reihe ehrbarer Klubmitglieder, die ihn beim Hasard- oder Luspiel gesehen hatten. Doch ob Mr. Greys Aufenthalt am ganzen Montag belegt werden könnte, blieb offen.

»Ich frage mich, ob der Kurier aufzufinden wäre«, überlegte mein Bruder laut.

»Weder der Kurier«, fuhr Mr. Grey auf, »noch diese Vereinbarung einer Zusammenkunft haben das geringste mit dem Tode meiner Frau zu tun, Mr. Austen! Sie wurde nicht am Ufer der Pegwell Bay ermordet, sondern mitten auf einem bevölkerten Rennplatz, wo doch irgend jemand etwas Auffälliges beobachtet haben muß! Haben Sie Erkundigungen bei den Zuschauern eingezogen? Oder einen Konstabler zu allen größeren Gasthöfen geschickt, in denen ein Übeltäter Schutz gefunden haben könnte?«

»Einer von ihnen sucht gerade das Unterholz entlang der Straße nach Wingham nach dem Reitkleid Ihrer Frau ab«, erwiderte Neddie. »Ich habe für den ersten, der es entdeckt, ein Goldstück als Belohnung ausgesetzt.«

Grey schnippte gereizt mit den Fingern. »Soviel gebe ich Ihnen für Ihr Goldstück, Mr. Austen! Ich kann nicht verstehen, warum Sie solche Verzögerungen zugelassen haben. Wäre der Mörder meiner Frau vom ersten Moment an verfolgt worden, könnte ich ihn vielleicht hängen sehen, aber so, wie es jetzt steht ...«

»Daraus entnehme ich, daß Sie nicht mehr Mr. Collingforth für den Täter halten, sondern jemand anderen«, stellte mein Bruder fest.

»Collingforth? Wer weiß das schon? Aber ich bleibe dabei, Mr. Austen, daß Sie Ihren Pflichten nur sehr nachlässig nachgekommen sind!«

»Warum sollte Collingforth Ihre Frau erdrosseln?«

»Danach sollten Sie lieber *ihn* fragen.«

»Hegte er einen Groll gegen sie?«

»Groll!« Ein verächtliches Schnauben. »Er hatte nur noch Augen für Françoise. Dieser Mann ist ein Wüstling, ein Lump und ein Schurke – wie jeder in Kent, einschließlich seiner Frau, wissen muß!«

»Also tötete er Mrs. Grey, weil er in sie verliebt war?«

»Ich würde so etwas niemals als Liebe bezeichnen.«

»Erwiderte sie sein ... Interesse?«

»Gehn Sie zum Teufel, Mann!« Der Bankier schleuderte sein kristallenes Brandyglas gegen die Kamineinfassung. »Die Dame ist schändlich ermordet worden, und da wollen Sie ihren Ruf in den Schmutz ziehen?«

Neddie schwieg einen Moment. Dann sagte er: »Kommen Sie, Mr. Grey. Wenn ganz Kent weiß, daß Collingforth ein Schurke und ein Lump ist, dann wissen alle ebensogut, daß Ihre Frau das war, was man in der Gesellschaft *flott* nennen würde. Sie fuhr ihre Kutsche selbst, züchtete selbst Pferde, lud zu ihren eigenen Kartenabenden ein und war selten allein – trotz der Einsamkeit, der Sie sie überließen. Denken Sie nur an den Zustand, in dem sie gefunden wurde – ohne ihr Reitkleid und nicht in ihrer eigenen Kutsche!«

Ein ersticktes Wutschnauben von Mr. Grey war die einzige Antwort. In diesem Augenblick schleuderte er seinen Handschuh hin.

Mein Bruder berichtete uns, daß er ihn fest ansah. »Wenn ich wirklich der erste bin, der dieses heikle Thema in Ihrer Gegenwart anschneidet, dann tut es mir leid«, sagte er, »aber verlassen Sie sich darauf, daß ich nicht der letzte sein werde.«

Danach nahm er den Handschuh und steckte ihn in die Westentasche. »Vertagen wir die Angelegenheit der Satisfaktion, Sir, bis der Mörder Ihrer Frau gestellt ist. Es ist augenblicklich genug Blut in Canterbury geflossen, auch ohne daß wir das unsere vergießen. Guten Tag!«

Kapitel 5
Stadtgespräch

20. August 1805, Forts.

»Daraus müssen wir also schließen, daß Mr. Greys Forderung zum Duell nicht zurückgezogen, sondern nur aufgeschoben ist«, bemerkte Lizzy. »Wie ärgerlich.«

Neddie reichte ihr einen Band Essays von Montaigne. »Ich meine, ich kann unbesorgt feststellen, daß die Drohungen des Herrn schlimmer sind als seine Taten. Du brauchst dich nicht um Duellpistolen zu kümmern, meine Liebe, so weit wird es nicht kommen.«

»Besonders dann nicht, wenn der Herr gehängt wird«, fügte ich nachdenklich hinzu. »Eine solche Aufführung wie die Greys, Neddie, muß zu Spekulationen Anlaß geben. Dahinter steckt zu wenig echtes Gefühl und zuviel Bemühung.«

»Schuldbewußtsein trieb ihn dazu, meinst du?« Mein Bruder lächelte. »Vielleicht nimmt er nur eine Haltung ein, von der er meint, daß er sie in der Öffentlichkeit einnehmen muß. Grey ist schließlich ein Mann, der seine Gattin verloren hat, und entsprechend muß er sich benehmen – auch wenn er seine Frau kaum betrauert. Eine solche Situation ist nicht einfach für ihn. Er muß Empörung, Zorn und Rachedurst zu erkennen geben, wenn er in Wirklichkeit vielleicht nur Erleichterung empfindet.«

»Wenn er das nicht fühlen kann, was er fühlen müßte, dann ist sein Schuldbewußtsein natürlich und berechtigt«, erwiderte ich, »doch achten kann ich ihn dafür nicht. Solch unnatürliches Verhalten muß wie Täuschung erscheinen und den Verdacht der Öffentlichkeit auf ihn lenken. Hast du einen Konstabler nach London geschickt, Neddie, der Mr. Greys Wege dort nachforscht?«

»Einer der Burschen aus Canterbury ritt gestern abend mit dem Reitknecht von The Larches nach London auf der Suche nach Grey, und er soll dort bleiben und versuchen, möglichst viel über den Herrn in Erfahrung zu bringen. Ohne Zweifel war Grey den ganzen Abend in Pall Mall, doch ich möchte gern wissen, wo er den Vormittag verbracht hat. Ich rechne aber nicht damit, daß Mr. Grey sich so leicht verrät, Jane. Wenn er mit dem Mord an seiner Frau zu tun hat – aus Gründen, die wir erst noch herausfinden müssen –, dann ist er nicht so dumm, sich dabei erwischen zu lassen.«

»Mein Lieber«, unterbrach ihn Lizzy, »wenn du die interessante Frage der Schuld Mr. Greys heute vormittag nicht mehr lösen kannst, dann könntest du vielleicht deine beträchtliche Intelligenz dem Problem des Packens zuwenden. Ich gestehe nur ungern eine Schwäche ein, aber ich gebe zu, daß ich mich entschieden überfordert fühle. Wir können nicht den ganzen Haushalt von Godmersham in Bewegung setzen – aber was ist von so geringem Wert, daß wir es den Franzosen überlassen? Während du mit Jane philosophische Fragen erörterst, bin ich am Verzweifeln!«

»Bitte entschuldige tausendmal, meine Liebste«, rief Neddie und kniete sich neben die Bücherkiste. »Sicher hast du nun genug Romane zu unserem Vergnügen eingepackt? Wir können nicht hoffen, *alle* Bände der Bibliothek fortzuschaffen.«

»Auch die meisten Möbel nicht«, stimmte ihm seine Frau traurig zu. »Wir haben nicht genug Wagen, und dann wäre noch der Schaden auf der Fahrt zu bedenken. Und was wird mit den Kindern, Neddie? Sollten sie gleich in eine sichere Gegend geschickt werden? Und was gibt man ihnen mit? Kleidung und Wäsche für zwei Wochen oder den Jungs alle Sachen für das Herbstsemester in Winchester?«

»Überlaß das alles Sackree«, riet ihr Neddie. »Miss Sharpe kann ihr helfen. Du kannst nicht alles allein regeln, Lizzy, so gern du das auch möchtest. Was die Kinder angeht – vielleicht sollten wir sie mit Henry nach London schicken. Ich glaube, er wird in einigen Tagen abreisen und könnte sie in seine Obhut nehmen.«

»In einer solch unsicheren Lage könnte ich sie niemals aus den Augen lassen«, erklärte Lizzy mit Entschiedenheit. »Wenn wir unser Heim verlassen müssen, dann alle zusammen.«

»Vielleicht könnte ich Miss Sharpe behilflich sein«, schlug ich vor. »Ich könnte die Sachen für die Kinder sortieren, ohne sie durcheinanderzubringen. Wäre es günstig, wenn ich selbst früher abreiste? Meine Mutter kann nicht in einen Haushalt kommen, in dem eine solche Unruhe herrscht. Ihr Besuch sollte von September auf eine bessere Zeit verschoben werden, und Cassandra und ich könnten nach Bath zurückkehren.«

»Bitte liefere uns nicht alle in einem Atemzug der Vergessenheit aus!« protestierte Neddie. »Du regst dich unnötig auf, Jane. Es gibt keinen Grund, wegen eines bloßen Gerüchts irgend jemanden wegzuschicken.«

»Du nennst das ein Gerücht?« rief Lizzy. »Aber Hauptmann Woodford sah doch so ernst aus! Als ob die Niederlage unvermeidlich wäre! Nach einem Blick in sein düsteres Gesicht war ich sicher, daß wir alle in unseren Betten verbrennen würden. Dieser Verdruß ist nicht zu ertragen! Ich habe gerade erst mein neues Kleid für den morgigen Ball erhalten, weißt du, und nun müssen alle diesen leichtfertigen Vergnügungen einfach ausfallen!«

»Du solltest dein neues Kleid nicht auf dem Ball der Rennwoche tragen? Unmöglich!« Neddie schnalzte verächtlich mit den Fingern. »Ich würde niemals etwas absagen, was dir Freude macht, nur um einer solchen Kleinigkeit wie einer Invasion willen. Du sollst deinen Ball haben, meine Liebe, und wenn Pratt sich dazu den Weg durch Bonapartes Heer bahnen muß.«

Lizzy lachte laut und knuffte ihn leicht mit einem Flederwisch. »Du mußt mich für ein törichtes Geschöpf halten, Neddie, wenn du so mit mir reden kannst. Ich führe mich auf wie ein Kind in Fannys Alter und nicht wie eine alte Ehefrau von zweiunddreißig. Ich habe mich schon völlig mit dem Verzicht auf den Ball abgefunden.«

»Du irrst dich, meine Liebe. Ich wehre mich lediglich dagegen, mich in Unruhe versetzen zu lassen durch den müßigen Bericht über einen Kurier, den man auf der Landstraße beobachtet hat und der eine Nachricht überbringt, die niemand wirklich vernommen hat.«

»Ein Kurier?« sagte ich und horchte auf bei diesem Wort. »Den Kurier von Mrs. Grey?«

Mein Bruder nickte. »Ich traf Hauptmann Woodford auf der Straße nach Wingham, etwa eine halbe Stunde nach seinem Besuch hier. Er vertraute mir das an, was ihm sein Pflichtgefühl einer Dame mitzuteilen nicht erlaubte, daß nämlich General Lord Forbes die Warnung vor der Invasion von einem Vertrauensmann der Regierung erhalten habe, der einen französischen Kurier in der grüngoldenen Livree der Penfleurs, der Familie von Mrs. Grey, gestern früh die Küstenstraße entlangjagen sah. Eine frühzeitige Kunde von Bonapartes Angriff ist an der Börse Gold wert, Jane, und der Vertrauensmann meinte, daß das der Auftrag des Kuriers war. Die Bankiers riechen schon den Wind, bevor die Politiker den Sturm bemerken, wie du sicherlich weißt.«

»Aber der Vertrauensmann hat selbst nicht erfahren, welche Nachricht der Kurier brachte?«

»Meinst du damit«, fragte Lizzy in drohendem Ton, »daß dieser ganze Aufstand um die Evakuierung nichts als Jux und Tollerei ist?«

»Keineswegs«, versicherte ihr Neddie eilig. »Lord Forbes ist zwar kein brillanter Kopf, aber ein vorsichtiger Mann. Sein Pflichtbewußtsein ist legendär. Er hält den Augenblick für einen Evakuierungsplan für gekommen, falls Bonaparte auf See ist, aber noch ist nichts Genaues bekannt über die Manöver des Kaisers.«

»Der General hält diesen Vertrauensmann für zuverlässig?« fragte ich.

»Das kann ich nicht sagen, weil ich die Einzelheiten nicht kenne. Aber ich vermute, daß Lord Forbes eine voreilige Schlußfolgerung gezogen hat, in dem Glauben, daß kein französischer Kurier hier landen könnte ohne die Unterstützung einer Invasionsflotte. Er hegt den Verdacht, daß unsere Flotte geschlagen ist, doch das kann ich nicht glauben. Grey selbst hat mir versichert, daß viele Kuriere den Kanal mit Geleitbriefen überqueren, und was ein Weltmann als selbstverständlich betrachtet, sollte ein Landedelmann nicht in Frage stellen.«

»Dann sollen wir also in dieser Spannung leben«, rief Lizzy, »und nicht wissen, ob wir nicht aus unseren Betten gejagt werden?«

Neddie zuckte die Achseln. »So ist das nun mal im Krieg, meine Liebste. Wir hätten wie unsere ängstlicheren Nachbarn schon vor ein paar Monaten nach London ziehen und das gegenwärtige Chaos aus sicherer Entfernung betrachten können, doch wir haben uns auf den Schutz der Garde verlassen. Woodford erklärte mir, daß beim Insichtkommen der Franzosen der Leuchtfeuerturm von Canterbury angezündet wird. Solange nicht die Flammen nachts aufleuchten, haben wir nichts zu befürchten, doch wenn die Reisigbündel in Brand gesetzt werden, müssen wir uns zur Flucht bereithalten.«

»Außer unseren Schreibtischen und dem Silbergeschirr muß alles hierbleiben.« Lizzy sah sich voller Bedauern um. »Ach, ich könnte dieses Scheusal Bonaparte mit eigenen Händen am Strand von Pegwell erwürgen! Wenn man sich vorstellt, daß er sich hier austoben kann, daß seine Offiziere unseren Weinkeller plündern, seine Soldaten unsere

Schweine schlachten und alle zusammen nachlässig französische Stiefelwichse in breiten Streifen über unsere Marmorböden schmieren!«

»Wenn der Kaiser hier Quartier nimmt«, wandte Neddie ein, »dann können wir uns noch glücklich schätzen. Er könnte das Haus auch niederbrennen lassen. Begnüge dich mit geringem Gepäck, meine Liebe, und laß uns hoffen, daß wir in ein paar Wochen alles wieder auspacken können. Wir werden die Ärmel aufkrempeln und uns an die Arbeit machen. In ein paar Stunden haben wir das Schwerste geschafft.«

»Nicht, wenn ich morgen abend auf dem Ball anständig aussehen will«, erwiderte Lizzy. »Etwas Arbeit muß noch verschoben werden. Wenn ich dir gerecht werden soll, Neddie, dann muß ich einige Zeit unter Mr. Halls Händen verbringen. Bedenk doch, wie mein Haar aussieht!«

Lizzy sah ausgesprochen gut aus, die leichte Röte der Anstrengung stand ihr hervorragend, deshalb konnte ich ein Lächeln nicht unterdrücken. »Da der elegante Mr. Hall schon lange an mir verzweifelt«, erklärte ich ihr, »werde ich mich gleich ins Kinderzimmer verfügen und mich um die Sachen der Kinder kümmern.«

Ich fand die oberen Stockwerke ins Packen vertieft, doch es war eine aufreibende Angelegenheit, denn viel zu viele weibliche Stimmen stritten darum, wer das Sagen hätte. Die Haushälterin, Mrs. Salkeld, meinte, es komme ihr zu, Elizabeths Anordnungen auszuführen, außer in Myladys eigenen Zimmern, wo Sayce, die Zofe Myladys, eisern das Regiment führte. Der Streit erreichte eine gefährliche Lautstärke, bis Mylady selbst mit gelangweilter Stimme eingriff und beide Frauen unter Androhung sofortiger Entlassung ins Erdgeschoß verwies.

Als ich Anne Sharpe suchte, fand ich im Dachgeschoß keine bessere Situation vor, denn bei den Kindersachen hatte es Mrs. Salkeld sowohl mit der Gouvernante als auch mit dem Kindermädchen Sackree zu tun. Ich zog Miss Sharpe energisch ins Schulzimmer und überließ es den beiden älteren Frauen – seit langem ebenbürtige Gegnerinnen –, die Spielsachen und die Unterkleidung von neun verschiedenen Kindern zu sortieren, dazu noch ihre Koffer, ihr Bettzeug, ihr Lieblingsspielzeug und ihre Haustiere – zu dieser Menagerie gehörten auch drei Kätzchen, zwei Ringelnattern und ein kranker Igel.

»Meine liebe Miss Sharpe«, sagte ich, »Sie müssen mir erlauben, Ihnen bei den Tafeln und den Schulbüchern zu helfen. Das können Sie doch nicht alles allein schaffen!«

Das Schulzimmer war ein sparsam möblierter, weißgestrichener Raum mit schrägen Wänden in einem Giebel. Ein Regal mit dicken Büchern stand unter einem Fenster, mehrere Stichtücher zum Sticken waren auf einem Hocker abgelegt, und ein Tuschkasten – wahrscheinlich Fannys – lag vergessen auf dem Tisch. Von der Mode der Transparentbilder vor einigen Jahren her hingen noch ein paar Landschaften an den Fensterscheiben, und eine ähnliche Leidenschaft für Silhouetten hatte an den Wänden eine nicht ganz gelungene Porträtgalerie der Familie hinterlassen. Sonst besaß das Zimmer wenig Anheimelndes, besonders für jemanden mit Anne Sharpes natürlichem Geschmack. Da die Fenster zu klein und schief sind, um viel Luft hereinzulassen, und der Kamin für die Größe des Raumes nicht ausreicht, ist das Schulzimmer im Sommer drückend heiß und im Winter zugig. Solche gesunden Bedingungen hält man wohl für nötig zur Aufzucht von Kindern, die in ihren formenden Jahren nicht verwöhnt oder zum Luxus erzogen werden dürfen. Ich würde Neddie oder Lizzy niemals unterstellen, daß sie nicht am Wohlergehen ihrer Kinder interessiert wären – schon die Zahl der Personen, die sich um die Kleinen zu kümmern haben, beweist die Großzügigkeit ihrer Eltern –, doch leiden sie meiner Meinung nach an einem gewissen Mangel an Einbildungskraft. Sie erziehen ihre Kinder so, wie sie selbst erzogen worden sind, oder besser gesagt, wie Lizzy erzogen worden ist. Ihre Kindheit führte sie vom Kindermädchen zur Gouvernante und von dort zu einer vornehmen Schule in London, und diese Zeit erlebte sie fast vollständig in den oberen Stockwerken von Goodnestone Farm. Ein Kind der höheren Stände könnte den größten Teil seines Lebens in einem Fuchsbau von Kinderzimmern verbringen, dort schlafen, spielen, lernen und essen, ohne jemals die Treppe hinabzusteigen! So wachsen die Kinder eines Baronets auf, in einer Welt, die von der ihrer Eltern streng getrennt ist.

Bei Neddie war es natürlich anders, bis er in seinem sechzehnten Jahr nach Godmersham kam. Denn wenn auch unsere Mutter uns alle als Säuglinge zu Ammen ins Dorf gab, verlebten wir unsere Kinderjahre doch in dem prächtigen Durcheinander von überfüllten Zimmern und gemeinsamen Betten.

Wenn ich diese Dachkammern sehe, kann ich nicht umhin, mir vorzustellen, daß eine empfindsame kleine Seele unter diesem Einfluß verkümmert, wie eine zarte Pflanze im Sturm eingeht. Wieviel mehr ließe sich für die Bildung eines jungen Gemüts in einer Atmosphäre fröhlicher Zufriedenheit erreichen!

»Wirklich«, wandte Anne Sharpe ein, »Sie sind zu besorgt, Miss Austen. Mit diesen paar Sachen werde ich schon allein fertig und möchte Sie bitten, Ihre Energie dort anzuwenden, wo sie nützlicher wäre. Bieten Sie Ihre Hilfe doch Mrs. Austen an, die sie sicher braucht, und lassen Sie mich mein Gebiet allein in Ordnung bringen.« Nach kurzem Zögern fuhr sie fort: »Es ist wohl nicht so wichtig, wissen Sie, ob ein paar Fibeln den Franzosen in die Hände fallen.«

»Ich dachte nur, Sie würden sich nicht wohl fühlen«, erwiderte ich, »und brauchten eine Partnerin bei Ihren Bemühungen. Ich leide selbst gelegentlich an Kopfschmerzen, und mir tut jeder leid, den sie befallen.«

Miss Sharpe errötete und wandte sich ab. »Ich habe mich

schon völlig erholt, vielen Dank. Die Notwendigkeit, dieses Haus zu verlassen, hat mich wieder aufgerichtet. Ich darf nicht verzagen, wenn soviel Dringendes zu tun ist. Und wir werden so bald aufbrechen! Ich möchte nicht, daß Mr. Austen mich nachlässig in meiner Arbeit findet, wenn der Moment zur Abreise aus Kent gekommen ist.«

Ich musterte sie neugierig. Sie sah etwas fiebrig aus, und ihre Worte sprudelten mit einer Hektik heraus, die im Gegensatz zu ihrer Bedeutung stand. Gewiß, sie sprach von ihrer Pflicht, von Obliegenheiten, die nicht aufgeschoben werden dürften, doch nach ihrer Miene zu urteilen war sie höchst begierig darauf, Kent zu verlassen. Hatte sie denn nur unangenehme Erinnerungen an diesen Ort?

»Mr. Austen meint, Miss Sharpe, daß wir uns vielleicht umsonst anstrengen.« Ich zwängte mich in eine Schulbank, ein Stichtuch in der Hand gefaltet. »Es ist keineswegs sicher, daß Bonaparte in England landet; die Besorgnis des Generals scheint einem bloßen Gerücht zu entspringen. Mein Bruder hat noch keine Anweisung gegeben, daß die Kinder fortgeschafft werden sollen.«

»Das verstehe ich nicht«, stammelte sie. »Wir werden also nicht evakuiert? Wir werden nicht in wenigen Tagen nach London abreisen?«

»Das kann ich nicht genau sagen. Ich weiß leider nicht, was die Offiziere alles vorhaben. Wir müssen natürlich ihre Anordnungen befolgen: Unsere Sachen packen und uns zur Flucht bereithalten, falls sich unsere Vermutungen als falsch erweisen.« Ich lächelte ihr ermutigend zu. »Wäre es nicht unschicklich für eine Dame, Miss Sharpe, würde ich Ihnen eine kleine Wette vorschlagen. Denn wer weiß, was dabei herauskommt? So ist es immer, wenn Bonaparte den Gang der Dinge bestimmt. Die sorgfältigsten Pläne werden völlig zuschanden.«

»So scheint es«, erwiderte sie unsicher. »So war es immer in meinem unglücklichen Leben.«

»Miss Sharpe …«

»Bitte lassen Sie mich allein mit diesem Chaos fertigwerden, Miss Austen. Sicherlich haben Sie Ihre eigenen Koffer zu packen.«

Das war unzweifelhaft eine Verabschiedung, die keinen Widerspruch duldete. Ich ging und überließ es der erregt und bleich gewordenen Gouvernante, sich um die Tafeln und Bücher zu kümmern. Ich fragte mich, was ihr solchen Kummer bereitete. Der bloße Schock der Ermordung Mrs. Greys konnte es nicht sein. Aber ich stand Anne Sharpe nicht so nahe, daß ich sie hätte vertraulich fragen können. Sie bewegte sich jetzt in tieferem Wasser und mußte der Strömung allein widerstehen.

»Also hast du mit Mr. Grey geredet«, sagte Henry fröhlich, als die Diener den ersten Gang des Dinners serviert und sich in den Küchenkorridor zurückgezogen hatten.

»Und er hat mit mir geredet«, antwortete Neddie. »Eine weniger befriedigende Begegnung zwischen zwei Männern, die für einander interessant sein sollten, kann ich mir nicht vorstellen. Aber nun komm, Bruder – du kennst doch seine Bankgeschäfte seit ein paar Jahren. Was ist deine Meinung von Grey?«

Henry zuckte die Achseln. »Ich habe mir noch keine gebildet, Neddie. Ich kann nicht behaupten, daß ich mit dem Mann vertraut bin.«

»Vertraut! Ich kenne niemanden, der das wäre – ausgenommen vielleicht Hauptmann Woodford, der wohl Grey von Kindheit an kennt.«

»Grey gehört nicht zu denen, die zu Vertrautheit einladen«, sagte Henry nachdenklich. »Er ist schweigsam und zugeknöpft und behält seine Absichten für sich.«

»In was für einem Ruf steht er in London?«

»Er ist natürlich Mitglied von White's Klub. Ich schätze, dort wird ihn sein Reitknecht gestern abend aufgespürt haben.« Henry legte die Gabel hin und kostete den Wein. »Sicherlich trifft man ihn oft im Klub an, doch ob eines der Mitglieder ihn als seinen Freund bezeichnen würde, weiß ich nicht. Allenfalls George Canning* ...«

»Canning? Der Schatzmeister der Marine?«

»Genau der. Er ist ein schlauer Fuchs, dieser George Canning, und genießt das volle Vertrauen Mr. Pitts**. Er ist auch ein leidenschaftlicher Gartenliebhaber, und darin trifft er sich mit Valentine Grey. Du hast wohl schon von Greys Interesse an exotischen Pflanzen gehört?«

»Ich habe sehr wenig von Mr. Grey gehört«, erwiderte Neddie grimmig, »und ich begreife allmählich, wie ungünstig diese Unkenntnis in der jetzigen Situation ist. Ich ahne, daß ich zu zurückgezogen gelebt habe.«

»Aber was ist mit seinem Charakter, Henry?« hakte ich nach. »Du hast ein sehr sachliches Bild von ihm gezeichnet! Es ähnelt überhaupt nicht dem verschrobenen Kerl, dem unser Bruder heute morgen begegnet ist!«

Henry sah mich interessiert an. »Verschroben? Ich würde Grey eher für berechnend und gerissen halten. Er ist nachtragend, und da er über eine beträchtliche Intelligenz und Energie verfügt, verachtet er alle, die ihm darin nachstehen.«

* George Canning (1770–1827) war Unterstaatssekretär im Außenministerium 1796 und Schatzmeister der Marine von 1804 bis 1806. In letzterer Funktion hatte er keine Befugnisse in der Organisation oder dem Einsatz der Marine, die dem Ersten Lord der Admiralität oblagen, sondern er war im Parlament verantwortlich für die Finanzfragen der Marine. Dazu gehörten auch die Gehälter der Kapitäne, das Budget der Marine und die Verwendung der Geheimfonds. Letztere waren für Spionagezwecke gedacht und mußten nicht gegenüber dem Parlament abgerechnet werden. – *Die Herausgeberin.*

** William Pitt der Jüngere (1759–1806) war im August 1805 schon seinem Ende nahe. Er war zugleich Schatzminister und Premierminister von England. Er war ein glänzendes, einsames und berechnendes politisches Genie, der führende Tory seiner Generation und ein lebenslanger Gegner des Prinzen von Wales. Er war auch Alkoholiker, und seine Leber versagte, als er siebenundvierzig war. Er wurde im Dezember 1805 todkrank aus dem Unterhaus getragen und starb Anfang 1806. – *Die Herausgeberin.*

»Wenn man einmal in seiner Meinung gesunken ist, dann für immer«, bemerkte Lizzy an ihrem Ende der Tafel.

Henry lächelte ihr zu. »Grey schätzt Loyalität und Ehre über alles. Solche Eigenschaften sind ihm in geschäftlichen Dingen sehr förderlich, doch wo es um menschliche Beziehungen geht, kann ich mir vorstellen, daß sie nur schwer zu ertragen sind.«

»Kein Wunder also, daß seine Frau ihn nicht lieben konnte«, murmelte ich.

»Sie scheinen wirklich nicht gut zusammengepaßt zu haben«, gab Henry zu, »doch sie sind nicht die ersten, die sich ein Leben lang in einem ungleichen Geschirr zusammengespannt finden.«

»Mr. Grey verbringt den größten Teil seiner Zeit in London, glaube ich. Schließt sein Geschäft ihn vom Verkehr mit den höchsten Kreisen aus? Oder hat es ihm einen gewissen Zugang zu ihnen verschafft? Was hat er für Ziele? Welche Interessen und welchen Ehrgeiz?«

Henry war von dem Verzehr einer Menge Garnelen in Butter in Anspruch genommen. »Ich würde Greys Art, eine Bank zu führen, kaum ein *Geschäft* nennen, Jane. Er hat einen mächtigen Konzern geerbt, der nur von Hope* übertroffen wird, ganz im Gegensatz zu deinem emporgekommenen kleinen Schreiberling von Bruder.«

»Du übertreibst doch sicher«, warf Neddie ein.

»Das Schicksal Englands hängt hin und wieder von Greys Einfluß ab, Bruder.« Henrys Miene zeigte einen ungewohnten Ernst. »Er hat viele der Großen des Landes ganz einfach in der Tasche und könnte sich wie ein Gleichgestellter unter ihnen bewegen. Grey gehört zu den Menschen, die überall hingehen und mit jedem reden können, doch meines Wissens legt er auf die vornehme Welt keinen

* Das Bankhaus Hope war der mächtige und einflußreiche schottische Konzern mit Hauptsitz in Amsterdam. Hope finanzierte unter anderem die Herrschaft und die Feldzüge Napoleon Bonapartes. – *Die Herausgeberin.*

Wert. Er ist nicht die Zierde eines besonderen Kreises, obwohl viele ihn gern hätten. Mr. Pitt schätzt ihn sehr, doch Grey weist die Tories ebenso deutlich ab wie die Whigs. Er sollte einmal Berater des Schatzkanzlers werden, aber er läßt sich zu keinem öffentlichen Amt verlocken. Und mit dem Prinzen von Wales will er Gott sei Dank nichts zu tun haben.«

Diese Beschreibung Mr. Greys hörte sich sehr nach einem anderen Herrn meiner Bekanntschaft an, Lord Harold Trowbridge, und ich fragte mich einen Moment, ob die beiden wohl miteinander bekannt wären. Da ich mit den Charakteren beider ein wenig vertraut war, hielt ich es für unmöglich, daß sie Freunde sein könnten. Die berechnende Tiefgründigkeit des Geistes und des Scharfsinns eines jeden der beiden führte nicht leicht zu Vertrautheit. Sie wären entweder Verbündete oder Feinde.

Doch ich hielt mit meinem phantasievollen Porträt von Grey inne, bevor es halb vollendet war. Da ich den Charakter des Herrn nicht genau kannte, hatte ich einen anderen als Modell genommen und damit zweifellos den Vorzügen beider sehr unrecht getan.

»Wenn weder eine führende Position in der Politik noch in der Gesellschaft Mr. Greys Ziel ist«, beharrte Neddie, »worauf richtet sich dann sein Ehrgeiz?«

Henry schüttelte den Kopf. »Darin liegt die Hauptquelle seiner Macht. Er ist allen ein Rätsel außer sich selbst.«

Ich genoß Neddies ausgezeichneten Rotwein und ließ meine Gedanken zwischen den verwirrenden Schattierungen von Henrys Aussagen umherwandern. Die aufbrausenden Launen Valentine Greys – sein Bestehen auf der Keuschheit seiner Frau – sein Bemühen, als trauernder Witwer zu erscheinen, doch ohne Gefühl hinter seinen Worten – all das stand vor meinem geistigen Auge: strittig, verworren und mit ungewissem Ergebnis.

»Und seine Frau, Henry, die er anscheinend nach Kent

verbannt hatte«, sagte ich. »War Françoise Grey ihm bloß hinderlich?«

»Die Dame war sicherlich nur eine Figur im Spiel, glaube ich, als sie mit Valentine Grey verlobt wurde – es war eine Verbindung der Häuser und nicht der Herzen. Ohne Zweifel verdankt Grey seiner verstorbenen Frau einen beträchtlichen Teil seiner gegenwärtigen Mittel. Die Familie Penfleur verfügt über das Vermögen eines ganzen Kontinents, und als er Françoise heiratete, erlangte Grey einen Anteil an dieser Macht.«

»Und begab sich selbst unter die Fuchtel eines Weltreiches«, bemerkte ich.

Henry zog die Augenbrauen hoch und schob seinen Teller zurück. »Ich würde Grey nie als unter irgendeiner Fuchtel stehend beschreiben.«

»Dann hast du die Situation nicht durchschaut«, erwiderte ich. »Ein so bedeutender Handel wird nur abgeschlossen, wenn beide Seiten entsprechend davon profitieren. Die Familie Penfleur würde sich nie von ihrem Mündel und einem gewichtigen Teil ihres Einflusses trennen, um als Gegenwert lediglich ein Landgut in Kent zu erhalten. Wir müssen annehmen, daß Mr. Grey die Interessen der Penfleurs in England vertreten sollte.«

»In Kriegszeiten eine heikle Angelegenheit«, meinte Henry.

»Vielleicht war er seiner Verpflichtungen überdrüssig«, vermutete Neddie, »und dachte, er könnte sie zusammen mit seiner Frau loswerden.«

»Doch warum sollte er dann Denys Collingforth die Schuld zuschieben?« wandte ich ein. »Warum sollte ein Mann, der überhaupt nichts mit Greys Angelegenheiten zu tun hatte, für diese Schuld büßen – falls Grey wirklich seine Frau umgebracht hat.«

»Vielleicht weil Collingforth nicht in der Lage ist, sich zu wehren«, meinte Henry nachdenklich. »Der Mann ist völlig ruiniert, und ganz Canterbury weiß das. Seit Monaten hat der Bursche schon keinen Lieferanten im Umkreis von Meilen mehr bezahlt, und es heißt, daß eine Menge Gläubiger in London bereits ihre Hände in seinen Taschen haben.«

»So schlimm steht es?« murmelte Lizzy. »Wie schrecklich, daß man solche Leute zu seinen Bekannten zählen muß! Besäße Collingforth einen Titel oder eine hohe Stellung, könnte er den Sturm mit Anstand überstehen, aber da er von gewöhnlicher Art ist und seine Frau kaum besser, kann man nichts für sie tun.«

»Im ›Hound and Tooth‹ habe ich gehört, daß er das ganze Geld seiner Frau durchgebracht hat, eine Hypothek auf Prior's Farm aufgenommen hat und nun vor dem Ruin steht, da Mrs. Grey tot ist.«

»War sie ein so wichtiger Schutz für ihn?« fragte Neddie scharf.

»Das weiß ich nicht – doch Collingforths Gläubiger hätten ihm vielleicht noch etwas Luft gelassen, wenn nicht die Mordanklage dazugekommen wäre. Jetzt bestürmen sie Prior's Farm, und die Gerichtsvollzieher können auch nicht mehr weit sein.« Henry zögerte, spielte mit seinem Weinglas und fuhr dann entschuldigend fort: »Manche sagen auch, Bruder, du hättest Collingforth lieber in Eisen legen sollen, solange es noch Zeit war. In seiner Situation bleibt ihm nicht viel übrig als die Flucht auf den Kontinent. Einige behaupten sogar, er wäre schon unterwegs.«

»Teufel noch mal!« rief Neddie, und als Lizzy schmollend den Mund verzog, setzte er hinzu: »Bitte tausendmal um Entschuldigung, meine Liebe. Bruder, wer will denn wissen, daß Collingforth geflohen ist?«

Henry zuckte die Achseln. »Alle und niemand. Die Stammgäste im ›Hound and Tooth‹, mußt du verstehen, gehen großzügig mit Worten um und sehr sparsam mit Beweisen. Ich wiederhole nur, was allgemein geredet wurde. Ich muß es dir überlassen, die Sache zu klären.«

Neddie warf seine Serviette hin, schob seinen Stuhl zurück und schritt die ganze Länge des Eßzimmers auf und ab. Lizzy saß noch aufrechter da und beobachtete ihn mit den feuchten grünen Augen einer Katze.

»Das war verkehrt, Henry«, flüsterte sie diesem zu. »Jetzt hast du ihn ganz von seinem Steinbutt abgebracht. Ich will nicht, daß der Hammel kalt wird.«

»Sag mir, was du von Collingforths schwarzgekleidetem Freund weißt«, befahl Neddie. »Von dem undurchschaubaren Mr. Everett.«

»Ach!« rief Henry, und seine Miene hellte sich wieder auf. »Da hast du nun wirklich einen üblen Burschen erwischt! Everett war kaum einen Tag in Canterbury, als allgemein verbreitet wurde, daß er Boxkämpfe arrangiert – die sind zwar verboten, werden aber von den höheren Ständen sehr gern besucht. Everett vertritt die Interessen eines Boxers namens Delacroix, eines Mulatten aus Martinique.«

»Aber was kann solch ein Mann mit Denys Collingforth zu tun haben?« fragte ich.

»Collingforth hat eine Leidenschaft fürs Boxen, wie für jede Art von Kampfsport, und hat mit seinen Wetten am Ring ein Vermögen verloren. Männer wie Everett hängen sich immer an solche Leute, denn die Empfänglichkeit für den Sport beherrscht den Geldbeutel ebenso wie den Mann.«

»Es gab aber keinen Boxkampf bei der Canterbury-Rennwoche«, widersprach Neddie. Er hatte aufgehört herumzulaufen und sank wieder auf seinen Stuhl. »Etwas anderes muß Everett hergelockt haben.«

»Ich glaube, er mußte seine Wohnung in London für eine Weile verlassen«, erwiderte Henry. »Eine kitzliche Sache, von der die Stammgäste im ›Hound and Tooth‹ auch nicht viel wußten. Wahrscheinlich war er mit dem Gesetz in Konflikt geraten und wollte für einige Zeit verschwinden, da erinnerte er sich plötzlich an seinen Freund Collingforth und kam eilig nach Kent. Ich würde mich nicht wundern, wenn sich ein Veranstalter von Boxkämpfen nicht auch in den gröberen Geschäften seiner Umgebung auskennt – Betrug bei Glücksspielen und das Ruinieren unschuldiger junger Männer in Spielhöllen. Ich habe schon Hunderte von Everetts erlebt und kenne den Typ mittlerweile.«

»Daraus können wir schließen, daß der größte Teil von Collingforths Problemen von seinen Spielschulden herrührt«, vermutete ich. »Das erklärt zum Teil auch seine Vertrautheit mit Mrs. Grey.«

»Ausgezeichnet, Jane!« rief Henry. »Man kann sich darauf verlassen, daß du immer die elegante Wendung findest, die die Geschichte weiterführt. Zu Mrs. Grey wollte ich gerade kommen.«

»Dann tu das bitte«, unterbrach ihn Neddie. »Dieses Herumirren auf den Abwegen der Sportwelt wird langweilig.«

»Wie wir wissen, hatte Mrs. Grey ihre eigene Vorliebe für die Sportwelt. Ein gewisser Klüngel von Herren aus Kent genoß den Vorzug, an ihrem Tisch mit hohen Einsätzen zu spielen. Noch im letzten Frühjahr gehörte Collingforth anscheinend auch dazu – und verlor hoch. Mrs. Grey hatte eine Handvoll Schuldscheine von ihm im Besitz und zeigte keine Neigung, ihm diese Schulden zu erlassen.«

»Dann konnte er ihren plötzlichen Tod wohl kaum betrauern«, sagte ich langsam. »Wer mag außerdem noch zu ihren Schuldnern gezählt haben?«

Henry zuckte die Achseln. »Viele der jungen Herren aus der Gegend. Die Dame gewann gern und hatte geradezu teuflisches Glück. Mehr als die Hälfte der Männer aus Kent wettete gestern auf Commodore in der Hoffnung, ihre Finanzen aufzubessern, doch zu meinem Entsetzen trieb sie das nur noch mehr in den Ruin.«

»Und Mrs. Grey jubelte über ihren Sieg, während die Hoffnungen der Männer zu Staub und Asche wurden«, bemerkte Lizzy. »Ein bedauerliches Benehmen, muß ich sagen.«

»Aber ist das ein Anlaß zum Mord?« protestierte ich.

»Warum nicht?« Henry klang bedrückt. »Der Gedanke lag mir selber nicht fern. Mindestens zehnmal habe ich heute vormittag überlegt, ob nicht eine Kugel in den Kopf der beste Dienst wäre, den ich Commodore leisten könnte oder auch mir selbst.«

»Henry!«

»Es war schon eine Art Fegefeuer, bloß durch die Stadt zu laufen, Jane, das kann ich dir sagen. Ein junger Bursche, der zuviel Wein getrunken hatte, ging so weit, ein geheimes Einverständnis zwischen mir und Mrs. Grey anzudeuten, nach dem der Jockei von Commodore das Rennen absichtlich verloren hätte und alle Verluste irgendwie mir zugute kämen. Oder aber Mrs. Grey, wäre sie am Leben geblieben – ich weiß nicht mehr ganz, was er meinte.«

»Um aber auf Collingforth zurückzukommen«, drängte uns Neddie, »sicher muß doch der Tod seiner Hauptgläubigerin seine Lage erleichtern?«

»Ich fürchte sehr, daß das Ausscheiden nur eines Gläubigers bei seinen Schulden wenig ausmacht.«

»Ein verzweifelter Mann kann aus Rache töten, weil er meint, er habe nichts mehr zu verlieren«, sagte ich.

»... besonders dann, wenn er den Mord so arrangieren kann, daß der Verdacht von ihm abgelenkt wird«, ergänzte Neddie.

»Die Leiche in der Kalesche?«

»Natürlich. Nur ein Trottel würde sein Opfer so offenkundig hinterlassen – oder aber ein ganz gerissener Bursche. Von dem Augenblick an, als die Leiche Mrs. Greys entdeckt wurde, haben wir uns darüber gewundert, wie unwahrscheinlich der Fundort ist. Wir haben uns bemüht, Collingforth vom Verdacht zu reinigen, und haben uns kaum vorstellen können, daß er schuldig sein soll ...«

Neddies Rede wurde durch den Eintritt des Dieners Russell von der Küche her unterbrochen.

»Verzeihung, Sir«, sagte er mit einer Verbeugung, »aber da ist gerade ein Konstabler aus Canterbury angekommen. Er will Sie unbedingt sprechen. Ich habe ihm erklärt, daß der zweite Gang noch nicht serviert ist, aber er wollte nicht ...«

»Euer Ehren!«

Ein hagerer, krummbeiniger Bursche schob sich an dem Diener vorbei und glitt leichtfüßig ins Eßzimmer. »Ich komm wegen Ihrem Goldstück, und ich nehm auch kein Papiergeld dafür an!«

Ein Stück beschmutztes Tuch entrollte sich seinen Händen, seine Goldstickerei funkelte im Kerzenlicht. Lizzy rang nach Luft, und Neddie sprang auf.

Mrs. Greys scharlachrotes Reitkleid.

Kapitel 6

Was das Kleid enthüllte

20. August 1805, Forts.

Neddie trat neben den Konstabler und nahm ihm das Kleid aus der Hand. Er stieß einen leisen Pfiff aus. »Wie ist Ihr Name, mein guter Mann?«

»Jacob Pyke, Euer Ehren, in Kent seit vier Generationen.«

»Dann nehme ich an, daß Sie mit dieser Gegend vertraut sind, Mr. Pyke.«

»Ich kenn sie so gut wie den Arsch meiner eigenen Frau, Sir.«

Ein Prusten von Lizzy, das rasch in ein Hüsteln überging.

»Mr. Pyke!« sagte Neddie scharf. »Es sind Damen anwesend.«

Der Konstabler machte eine ungeschickte Verbeugung und grinste nach allen Seiten. »Bitte um Verzeihung, war nich böse gemeint, bestimmt nich, ist doch nur so 'ne allgemeine Redensart.«

»Und wo haben Sie *das hier* entdeckt, Konstabler?«

Die Augen des Mannes mieden das Gesicht meines Bruders. Er zerknüllte die Mütze, die er nun in den Händen hielt. »In 'ner Hecke, Euer Ehren, ein Stück die Straße nach Wingham lang. War in ein Stück Sackleinen eingewickelt und weit unter die Sträucher geschoben, damit's nich zu sehn sein sollte.«

»Wie haben Sie es dann entdeckt, Mr. Pyke?«

Ein Ausdruck erstaunter Unschuld, so falsch, daß er sofort auffiel, trat in das Gesicht des Mannes. »Na – wir sollten doch danach suchen, Euer Ehren, wie jeder Mensch in Kent. Ich stocherte so mit 'nem langen Stock in den Blättern und dem Zeug rum und stieß auf'n dicken Klumpen, der nich nachgab. Na, na, dachte ich mir, der Klumpen da ist kein Ast oder Gestrüpp, bei weitem nicht. Das ist 'n Damenkleid, das da. Und ich holte es mit dem Stock raus.«

»Aha«, sagte Neddie belustigt. »Ich weiß Ihre Pflichttreue zu schätzen, Mr. Pyke. Und das Sackleinen?«

»Euer Ehren haben nich gesagt, daß Sie das Sackleinen wollen«, konterte Pyke angriffslustig. »Davon stand nichts in meinen Anweisungen, dafür bin ich nich verantwortlich. Außerdem wollt's der Junge haben, als 'ne Art Andenken.«

»Der Junge?«

Mr. Pyke trat einen Schritt zurück und blickte sich wild um. »Bloß 'n Junge«, sagte er, »der spielt keine Rolle, überhaupt nich. Der kam grade vorbei, als ich das Kleid auswickelte, und wollte das Sackleinen haben und es seinen Kumpels zeigen.« Konstabler Pyke verriet sich mit jeder Faser seines Wesens, und ich vermutete, daß der unglückliche Junge, wer er auch war, das Reitkleid gefunden hatte, als er in der Hecke herumspielte, und es dem ersten Konstabler gegeben hatte, der ihm über den Weg lief. Der Junge hatte mehr Ehrgefühl bewiesen, als die Erwachsenen je aufbringen würden; wahrscheinlich hatte er gedacht, das Sackleinen mache ihn berühmt genug – und von Neddies Goldstück wußte er nichts.

Mein Bruder seufzte und musterte den Mann vor ihm genau. »Ich möchte die Stelle sehen«, sagte er, »wo Sie das Reitkleid gefunden haben.«

»Weiß nich, ob ich die wiederfinde, Euer Ehren«, protestierte der Konstabler. »Es war einfach 'n Stück Hecke, sah wie jede andere aus.«

»Warten Sie trotzdem morgen früh an der Straße nach Wingham auf mich«, ordnete Neddie an. »Wir werden die Strecke so genau absuchen wie möglich. Und nun, Mr. Pyke, seien Sie so gut und gehen Sie in die Küche. Sie bekommen Ihr Goldstück und dazu ein Abendessen für Ihre Mühe.«

Bei diesen Worten Neddies war dem Mann die Erleichterung anzusehen, er grüßte und verschwand in den Korridor. Mein Bruder ging rasch in die Bibliothek, wo seine Geldkassette stand, und nach der Entlohnung hörten wir nichts mehr von Mr. Pyke.

»Henry und ich werden wohl heute abend auf den Portwein verzichten«, meinte Neddie, als er zurückkam, »und bitten euch, uns gleich in die Bibliothek zu folgen. Wir müssen feststellen, was uns das Kleid enthüllt.«

Auf den ersten Blick offenbarte das Kleid enttäuschend wenige Geheimnisse. Kein Tropfen dunkles Braun, den man als vergossenes Blut ansehen könnte, färbte den scharlachroten Stoff, doch da Mrs. Grey mit ihrem eigenen Haarband erdrosselt worden war, konnte man damit auch nicht rechnen.

Wir breiteten das Kleid auf einem der langen Tische in der Bibliothek aus und machten uns daran, seine Falten gründlich zu untersuchen. Es war sehr zerknüllt, aber kaum beschmutzt, wenn man von dem Staub am Saum absieht, der sich draußen immer ansetzt, und ein paar Spritzern, die sich die Dame wohl bei der berittenen Verfolgung des Rennens geholt hatte. Wir fanden auch keine Risse oder Schnitte, die auf eine gewaltsame Entkleidung gedeutet hätten, außer an einer Stelle am Rücken, wo ein goldener Knopf fehlte.

»Seltsam«, murmelte Neddie. »Der Knopf findet sich in Collingforths Kalesche, aber das Kleid, von dem er stammt, liegt unter einer Hecke. Wurde Mrs. Grey etwa in der Kalesche ausgezogen und das Kleid später auf der Straße nach Wingham weggeworfen?«

»Das hört sich nicht sehr wahrscheinlich an«, erwiderte Lizzy. »Ich glaube, wir versteifen uns zu sehr auf den goldenen Knopf. Er hat möglicherweise gar nichts mit Mrs. Greys schrecklichem Ende zu tun. Sie kann ihn auf ganz einfache Weise verloren haben, als sie in die Kalesche stieg, wie Jane und ich es vor dem letzten Rennen beobachtet haben.«

»Das stimmt«, sagte Neddie nachdenklich, »wenn es auch meiner Untersuchung ihren Wert nimmt, meine Liebe!«

»Eins ist sicher«, fügte ich hinzu. »Mrs. Grey kann sich das Kleid nicht allein ausgezogen haben. So viele Knöpfe vom Hals bis zur Taille erfordern die Hilfe einer Zofe – oder eines intimen Freundes.«

»Dann müssen wir also davon ausgehen, daß ihr jemand behilflich war«, stellte Neddie knapp fest, »und daß sie den Mann kannte, der sie umbrachte.«

»Aber warum überhaupt das Kleid aus dem Weg schaffen?«

Ich starrte Henry sprachlos an. »Ich bin völlig verblüfft, daß ein Mann wie du, ein Sportsmann und ein Mann von Welt, dazu die Erläuterung einer alten Jungfer braucht. Nachdem du gehört hast, in welchem Ruf Mrs. Grey stand, kannst du dir die Situation doch wohl vorstellen.«

Mein unglücklicher Bruder öffnete den Mund, lief rot an und wandte zu meiner höchsten Belustigung den Blick ab.

»Was das anbelangt, so werde ich lieber den Bericht des Leichenbeschauers über den Zustand der Leiche abwarten«, antwortete er. »Doch du hast mich mißverstanden, Jane. Es ist mir völlig klar, daß ein Reitkleid bei gewissen Sportarten hinderlich ist, und es ist möglich, daß sich Mrs. Grey ihres Kleides mit genau der Absicht entledigte, die du vermutest. Aber warum wurde das Kleid von dem Ort weggeschafft, an dem die Leiche gefunden wurde? Warum ließ man es nicht dort liegen? Wenn die Dame überhaupt in Collingforths Kalesche getötet wurde. Und wenn nicht ... wie sollte der Mörder eine nur mit einem Hemd bekleidete Leiche unter den Augen von ganz Canterbury transportieren?«

Eine ähnliche Frage hatte ich mir gestern schon gestellt. »Ich glaube, der Einwand ist berechtigt. Wir müssen annehmen, daß der Mörder mit der Kalesche gefahren ist, entweder um Mrs. Grey auf der Straße nach Wingham abzufangen, oder um ihre erkaltende Leiche zu transportieren.«

»Die Theorie hört sich gut an, Jane, erklärt aber nicht das Wegschaffen des Kleides. Warum sollte sich der Mörder die Mühe machen, es in der Hecke zu verstecken, wenn es keinen Hinweis auf seine Identität gibt?«

»Streiten wir uns weniger darüber«, unterbrach uns Neddie, »untersuchen wir lieber das Kleid noch genauer.«

Er holte sein Einglas aus dem Schreibtisch und prüfte aufmerksam den scharlachroten Stoff. Lizzy fuhr mit den Fingerspitzen vorsichtig die Säume entlang, als kalkuliere sie die Kosten der Goldstickerei, und Henry zählte leise die lange Reihe der Knöpfe ab. Ich stand nur daneben und schaute gedankenverloren ihren Bemühungen zu. Schließlich bemerkte Neddie meine Untätigkeit und sah auf.

»Nun, Jane?«

»Bei Reiterinnen ist es üblich, weißt du, daß sie nichts bei sich tragen, nicht einmal einen Pompadour. Die Hände müssen frei blieben, um die Zügel zu führen. Doch Mrs. Grey fuhr gestern allein und muß einige Mittel bei sich gehabt haben. In die Nähte dieses Kleides sind keine Taschen eingelassen, also schlage ich vor, daß ihr nach einer Innentasche sucht, vielleicht im Futter.«

»Ausgezeichnete Idee!« rief mein Bruder und nahm das Kleid sofort hoch.

»Nicht an der Taille, Schatz«, riet ihm Lizzy, »denn es gehört sich nicht, Münzen unterhalb der Brust zu tragen. Ich würde im Mieder nachsehen.«

Und dort fanden wir sogleich, was wir suchten – eine kleine Stofftasche, ins Futter des Mieders eingenäht, von außen überhaupt nicht zu erkennen und nur groß genug für Kleinigkeiten. Mrs. Grey hatte sie offensichtlich dazu benutzt, ein Briefchen zu verbergen. Falls sie Münzen oder Geldscheine darin gehabt hatte, so waren diese längst verschwunden.

»Rasch, Neddie«, rief Lizzy mit einem Anflug von Lebhaftigkeit, wie ich ihn bei meiner Schwägerin noch nie erlebt hatte, »leg es offen hin, daß wir es alle sehen können.« Das Briefchen war in Eile und fast unleserlich *19. August 1805* datiert, also genau auf den gestrigen Renntag.

Ma chère Françoise,

Sie müssen wissen, daß ich ein Verrückter bin. Wenn Sie mich nicht erhören, bleibt mir nur noch ein Ausweg. Ach Gott, hätte ich doch Ihr Gesicht niemals gesehen! Der Teufel selbst kann eine solche Form annehmen und sich mit so unendlicher Anmut bewegen und doch die Seele allen Übels bleiben.

Ich werde Sie in meiner Kalesche erwarten, bevor das letzte Rennen gelaufen ist. Ein Wort oder ein Blick wird mir alles sagen – mein Heil oder mein Untergang liegen gleichermaßen in Ihren Händen.

Es war mit Denys Collingforth unterschrieben.

»Großer Gott!« rief Lizzy und sank in einen Sessel. »Also ist alles nur ein Haufen Lügen! Collingforth hat doch am Renntag mit Mrs. Grey korrespondiert, und das hat zu ihrem heimlichen Besuch in seiner Kalesche geführt. Dort muß er sie getroffen haben. Sie müssen miteinander gesprochen haben. Und als sie seine Forderungen ablehnte, hat er sie vor Wut umgebracht!«

»Du vergißt«, sagte ich sanft, »daß wir sie eine Stunde nach ihrem Besuch in Collingforths Kalesche noch in voller Lebensgröße gesehen haben.«

»Was heißt das schon?« Lizzy schnippte verächtlich mit den Fingern. »Der Schurke hat nur auf ihre Abfahrt gewartet und ist ihr auf der Straße nach Wingham gefolgt. Wir haben ja alles gleich geahnt, wir hatten nur keine hinreichenden Beweise. Dieser feige Schurke, entdeckt ihre Leiche selbst und behauptet eine Unschuld, die der größte Schwindel sein muß!«

»Aber warum dann der Dame das Kleid ausziehen?« beharrte Henry. »Ich verstehe nicht, welchen Sinn das haben sollte. Wenn er den Verdacht hatte, daß sie das verräterische Briefchen aufgehoben hatte, dann hätte er nur die Leiche abzusuchen brauchen. Mrs. Grey entkleiden, ohne den Brief zu vernichten, konnte ihm gar nichts nutzen.«

»Vielleicht wußte er nichts von der versteckten Tasche im Mieder und warf nur zur Sicherheit in aller Eile das Kleid weg«, vermutete ich.

Wir schwiegen alle einen Augenblick und überlegten.

»Das gefällt mir alles nicht«, erklärte Neddie und schritt vor den Bibliotheksfenstern auf und ab. »Wie meine liebe Lizzy gesagt hat, liefert uns das Briefchen das stärkste Motiv. Ob es sich nun auf unerwiderte Liebe oder auf nicht erlassene Schulden bezieht, Collingforth verrät jedenfalls eine unbezähmbare Leidenschaft, und die Heftigkeit seiner Gefühle mag ihn durchaus zum Mord getrieben haben.«

»Das mußt du vermutlich vor dem Leichenbeschauer aufdecken?« fragte Lizzy schwach.

»Mir bleibt keine andere Wahl.«

»Aber du wirst doch Mr. Collingforth vor der morgigen Verhandlung davon informieren«, sagte ich. »Diese kleine Rücksichtnahme erfordert einfach der Anstand. Man muß ihm die Chance geben, sich dazu zu erklären.«

Neddie antwortete nicht sogleich, sondern stand grübelnd vor den offenen Fenstern. Kein Luftzug bewegte das dunkle Haar, das ihm von Natur aus in die Stirn fiel, und wenn er etwas von der Landschaft im Zwielicht wahrnahm, spiegelte sich nichts davon in seinem leeren Blick. Schwere Gedanken, widerstreitende Pflichten und drückende Sorgen verdüsterten die Miene meines Bruders. Endlich wandte er sich um und trat zu seiner Frau.

»Ich fürchte, meine Liebe, trotz der späten Stunde muß ich nach Prior's Farm hinüberreiten und Collingforths Selbstzufriedenheit gänzlich zerstören. Dies ist eine zu ernste und zu häßliche Angelegenheit, als daß sie bis zur Verhandlung morgen vormittag warten könnte.« Er küßte ihr die Hand und sah Henry an. »Kommst du mit, Bruder? Die Straßen von Kent sind mir in der jetzigen Zeit nicht geheuer. Ob durch den unbekannten Mörder oder den Einfall der Franzosen, ein Mensch kann auf vielfältige Weise den Tod finden.«

»Ich würde auf jeden Fall mit dir reiten«, erwiderte Henry, »wie du wohl weißt. Aber ich frage mich, Neddie, wo du Mr. Collingforth finden willst. Wie ich schon beim Dinner andeutete, soll er geflohen sein.«

»Wir müssen in Prior's Farm anfangen und dann seiner Spur folgen. Bleib nicht auf, bis wir zurückkommen«, riet Neddie seiner Frau, »denn es wird sehr spät werden.«

Mittwoch, 21. August 1805

Wir blieben nicht auf und warteten auf die Rückkehr meiner Brüder, aber wenn ich auch der Herrin von Godmersham eine Stunde später ins Bett folgte, konnte ich doch nicht schlafen. Die ungesunde Erregung der letzten beiden Tage hatte mich gänzlich meiner Seelenruhe beraubt, also nahm ich meine Feder und mein kleines Buch mit unliniiertem Papier, das ich immer bei mir habe, und schrieb meinen Bericht über diesen Tag. Meine Kerzenflamme flackerte nur leicht in der unbewegten Luft, und vom Kratzen der Feder in dem stickigen Raum abgesehen war das große Haus unnatürlich still. Doch keine halbe Stunde, nachdem ich das Licht gelöscht hatte, verkündeten der Ruf des Pförtners und das Klappern der Hufe die Heimkehr der Herren.

Ich hatte gehofft, heute morgen einen ausführlichen Bericht zu bekommen, wurde aber recht unangenehm enttäuscht, denn als ich um zehn am Frühstückstisch erschien, fand ich Lizzy dort allein vor, und zwar sehr verärgert.

»Deine Brüder sind schon wieder fort, Jane«, sagte sie über ihre Teetasse hinweg, »denn die Leichenschau soll um zwölf Uhr stattfinden, und Neddie wollte unbedingt noch mit diesem widerlichen Pyke die Hecken absuchen, bevor er dem Leichenbeschauer mit ruhigem Gewissen gegenübertreten kann.«

»Dann können wir nur hoffen, daß Pyke diesen Jungen befragt hat«, erwiderte ich, »damit Neddies Bemühungen noch etwas erbringen.«

»Du denkst auch an alles, Jane.« Lizzy setzte die Tasse ab und streifte sich die Krümel von den Fingerspitzen. »Ich bin sicher, Neddie wäre verloren, wenn du und Henry ihn nicht anspornen würden. Ich habe ihm übrigens nahegelegt, noch einmal hierher zurückzukommen, bevor er sich nach Canterbury begibt, für den Fall, daß du ihn begleiten möchtest ...«

Lizzys natürliches Taktgefühl hielt sie davon ab, »da du dir in der letzten Zeit den Besuch von Leichenschauen zur Gewohnheit gemacht hast« hinzuzufügen, und ich pries im stillen die guten Manieren von Baronetstöchtern. Ich ließ mich in einem Sessel nieder.

»Tee bitte, Daisy, und etwas Toast.«

»Sehr wohl, Miss.« Das Hausmädchen machte einen vagen Knicks in meine Richtung und verließ mit offensichtlichem Widerstreben den Raum. Ich lehnte mich verschwörerisch zu Lizzy hinüber.

»Was ist mit Collingforth und seinem interessanten Briefchen?«

»Ich konnte nichts aus deinem Bruder herausbekommen, außer daß Collingforth nicht in Prior's Farm zu finden war und seine Frau ihn seit Montagabend nicht gesehen hat. Neddie sagt, sie war ganz aufgelöst und fiel in einer Viertelstunde zweimal in Ohnmacht.«

»Haben sie ihr den unglückseligen Brief gezeigt?«

»Weshalb sollte sie sonst in Ohnmacht fallen?«

»Dann müssen wir wohl annehmen, daß es wirklich Collingforths Handschrift war. Und Mr. Everett?«

»Nach dem suchte dein Bruder natürlich als nächstes. Doch als Neddie ganz spät im ›Hound and Tooth‹ ankam, erfuhr er, daß Mr. Everett vor einigen Stunden seine Rechnung bezahlt hatte und abgereist war.«

»Dann ist es so, wie Henry befürchtete. Collingforth und Everett sind aus Angst vor der Justiz geflüchtet.«

Lizzy nickte mit ausdruckslosem Gesicht. »Ich gestehe, daß dein armer Bruder sich das sehr zu Herzen genommen hat. Er meint, er trage die Schuld daran und habe seine Pflichten schlimm vernachlässigt, wenn ihm das auch keiner von uns vorwerfen würde.«

»Du kannst sicher sein, daß Mr. Grey das nicht so nachsichtig beurteilen wird.«

»Diese Flucht verbessert Collingforths Aussichten vor dem Leichenbeschauer und seinen Beisitzern nicht gerade«, fügte Lizzy hinzu.

Die Tür ging auf, und Daisys junges Gesicht erschien über einem Tablett mit Tee und Toast. Ich nahm das Frühstück dankbar entgegen und goß mir eine Tasse ein.

»Es muß wie ein Schuldgeständnis wirken«, stimmte ich ihr zu, »und doch frage ich mich ...«

»Du glaubst doch nicht, daß er unschuldig ist, Jane!«

»Je mehr ich von der Welt kennenlerne, Lizzy, desto mehr bin ich in der Lage, alles Mögliche zu glauben. Denys Collingforth kann ein Mörder sein, das stimmt, oder er ist einfach ein Mann, den das Zusammentreffen unglücklicher Umstände bis zum letzten getrieben hat. Von seinen Schulden ruiniert und nun unter Mordverdacht – welcher verzweifelte Mensch, der seinen Aussichten mißtraut, würde da nicht die Flucht ergreifen?«

Lizzy dachte schweigend darüber nach, während ich meinen Toast verzehrte. Die Vorratskammer von Godmersham hatte dazu ein hervorragendes Quittengelee beigesteuert, nach dem ich mich in der relativen Dürftigkeit des Winters in Bath bestimmt sehnen werde.

»Ich nehme an, jeder könnte diese Frau ermordet und den Brief in ihre Tasche geschoben haben«, bemerkte Lizzy schließlich.

»Aber die Handschrift?«

Meine Schwester zuckte die Achseln. »Nehmen wir an, Collingforth hat den Brief wirklich geschrieben, doch lange vor den Ereignissen vom Montag, und daß er sich in den Papieren Mrs. Grey fand.«

»Aber das Datum vom Montag steht doch drüber.«

»Es ist eine Kleinigkeit, ein Datum zu fälschen, Jane, längst nicht so schwierig, wie einen ganzen Brief nachzumachen.«

»Sehr wahr. Ich gestehe, Lizzy, ich hatte keine Ahnung, daß du so verschlagen sein kannst. Du entwickelst ein ausgesprochenes Talent zur Irreführung. Wenn Neddie das wüßte, würde er dich nie weiter aus den Augen lassen als bis Chilham.«

»Ich habe den größten Teil meines Lebens damit verbracht, meine Freunde zu täuschen«, erwiderte sie selbstzufrieden, »und wenn du mich aller Welt verrätst, Jane, darfst du nie wieder nach Godmersham kommen.«

»Dein Geheimnis ist bei mir sicher. Aber es gibt einen Punkt, zu dem ich deine Meinung hören möchte. Ein Brief von Collingforth, günstig und ohne sichtlichen Zusammenhang plaziert, sollte ebenso wie die Leiche in der Kutsche dazu dienen, den Verdacht von dem wirklichen Mörder abzulenken. Doch warum steckte er dann in dem Kleid? Warum ließ man ihn nicht in Mrs. Greys erstarrter Hand?«

»Vielleicht, um die Wahrscheinlichkeit zu erhöhen«, erklärte Lizzy. »Fände man zwei solche Gegenstände beieinander, würde das übertrieben wirken. Aber weit voneinander entfernt und von verschiedenen Leuten entdeckt, gänzlich ohne eine Beziehung zwischen ihnen …«

»Bewundernswert.« Mit Bedauern genoß ich das letzte Stück Toast. »Allerdings wird der Leichenbeschauer wohl nicht soviel Phantasie aufbringen.«

»Du verstehst, Jane, daß unsere Theorie nur paßt, wenn wir annehmen, daß der Mörder mit Mrs. Greys Korrespondenz vertraut war.« Lizzy faltete ihre Serviette zusammen und legte sie neben ihren Teller. »Möglicherweise jemand aus ihrem Haushalt.«

Oder jemand, der sich zumindest in ihrem Schreibtisch auskannte. Das Bild von Hauptmann Woodford und Edward Bridges im Salon der Dame am Abend ihrer Ermordung stand mir vor Augen. Aber ich sah Lizzy nur nachdenklich an.

»Du bist ganz darauf aus, Mr. Grey zu beschuldigen, meine Liebe. Dabei hat der arme Mann, soweit wir wissen, sehr wenig getan, um das zu verdienen!«

»Er hatte erstens den schrecklich schlechten Geschmack, diese Frau überhaupt zu heiraten«, erwiderte sie bissig, »und zweitens, meinen Gatten zu fordern. Ich kann keinen Gefallen an ihm finden, Jane, so wenig ich den armen Collingforth auch mag.«

»Wir müssen hoffen, daß *irgend jemand* den armen Collingforth mag«, bemerkte ich, »der Leichenbeschauer wird es bestimmt nicht sein.«

Kapitel 7
Eine Canterbury-Erzählung

21. August 1805, Forts.

Neddie und Henry kehrten bald nach dem Frühstück zurück und schüttelten die Köpfe über die Falschheit der Menschen im allgemeinen und die Konstabler Pykes im besonderen. Der Kerl hatte den größeren Teil seines Goldstücks im »Hound and Tooth« versoffen und war zur verabredeten Zeit sinnlos betrunken. Meine Brüder trieben sich eine Weile auf der Straße nach Wingham herum und dachten, Pyke würde jeden Moment eintreffen. Statt dessen eilte ein atemloser Junge als Bote auf der heißen und staubigen Straße herbei und entschuldigte den Konstabler. Mr. Pyke sei unpäßlich und Neddies Vorhaben war damit gescheitert.

»Lizzy versicherte mir, du würdest gern bei der Leichenschau dabei sein«, sagte er nun zu mir bei einem erfrischenden Glas kühler Limonade, »und ich bin extra nach Godmersham zurückgekommen, damit Henry und ich dich in der Kutsche nach Canterbury mitnehmen können.«

»Das ist sehr freundlich von dir …«

»Jetzt sag mir ja nicht, daß du ablehnst!« Er setzte das Glas mit einem Nachdruck ab, der ein empfindlicheres Stück zerschmettert hätte. »Soll ich heute alle Stunde einmal vergeblich in der Gegend herumhetzen?«

»Natürlich bin ich froh, daß ich euch nach Canterbury begleiten kann«, sagte ich rasch. »Dann kann ich vor dem Ball heute abend noch ein paar Einkäufe für meine Toilette machen.«

»Wie ich sehe, hat Lizzy dich völlig falsch eingeschätzt«, erwiderte er amüsiert. »Sie war überzeugt, daß diese makabre Untersuchung dich anzieht wie Marmelade die Fliegen.«

»Es liegt daran, daß ich gelernt habe, Leichenbeschauer und ihre Beisitzer zu verachten, Neddie.«

»Kennst du denn Mr. Wing?«

»Über bestimmte Leichenbeschauer will ich nichts sagen. Mr. Wing und seine Verdienste oder Fehler sind mir völlig unbekannt, wie du sicher weißt. Nur hat sich in jedem Fall, den ich erlebt habe, das Urteil des Leichenbeschauers als so falsch und so schädigend für alle Beteiligten herausgestellt, daß ich nicht ein weiteres durch meine Teilnahme billigen möchte.«

»Starke Worte, Jane. Wenn ich mich nicht sehr irre, werden Mr. Wing und seine Beisitzer das einzige Urteil fällen, das im vorliegenden Fall vorstellbar erscheint.«

»Daß Mrs. Grey ermordet wurde, und zwar von Denys Collingforth.«

»Kann man denn das Geschehene anders auslegen?«

»Du weißt sehr gut, Neddie, daß man es kann.«

Er schwieg einen Augenblick.

»Wenn man bedenkt, wie wenig wir begreifen, was da vor sich ging, muß jedes Urteil gegenwärtig wie die gröbste Anmaßung erscheinen. Was wir brauchen, ist *Zeit* und hinreichende Beweise, wenn der Schuldige angeklagt werden soll. Das ist so, ob nun Mr. Collingforth sich schließlich als der Schuldige herausstellt oder nicht.«

»Du meinst also, ich sollte Mr. Wing um eine Verschiebung bitten.«

»Auf dich als Friedensrichter würde man vielleicht hören.«

»Aber Valentine Grey drängt darauf, daß die Beisetzung so bald wie möglich stattfindet. Bei dieser Hitze schreitet die Verwesung schnell fort; trotzdem müssen die Beisitzer die Leiche prüfen, ehe sie berufen werden können*. Jede Verzögerung wäre höchst peinlich für alle Betroffenen.«

* Man hielt es für notwendig, daß die Jury des Leichenbeschauers die Leiche prüfen konnte, um die Todesart festzustellen. Diese Praxis wurde später abgeschafft und durch ein eidliches Attest der medizinischen Sachverständigen ersetzt. – *Die Herausgeberin.*

»Das stimmt. Du mußt natürlich so verfahren, wie du es für richtig hältst.«

»Ich muß gestehen, ich wünsche mir ein schnelles Urteil gegen Collingforth«, erwiderte er mit sympathischer Offenheit. »Der Mann ist schon geflohen und wird wahrscheinlich nicht gefunden; ihm kann die Anklage nicht schaden. Es ist schließlich auch das Urteil, das ganz Kent erwartet. Valentine Grey wäre zufriedengestellt. Ich hätte das Gefühl, meine Pflicht erfüllt zu haben, und damit wäre die Angelegenheit erledigt.«

»Bis du feststellen würdest, daß du nachts wach liegst und dich tausend Zweifel über den Fall plagen«, sagte ich. »Warum wurde die Leiche überhaupt zum Rennplatz zurückgeschafft, und noch dazu in Collingforths Kalesche? Diese Frage und noch hundert andere dazu würden dich verfolgen bis zu deiner letzten Stunde.«

»Gott bewahre mich vor einer hellseherischen Frau!« rief Neddie aus. Er zog die Uhr aus der Westentasche. »Lassen wir die Kutsche kommen, Jane, und machen wir uns an dieses schlimme Geschäft.«

Wir fuhren die Straße nach Canterbury unter einer brennenden Sonne entlang, der Stour floß nur noch flach zwischen seinen Ufern, und Wolken von Insekten schwebten über den gesenkten Köpfen der Wiesenblumen. Es hing schon eine Wolkenbank über den Downs von Kent, voll vom leeren Versprechen eines Schauers. Ich kannte diese Wolken von alters her und tat sie als falsche Freunde ab. Wenn Napoleons Horden sich wirklich nach England eingeschifft hatten, wie die Londoner Zeitungen behaupteten, dann segelte das Glück mit ihnen. Keine wilden Wogen schützten die Kreidefelsen, kein heulender Sturm schickte die Flotille in den Untergang, die Franzosen könnten die Überfahrt bewerkstelligen ohne ein anderes Hindernis als die paar lecken, überalterten Schiffe der englischen Kanalflotte.

Während Neddies Braune mit ihrem Geschirr klirrten und wegen des Staubes schnaubten, dachte ich an meinen Bruder Frank und die Gefahren, denen er täglich ausgesetzt war. Seine Lage ging mir am meisten nahe, weit mehr als die Drohung einer Invasion in Kent, denn wenn die Marine vernichtet würde und Frank von einer französischen Kugel getötet, dann spielte es keine Rolle, in welchem Loch wir uns verkriechen würden. Dann würde das Königreich in wenigen Tagen kapitulieren.

Ein solcher Anfall von Melancholie entsprach gar nicht meiner sonstigen Stimmung, und ich schrieb ihn der Wirkung des bedrückenden Wetters zu, der lauernden, drohenden Vorbedeutung der Hitze, als warte selbst die Luft über Kent auf den Donner der Kanonen. Tätigkeit war das beste Mittel gegen solche Gedanken, aber das fieberhafte Packen war vorüber, das freudige Ankleiden für den Ball lag noch vor mir, da war es schon das beste, meine Energien auf eine Fahrt zur Stadt zu verwenden.

Canterbury ist ein Ort, den ich schon fast mein halbes Leben lang gekannt und bewundert habe. Seine mächtigen Befestigungen, die so dick sind, daß zehn Männer nebeneinander darauf laufen können, und die Türme seiner ehrwürdigen Kathedrale, die über prächtigen Läden und Häusern aufragen, künden von der sagenumwobenen Stellung der Stadt in der Geschichte Englands. Scharen von Bußfertigen und von Hoffnungsvollen drängen sich immer noch an den hohen Feiertagen in den engen Straßen, und die, die von den Frommen profitieren möchten, preisen ihre Reliquien und Splitter des Echten Kreuzes im Schatten der Tore der Kathedrale zum Verkauf an.

An diesem Vormittag fuhren wir zum Westtor, denn das Gefängnis von Canterbury steht zwar einige Meilen entfernt in Longport, doch die Amtsräume der Konstabler sind dicht neben dem Tor in einem verbauten und windschiefen Haus aus der Tudorzeit untergebracht, das dringend einen neuen Verputz braucht. Ein paar Schritte weiter in der Straße steht das »Hound and Tooth«, wo die Leichenschau stattfinden sollte.

»Wir holen dich in zwei Stunden in White Friars ab«, versicherte mir Henry. Das war das elegante Haus nicht weit vom Bezirk der Kathedrale, das Mrs. Knight gehört, Neddies Adoptivmutter. Ich freue mich immer, wenn ich Mrs. Knight besuchen kann, die so gescheit gewesen ist, Godmersham meinem Bruder schon vor ihrem Tod zu überschreiben. Sie hatte testamentarisch das Recht auf lebenslange Nutzung des Landsitzes erhalten und hätte seit mehr als zehn Jahren an Lizzys Stelle dort residieren können. In Canterbury jedoch erfährt sie alle Neuigkeiten von ihren Freunden, ohne einen Schritt aus dem Hause zu tun, und sie genießt alle Bequemlichkeiten, ohne sich um ein ganzes Landgut kümmern zu müssen.

»In White Friars in zwei Stunden«, wiederholte ich, und Henry half mir aus der Kutsche. Ich sah der Kutsche nach, die der Kutscher ungeduldig durch die überfüllte High Street steuerte, bis sie in den Hof des »Hound and Tooth« einfuhr, dann wanderte mein Blick zurück über die Erkerfenster der Ladenfronten und blieb an den Gardinen im ersten Stock der Delmar-Säle hängen. Hier würde heute abend der Ball stattfinden, und Mrs. Grey und alle ihre Winkelzüge wären für eine Weile vergessen. Meine Börse war zwar schmal geworden von dem langen Besuch in Kent, doch wollte ich einen so guten Eindruck machen, wie es meine Mittel und meine Jahre nur erlaubten. Ein neues Paar langer Seidenhandschuhe war zumindest dafür erforderlich, und dazu vielleicht noch ein Haarschmuck. Mit einem kleinen vergnügten Hüpfschritt wandte ich mich um und suchte einen Tuchwarenhändler.

»Miss Austen! *Jane!*«

Das war die Stimme von Harriot Bridges, der Lizzys so ähnlich, doch ohne ihre gelangweilte Vornehmheit. Harriot ist zwar bereits vierundzwanzig, hat sich aber den ganzen Reiz der Jugend bewahrt, und ihre Sprechweise verrät noch die Atemlosigkeit einer Sechzehnjährigen. Sie eilte durch den ganzen Laden, ein Stück Spitze in der Hand, und umarmte mich wie eine alte Freundin.

»Harriot! Sie sehen aus wie das blühende Leben. Ist meine Schwester bei Ihnen?« fragte ich mit echter Freude. Alle Ähnlichkeit mit Lizzy beschränkte sich auf die Stimme, denn Harriots Haar war hellbraun und ihre Augen waren blau.

»Nein, leider nicht. Ich bin ganz allein, abgesehen von meinem Bruder, Mr. Bridges, der sich bereit fand, mich in die Stadt zu fahren. Aber wie schön, Sie hier zu treffen! Haben Sie schon Ihre Einkäufe gemacht? Was halten Sie von dieser Spitze? Ich gebe zu, sie ist ziemlich teuer, aber ganz bezaubernd, wenn ich an mein langweiliges altes Kleid denke. Ich könnte sie in einer Viertelstunde am Volant annähen und mir wie eine Ballkönigin vorkommen!«

Ich wußte schon lange, daß Harriot selten eine Antwort erwartete oder eine Meinung hören wollte; es genügte ihr, in einem leichten Fluß der Konversation dahinzuschwimmen, der ebenso gedankenlos wie fortdauernd war. Also lächelte ich nur und nickte und blieb an ihrer Seite, während sie zwischen den schönen Stoffen des Geschäfts herumflog wie eine Biene in einem voll erblühten Blumenbeet. Es gehörte zu ihrem Charme, daß sie so arglos war wie ein Kind. Die Männer fanden ihre rosige Fülle und ihre unerschütterliche gute Laune ganz bezaubernd, und sie war ständig gefragt bei den vielen Bekanntschaften, die sie in Kent pflegte. Es ist nur verwunderlich, dachte ich, während sie sich lachend über ein Stück gemusterten Musselin beugte, daß Hauptmann Woodford sie sich nicht schon längst geangelt hat.

»Und wie geht es Mr. Bridges?«

Harriot verzog das Gesicht. »Ausgesprochen schlecht. Er

ist mürrisch und langweilig, hockt zu Hause herum und wird mich damit noch zum Wahnsinn treiben! Es wäre ja noch auszuhalten, wenn mein Bruder eine angenehme Unterhaltung zustande brächte, wenn er wenigstens versuchte, charmant zu sein, aber er redet kaum ein Wort. Er sagt nur etwas, wenn er gefragt wird. Ich dachte schon, Cassandra würde ihn zähmen, denn vorige Woche war er ungeheuer höflich zu ihr und schien sich ein bißchen anzustrengen, was er nie tut, wenn nur die Familie zu Hause ist, aber jetzt ist er ganz verdrießlich, und man kann ihn kaum dazu bringen, sein Pferd zu bewegen. Wenn ich Edward nicht kennen würde, dächte ich, er leide unter einer furchtbaren Vorahnung.«

»Einer furchtbaren Vorahnung?«

Harriot sah sich um und versuchte eine ernste Miene aufzusetzen. »Er erscheint mir wie ein Mann, der zum Äußersten getrieben ist, Jane. Weder hält er es im engen Bereich der Farm aus, noch wagt er sich darüber hinaus. Er ist seit zwei vollen Tagen nicht weiter gegangen als bis zu dem Weg in den Park!«

»Wie sonderbar.« Mr. Bridges gehörte zu den Herren, die man nie zu Hause antrifft. Angeln, Cricket, Hahnenkämpfe und Reiten waren seine gewohnten Beschäftigungen, doch nach Harriots Beschreibung mußte er krank sein. »Aber heute war er bereit, Sie in die Stadt zu fahren?«

»Wegen der Verhandlung über Mrs. Grey. Mein Bruder bestand dringend darauf, daß er daran teilnehmen müsse – das sei seine Pflicht als Geistlicher, sagte er, aber das halte ich für Unsinn. Wann hätte Edward denn jemals die Pflichten eines Geistlichen seiner eigenen Bequemlichkeit vorgezogen?«

Auf eine solche Bemerkung gab es keine passende Antwort, und da sie von Harriot kam, wurde auch keine erwartet. Aber ihre Worte lieferten mir Stoff zum Nachdenken. Edward Bridges benahm sich wie ein Mann, der für sein Leben fürchtet, und dieses Verhalten datierte genau vom Tage des Todes von Mrs. Grey. Auf ihn mußte man achten.

»Kommt Mr. Bridges zum Ball heute abend?«

»O ja – und Hauptmann Woodford auch!« rief Harriot und errötete.

»Hauptmann Woodford? Sie setzen mich in Erstaunen, Harriot. Nach dem Gesicht, das er gestern machte, hätte ich mit Sicherheit angenommen, er säße irgendwo an der Küste auf einem Feuerturm, suche mit seinem einen gesunden Auge den Horizont ab und werde uns ganz allein gegen die Franzosen verteidigen.«

»Wie können Sie so von ihm reden?« meinte sie vorwurfsvoll. »Ich habe nur den größten Respekt vor ihm. Die Wunden, die er davongetragen hat ...«

»Ja, ja«, erwiderte ich, »aber bedenken Sie doch, wie lächerlich das ist, Harriot! Erst verlangt die Garde, daß wir ganze Landgüter niederreißen sollen, und im nächsten Moment tobt sie auf dem Tanzboden in den Delmar-Sälen herum, als ob man Bonaparte mit einer Quadrille besiegen könnte!«

»Hauptmann Woodford hat mir versichert, das sei eine Ehrensache«, erklärte mir Harriot steif. »General Lord Forbes möchte die Bevölkerung nicht dadurch beunruhigen, daß seine Leute ängstlich erscheinen.«

»Das entspricht ganz den militärischen Fähigkeiten des Generals«, murmelte ich und dachte an Neddies Esparsette-Ernte, die verbrannt werden sollte, aber diese Ironie entging Harriot.

In der High Street verabschiedete ich mich von Lizzys Schwester und begab mich allein zur Leihbibliothek. Ich suchte mir einen Roman von Maria Edgeworth aus und wandte mich dem Hause von Mrs. Knight zu, eine Viertelstunde vor der Verabredung mit meinen Brüdern. So könnte ich noch eine schickliche Zeit bei der alten Dame sitzen und ihr von Fannys Streichen und der Erkältung meines Neffen Edward berichten, ohne den Besuch über Gebühr auszudehnen.

Zu meiner Überraschung erfuhr ich jedoch von dem Hausmädchen, daß Mrs. Knight nicht zu Hause war. Ich war aber in White Friars so gut bekannt, daß ich sehr höflich hereingebeten wurde und man mir ein Glas Wein und ein Stück Zitronenkuchen anbot. Als Neddie und Henry kamen, um mich abzuholen, saß ich also ganz gemütlich in einem leeren Zimmer mit Blick auf den frühherbstlichen Garten, in mein Buch vertieft.

»So läßt sich's leben«, rief Neddie. »Der arme Collingforth wird des Mordes angeklagt, und du hast weiter nichts zu tun, als dich mit Kuchen vollzustopfen!«

Ich klappte mein Buch zu und sah ihn scharf an. »Lizzy hat mich darüber aufgeklärt, daß du immer dann zänkisch wirst, wenn du Hunger verspürst. Laß dir bitte Kuchen bringen und erzähl mir von der Verhandlung. Ist Mr. Grey dazu erschienen?«

»Er kam in aller Eile an, unmittelbar nach der Untersuchung der Leiche seiner Frau durch die Jury. Mr. Wing, unser Leichenbeschauer, rief Grey tatsächlich als Zeugen auf, aber er konnte wenig über den Tod seiner Frau aussagen, außer daß er angab, er sei zu der Zeit verreist gewesen.«

»Und ließ Mr. Wing seinen Aufenthalt nachforschen?«

»Das tat er nicht. Schließlich ist das Wort eines Gentlemans sein Bürge.« Neddie konnte fast so ironisch werden wie ich. Sein eigener Abgesandter war anscheinend noch nicht mit seinem Bericht aus London zurück.

»Du hast den Brief vorgelegt?«

»Und ich genoß das Vergnügen, daß Mrs. Collingforth als Zeugin aufgerufen wurde. Der Leichenbeschauer hielt es für notwendig, daß sie die Handschrift als die ihres Gatten anerkennen sollte, was sie auch tat, freilich fast unhörbar. Sie sah sehr krank aus.«

»Sie fiel in Ohnmacht«, ergänzte Henry.

»Natürlich«, erwiderte ich ungeduldig. »Das hatten doch alle Anwesenden von ihr erwartet. Aber ich bin erstaunt, daß sie die Handschrift anerkannte. Selbst der wahrheitsliebendsten Ehefrau hätte man es doch in einem solchen Fall verziehen, wenn sie Ausflüchte gemacht hätte.«

»Vielleicht hegt Laetitia Collingforth andere Gefühle, die man bei einer Ehefrau weniger erwartet«, meinte Neddie taktvoll.

»Etwa den Wunsch nach Rache an ihrem Mann?«

»Man hat sie vor ihren Nachbarn lächerlich gemacht.«

»Das stimmt«, sagte ich. »Aber was ist mit dem Brief auf französisch, Neddie, der in dem skandalösen Roman entdeckt wurde? Behauptet Mr. Grey immer noch, daß er von einem Kurier kam?«

»Natürlich. Jedes andere Eingeständnis – etwa der Existenz eines weiteren Liebhabers – hätte die Situation nur vernebelt. Mr. Grey wünschte, aus welchen Gründen auch immer, daß das Verfahren dieses Tages zu einem schnellen Abschluß käme. Ihm lag nichts daran, die Meinung des Leichenbeschauers zu verwirren. Und wir wissen schließlich, Jane, daß Mrs. Grey tatsächlich einen Kurier empfing.«

»Wenn auch nicht am Ufer der Pegwell Bay«, überlegte ich.

»Du hast noch nichts von dem Jungen gesagt«, erinnerte ihn Henry.

Neddie runzelte die Stirn. »Das hilft Collingforth auch nicht. Aber das läßt du dir vielleicht besser von Henry erzählen, Jane. Ich war gerade draußen, als der Junge aufgerufen wurde.«

»Der Junge?«

»Ein Stallbursche von James Wildman«, ergänzte Henry. »Er mußte das Pferd halten, während Wildman sich unter die Menge mischte. Er stand nur ungefähr hundert Meter von unserer eigenen Kutsche entfernt.«

»Ich erinnere mich an Mr. Wildmans Equipage«, sagte ich. Deren dunkelblaue Innenausstattung war höchst elegant, wie es zu dem Herrn von Chilham Castle paßte.

»Der Junge behauptet, daß ein Herr, den er nicht kannte, in Collingforths Kalesche gestiegen sei.«

»Konnte er ihn beschreiben?«

»Nein«, sagte Henry, »und da er gleich danach durch einen Auftrag Wildmans abgelenkt wurde, hat er ihn auch nicht aussteigen sehen. Als er einige Zeit später wieder zu Collingforths Kalesche hinüberschaute, sah er, wie Mrs. Grey sie verließ, vermutlich nach ihrer Unterredung mit Collingforth.«

»Oder mit dem unbekannten Herrn«, meinte ich nachdenklich. »Und ist dieser Junge glaubwürdig?«

Henry zuckte die Achseln. »Wildman behauptet, er komme aus einer anständigen Familie, sei schon viele Jahre bei ihm beschäftigt und habe noch nie erfundene Geschichten erzählt.«

»Sehr seltsam«, sagte ich langsam. »Das klingt so, als wäre Collingforths Kalesche an eine ganze Reihe von Vorbeikommenden vermietet worden. Sollten wir also davon ausgehen, daß Mrs. Grey den Fremden gekannt hat? Und daß sie sich auf Verabredung mit ihm in der geliehenen Kalesche getroffen hat?«

»Das würde mich nicht überraschen«, erwiderte Neddie. »Nichts, was die Dame im Leben getan hat, erscheint jetzt nach ihrem Tod als außerordentlich. Sie war an Freiheiten und Verhaltensweisen gewöhnt, die bei einer anderen Frau unerklärlich wären.«

»Was machte der Leichenbeschauer aus der Aussage des Jungen?«

»Anscheinend sehr wenig, denn er sprach das Urteil auf Anklage gegen Mr. Collingforth.«

»Denke daran, Jane, daß sich das alles vor dem letzten Rennen abgespielt haben soll«, bemerkte Henry, »zu einer Zeit, als Collingforth nachweislich beim Hahnenkampf war, zusammen mit seinem Freund Everett. Dort haben ihn zwanzig seiner Bekannten gesehen und erkannt, aber es spielt ja auch keine Rolle, wo Collingforth sich aufhielt, als Mrs. Grey noch *am Leben* war.«

»Dennoch ist es klar, trotz der Proteste ihres Gatten, daß im Falle Mrs. Greys ein Mann im Spiel war«, erklärte ich. »Dieser Mann kann kaum Denys Collingforth sein. Wildmans Stallbursche hätte einen so nahen Nachbarn bestimmt erkannt. Wir müssen uns bemühen, Neddie, sehr schnell den Namen dieses unbekannten Hausfreundes herauszubekommen.«

»Warum setzt du dich so für einen Halunken wie Collingforth ein, Jane?« fragte mich mein Bruder neugierig. »Er ist liederlich, fast ruiniert vom Wetten und vom Suff, und er soll seine Frau abscheulich behandeln. Du kennst ihn kaum, und du magst ihn bestimmt nicht.«

»Aber ich komme immer mehr zu der Überzeugung, daß jemand versucht hat, ihm eine Schlinge um den Hals zu legen«, gab ich zurück, »und der Gedanke ist mir unerträglich, daß soviel boshafte Schläue unerkannt bleiben und nicht bestraft werden soll. Das ist alles. Nenn es ein einfaches Verlangen nach Gerechtigkeit, wenn du willst.«

»Oder das Verlangen, einen Gegner zu überlisten«, erwiderte er. »Ich schwöre, du könntest manchmal fast ein Mann sein. Kein Wunder, daß du unsere Mutter zur Verzweiflung bringst, Jane.«

»Vielleicht ist Cassandra ein Trost für sie«, sagte ich. Und lächelte.

Kapitel 8
In den Delmar-Sälen

21. August 1805, Forts.

So lächerlich ich den Entschluß der Garden, den Rennwochenball zu besuchen, auch finden mochte, so sah ich doch meine eigene Teilnahme nicht als tadelnswert an. Ich liebe Bälle sehr. Die Menge, die sich träge durch die hübschen Delmar-Säle schiebt, ist zwar nicht so fein wie die erlesenste Londoner Gesellschaft, aber doch eine glänzende Versammlung. Sie hat etwas an sich – eine Wohlhabenheit, eine Vornehmheit der Erfahrung, eine Eleganz des Benehmens und des Ausdrucks –, das auch den geringsten Besucher auf eine höhere Ebene erhebt. Es ist nur zu wahrscheinlich, daß solche Freuden in meinem künftigen Leben bedrückend selten sein werden, denn der Tod meines Vaters wird meine bescheidenen Mittel noch weiter verringern, und mit dem Eintritt in die dreißiger Jahre werde ich spüren, wie mein Aussehen ebenfalls schwindet. Das sind trübe Aussichten, die mich gänzlich in Verzweiflung stürzen würden, wenn ich nicht jene inneren Werte besäße, ohne die eine Frau nichts ist. So zurückgezogen ich in Zukunft auch leben werde, mein Verstand wird mich aufrechterhalten mit dem geheimen Spott meiner Feder, dem auch die Größten des Landes ausgesetzt sind, ohne es zu ahnen. Ich werde lange Spaziergänge in Sonne und Schatten mit meiner geliebten Schwester Cassandra unternehmen, und ich werde gelegentlich eine Stunde auf einem gemieteten Klavier von mäßiger Qualität üben können. Und dank der Großzügigkeit von Neddie und Lizzy werde ich manchmal das unerlaubte Vergnügen eines Balles in Canterbury genießen.

Solange das Leben mir noch einen geräumigen Saal mit einem lodernden Kaminfeuer und einer Überfülle von Wachskerzen bietet, solange noch »Der komische Kerl« und »Die Mädchen von Shrewsbury« ihre ergötzlichen Melodien in das Stimmengewirr der Unterhaltung mischen, solange rund hundert Paare meiner flüchtigen Bekanntschaft und ein volles Kontingent der Coldstream-Garde zu meinem alleinigen Vergnügen aufmarschiert sind – solange kann es mir nicht an Lebensgenuß fehlen. Soll doch die Melancholie auf eine spätere Zeit warten, wenn ich erst wieder im verregneten Bath gestrandet bin und meiner entschwundenen Jugend nachtrauere.

Also vergaß ich den Mord und die drohende Invasion, heftete am Abend die Rosetten an meine Tanzschuhe, legte mein Musselintuch sorgfältig um und ließ mich zu einem weiteren Schauplatz der Ausschweifungen entführen. Ich war noch keine fünf Minuten dort, als ich mir schon moralisch völlig verkommen vorkam.

Das war das verständliche Ergebnis der Komplimente, die mir drei verschiedene Herren meiner Bekanntschaft gemacht hatten. Ich betrat den Saal zusammen mit den anderen Gästen aus Godmersham – Neddie, Henry und Lizzy – in voller Erwartung der Freude. Ich trug ein geborgtes Kleid, das im Hinblick auf diese Saison geändert worden war und mir fast so gut stand, wie es Lizzy vor zwei Jahren gekleidet hatte; der dienstbereite Mr. Hall hatte mir das Haar geschnitten und es in Locken um die Stirn gelegt; und wenn ich auch das Jahrzehnt vollendete, über das hinaus eine Frau nach allgemeiner Meinung kaum noch Hoffnungen hegen darf, so wußte ich doch, daß ich augenblicklich gut aussah. Ich werde niemals wieder so blühend erscheinen wie mit achtzehn; die Knochen im Gesicht treten neuerdings etwas schärfer hervor, besonders um die Nase herum, als spanne sich die Haut enger darüber, und mein Teint ist weniger zart als vor zehn Jahren. Aber mehrere Monate an der frischen Luft von Kent, auf täglichen langen Spaziergängen genossen, tun bestimmt ihre Wirkung; trotz der Befürchtungen wegen der herannahenden französischen Horden und den entsprechenden Sorgen um meine Brüder bei der Marine glänzten meine Augen, als ginge ich auf meinen allerersten Ball.

»Die Gäste aus Godmersham! Na endlich!«

Mr. Edward Taylor kam uns mit ausgestreckten Armen entgegen, wie es sich für einen sehr alten Bekannten geziemt. Jene dunklen Augen, die ich einst bewundert und denen ich bei seiner Heirat mit einer anderen nachgetrauert hatte, funkelten vor Freude und Neugier, sonst aber war nicht viel von seinem alten Selbst in seiner gegenwärtigen Figur zu entdecken. Das Alter fordert seinen Tribut, auch von den Reichen von Kent, und der Gegenstand meiner Mädchenträume war rotgesichtig geworden und sein Haar schütter. Der Umfang seiner Taille zeugte von der ausgezeichneten Wirtschaftsführung in Bifrons Park, und so nahm ich an, daß Edward Taylor glücklich sei, und verzieh ihm seinen Abfall.

»Du spannst uns alle auf die Folter, Mann! Gott sei Dank, daß du den Ball nicht ausläßt.« Mr. Taylor packte meinen Bruder Neddie am Arm. »Ist Collingforth gefaßt? Der Fall schon aufgeklärt? Oder wirst du die Behörden in London einschalten?«

»Schau nicht so verdutzt und dumm drein, mein Lieber«, flüsterte Lizzy Neddie ins Ohr. »Er erkundigt sich nach dem Mord an dieser Grey.«

»Das war mir klar, Lizzy«, erwiderte Neddie und verbeugte sich mit lässiger Anmut vor Mr. Taylor. »Du setzt mich in Erstaunen, Edward. Ich hatte gehofft, daß wenigstens du der Klatschflut der Rennwoche entgangen wärst, denn du interessierst dich doch nur für Pferde und wagst dich bei solcher Hitze kaum von deinem eigenen Brunnen weg. Doch wenn selbst Mr. Taylor nicht immun dagegen ist, muß ich mich damit abfinden, Zielscheibe aller Blicke zu sein.«

»Da geht's also lang«, meinte Mr. Taylor unbeeindruckt. »Du willst uns nichts erzählen?«

»Was die Wege der Gerechtigkeit und die Geheimnisse des Ehebetts angeht, sollte man sich am besten in Schweigen hüllen«, dozierte Neddie.

Mr. Taylor schnaubte nur als Antwort, und Lizzy streichelte meinem Bruder die Schulter. »Mein armes Lämmchen«, säuselte sie, »nun wirst du doch zur Schlachtbank geführt. Ich gebe dir eine Viertelstunde in den Händen deiner besten Freunde, mein Lieber, dann werden wir ja sehen, in welches Schweigen du dich hüllst. Komm, Jane.«

Und so floh ich in Lizzys bezauberndem Gefolge, knickste und nickte nach allen Seiten unzähligen Leuten zu, und schließlich standen wir dicht unter der Kapelle, von wo aus wir die ankommenden Gäste beobachten konnten. Ich wartete auf meine Schwester Cassandra und Harriot Bridges, damit ich endlich mit Cassandra reden könnte.

Lizzy öffnete ihren Elfenbeinfächer – ein Geschenk meines Bruders Charles, als er mit der »Endymion« im Mittelmeer war – und fächelte uns feuchtwarme Luft ums Gesicht. Ich glaube, es gibt keine andere Dame, der dunkelgraue Seide so gut steht wie Lizzy. Ihr neues Kleid, endlich von der Schneiderin geliefert, hatte sie vor einem Monat bei einem Blitzbesuch in London bestellt. Mit seinen Haubenärmeln, dem engen Mieder und dem ungewöhnlichen Turban mit Jett und Federn hätte es der Garderobe einer Königin Ehre gemacht. Lizzy ist in der letzten Phase der Trauer um ihre älteste Schwester, Fanny Cage, die im Mai verstorben ist, doch ihr dunkler Teint läßt selbst die düsteren Trauerfarben vorteilhaft erscheinen.

»Großer Gott, ist das heiß«, murmelte sie. »Jede vernünftige junge Dame wird mal für einen Gang durch den Garten im Mondschein hinausschlüpfen, bevor eine Stunde vergangen ist. Wie schade, daß mir dieser Ausweg versagt ist. Du könntest jedoch davon Gebrauch machen, denn du hast weder einen Gatten, der dich daran hindert, noch bist du allzusehr besorgt um deinen Ruf.«

»Und wen würdest du mir für diesen Gang vorschlagen, Lizzy?«

»Für ein bißchen Mondschein ist jeder gut genug«, sagte sie und zuckte achtlos mit den Schultern. »Der deckt viele Sünden zu und verleiht auch der gewöhnlichsten Physiognomie einen Hauch von Größe. Nimm zum Beispiel meinen Bruder, Mr. Bridges: Er kann ganz gut gebaut aussehen, wenn ihm ein wenig Schatten Substanz gibt.«

»Ich hörte von deiner Schwester Harriot, daß Mr. Bridges sich nicht wohl fühlt. Aber vielleicht hat er sich wieder erholt, wenn er tatsächlich heute abend zum Ball kommen will.«

»Mein Bruder ist nichts so sehr wie unbeständig. Er sieht darin einen seiner größten Vorzüge, denn er neigt dazu, eine unverzeihliche Schwäche als eine angenehme Veranlagung zu betrachten.«

»Du urteilst streng über ihn.«

»Der Ehrenwerte Brook-Edward Bridges gehört zu der Sorte von Männern, die ich nur verachten kann«, erwiderte sie scharf. »Er meint, die Welt sei nur dazu da, seine Torheiten zu unterstützen und nichts dafür von ihm zu verlangen. Mein Bruder wurde in seiner Jugend verzogen, und als Erwachsener ist er lediglich träge geworden. Er schnorrt bei meiner Mutter und meinem Gatten, um seine Schulden zu bezahlen, und ist töricht genug zu glauben, daß er eine glänzende Partie finden und mit der Heirat sein Glück machen kann. Ja, Jane, ich urteile streng über ihn, denn er hat mich seit mindestens fünfzehn Jahren ständig enttäuscht.«

Ich lächelte und ging nur auf einen Punkt ihrer Strafpredigt ein. »Und welche Dame ist so glücklich, daß ihr die Ehre zuteil wird, von Mr. Bridges umworben zu werden? Sie muß mindestens zehntausend Pfund besitzen, würde ich sagen, obwohl er als Sohn eines Baronets vielleicht noch höhere Erwartungen hegen kann.«

»Ach, Jane – hast du denn nichts gesehen? Hast du denn nichts begriffen?« Lizzy war zu wohlerzogen, um empört aufzuschreien, doch ihre gemurmelten Worte waren von seltener Heftigkeit. »Mein Bruder hat vor, entweder dich oder deine Schwester Cassandra zu seiner Braut zu machen. Wenn Cassandras Besuch in Goodnestone nicht das gewünschte Resultat erzielt, dann wirst du nächste Woche eingeladen, als zweiter Pfeil in seinem Köcher. Edward ist es egal, welches eurer beiden Herzen er gewinnt, es genügt ihm, eins davon zu erringen.«

Volle fünf Sekunden lang war ich zu keiner Antwort fähig. Mein Herz schlug heftig vor Entrüstung, und das Blut stieg mir in die erhitzten Wangen, während mir die Sprache wegblieb. Lizzy ihrerseits bewahrte ihre heitere Miene – hinter der sie, wie ich meine, leicht einen Königsmordplan verbergen könnte – und murmelte einer vorbeikommenden Bekannten ein paar Grußworte zu.

»Dort ist Lady Elizabeth Finch-Hatton«, bemerkte sie, »unanständig freizügig bekleidet wie gewöhnlich. Ich weiß nicht, was sie an der Zurschaustellung ihres Busens so bewundernswert findet. Ihr Gatte jedenfalls findet nichts daran, der sitzt bestimmt schon beim Whist. Und dort ist ihre Tochter, die geistlose Louisa. Das Mädchen ist durchaus nicht häßlich, hat aber entsetzlich wenig Verstand. Ich nehme an, daß sie morgen Godmersham heimsuchen werden – habe ich das schon erwähnt? Sie kommen immer bei uns vorbei auf der Rückfahrt nach Eastwell Park, das ist schon Gewohnheit geworden bei der Rennwoche. Ich werde ein gutes Dinner bestellen müssen, trotz der Bedrohung durch die Franzosen.«

»Das kann doch vorhin nicht dein Ernst gewesen sein, Lizzy«, flüsterte ich ihr dringlich ins Ohr. »Das war doch sicher nur ein schlechter Scherz.«

»Du meinst, was die Hoffnungen meines Bruders angeht? Über die würde ich nie Scherze machen, meine liebe Jane.

Ich finde sie zu langweilig, um darauf viel Geist zu verschwenden. Aber ich fürchte, ich habe dich beunruhigt. Das wollte ich nicht. Ich dachte, du mit deinem Scharfblick hättest Edward längst durchschaut.«

»Mr. Bridges ist sicherlich ein galanter Herr«, brachte ich heraus, »doch daß er auch nur die geringsten Absichten auf Cassandra oder mich hätte ...«

»Ich muß gestehen, daß die Bemühungen meines Bruders um euch beide nicht allein seinen Ideen entspringen. Eine solche Verbindung ist der größte Wunsch meiner Mutter, und davon hat er sich sehr stark leiten lassen.«

»Lady Bridges strebt die Heirat an?«

Lizzys prachtvolle grüne Augen streiften mich von der Seite. »Ich sehe, daß du völlig überrascht bist, Jane. Doch du mußt wissen, daß meine Mutter auf Vermögen keinen besonderen Wert legt. Ihre alleinige Sorge ist Edwards Wohlergehen. Sie fürchtet, daß er am Ende vor seinen zahlreichen Gläubigern auf den Kontinent fliehen muß, wenn er nicht eine vernünftige Frau bekommt. Lady Bridges ist es klar, daß die Austens zwar nur über geringe Mittel verfügen, aber immer viel Verstand besessen haben. Sie könnte keine bessere Gefährtin für ihn finden, als dich oder Cassandra, selbst wenn sie ihm eine backen könnte.«

»Aber wir haben doch beide kaum ein Pfund übrig!« protestierte ich. »Wie kann man von uns erwarten, daß wir Mr. Bridges zu Reichtum verhelfen?«

»Ach.« Lizzy seufzte. »Ja, wie wohl? Darauf habe ich Mama auch schon hingewiesen. Aber sie will kein Wort gegen euch beide hören. Die finanziellen Verhältnisse meines Bruders sind gegenwärtig sehr verzwickt, doch will Lady Bridges sie selbst in Ordnung bringen, sobald seine Verlobung angezeigt wird. Vorausgesetzt natürlich« – und hierbei wurden ihre grünen Augen so berechnend wie die einer Katze –, »daß Mama seine Wahl gutheißt.«

»Großer Gott!« rief ich. »Ist das möglich? Mr. Bridges

soll eine Austen heiraten, nur um sich von seinen Schulden zu befreien?«

»Neddie gibt dir den Vorzug, Jane«, erhielt ich von Lizzy zur Antwort, »weil du nur fünf Jahre älter bist als Edward und weil Cassandra so hartnäckig an ihrem Stand der Ehelosigkeit festhält. Sie hätte unseren guten Freund Mr. Kemble von Chilham schon seit drei Jahren mit einem Wort haben können, aber sie zeigt nicht die geringste Neigung, sich zu verheiraten.«

»Und auf wen setzt du, Lizzy?«

»Ich schätze, daß du von allen Frauen die letzte bist, die auf einen Lackaffen hereinfällt«, erwiderte sie, »und nach dem, was ich von den Fortschritten des armen Edward bei deiner Schwester höre, glaube ich nicht, daß Cassandra nachgeben wird. Es ist ein hoffnungsloser Fall, nicht wahr? Mein Bruder wird sich für den Kontinent rüsten müssen.«

Ich musterte sie genau. Ihr schönes Gesicht war heiter und gelassen wie immer, aber es trug einen erkennbaren Schimmer von Belustigung. »Du hast zuviel Spaß daran, Lizzy.«

»Den solltest du auch haben«, konterte sie, »denn in diesem Moment betreten meine Schwester Harriot und die geduldig leidende Cassandra am Arm von Mr. Bridges den Saal. Gut vorgewarnt ist gut gewappnet, nicht wahr? Darf ich dir Mr. George Farquar vorstellen, Jane, einen Herrn meiner Bekanntschaft?«

Und so drehte ich eine glänzende Runde mit dem einnehmenden Mr. Farquar, dem zweiten Sohn eines Baronet, der wie die meisten Sprößlinge der vornehmen Welt einst leidenschaftlich in Lizzy Austen geborene Bridges verliebt gewesen war. Zu Ehren dieser hingeschwundenen Neigung war er so freundlich, mich für die beiden nächsten Tänze zu engagieren, und als Gegenleistung ertrug ich ein Gespräch über die Feinheiten des Rennsports, das mich fast zum Wahnsinn trieb. Mr. Farquar war auf Pferde jeglicher Art versessen, hielt selbst eine Reihe von Jagd- und Rennpferden, hätte gern meine Meinung über die Vorzüge von Doncaster gegenüber Newmarket gehört und so weiter und so fort. Er war eigens für die Rennwoche aus London hergekommen und wollte in wenigen Tagen zu den nächsten Rennen in Epsom weiterreisen – und damit ersparte er mir die Mühe, überhaupt etwas für ihn zu empfinden. Mit Mr. Farquar konnte ich ungestraft flirten, ohne daß unsere beiden Herzen in irgendwelche Gefahr gerieten. Er war so nett, mir Komplimente über mein Kleid und meine Art zu tanzen zu machen, und so trennten wir uns nach einer halben Stunde in bestem gegenseitigem Einvernehmen.

Die Zeitspanne zwischen den letzten Takten des einen Tanzes und dem Beginn des nächsten wurde von einer leichten Erregung ausgefüllt, denn eine Welle von Gesprächen durchlief den Raum und verebbte wieder, als ein fremder Herr, ganz in Schwarz gekleidet, den Raum betrat. Wenn er mich zuerst an den flüchtigen Mr. Everett erinnerte, so fiel der Vergleich doch sehr unpassend aus, denn der Fremde war eine imponierende Gestalt, was Everett bestimmt nicht war, und bewegte sich mit einem ungezwungenen Selbstbewußtsein, wie es ein hoher Rang und ein großes Vermögen verleihen. Wenige Augenblicke nach seinem Erscheinen wurde überall im Saal geflüstert, er sei Monsieur le Comte de Penfleur, der Erbe eines beträchtlichen Vermögens an französischen Banken und Pflegebruder der verstorbenen Françoise Grey. Er sei erst vor kurzer Zeit in The Larches eingetroffen, um an der Beisetzung am Freitag teilzunehmen, und wenn auch in tiefster Trauer, habe er doch darauf bestanden, etwas von der vornehmen Gesellschaft von Kent kennenzulernen.

Mr. Grey hatte es vorgezogen, seinen Gast nicht zu begleiten.

Ich beobachtete ihn, wie er durch den Saal schritt, eine schlanke, elegante Figur mit einer messerscharfen Nase, aschblonden Locken, die ihm in die Stirn fielen, und beunruhigend hellen Augen. Dort stand er neben einer Kübelpflanze und beugte sich tief über die Hand einer schüchternen jungen Dame, dann sah man ihn am Tisch mit dem Eis vor einem aufgeblasenen Würdenträger die Hacken zusammenschlagen. Jedoch so korrekt und elegant seine Erscheinung auch war, ich konnte die Arroganz in seinem Benehmen nicht übersehen. Monsieur le Comte mochte sich frei zwischen seinen Feinden bewegen, aber er liebte uns überhaupt nicht. Welchen Zweck er auch mit seinem Erscheinen auf diesem Ball verfolgte, er machte sich keine Illusionen darüber, wie er aufgenommen wurde. Die Höflichkeit der Engländer war gut und schön, aber er hatte Françoise Grey gekannt und wußte sicherlich, wie die vornehme Gesellschaft von Kent sie behandelt hatte. So leicht würde er uns nicht vergeben.

Nach einer Viertelstunde lässigen Durchwanderns der Menge, die sich an den Wänden drängte, stand der Comte schließlich unweigerlich meinem Bruder Neddie gegenüber, und sogleich beobachtete ich eine unmerkliche Veränderung in der Haltung und der Miene des Franzosen. Die hochmütige Allüre war verschwunden, seine Bewegungen wurden eckiger, als fühle er sich unbehaglich: er war auf der Hut und vorsichtig. Ich vermutete einen Drang zu sprechen, der mit seiner natürlichen Zurückhaltung im Widerstreit lag, und wußte, daß er Neddie ebenso zu ergründen suchte, wie mein Bruder ihn. Schließlich gingen die beiden Herren in eins der Vorzimmer, wo sie ungestört sprechen konnten, weil die Kartenspieler in ihre Partien vertieft waren.

Nur eine einzige Frau auf dem Ball, war mir aufgefallen, trug Schwarz zu Ehren der Verstorbenen, nämlich die junge Lady Forbes, die Frau des Kommandeurs des Garderegiments. Sie war ein hübsches kleines Ding, kaum über neunzehn, mit dem goldenen Haar und den süßen blauen Augen einer Porzellanpuppe. Doch ihr unschuldiges Gesicht bildete einen Gegensatz zu ihrem gewagten Kleid, das eher einer Dame von Welt angestanden hätte. Ein Stirnband aus schwarzem Satin umspannte anmutig ihren Kopf, und ihr dunkles Seidenkleid, so dünn wie ein Trauerschleier, reichte in dramatischem Faltenwurf bis zum Boden. Sie hätte Elektra oder eine andere große tragische Figur darstellen können, und daß sie sich dieser Wirkung in gewisser Weise bewußt war, erkannte man an der Art, wie sie dicht an der Seite Hauptmann Woodfords blieb. In einer Hand hielt sie ein Batisttuch, um leicht ihre Augen betupfen zu können, in der anderen ein Riechfläschchen gegen eine plötzliche Ohnmacht. Von ihrem Gatten, Generalmajor Lord Forbes, war nichts zu sehen. Vielleicht konnte er sich nicht vom Kartenspiel losreißen.

Hauptmann Woodfords einäugiger Blick war bald auf seine schöne Begleiterin gerichtet, bald schweifte er durch den Raum auf der Suche nach einer Fluchtmöglichkeit, und schließlich ruhte er auf mir. Er grüßte lächelnd und nickte mir zu, und ich erwiderte die Höflichkeit. In dem Moment sah ich, wie Lizzy mit Harriot im Schlepptau am Rande der Tanzfläche am Hauptmann vorbeischlenderte, und sofort war seine Aufmerksamkeit gefesselt. Mit einer Verbeugung verließ er Lady Forbes, eilte auf Lizzy zu und bat Harriot um ihre Hand für den gerade beginnenden Tanz. Errötend und mit abgewandtem Blick, doch offensichtlich ohne Widerstreben, folgte sie ihm auf die Tanzfläche.

»Miss Austen?«

Ich riß meinen Blick von dem interessanten Paar los und sah einen der Offizierskameraden Hauptmann Woodfords vor mir.

»Darf ich um das Vergnügen dieses Tanzes bitten?«

Zu meiner Freude und Überraschung stellte ich fest, daß ich sehr gefragt war und daß volle zwei Stunden vergingen, bevor ich mich nach meinen Gefährten und meiner Schwester Cassandra umsehen konnte. Daß sie auf diesem Ball weniger glücklich war, konnte man an der leicht gequälten

Miene ablesen, mit der sie die Aufmerksamkeiten Mr. Edward Bridges' entgegennahm. Er hatte beschlossen, als ihr beständiger und aufdringlicher Begleiter nicht von ihrer Seite zu weichen; er holte ihr ein neues Glas Punsch und versorgte sie mit Gebäck, und sie litt außerordentlich unter seinen Bemühungen.

Der Grund dafür, daß ich ständig auf die Tanzfläche gebeten wurde, enthüllte sich mir jedoch bald durch die wiederholten Mutmaßungen, listigen Randbemerkungen und direkten Fragen mit Bezug auf den Mord an Mrs. Grey, denen ich mich ausgesetzt sah. Neddies Rolle als Friedensrichter machte alle Gäste aus Godmersham zum Gegenstand allgemeiner Faszination und Ausforschung. Wir alle wurden belagert, keiner war davon ausgenommen, also machte ich mich mit einer Aufwallung innerer Belustigung daran, mindestens ebensoviel zu erfahren, wie ich preisgab.

Mr. Goldsmith meint im »Vicar of Wakefield«, wenn eine schöne Frau sich dazu herabläßt, eine Torheit zu begehen, bliebe ihr nichts weiter, als zu sterben, doch wenn sie so tief sinkt, Zielscheibe eines Skandals zu werden, kann man ebenso ihre Ermordung als Reinwaschung von sämtlichen Fehlern empfehlen. Die meisten Kenter fanden Mrs. Grey nach ihrem Tode viel liebenswerter, als sie es ihr zu Lebzeiten je zugestanden hatten, und ich fragte mich, ob die gewandte Art des Comte de Penfleur oder sein hoher Rang den Ruf seiner Adoptivschwester so gänzlich gewandelt hatten. Collingforth hingegen wurde von allen zum schlimmsten Kerl erklärt, den es je gab, seine Frau hielt man für zu töricht, als daß man sie bedauert hätte. Schon nach meinem dritten Tanz war mir klar, daß er bereits von der ganzen Nachbarschaft verurteilt und dem Galgen überantwortet war.

Mr. Valentine Grey wiederum war der Gegenstand allgemeinen Mitleids, doch der Art von Mitleid, die mitwisserischer Verachtung gleicht und jede Beileidsbezeigung zur

Beleidigung macht. Über Mr. Greys Charakter hörte ich an diesem Abend soviel Widersprüchliches, daß ich überhaupt nicht daraus klug wurde. Einige behaupteten, er sei ein schlauer und verschlagener Bursche, den niemand durchschaue; andere meinten, er sei einfach naiv und kümmere sich nur um sein schönes Besitztum The Larches. Über seinen Bankkonzern und seine Geschäfte gingen die Meinungen der Nachbarn noch weiter auseinander, und mir blieb nur die Schlußfolgerung, daß die Greys zwar faszinierend, aber in Kent kaum jemandem bekannt waren.

Vielleicht mit der Ausnahme eines Mannes: Hauptmann Arthur Woodford.

Den ersten Tanz nach dem Abendessen hatte ich für den tapferen Hauptmann reserviert. Als das Speisezimmer sich zu leeren begann, sah ich mich nach seiner vom Krieg gezeichneten Gestalt um. Er stand so sehr im Mittelpunkt der Aufmerksamkeiten der Damen – denn ledige Herren von ausgezeichneter Familie und mit einer respektablen Offiziersstelle waren dünn gesät –, daß es mich überraschte, ihn ganz von den Schönen verlassen zu finden. Statt dessen erblickte ich ihn in lebhaftem Gespräch mit Mr. Edward Bridges.

Meine erste Annahme, daß die beiden ihren Streit begraben hätten, wurde rasch widerlegt. Mr. Bridges sah keineswegs unbekümmert aus, seine Haltung war verlegen, und er erblaßte, während der Hauptmann zwar leise sprach, so daß ich seine Worte nicht verstehen konnte, doch mit einer Heftigkeit, die seine Erregung verriet. Als er mich erblickte, brach er das Gespräch rasch ab und ließ den Hilfspfarrer ohne ein Abschiedswort stehen. Mr. Bridges verließ das Zimmer so hastig, als seien alle Teufel der Hölle hinter ihm her.

»Wie Sie sehen, habe ich Sie nicht vergessen, Miss Austen«, rief der Hauptmann.

»Ich bin froh, Herr Hauptmann, daß nicht Ihre ganze Aufmerksamkeit den Franzosen gehört«, erwiderte ich mit einem Knicks. »Ich dachte, Sie seien zur Küste entsandt worden, um Friedensgespräche zu führen oder Gefangene auszutauschen, je nach Art der Lage, und doch finde ich Sie hier, so elegant und sorglos, als wäre Bonaparte nie geboren!«

»Lord Forbes hätte eine schlechte Wahl getroffen, wenn er mich an die Küste geschickt hätte, Miss Austen«, antwortete er, »denn ich rede nie über Frieden, jedenfalls nicht auf Französisch, und ich mache selten Gefangene.« Er verbeugte sich und bot mir den Arm, ich hängte mich bei ihm ein und ließ mich zur Tanzfläche führen.

»Sie verachten die französische Sprache? Dann haben Sie wohl auch nicht die Bekanntschaft des Comte de Penfleur gemacht«, sagte ich, während wir unsere Plätze in der Reihe der Paare einnahmen. Wenn er Mrs. Greys Muttersprache nicht gut beherrschte, wäre es ihm wohl schwer geworden, in ein vertrautes Verhältnis zu der Dame zu gelangen, und sicher hätte er dann nicht den Brief schreiben können, der in »La Nouvelle Heloïse« verborgen war.

»Ich hatte den Vorzug, den Herrn heute vormittag bei meinem Kondolenzbesuch auf The Larches kennenzulernen«, antwortete Woodford, »doch glücklicherweise ist sein Englisch vorzüglich.«

»Haben Sie es sich zum Grundsatz gemacht, die Sprachen von Kriegsgegnern immer zu verabscheuen?«

»Ich habe zweimal in französischer Gefangenschaft geschmachtet, Miss Austen, und auf den Austausch gewartet*«, erwiderte er, »und in beiden Fällen trieben meine kläglichen Versuche, das Französische zu erlernen, meine Bewacher zur Verzweiflung. Ich wurde so schnell wie möglich nach England zurückgeschafft, damit sie mich nicht länger anhören müßten, und deshalb empfand ich auch keine Notwendigkeit, diesem Mangel abzuhelfen.«

* Es war zu dieser Zeit üblich, gefangene feindliche Offiziere in Wohnungen unterzubringen, die ihrem Stand als Gentlemen entsprachen, und sie bei der ersten sich bietenden Gelegenheit gegen eigene gefangene Offiziere auszutauschen. – *Die Herausgeberin.*

Ich lachte ihn daraufhin aus und machte mich über seine Dummheit lustig wie das kokette junge Ding, das ich spielte, und fragte mich währenddessen, ob man dem Hauptmann glauben könne. Ein Mann, der die Langeweile der Gefangenschaft durchlitten hatte in der Gesellschaft von französischen Offizieren gleichen Ranges (denn so war Woodford wahrscheinlich einquartiert), konnte wohl kaum umhin, etwas von der Sprache zu lernen. War dies eine Ausrede, die er der Schwester des Friedensrichters beibringen wollte? Hatte der Hauptmann den interessanten Brief geschrieben und die Flucht zur Pegwell Bay vorgeschlagen? Und hatte sein Freund Mr. Grey das Ganze entdeckt und seine Frau in eifersüchtiger Wut umgebracht?

Ich konnte nicht entscheiden, ob Hauptmann Woodford der Mann war, die Frau seines ältesten Freundes zu verführen oder diesen Freund in einer Mordsache zu decken. Aber vielleicht wußte er nichts über Françoise Greys Ende, verdächtigte womöglich ihren Gatten der schrecklichen Tat und hoffte, daß Denys Collingforth für alle ihre gemeinsamen Sünden gehängt würde.

Doch ich hatte schon zu lange geschwiegen, das gehörte sich nicht mitten in einem Tanz, also nahm ich den Faden unseres Gesprächs wieder auf.

»Und was halten Sie vom Comte de Penfleur?«

Die Miene des Hauptmanns wurde ein wenig zu vorsichtig. »Er ist auf seine Art ganz in Ordnung, denke ich – für einen Franzosen.«

Ich lachte amüsiert auf. »Ein solches Kompliment für einen Feind von einem Hauptmann der Königlichen Garde ist ja schon eine wahrhafte Lobeshymne! Und darf ich fragen, Sir, auf welcher Grundlage dieses gewichtige Urteil zustande kam?«

»Nur ein wenig Konversation, muß ich zugeben. Ich sprach ihm natürlich mein Beileid aus, versicherte dem Comte meinen tiefgefühlten Respekt für die Verstorbene und gab meiner Empörung über die Art ihres Todes Ausdruck. Er war sehr gerührt über diese Bezeigung guten Willens – ich sah, wie ihm Tränen in die Augen traten, Miss Austen – und konnte einige Augenblicke nicht sprechen. Doch dann versicherte er mir, daß er wegen des Mordes keinen Groll gegen die Leute von Canterbury hege, daß sich solche schrecklichen Vorfälle auf den Straßen von Paris täglich ereigneten und man sich mit seinem Schicksal abfinden müsse. Wir tauschten noch einige Höflichkeiten aus, über das trockene Wetter, den Zustand der Landstraßen, und dann verabschiedete ich mich.« Er zögerte. »Ich bitte Sie, nichts von dem, was ich gesagt habe, an meine Kameraden weiterzugeben, besonders nicht an meinen Kommandeur. Lord Forbes wäre sehr enttäuscht, wenn er erführe, daß ich mit einem Franzosen gesprochen habe, der gerade erst den Kanal überquert hat, und dabei aus seinem Munde nichts über den Zustand der französischen Flotte erfahren habe. Ich hielt es jedoch für wenig wahrscheinlich, daß der Comte irgend etwas in der Art beobachtet hätte, denn die Überfahrt fand ja nachts statt, und ich wollte ihn nicht in seiner Trauer verletzen.«

»Ich bewundere Ihr Taktgefühl, Herr Hauptmann«, murmelte ich. »Für einen abgehärteten Krieger muß es ungewöhnlich sein. Sie hielten sich eine Weile in The Larches auf, nehme ich an?«

»Keineswegs«, erwiderte er hastig, als wäre ihm daraus ein Vorwurf zu machen. »Ich saß noch keine Viertelstunde mit Mr. Grey zusammen, als der Comte ankam, übrigens reist er in großem Stil, in einer vierspännigen Kutsche, die er von Calais mit herüberbrachte, und mit livrierten Lakaien auf den hinteren Außensitzen. Nach dem Austausch der erwähnten Bemerkungen hielt ich es für besser, mich zu verabschieden und die beiden allein zu lassen. Ich glaube, Grey geriet ganz aus der Fassung durch den plötzlichen Besuch des Comte. Er war ihm nicht angekündigt worden.«

Wenn Mr. Grey Françoise umgebracht hatte, konnte ihm eine Heimsuchung durch die Penfleurs kaum willkommen sein. Man konnte leicht Fragen stellen, auf die es keine Antwort gab, und die bequeme Lösung, die der Witwer anstrebte, könnte sich erheblich verzögern.

»Ich hatte nicht gehört, daß Mr. Greys Verhältnis zur Familie seiner verstorbenen Frau gespannt sei«, wagte ich zu vermuten.

Hauptmann Woodford hätte wohl die Achseln gezuckt, wenn die Bewegungen des Tanzes ihn nicht daran gehindert hätten. So setzte er zwar zu der Geste an, brach sie aber verlegen ab. Ich unterdrückte ein Lächeln. Es gibt so manchen tapferen Mann, der sich sicher im Sattel hält, aber in einer Reihe von Tanzpaaren verloren ist. »Ich würde eher sagen, er war verwirrt, Miss Austen. Er hatte kein Wort von der Absicht des Comte erfahren. Kennen Sie Mr. Grey persönlich?«

»Nein.«

»Schon seit seiner Kindheit haßt er es, überrascht zu werden. Das vergrößert die Freude an einem Ereignis gar nicht, sagt er, und der Nachteil ist erheblich.«

»Dann ist er ein sehr vernünftiger Mann«, meinte ich, »doch vielleicht liebt es der Comte zu verwirren. Ich habe heute abend schon mehrmals beobachtet, daß er diese Wirkung erzielte.«

»Seine Adoptivschwester konnte das auch sehr gut«, antwortete der Hauptmann nicht ohne trockenen Humor. Es war das erste Mal, daß ich echtes Gefühl hinter der Fassade Woodfords entdeckte, und das reizte mich sehr. Hier sah man die Zuneigung, die er nur mit Vorsicht gezeigt hatte, hier das Bedauern, das ich fast erwartet hatte.

»Ich sehe, Sie tragen eine schwarze Armbinde, Herr Hauptmann. Das gefällt mir«, sagte ich. »Seit Mrs. Grey tot ist, sprechen mehr Leute gut über sie als jemals zu ihren Lebzeiten, doch die Ehrlichen unter uns werden immer wissen, wer ihre wahren Freunde waren.«

»Ich danke Ihnen«, erwiderte er ruhig, »aber Sie tun mir zuviel Ehre an. Ich war wohl weniger Mrs. Greys Freund, als sie es vielleicht verdiente, und sicherlich weniger, als sie es erwarten durfte. Ich glaube, ich habe immer mehr an Grey als an seine Frau gedacht, und die Ansprüche der einen Freundschaft mögen die der anderen verdrängt haben.«

»War es so unmöglich, mit beiden befreundet zu sein?«

Er zögerte. »Vielleicht nicht unmöglich, aber sehr schwierig. Die Greys befanden sich nicht im Einklang, Miss Austen, und blieb man den Absichten des einen treu, so konnte das oft als Verrat am anderen erscheinen.«

»Es heißt zwar allgemein, daß Gegensätze sich anziehen, doch ich war immer der Meinung, daß ähnliche Charaktere am besten zusammenpassen. Die Welt im ganzen trennt die Geschlechter, alle Konventionen der Gesellschaft und des Berufs lassen sie einander fremd werden. Beten wir also dafür, daß jede Heirat auf einer Vereinigung der Herzen und der Ziele beruht.«

Er lächelte fast entschuldigend. »Man kann sich auch zu sehr gleichen, Miss Austen. Wenn eine Dame von starkem Charakter und unbeugsamem Willen gezwungen wird, ein Gespann mit einem Herrn von gleichem Temperament zu bilden, und wenn diese beiden auch noch ihre Loyalität zwischen zwei Ländern teilen müssen, die gegen einander Krieg führen, nein, Miss Austen, dann können sie sich nicht im Einklang befinden.«

»Also tragen Sie Schwarz zu Ehren Ihres Freundes und nicht zu Ehren seiner verstorbenen Frau?«

»Ich meine, ich ehre sie beide – und die schwere Wahl, die sie zu treffen hatten. Es bleibt eine tragische Geschichte, wie man auch über die Verstorbene denken mag. Allein der öffentliche Skandal muß schon eine schwere Prüfung sein für jemanden von so zurückhaltender Natur wie Grey ...« Der Hauptmann hielt inne und biß sich auf die Lippen. »Ich habe gehört, daß die Londoner Zeitungen bereits Leute nach Kent geschickt haben, daß sie die Rennplätze bevölkern und ihre Zeichner schauerliche Szenen darstellen lassen – wie eine Leiche unter den entsetzten Blicken der Menge aus einer Kalesche fällt.«

»Darf das denn sein?« rief ich empört. »Man stelle sich nur vor, wie ihre ganze Familie darunter leiden muß!«

»Ich gestehe, ich kann nur an Grey denken«, sagte Hauptmann Woodford ernst. »Er muß den Verlust seiner Frau am tiefsten empfinden.«

Wirklich? Weder die früheren Worte des Hauptmanns noch der Bericht meines Bruders über den Bankier hatten mich annehmen lassen, er hege echte Gefühle für seine Frau.

»Ihr Freund mag sicherlich die Bürde der Tragödie spüren, Herr Hauptmann«, bemerkte ich, »und wohl auch die Last des Skandals, doch da ich Mr. Grey so wenig kenne, wage ich nicht, in seinem Herzen zu lesen. Was er für seine verstorbene Frau empfindet, liegt für mich im Verborgenen.«

Er musterte mein Gesicht mit einem leichten Stirnrunzeln. »Sie sprechen von ihm, als hätte er kein Herz, Miss Austen. Ich versichere Ihnen, daß es nicht so ist. Niemand ist so treu wie Valentine Grey.«

»Verzeihen Sie mir. Ich wollte Ihren Freund nicht herabsetzen. Doch ich stelle fest, daß er in Kent so wenige Bekanntschaften geschlossen hat und daß man seinen Charakter so wenig kennt, daß ich mir ganz allgemein kein Urteil über ihn bilden kann. Ich weiß, daß er von reizbarem Temperament und schnell bereit ist, selbst einen so milden Menschen wie meinen Bruder zum Duell zu fordern, aber darüber hinaus kann ich nichts sagen.«

Die Musik verklang, und Hauptmann Woodford kam mir gegenüber zum Stehen. Er verbeugte sich zerstreut, und ich knickste. Dann sagte er: »Hat Mr. Grey Ihren Bruder tatsächlich zum Duell gefordert?«

Ich spielte ihm eine Sorglosigkeit vor, die ich nicht empfand. »Wegen einer Kleinigkeit, die sich in den Sachen Mrs.

Greys fand. Ein Brief, glaube ich, französisch geschrieben. Nach dem, was drin stand, vermutete mein Bruder, Mrs. Grey habe fliehen wollen, und damit brachte er ihren Gatten so sehr auf, daß er Genugtuung forderte. Es endete aber ergebnislos. Der Streit muß vertagt werden wegen der gerichtlichen Untersuchung.«

»Natürlich«, murmelte Hauptmann Woodford, doch eher als Nachsatz, denn mit seinen Gedanken war er sichtlich woanders, vielleicht bei dem Brief, von dem er nichts oder auch alles wissen mochte. War es dieser Brief, den er am Abend des Mordes in Mrs. Greys Salon gesucht hatte? Oder hegte er eine Vermutung über den Verfasser, die ihn innerlich erstarren ließ?

Jedenfalls schwieg er und bewegte sich nicht, während um uns herum die Paare sich langsam entfernten. Schließlich sagte ich sanft: »Herr Hauptmann!«

Da kam er zu sich und bot mir den Arm. Als ich meinen Arm hineinschob, spürte ich, daß die feine Wolle seines Ärmels feucht vom Schweiß war. Durch die anstrengende Bewegung? Oder die Schwere seiner Befürchtungen? »Sind Sie auch wohlauf, Hauptmann Woodford? Vielleicht würde Ihnen etwas Punsch guttun.«

»Verzeihen Sie, Miss Austen – aber meine Aufmerksamkeit ist so sehr von meinen dienstlichen Pflichten beansprucht – die drohende Invasion ...«

»Und die Feinheiten eines öffentlichen Balls«, erwiderte ich lächelnd. »In einer solchen Zeit, meine ich, war es nicht das Klügste, was die Garde getan hat. Aber Lord Forbes hielt es wohl für nötig zur Zerstreuung seiner Offiziere – oder seiner Gemahlin.«

Hauptmann Woodfords Mundwinkel zuckten. »Ich habe nicht die Kraft, den General zu unterstützen, wenn es um seine Frau geht. Dazu wären mehrere erforderlich, fürchte ich. Doch in Wahrheit sollen wir der Bevölkerung ein Beispiel geben, Miss Austen. Wenn ein Offizier eine so ehrenvolle Pflicht wie das Tanzen erfüllt, kann dann das Königreich in Gefahr sein? Niemals!«

»Wenn Sie am Ufer der Pegwell Bay tanzen würden, Herr Hauptmann, könnte ich Ihnen eher glauben.«

Zu meiner Überraschung wurde die Miene des Hauptmanns plötzlich ernst. »Pegwell Bay? Was soll mich die Pegwell Bay angehen?«

»Ist sie nicht der erwartete Landungsplatz der französischen Flotte?« fragte ich erstaunt. »So hatte ich es immer gehört. Mein Bruder Frank Austen, der Kapitän der ›Canopus‹, hatte vor knapp zwei Jahren den Auftrag, einen Bericht darüber anzufertigen. Er begutachtete die Küste von Kent und kam auf Pegwell als den geeignetsten Ort für eine Invasion. Dort gibt es keine Höhen, die der Feind erklimmen müßte, wissen Sie, und die Gezeiten sind wohl auch günstig für eine Landung.«

Als Hauptmann Woodford jedoch immer noch schwieg, fügte ich leiser hinzu: »Doch haben sich die Berechnungen des Heeres inzwischen vielleicht geändert.«

Er kniff sein eines dunkles Auge zusammen und schien leicht verwirrt. Er habe wohl auch schon von der Pegwell Bay sprechen hören, habe aber gedacht, daß eine ganze Anzahl von Orten entlang der Küste den Franzosen ebensogut als Landungsort dienen könnte, wüßte nicht, daß man so große Erwartungen auf die Umgebung von Ramsgate setze, und riete mir, lieber nicht so frei über militärische Angelegenheiten zu reden.

»Denn wenn ganz Kent damit rechnet, daß die Franzosen bei Pegwell landen, und diese Nachricht nach Boulogne gelangt, wieviel besser wäre es dann für den Kaiser, Miss Austen, wenn er im Süden landet, während wir alle im Norden konzentriert sind! Lieber sollte man ihn über unsere Absichten im Zweifel lassen, wie es eine Katze mit der Maus tut. Wir können gar nicht wenig genug über dieses Thema reden. Besonders dann, wenn ein Franzose unter uns ist.«

Anscheinend hatte ich mich auf ein Gebiet gewagt, das sich nicht für Damen ziemte, nämlich in die tiefen Wasser der Strategie und Kriegslisten, doch ich konnte nicht ohne einen letzten kühnen Streich den Rückzug antreten: »Es könnte allerdings gefährlich sein, in den heutigen Zeiten zu frei zu reden. Mrs. Grey war gut bekannt mit der Pegwell Bay, wissen Sie, und wir möchten doch nicht, daß einer von uns ihr Schicksal erleidet, nicht wahr, Herr Hauptmann?«

Kapitel 9

Eine Frage der Bewegungen

21. August 1805, Forts.

Ich war nicht die einzige auf dem Ball heute abend, die zu frei redete, ob nun über militärische Dinge oder andere. In der ganzen Gesellschaft wurde ein Gerücht diskutiert, auf das ich kaum geachtet hatte, nämlich die vorgesehenen Bewegungen der Coldstream-Garde.

Es war Cassandra, die mir davon erzählte, als wir uns in der letzten Stunde des Balls zum Eis niedergelassen hatten. Ich muß sagen, daß meine Schwester an diesem Abend nicht sehr gut aussah, doch die Pflichten des Krankenzimmers* auf Goodnestone Farm würden sich wohl bei jedem auswirken, zumal wenn noch die Notwendigkeit des Packens für die Evakuierung hinzukam. Immerhin hatte sie ihr bestes rosa Kleid – eine Farbe, die ich wegen meiner beständig errötenden Wangen nie tragen darf – angelegt, und ihr Haar ermangelte zwar der Kunst Mr. Halls, war aber von Harriot Bridges' Zofe bewunderswert gelockt und arrangiert worden. Es fehlte tatsächlich nichts, nur eben Lebhaftigkeit und Mut. Ich spürte den Mangel und empfand leise Besorgnis. Ob wohl die Hartnäckigkeit der Aufmerksamkeiten Mr. Bridges' selbst ein so beständiges Herz wie das Cassandras schließlich erweicht hatte? Vielleicht litt sie gerade Qualen des Zweifels, ob sie ihn erhören solle oder nicht. Angesichts des Todes unseres Vaters könnte für ein Mädchen mit so beschränkten Mitteln wie Cassandra jegliche Heirat als Rettung erscheinen.

* Harriot Bridges' ältere Schwester Marianne (1774-1811) war von Kindheit an körperbehindert und zu dieser Zeit bereits bettlägerig. Harriot verbrachte den größten Teil ihrer Zeit mit ihrer Pflege, und Cassandra half ihr dabei, wenn sie sich auf Goodnestone Farm aufhielt. – *Die Herausgeberin.*

Wir hatten uns den Weg zueinander durch ein Meer von erschöpften und erhitzten Körpern gebahnt, von Damen mit geknicktem Kopfputz und beschmutzten weißen Handschuhen und Herren mit geröteten Gesichtern und feuchten Stirnen. So schwer es scheint, solche Festlichkeiten im Winter zu ertragen, wenn man leicht gekleidet und der Zugluft aller Fenster ausgesetzt ist, so ziehe ich dennoch einen Ball im Januar dem vornehmsten Tanzabend im August auf dem Lande vor. Ein prasselndes Kaminfeuer und eine schnelle Runde auf dem Parkett ersetzen die fehlende natürliche Wärme völlig, wohingegen selbst das ausgezeichnete Eis von Canterbury die Fadheit eines sommerlichen Rennwochenballs nicht beleben kann.

»Die ganze Nachbarschaft spricht davon«, vertraute mir Cassandra mit erhobenem Eislöffel an. »Die Gardegrenadiere sollen von Deal nach Chatham marschieren, während Hauptmann Woodfords Erstes Coldstream-Garderegiment und das Erste Schottische Regiment – oder ist es das Zweite? – wiederum von Chatham nach Deal marschieren.«*

»Ich schätze, das ist mal eine Abwechslung vom Tanzen«, antwortete ich, »aber ich verstehe nicht, was sie mit einem einfachen Austausch der Truppen bezwecken. Soll das Erscheinen von Soldaten auf den Feldern von Kent den Kaiser Bonaparte beeindrucken, wenn er das Land von See her überblickt? Soll es wie von Rotröcken überschwemmt aussehen und dieser Anblick ihn voller Schrecken nach Frankreich zurückjagen?«

»Ihr Weg führt sie nur einen Steinwurf weit an Goodnestone vorbei«, fügte Cassandra hinzu und ignorierte meinen Spott. »Das ganze Land redet darüber, was es bedeuten könnte, Jane, vielleicht steckt die neueste Nachricht aus Frankreich über die Landungspläne des korsischen

* Die vorgesehenen Truppenbewegungen fanden am 30. August 1805 statt, wie Jane Austen in einem später auf Goodnestone Farm geschriebenen Brief berichtete. – *Die Herausgeberin.*

Ungeheuers dahinter. Wenn das bei Deal passieren sollte, nur sieben Meilen von der Farm entfernt, wenn die liebe Lady Bridges und ihr ganzer Haushalt aus den Betten getrieben würden – ich glaube, das könnte ich nicht ertragen! Natürlich würde ich ihnen helfen, so gut ich kann, mit Marianne und bei dem ganzen Packen.«

»Du solltest sie lieber alle nach Godmersham bringen und das Packen den Franzosen überlassen«, meinte ich trocken. »Ich wundere mich, daß Neddie nicht schon eher daran gedacht hat. Aber wir haben unseren eigenen Evakuierungsplan erhalten, meine Liebe, und zwar erst gestern früh. Der tapfere Hauptmann Woodford hat ihn selbst überbracht.«

»Hauptmann Woodford! Ich kann nicht umhin, ihn zu mögen und zu bewundern«, sagte sie seufzend. »Seine Miene drückt soviel Güte aus, und die Schwere seiner Verwundungen zeugt für seinen edlen Charakter.«

»Bewundert Harriot ihn ebenso wie ihre ganze Familie?« Ich blickte auf die Tanzfläche, wo die wenigen verbliebenen Paare sich entschlossen an die Schlußtakte der Musik hielten. Unter ihnen waren unverkennbar Lizzys junge Schwester und der Hauptmann; ihr weißes Kleid bildete einen zarten Kontrast zu den kräftigen Farben seiner Uniform.

»Ich wünschte, ich könnte das sagen«, meinte Cassandra nachdenklich. »Über dieses Thema kann Harriot sich nicht offen äußern. Unser Altersunterschied – fast zehn Jahre – ist zu groß, und wenn wir seit kurzem auch viel zusammen sind, kommen wir uns doch nicht so nahe wie Schwestern. Ich vermute, daß er ihr Herz leicht gerührt hat. Es wäre ein Unglück, wenn die Garde ganz aus Kent abgezogen würde.«

»Oder wenn der Hauptmann irgendwo zwischen Chatham und Deal von einem französischen Degen durchbohrt würde«, bemerkte ich gefühllos. »Er könnte vor diesem traurigen Ereignis zumindest noch Harriot einen Antrag machen, damit sie diesen interessanten Status bewahren kann. Ein Mädchen, das nur den Gegenstand der Verehrung eines Helden bildet, genießt nie soviel Ansehen wie eine hinterbliebene Verlobte.«

»Aber Jane! Wie kannst du nur!«

Zu spät fiel mir Cassandras eigener Status ein – der Verlust ihres Verlobten vor ungefähr acht Jahren. Ich biß mir auf die Lippen und wünschte, ich könnte meinen eigenen bitteren Humor besser im Zaum halten. Doch es war zu spät! Die Worte waren heraus, und ich konnte sie nicht mehr zurückholen.

»Ich spreche so, weil ich es muß, meine Liebe. Ein gewisses Maß an allgemeiner Gleichgültigkeit ist das einzige Mittel gegen den Schmerz im einzelnen. Wie viele Menschen werden in diesen Kriegen getötet – und welch ein Glück für uns, daß wir uns nichts aus ihnen machen. Wenn Fly oder Charles auf dem Achterdeck von einer französischen Vierundzwanzigpfünderkugel niedergestreckt würden, ginge ein Teil von mir mit ihnen über Bord.«

»Sprich nicht davon, ich bitte dich«, sagte Cassandra leise. »Ich weiß, du hast in letzter Zeit viel durchlitten, erst den Verlust von Mrs. Lefroy und dann den unseres lieben Vaters, aber du trauerst zu sehr um sie, Jane. Sie würden das nicht wollen. Vater, das weiß ich, hat sein Leben ohne Bedauern beschlossen.«

Ich nickte blind, denn meine Augen waren plötzlich von Tränen verschleiert, und wechselte dann mit Mühe das Thema. »Die Garde soll also von Deal abmarschieren! Ich frage mich, wieviel Generalmajor Lord Forbes wirklich weiß und wieviel er nur vermutet.«

»Ich bin sicher, daß diese ganzen Manöver nur ein Blindekuhspiel sind«, erwiderte Cassandra, »wenn auch Bonaparte uns alle glauben machen möchte, er sei allwissend und so unfehlbar wie der Papst. Die Herren in der Nachbarschaft, auch Mr. Bridges, sind ganz aufgebracht über die vorgesehenen Truppenbewegungen, denn dem Gerücht zufolge sollen sie nur ein oder zwei Tage vor dem Beginn der

Fasanenjagdzeit stattfinden. Die Sportsleute sind so aufgeregt, weil sie befürchten, daß die Vögel beunruhigt, aus ihren Revieren fortgescheucht oder kurzerhand für die Infanteristen abgeschossen werden.«

»Es kommt nicht überraschend, daß die Jagdbeute unserer Nachbarn wichtiger ist als die Sicherheit des Königreiches«, sagte ich mit bewußter Ironie. »Apropos Manöver, meine Liebe, wie ist es dir denn in deinem Gefecht mit dem Sportsmann Mr. Bridges ergangen?«

Cassandra errötete und wandte den Blick ab, ein vollkommenes Bild der Verlegenheit. »Mr. Bridges! Ja, du hast gut lachen über meine Qualen, Jane! Ich würde gern sehen, wie du dich zwei Wochen lang gegen das ganze Gewicht seiner Schmeicheleien behaupten würdest! Mr. Bridges fällt mir außerordentlich lästig. Hast du gesehen, daß ich heute abend volle drei Tänze mit ihm durchstehen mußte? Den vierten konnte ich nur dadurch vermeiden, daß ich Kopfschmerzen vorschützte.«

»Drei Tänze! Das ist tatsächlich einzigartig«, bemerkte ich mild. »Ein anderer Mann könnte das als *zu* ungewöhnlich betrachten, aber er glaubt vielleicht, daß er als Lizzys Bruder solch feine Unterschiede nicht zu machen braucht.«

»Er ist nicht so nahe mit uns verwandt, Jane, als daß ich vergessen könnte, was sich schickt«, sagte Cassandra etwas betrübt. »Denk nicht, daß ich nicht wüßte, was er vorhat. Er hofft, meine Neigung zu erringen – und durch seine Bemühungen hat er meinen Widerwillen erregt! Anfangs mochte ich seine Komplimente schmeichelhaft gefunden haben, seine Posen amüsant und seine Scherze sogar passabel, doch jetzt ist er mir gänzlich widerwärtig geworden! Er ist so unaufrichtig in allem, was er sagt, daß ich seine Gesellschaft nicht mehr ertragen kann.«

»Armer Mr. Bridges! Daß er die Anteilnahme verloren hat, die er zu erringen hoffte. Spürte ich nicht den Drang, ihn von Herzen auszulachen, könnte er mir sogar sehr leid tun.«

»Der Inhalt deines letzten Briefes hat mich sehr bewegt«, vertraute mir meine Schwester leise an. »Ich muß dir erklären, Jane, daß Mr. Bridges seit dem Tode von Mrs. Grey ein ganz anderer geworden ist. Er spricht kaum noch ein Wort und verläßt das Haus nie, außer um mich oder Harriot zu einer kleinen Besorgung zu begleiten. Dabei weißt du doch auch, daß er früher nie zu Hause blieb, wenn er es irgend vermeiden konnte! Manchmal wußte wochenlang kein Mensch auf der Farm, wo er sich aufhielt oder ob er zum Dinner nach Hause käme! Die Veränderung ist überaus deutlich.«

»Vielleicht kann er es nicht ertragen, von *dir* getrennt zu sein, meine Liebe.«

»Zieh mich nicht auf, Jane. Das ist wirklich nicht nett von dir.«

Ich drückte ihr entschuldigend die Hand und sagte: »Du meinst, daß die Veränderung in seinem Verhalten seit der Ermordung Mrs. Greys eingetreten ist. Hast du irgendeinen Grund für seine Zurückgezogenheit entdeckt? Hat er das geringste Wörtchen darüber fallen lassen, wie er sein außerordentliches Benehmen erklärt?«

»Er bewegt sich wie von Angst verfolgt«, erwiderte Cassandra ernst, »und ich habe sogar schon gedacht, daß er vielleicht erwartet, Mrs. Greys Schicksal zu erleiden.«

Meine Augen weiteten sich. »Mr. Bridges seines Reitkleides beraubt und mit seinem eigenen Haarband erdrosselt? Unmöglich!«

»Jane!«

»Verzeih. Die Vorstellung ließ sich nicht verdrängen. Aber was könnte denn eine solche eingebildete Furcht hervorrufen, Cassandra? Wer sollte Mr. Bridges ermorden wollen?«

Meine Schwester sah sich vorsichtig im Raum um, bevor sie antwortete: »Mr. Valentine Grey.«

Daß der zurückhaltende und übellaunige Bankier auch nur die leiseste Ahnung von der Existenz des Hilfspfarrers haben sollte, kam mir so komisch vor, daß ich laut auflachen mußte.

»Aber liegt das nicht auf der Hand?« rief Cassandra. »Du hast mir selbst geschrieben, daß Mr. Bridges am Abend des Mordtages im Salon der Dame gesehen wurde, wie er ihren Schreibtisch durchstöberte. Er suchte verzweifelt nach dem Brief, der sich in dem skandalösen französischen Roman befand, nach dem Brief, in dem die Verabredung am Ufer der Pegwell Bay und die anschließende Flucht auf den Kontinent vorgeschlagen wurde.«

»Aber beherrscht denn Mr. Bridges das Französische einigermaßen gut?«

»Natürlich! Alle Bridges sind darin ganz hervorragend!« In ihrer Begeisterung für ihre Theorie vergaß Cassandra ihr restliches Eis und lehnte sich eifrig zu mir herüber. »Ich bin sicher, daß er glaubt, er habe den Anlaß für den Tod Mrs. Greys gegeben, daß er annimmt, seine gefährliche Leidenschaft für die Dame habe zu ihrer Ermordung durch ihren Gatten geführt und Mr. Grey warte nun nur auf eine passende Gelegenheit, um auch an ihrem Liebhaber Rache zu nehmen! Mr. Bridges kann nicht wissen, daß der Brief in den Sachen Mrs. Greys gefunden wurde. Er fürchtet nur, daß der Ehemann ihn entdeckt, und deshalb wagt er sich nicht von der Farm weg.«

»Außer um an der Leichenschau teilzunehmen«, verbesserte ich sie langsam. »Er wollte natürlich alles erfahren, was über ihr Ende bekannt war.«

»Ist das nicht eine glänzende Idee?« bohrte meine Schwester.

»Sie hat ihre Vorzüge, Cassandra. Aber warum sollte sich Mr. Bridges dann mit Hauptmann Woodford streiten? Oder untätig dabeistehen, wenn Mr. Collingforth des Mordes beschuldigt wird?«

»Das weiß ich auch nicht«, erwiderte sie achselzuckend. »Ich kann nicht alle Geheimnisse für dich lösen, Jane. Auf der Farm gestrandet, bin ich in keiner günstigen Situation. Ich hoffe es besser zu machen, wenn wir erst einmal die Plätze getauscht haben.«

»Ist es also ganz entschieden, daß ich nach Goodnestone Farm soll? Und wann kann ich mit dieser herrlichen Aussicht rechnen?«

»Sobald Mr. Bridges mir seinen Antrag gemacht hat und ich ihn abgelehnt habe«, antwortete Cassandra mutwillig. »Man kann von mir nicht erwarten, daß ich im Schoß der Familie bleibe, sobald *dieses* bedauerliche Ereignis stattgefunden hat.«

»Und wann wird der elegante Hilfspfarrer voraussichtlich zur Sache kommen? Ich brauche schließlich Zeit zum Packen.«

Cassandras plötzlich starr werdender Blick sagte mir, daß eine Veränderung eingetreten war. Er war auf einen Punkt über meinem Kopf gerichtet, und ich ahnte sofort, daß ebenjener Mr. Bridges hinter mir stand, ganz Höflichkeit und Aufmerksamkeit. Ich wandte mich um und sah, daß sich sein gutmütiges und etwas ängstliches Gesicht über uns beugte. Es beugte sich, denn seine übermäßig hohen Kragenspitzen und seine steife Krawatte ließen von der Taille bis zum Hals nur übertriebene Bewegungen zu.

»Miss Austen!« rief er. »Und die entzückende Miss Jane Austen! Wie gut Sie beide heute abend aussehen! Daß soviel Schönheit und Geist sich in einer Dame vereint finden, übertrifft jede Erfahrung … aber daß sogar zwei davon und mit demselben Familiennamen uns alle zu Sklaven ihres Charmes machen …«

»Mr. Bridges«, unterbrach ihn Cassandra, »Sie kommen sicherlich, um uns zu sagen, daß die Kutschen vorgefahren sind. Das ist sehr freundlich von Ihnen.«

»Aber keineswegs! Es ist mir ein außerordentliches Vergnügen, nur übertroffen durch die Ehre, Sie am Ende dieser entzückenden Festlichkeit nach Hause geleiten zu dürfen. Oder sollte ich sagen, zurück auf die Farm, die zwar nicht Ihr Heim ist, Ihnen aber doch, so hoffe ich, fast so teuer sein muß, als wäre sie es. Und die Ihnen in der Zukunft vielleicht noch teurer sein wird, wenn eine gewisse Veränderung ... eintritt ...«

Cassandras Miene, fürchte ich, zeigte dem galanten Redner keinerlei Ermutigung, so daß er sich unter ihrem eisigen Blick verhaspelte und schwieg. Er verbeugte sich vor mir und bot meiner Schwester den Arm, und so schritt das unglückliche Paar durch die sich verlaufende Menge davon. Cassandra tat mir leid, aber etwas Mitgefühl bewahrte ich auch für mich auf, denn ich hatte kaum Zweifel, daß Mr. Bridges bald zur Sache kommen und sich seinen Korb holen würde. Es würde sich also wohl nur noch um Tage handeln, bis ich an Cassandras Stelle auf die Farm geschickt würde. Und ich würde den Aufmerksamkeiten Mr. Bridges' kaum mit der Gelassenheit meiner Schwester begegnen. Ich konnte auch nicht zu Kopfschmerzen Zuflucht nehmen, denn es war allgemein bekannt, daß ich mich einer überschäumend guten Gesundheit erfreute.

»Lizzy«, begann Henry, als wir es uns eine Viertelstunde später erschöpft in der Kutsche von Godmersham bequem machten, »hast du schon gehört, was dein junger Bruder angestellt hat? Er hat tatsächlich Generalmajor Lord Forbes im Spielsalon wegen der Fasanenjagd angesprochen! – Er erlaube sich, die Aufmerksamkeit des Generals auf ein Gerücht über Bewegungen der Garde zu lenken und seiner Sorge Ausdruck zu geben, daß die Marschkolonnen die Vögel völlig vertreiben könnten! Was für eine Dreistigkeit! Kannst du deinem Bruder nicht ein paar Worte flüstern?«

»Ich bin sicher, daß der General ihn heruntergeputzt hat«, erwiderte Lizzy gelangweilt.

»Mit zu feiner Ironie, fürchte ich, als daß Mr. Bridges ihn verstanden hätte. Lord Forbes erklärte ihm, wenn nur die Vögel vertrieben würden, könnte ganz Kent sich glücklich schätzen.«

Neddies scharfes Auflachen durchschnitt die Dunkelheit in der Kutsche. »Und wie hat der junge Lackaffe das aufgenommen?«

»Er schlug eine andere Route für die Truppen vor: durch die Wiesen nach Westen, und er begründete das damit, daß sie so mehrere Meilen sparen würden.«

»Und dafür die Heuernte ruinieren«, sagte Neddie befriedigt. »Sicherlich hat sich der General für diesen weisen Ratschlag des jungen Edward entsprechend bedankt.«

»Er war zu sehr in seine Karten vertieft, als daß er Mr. Bridges mit mehr als einem halben Ohr zugehört hätte«, erwiderte Henry, der seine Erzählung höchlichst genoß, »aber er hat es wohl registriert, denn ich beobachtete, daß er keine halbe Stunde später sich voller Wut den armen Hauptmann Woodford vornahm. Lord Forbes war offensichtlich erbost, daß alle Welt von seinen Manövern wußte. Ganz Kent weiß Bescheid, und wenn wir die Pläne der Garde kennen, wie sollen sie dann Napoleons Spionen verborgen bleiben? Während der General nach Deal marschiert, wird das korsische Ungeheuer seine Truppen ganz woanders an Land werfen.«

»Ich glaube nicht, daß Hauptmann Woodford die Nachricht verbreitet hat«, meinte ich, »aber für Lady Forbes würde ich mich nicht verbürgen. Sie sieht ganz wie eine Frau aus, die eine Sensation genießt – vor allem dann, wenn sie selbst im Mittelpunkt steht.«

»Sie ist wirklich eine Plage für den armen Woodford«, murmelte Lizzy. »Würde er nicht seinem Kommandeur soviel Respekt schulden, würde er sie sicherlich ganz schnell abschütteln, aber sie hängt sich ständig an seinen Arm und betrachtet ihn als ihren persönlichen Schoßhund, den sie des Eindrucks auf andere wegen hätschelt und verwöhnt.«

»Du hast einmal erwähnt, daß Lady Forbes mit Mrs. Grey vertraut war«, sagte ich. »Worauf gründete sich ihre Freundschaft?«

Lizzy schwenkte ihren Fächer, der einen elfenbeinglänzenden Bogen in der Dunkelheit beschrieb. »Auf gemeinsamer Putzsucht, darauf, daß beide mehr ausgaben, als sie dürften, und auf gegenseitigen Vertraulichkeiten. Ich meine, es ereignete sich kaum etwas im Offizierkorps des Heeres, was nicht eine Stunde später in The Larches bekannt war. Lady Forbes gehört zu den Frauen, denen es Freude macht, Geheimnisse zu verbreiten.«

»Und Mrs. Grey, Geheimnisse zu besitzen?« fügte ich nachdenklich hinzu. Der Gedanke an Erpressung kam mir immer wieder in den Sinn, wenn ich über die Dame nachdachte. Was mochte sie zum Beispiel über Hauptmann Woodford gewußt haben, was seine Karriere im Heer beenden könnte? Oder über den verschwenderischen Hilfspfarrer Edward Bridges, den sein Glück an ihrem Spieltisch so verheerend im Stich ließ? Sie würde wohl kaum Geld von ihnen fordern, denn davon besaß sie selbst genug. Was war also ihr Ziel gewesen? Welche Art von Druck hatte sie ausgeübt? Und bestand ihr Interesse lediglich in der boshaften Freude, andere unglücklich zu machen, oder hatte sie ein höheres Ziel vor Augen?

»Mrs. Greys Verwandter ist auch ein geheimnisvoller Bursche«, bemerkte Neddie aus seiner Ecke, während die Kutsche die Straße entlangholperte. »Ich konnte aus dem Comte überhaupt nicht schlau werden, trotzdem gefiel er mir ganz gut.«

»Der Comte de Penfleur! Ein wirklich sehr eleganter Herr.« Lizzy war überaus angetan von ihm. »Aber es war wohl nicht gerade das Klügste, was du tun konntest, Neddie, daß du dich eine ganze Stunde mit ihm allein unterhalten hast. Ganz Canterbury hat sich für euer Gespräch unter vier Augen interessiert, und ganz Canterbury wird jetzt darüber reden.«

»Es ist jedenfalls klar, daß der Comte den Ball nur wegen dieser Unterredung besucht hat. Er ist höchst betrübt über Mrs. Greys Tod und gar nicht zufrieden mit der Art, wie Grey den Fall behandelt.«

»*Grey* ihn behandelt? – Aber Grey ist doch nicht der zuständige Friedensrichter«, rief ich.

»Ist er auch nicht«, antwortete mein Bruder zufrieden, »und der Comte de Penfleur war erleichtert, als er das erfuhr. In der ersten Viertelstunde war er sehr vorsichtig, doch dann wurde er wesentlich offener, und in den anderen drei Viertelstunden verriet er fast zuviel. Ich nehme an, daß er sehr an Françoise Grey hing, ihrem Ehemann zutiefst mißtraut und ihm sehr daran liegt, daß ihr Mörder nicht ungestraft davonkommt.«

»Was er von Denys Collingforth vermutet«, fügte ich hinzu.

»Collingforth ist ihm gleichgültig, falls er nicht der Schuldige ist – und aus seinen Worten ging klar hervor, daß er das nicht glaubt. Dem Comte ist es verdächtig, daß Mr. Grey den armen Collingforth so eifrig des Mordes beschuldigt.«

»Wie faszinierend, muß ich sagen«, seufzte Lizzy. »Das Ganze hat ein richtiges kontinentales Flair, Jane, wie eine tragische Oper. Ich bin sicher, die Bühne liegt voller Toter und Sterbender, bevor der letzte Vorhang fällt. Vergiß nicht, mir zu berichten, wie alles ausgeht. Für den Augenblick jedoch muß ich dich dringend bitten, Neddie, nicht zu vergessen, daß wir morgen die Finch-Hattons zum Dinner haben. Wir dürfen nicht versäumen, was wir unseren Freunden schuldig sind, so langweilig sie auch sein mögen, nur wegen einer Invasion und eines Mordes.«

Mein Bruder lachte schallend und küßte seiner Frau die behandschuhte Hand, und den Rest der Fahrt verbrachte er in nachdenklichem Schweigen.

Doch während die Schatten der Nacht trostlos an den Kutschenfenstern vorbeihuschten, überlegte ich, wie sehr wohl der Comte an seiner Adoptivschwester gehangen haben mochte und ob vielleicht er es war, der jenen Brief in leidenschaftlichem und schmerzlichem Französisch geschrieben und ein Treffen an der Pegwell Bay erfleht hatte.

Kapitel 10
Ein verzweifeltes Ablenkungsmanöver

Donnerstag, 22. August 1805

Ich schrieb meine Aufzeichnungen über den Ball in den frühen Morgenstunden. Als ich im Bett lag, wälzte ich mich hin und her, bis kurz vor fünf Uhr der Regen einsetzte und eine kühlende Brise durch das offene Fenster wehte. Knapp drei Stunden später erhob ich mich und nahm Tee auf meinem Zimmer. Dort konnte ich meine Gedanken sammeln, bevor der Rest des Hauses in Bewegung kam.

Gefrühstückt wird in Godmersham niemals vor zehn Uhr, obgleich die Kinder viel früher im Kinderzimmer bedient werden. Bis unsere etwas träge Lizzy angezogen und im Gange ist, sind ihre zahlreichen Nachkommen längst draußen, beaufsichtigt von dem Kindermädchen Sackree oder der leidgeprüften Miss Sharpe. Gestern war die Rede von einem Ausflug mit dem Wildhüter gewesen, auf dem wilde Himbeeren gesucht werden sollten; zum Dinner mit den Finch-Hattons sollte es Himbeeren mit Schlagsahne geben.

Als ich schließlich hinunterging, fand ich das Frühstückszimmer verlassen vor und konnte Tee und Toast unbehelligt zu mir nehmen. Danach begab ich mich in den kleinen Salon im rückwärtigen Teil des Hauses, der den Damen von Godmersham als eine Art Vormittagszimmer dient. Dort hat meine Schwester Lizzy einen hübschen kleinen Intarsientisch aufgestellt, der immer mit Papier, Federn und Siegellack versehen ist. An ihm ließ ich mich nieder, um einen Brief an meine Mutter zu verfassen, die seit einigen Wochen bei unseren lieben Freunden, den Lloyds in Hampshire, glücklich aufgehoben ist. Sie sollte im September zu uns kommen, und gemeinsam wollten wir einen Besuch an der See in Weymouth machen. Ich fürchtete jedoch sehr, daß diese Vergnügungsreise aufgeschoben werden müßte, weil zu viele Franzosen an der Kanalküste herumwimmelten, sah aber keinen Anlaß, meine Mutter zu beunruhigen. Sie neigt schon in guten Zeiten zu den wildesten Vorstellungen und brauchte jetzt keinen zusätzlichen Anreiz von ihrer jüngsten Tochter. Einen Trost fand ich wenigstens darin, daß die Lloyds keine Londoner Zeitung hielten. Mrs. Austen blieb auf diese Weise in Unkenntnis über das Auslaufen der französischen Flotte, ein hoffnungsvoller Umstand. Sollte das Gerücht von einer französischen Invasion ihr zu Ohren kommen, würde sie verlangen, daß ihre Töchter sofort nach Hampshire kämen, und diese Aussicht konnte ich keineswegs mit Gelassenheit betrachten. Die Gesellschaft in Kent war zu interessant und der Mord an Mrs. Grey zu faszinierend, um eine eilige Abreise zuzulassen.

Mein Brief enthielt infolgedessen eine Fülle von Nichtigkeiten: eine Aufzählung der Freuden der Rennwoche, abzüglich der interessanten Ereignisse auf dem Rennplatz selbst. Ich berichtete von Henrys Pferd, von Henrys Enttäuschung, von dem Schauplatz der Rennen und von dem Ball danach – doch alles ohne die geringste Erwähnung der skandalösen Sensation, die den Frieden von Canterbury zerstört hatte. Ein solcher Brief voller Ausflüchte und komplizierter Ausreden erforderte einige Mühe. Ich verwendete eine halbe Stunde darauf und hatte gerade beschlossen, den Rest des Vormittages den bewundernswerten (wenn auch langweiligen) »Leiden des jungen Werther*« zu widmen, als meine Tätigkeit jäh unterbrochen wurde.

Der Hufschlag eines Pferdes, das bis ans Tor galoppierte, eine zornig erhobene Männerstimme, Proteste der Dienerschaft. War es vielleicht wieder ein Konstabler mit einer

* Der romantische Roman von Goethe, den sie vermutlich in englischer Übersetzung las. – *Die Herausgeberin.*

eiligen Nachricht? Ich legte das Buch rasch beiseite und trat in den rückwärtigen Korridor.

Ein Herr, den ich noch nie gesehen hatte, überquerte den schwarzweißgemusterten Marmorboden der Halle mit einer Schnelligkeit, die höchste Dringlichkeit oder heftige Erregung verriet. Dort, wo ich stand, mußte er vorbeikommen, wenn er zur Bibliothek wollte – sein offenkundiges Ziel, denn dort war mein Bruder Neddie gewöhnlich nach dem Frühstück zu finden –, doch außer einem ganz kurzen Blick in mein Gesicht bot er mir keinen Gruß und keine Höflichkeitsbezeigung. Obwohl nur mittelgroß, war der Fremde kräftig gebaut, hatte ein schön geformtes Haupt und ergrauendes Haar, das weit kürzer geschnitten war, als es der Mode entsprach. Er machte einen recht militärischen Eindruck, aber womöglich lag das auch an seiner kampfbereiten Miene. Ich schätzte ihn auf vierzig, doch hatte sich vielleicht auch das Gewicht von Sorgen in seinem Aussehen abgezeichnet.

Der Diener Russell lief schnell hinter ihm her und protestierte: »Aber Sir! Ich bin nicht sicher, ob Mr. Austen *zu Hause* ist!«

»Wo sollte er denn sonst sein, Mann?« rief der Fremde. »Um seine Pflicht kümmert er sich jedenfalls nicht!«

Er hielt jedoch vor der geschlossenen Bibliothekstür inne und ließ Russell sie aufreißen.

»Mr. Grey möchte Sie sprechen, Sir.«

Das hätte ich wohl vermuten können, doch tatsächlich wurde ich in meiner Erwartung völlig getäuscht. Wie irgend jemand in Kent diesen Mann als naiv oder auch nur annähernd unter dem Pantoffel seiner jungen Frau stehend beschreiben konnte, war mir unbegreiflich. Valentine Grey war kein Mann, der sich nach den Wünschen einer Frau richtete; er ließe sich niemals in seine Wohnung in London abschieben und in ganz Kent zum Narren machen; auch wäre er nicht durch einen Peitschenhieb zur Unterwerfung zu bringen, wie es Françoise Grey bei wenigstens einem Herrn beim Canterbury-Rennen fertiggebracht hatte. Er war eine Gestalt voller Energie und Entschlossenheit, gleich mächtig als Gegner und als Partner. Hatte ihr das Herz gezittert, der wilden jungen Französin, als sie dem Mann gegenüberstand, der ihr Gatte werden sollte?

Kurzum, Valentine Grey war ganz anders, als ich erwartet hatte.

Die Bibliothekstür fiel hinter ihm ins Schloß.

Ich schlüpfte aus dem Salon und ging durch den Korridor zur Küche und von dort in die Vorratskammer, wo ein fester Flechtkorb und eine Gartenschere unschuldig auf einem Tisch neben der Hintertür lagen. Ich nahm sie an mich, als wollte ich Blumen für das abendliche Dinner schneiden, und trat unbemerkt hinaus.

Nach der gedämpften Stille des Salons traf mich die kräftige Morgensonne wie ein Schlag auf die Wange. Ich war ohne Haube hinausgegangen. Ein solches Verhalten, ermahnte mich meine Mutter beständig, rief selbst auf dem feinsten Teint Sommersprossen hervor. Doch darum scherte ich mich im Augenblick wenig, mein Teint war rettungslos verdorben, und das schon seit mindestens drei Jahren. Ich eilte zu dem Beet mit Kornblumen und Lavendel, das zu beiden Seiten der Verandatür der Bibliothek wucherte, und schnitt hier und da einen Stengel von einer der überhängenden Pflanzen ab. Neddie hatte ein Fenster geöffnet, um die Brise hereinzulassen, und die Stimmen wurden lauter und hörbar, noch bevor ich mein Ziel erreicht hatte.

»Sie müssen doch wissen, weshalb ich gekommen bin.«

»Nein, Mr. Grey, ich kann mir nicht erklären, was mir die Ehre Ihres Besuchs verschafft. Bitte nehmen Sie Platz.«

»Danke – aber ich bleibe lieber stehen.«

Es waren Schritte zu hören und ein heftiges Atmen; ich hatte die Vorstellung, Valentine Grey stünde vor dem leeren Kamin und starrte blicklos auf das Gitter.

»Dann sagen Sie mir bitte, womit ich Ihnen dienen kann«, erwiderte Neddie, »denn wie ich sehe, sind Sie sehr beunruhigt.«

»Wer wäre das nicht in meiner Situation?« Dem Klang nach hatte sich Mr. Grey umgewandt und stand meinem Bruder gegenüber. Seine nächsten Worte fielen mit der ganzen Schärfe einer Forderung. »Sie haben mit dem Comte de Penfleur gesprochen, Sir!«

»Ja, ich hatte gestern abend das Glück, seine Bekanntschaft zu machen«, bestätigte mein Bruder.

»Und was für Lügen hat er Ihnen aufgetischt?«

»Lügen?« Neddie konnte ebenso geschickt den Erstaunten spielen wie alle Austens. »Ich kann mir nicht vorstellen, warum der Comte mich anlügen sollte, Mr. Grey, der ich ihm doch völlig fremd bin und mit der Aufklärung des Mordes an seinem Mündel befaßt. Aber vielleicht können Sie mir das erläutern.«

»Weil er ein Schurke der übelsten Art ist – ein hinterhältiger Einflüsterer, ein Verführer von Frauen anderer Männer, ein Mensch ohne jeden Skrupel und von grenzenloser Bosheit. Weil er mich haßt, so wahr er atmet, Mr. Austen, und es sich zum Ziel seines Lebens gesetzt hat, mich zu vernichten.«

Bei einem anderen hätten diese Worte lächerlich geklungen, wie aus einem Schauerdrama. Greys kontrollierte Heftigkeit jedoch bekundete seine Überzeugung; er hatte nur gesagt, was er für die Wahrheit hielt, und er litt unerträglich. Das folgerte ich wenigstens, während ich mich über eine Lavendelstaude beugte.

»Sie sprechen von dem Comte de Penfleur, der sich in diesem Moment in Ihrem Hause aufhält, Mr. Grey?« Die Stimme meines Bruders klang ungläubig.

»Ja.«

»Sie nehmen einen solchen Mann in Ihrem Hause auf – einen Mann, den Sie mit Verachtung und Abscheu betrachten und den Sie für Ihren Feind halten?«

»Meine Frau ist tot, Mr. Austen, und wird morgen beerdigt.« Greys Worte fielen mit unsäglicher Müdigkeit. »Ich kann dem Oberhaupt ihrer Familie nicht die Teilnahme an der Beisetzung verweigern. Ich kann Ihnen versichern, daß der Comte mit der Absicht herkam, Françoise zur Beisetzung auf den Kontinent zu bringen. Nur wegen des extrem heißen Wetters und der fortgeschrittenen Verwesung der Leiche darf sie hierbleiben. Wäre es dem Comte vor einem Jahr gelungen, seinen Vater umzustimmen, hätte Françoise Frankreich überhaupt nicht verlassen dürfen. Hippolyte hat mir im Zusammenhang mit ihrem Tod die bittersten Vorwürfe gemacht, daß ich sie vernachlässigt hätte.«

»Dann war der Comte folglich gegen Ihre Heirat?«

»Der Comte hängt völlig von den Bonapartes ab, Mr. Austen, und verachtet alles, was mit Monarchie und England zu tun hat. Er ist zu kurzsichtig, um zu verstehen, welchen Vorteil finanzielle Verbindungen mit diesem Lande bieten.« Mr. Grey ging anscheinend wieder auf und ab – seine raschen, zielbewußten Schritte verrieten seine Besorgnis. »Sein Vater jedoch verstand, daß ein Fortschritt nicht ohne einen geregelten Fluß des Kapitals durch ganz Europa möglich ist, und zu diesem Zweck förderte er die Eheschließung zwischen mir und seinem Mündel. Der erste Comte de Penfleur, Mr. Austen, war ein ausgezeichneter Mensch. Er starb erst vor einem halben Jahr. Sein Sohn wird ihm niemals Ehre machen.«

»Mir gefiel der Comte ganz gut«, bemerkte Neddie milde.

Wenn ich einen Fluch oder einen Schlag oder einen heftigen Widerspruch erwartet hatte, wurde ich enttäuscht. Valentine Grey lachte.

»Jedem gefällt er«, sagte er. »Alle finden ihn ganz bezaubernd. Selbst die, die ihn gut genug kennen müßten, die den Grad seiner Verruchtheit ermessen müßten, ziehen es vor, die Augen vor der Wahrheit zu verschließen. Françoise ...«

Grey brach ab, und es herrschte ein lastendes Schweigen.

»Ja, Mr. Grey?« fragte Neddie höflich. »Sie wollten von Ihrer Frau sprechen?«

»Der Comte de Penfleur besitzt das, was man zuweilen Lebensart nennt: ein bestimmtes Auftreten, Bildung, Selbstbeherrschung und Zuversicht. Das läßt ihn nie im Stich, selbst an den schlimmsten Orten nicht. Und ich habe ihn in vielen Höllenwinkeln gesehen, Mr. Austen, in die ein anständiger Mann wie Sie niemals hinabsteigen würde.«

Es entstand eine winzige Pause, in der mein Bruder seinen Besucher über den tiefen Mahagonischreibtisch hinweg musterte. »Warum erzählen Sie mir das alles, Mr. Grey?«

»Weil ich hoffe, daß es Sie veranlaßt, mir Ihr Gespräch mit dem Comte gestern abend zu enthüllen.«

»Zu welchem Zweck?«

»Um seine Motive zu erforschen.«

»Sie sagten selbst, er sei gekommen, um Ihrer Frau die letzte Ehre zu erweisen.«

»Außerdem vielleicht noch, um die offene Rechnung zwischen unseren beiden Bankhäusern zu begleichen. Kurzum, ich glaube, er will mich ruinieren.«

Neddie holte tief Atem. »Weil Sie zuließen, daß Ihre Frau ermordet wurde?«

»Oder weil ich sie überhaupt zu meiner Frau gemacht habe.«

»Es war nie meine Stärke, Anspielungen zu verstehen«, bemerkte Neddie. »Ein offenes Wort ist mir lieber als das Sprechen in Rätseln.«

Ein Punkt für Neddie, dachte ich. Nicht umsonst hatte ihn sein Gönner, Mr. Knight, in der Kunst des Fechtens unterrichten lassen.

»Ich glaube, der Comte verfolgte den Zweck, herauszufinden, wieviel Sie wissen.« Greys Stimme war so angespannt wie eine zu straffe Violinsaite. »Er versteht es, einen Ahnungslosen sehr geschickt auszuhorchen, mit Hilfe raffinierter Listen, die man nicht durchschaut. Er kann Ihren harmlosesten Bemerkungen sehr viel entnommen haben und wird sich je nach dem, was er glaubt, entweder mit der größten Vorsicht oder mit der größten Sicherheit bewegen.«

»Tatsächlich? Dann bewegt er sich in klarerem Licht als ich!« Neddies Verärgerung war offenkundig. »Wenn dem Comte bekannt ist, *wieviel ich weiß*, dann besitzt er die wertvollsten Informationen in ganz Kent, einschließlich der vorgesehenen Landestellen der Franzosen! Was meinen Sie denn genau damit, Mr. Grey? Die Tatsachen im Mordfall Ihrer Frau? Ihre Liaison mit Denys Collingforth? Den Zustand Ihrer eigenen Ehe? Oder ihre Liebe zu ihrem Adoptivbruder, dem verrufenen Comte de Penfleur?«

»Denken Sie daran, mit wem Sie sprechen, Austen«, erwiderte Mr. Grey drohend. »Ich lasse mich nicht beleidigen, weder in Ihrem Hause noch in meinem eigenen.«

»Dann könnten Sie mir vielleicht erklären, wonach Sie suchen.« Nach dem Geräusch seiner Bewegungen hatte sich Neddie in seinen Lieblingssessel geworfen, einen mächtigen Ohrenlehnstuhl nahe dem kalten Kamin. Grey jedoch wanderte ruhelos bis an den Rand des Zimmers und starrte blicklos durch die Verandatür hinaus. Der Anblick seiner stämmigen und kraftvollen Gestalt so dicht neben mir erfüllte mein heimlich lauschendes Herz mit Schrecken, und ich stürzte mich so tief ins Blumenschneiden, als hinge mein Leben davon ab. Doch Grey schenkte mir nicht mehr Aufmerksamkeit als einem weidenden Schaf oder einer umgrabenden Hilfsgärtnerin.

»Entgegen dem Anschein, Mr. Austen, liebte ich meine Frau wirklich. Mein Gefühl für sie widersprach jeglicher Vernunft, denn ich wußte seit langem, was sie war: eine Verschwenderin, eine sittenlose Frau, ein charakterloses Geschöpf, das nur dem eigenen Vergnügen lebte. Doch ich hatte wohl zu lange mit dem Heiraten gewartet, und als ich mich verliebte, tat ich es mit absoluter Bedenkenlosigkeit. Ich schlug alle Vorsicht in den Wind. Ich opferte alles – meinen

Stolz, meine Grundsätze, selbst meinen Verstand –, um Françoise ihrer Familie abzugewinnen, und schließlich setzte ich mich durch.«

»Und Ihre Frau, Sir?« fragte Neddie trocken. »Begegnete sie Ihrer Leidenschaft mit gleicher Inbrunst?«

»Sie nahm sie als ein gewohntes Zeichen hin; seit sie sechzehn war, hatte sie Männer um den Verstand gebracht. Doch Françoise liebte niemanden außer sich selbst. Sich selbst – und den Sohn ihres Vormunds.«

»Den gegenwärtigen Comte.«

Grey mußte zustimmend genickt haben, denn ich hörte keinen Laut.

»Sie beide zu trennen, das war einer der Gründe, weshalb ihr Vormund – der verstorbene Comte – Françoise mit mir verlobte. Er muß gewußt haben, daß bei einer Heirat der beiden Hippolyte und sein Mündel das Erbe der Penfleurs durchbringen würden. Sie sind – oder waren – beide selbstsüchtige, eigensinnige und zügellose Charaktere, in deren Hause weder Zucht noch Klugheit Bestand haben könnten. Er wollte nicht zulassen, daß sie das ruinierten, was er so mühevoll durch die Revolution und den Aufstieg des Kaiserreiches hindurch bewahrt hatte. Deshalb wurde Françoise nach England geschickt.«

»Er verkaufte sie an den höchsten Bieter«, sagte Neddie hart.

»Und ich kaufte gern«, antwortete Mr. Grey ohne eine Spur von Gefühl. »Ich hielt den Preis für gering, so versessen war ich darauf, Françoise zu besitzen.«

Doch in welcher Währung, dachte ich, war der Handel getätigt worden? Wieviel von seinen eigenen finanziellen Mitteln hatte Valentine Grey den Bankiers des Landesfeindes übergeben?

»Der Brief, der sich in dem Roman Ihrer Frau fand, Mr. Grey«, unterbrach ihn mein Bruder. »Ihn hatte der Comte geschrieben, nehme ich an.«

»Natürlich.« Grey tat das kurz ab. »Ich erkannte seine Handschrift sofort, als Sie ihn mir zeigten. Ich leugnete die Tatsache nur, um alles Unangenehme von mir fernzuhalten. Der Brief kann nichts mit dem Tod meiner Frau zu tun haben.«

»Er könnte sehr viel damit zu tun haben.«

Grey wandte sich um. »Was meinen Sie damit? Selbst wenn der Comte beabsichtigte, sich nachts mit meiner Frau am Strand von Pegwell zu treffen, konnte er nicht am selben Vormittag beim Canterbury-Rennen sein. Jede Art von Vorsicht spräche dagegen. Und warum sollte er sie umbringen, wenn er sie so liebte, daß er sie zur Flucht mit ihm veranlassen wollte? Das alles widerspricht jeglicher Vernunft.«

»Vielleicht hat sie sich geweigert.«

»Geweigert?« Greys Stimme klang ungläubig. »Sie konnte Hippolyte nichts verweigern, Mr. Austen, seit ihrer Mädchenzeit nicht.«

»Vielleicht hatte sie gelernt, ihren Gatten zu lieben. Vielleicht gedachte sie in Kent zu bleiben und hatte das dem Comte geschrieben. In eifersüchtiger Wut lauerte er ihr an der Straße nach Wingham auf und fing ihre Kutsche ab ...«

»... nur um die Schuld einem völlig Unbekannten zuzuschieben, dem abwesenden Mr. Collingforth? Das geht nicht auf, Mr. Austen, das paßt überhaupt nicht zusammen. Ein Mann von der Schlauheit des Comte würde sich bestimmt bemühen, seinen Rivalen hängen zu lassen; er würde mir die Schuld voll in die Schuhe schieben und sich über die Länge meiner Fahrt zur Hölle freuen. Es sei denn ...«

Es herrschte ein beunruhigendes Schweigen, eine gedankenvolle Pause. Dann fragte Grey: »Ist es das, was er Ihnen gestern abend gesagt hat? Daß ich Françoise erdrosselt hätte, weil sie entschlossen gewesen wäre, mich zu verlassen?«

»Der Comte de Penfleur sagte sehr wenig zu Ihrem Nachteil, Sir«, wandte Neddie unbekümmert ein. »Er mag eine Menge angedeutet haben: daß Sie Ihre Frau vernachlässigten, daß Sie ihr keine große Zuneigung entgegenbrächten und daß Sie ihr vielleicht erlaubten, sich dem Spott der Nachbarschaft auszusetzen, weil Sie wünschten, sie durch irgendeinen erbärmlichen Skandal loszuwerden ...«

»Das nennen Sie *sehr wenig*?« fuhr Mr. Grey auf. »Auf mein Wort, Austen, dann möchte ich nicht wissen, was Sie für viel halten!«

»... aber er hat Sie jedenfalls nicht des Mordes an der Dame beschuldigt. Ein Mann von der Verschlagenheit des Comte würde sicherlich nie seine Karten so völlig aufdecken. Wir können damit rechnen, daß er mich Schritt für Schritt bearbeiten wird, bis er meinen Sinn nach seinem Gefallen beeinflußt hat.«

»Sie fangen an, ihn zu verstehen.«

»Ich glaube, ich fange an, Sie beide zu verstehen. Oder wenigstens zu merken, was jeder von Ihnen mir zu verstehen geben will.«

Da zeigte sich der Stahl unter dem Samthandschuh. Mein Bruder wollte dem Herrn begreiflich machen, daß er kein Narr war, mit dem man spielen konnte wie mit einem Federball, den man zwischen zwei Schlägern hin und her schickt. Er würde mit seinem Urteil warten, bis er über alle Fakten verfügte, und erst dann zur Tat schreiten. Weder Mr. Grey noch den Comte de Penfleur würde er in seine Entschlüsse einweihen.

»Ich verstehe Sie nicht ganz, Sir. Ich habe mich völlig offen ausgedrückt.«

»Sie haben mir ein sehr trauriges Bild von Ihren persönlichen Angelegenheiten gegeben, Sir, und es muß schmerzlich für Sie gewesen sein, das offenzulegen. Ich achte und bedaure Sie dafür – für die Seelenstärke, die Sie zu einer solchen Aufopferung Ihrer natürlichen Zurückhaltung befähigt, und für die Berechnung, die Sie dazu veranlaßt hat. Doch was die Offenheit angeht, Mr. Grey, darin trennen sich unsere Meinungen. Ich bedaure sagen zu müssen, daß Sie *nicht* ganz offen gewesen sind.«

»Nun gut.« Greys Stimme verriet eine unerträgliche Anspannung. »Versuchen Sie mir zu beweisen, Herr Friedensrichter von Canterbury, worin ich Sie getäuscht habe.«

»Schon am Morgen nach dem Tode Ihrer Frau waren Sie sehr bemüht, Mr. Collingforth als den Schuldigen hinzustellen, und wie von selbst fügte es sich so, daß die Flucht dieses Herrn und verschiedene andere Umstände zusammentrafen, um Ihnen recht zu geben. Die Leichenschau überantwortete ihn in Abwesenheit dem Geschworenengericht, und ganz Canterbury verurteilte ihn als den übelsten Schurken. Sehen wir für den Augenblick mal davon ab, daß seine Schuld noch kaum erwiesen ist, so besitzt doch in einer ländlichen Gegend die allgemein anerkannte Meinung das Gewicht einer Tatsache, und die Rechtsprechung wird sich immer dem Gewicht einer Tatsache beugen.«

»Warum sollte Collingforth außer Landes fliehen, wenn er unschuldig ist?« rief Grey.

Mein Bruder ignorierte den Einwand.

»Nun ist der Comte de Penfleur aufgetaucht, hat die Situation verwirrt und die Dreistigkeit besessen, mit dem zuständigen Friedensrichter zu sprechen, und schon kommen Sie in aller Eile zu mir ins Haus. Zum ersten Mal höre ich aus Ihrem Munde, daß der interessante Brief in französischer Sprache nicht von dem Kurier Ihrer Frau stammt, sondern von ihrem Liebhaber – wovon ich von vornherein überzeugt war. Sie sprechen tief bewegt von Ihrer Ehe und von dem Haß des Comte auf Sie, aber zu welchem Zweck? Denn wenn Collingforth doch der Mann ist, der Ihre Frau erdrosselte, dann können die Absichten des Comte hinsichtlich Ihrer Person für mich nicht weiter von Interesse sein.«

Grey schwieg. Ich konnte mir die Szene vorstellen: Neddie, wie er gelassen in seinem Ohrenlehnsessel, die Hände mit den Fingerspitzen zusammengelegt vor der Nase, den anderen betrachtete, und Grey, steif vor Zorn auf dem Aubusson-Teppich stehend.

»Sie wollen mit aller Macht von etwas ablenken, Mr. Grey«, beharrte Neddie, »doch ich weiß wahrhaftig nicht, aus welchem Grunde. Was wollen Sie schützen? Ihren eigenen Kopf? Der ist kaum in Gefahr. Den Ruf Ihrer Frau? Sie besaß nie einen. Ihre Banken? Ihre Position in der Wertschätzung der ›Großen‹? Vielleicht, denn die könnte der Comte noch zerstören. Ich wäre Ihnen sehr dankbar, Mr. Grey, wenn Sie *ebenso offenherzig* über Ihre Geschäfte sprechen könnten, wie Sie es über Ihre Frau getan haben.«

An dieser Stelle muß sich Mr. Grey entschlossen haben, das Zimmer zu verlassen; ich hörte ein leichtes Scharren hinter der Verandatür und wie mein Bruder sich erhob.

»Ich werde über Ihre Worte nachdenken, Austen«, sagte Mr. Grey scharf, »doch für heute habe ich Ihnen nichts weiter zu sagen.«

»Sehr wohl. Ich hoffe, ich kann Ihnen immer zu Diensten sein.« Eine Klingel ertönte irgendwo im Haus; ich wußte, der arme Russell würde herbeieilen, um den Herrn hinauszugeleiten.

»Noch eins, Mr. Grey …«

»Ja?« Die Stimme kam schon undeutlich vom anderen Ende des Raumes.

»Eins kann ich Ihnen versichern. Ich werde den Mörder Ihrer Frau finden, und ich werde ihn hängen sehen, so wahr mir Gott helfe.«

Diese Versicherung war vielleicht weniger tröstlich, als Neddie sie gemeint hatte.

Als Grey fort war, setzte ich meinen Flechtkorb ab, der überfloß von Blumen, die in der Hitze des späten Vormittags schon zu welken begannen, und trat durch die Verandatür ein.

»Ist er fort?«

»Bestimmt schon die Auffahrt hinunter.« Neddie war dabei, seine Pfeife zu stopfen. Das erlaubte er sich nie in Gegenwart einer Dame, doch ich konnte mir seine innere Unruhe vorstellen und verwies es ihm nicht. Tabak, glaube ich, regt die Gedanken ebenso an, wie er die Nerven beruhigt, und ich sah keinen Grund, ihm in diesem Moment dieses Mittel zu verweigern.

Er setzte sich in seinen Lieblingssessel und schaute mich belustigt an. »Wieviel von unserer Unterhaltung hast du mitangehört?«

»Fast alles. Wußtest du, daß ich da draußen war?«

»Seit einer halben Stunde. Grey hat dich wohl nicht wahrgenommen, als er hin und her lief, doch als ich ihm mit den Augen zur Gartentür folgte, konnte ich dich nicht übersehen.« Die Belustigung wuchs. »Und was hältst du nach reiflicher Überlegung von dem Burschen, Jane?«

»Wie du vom Comte sagtest: Er gefiel mir ganz gut.«

»Ja«, sinnierte Neddie. »Es ist ein großer Fehler bei dieser Art von Arbeit, wenn man sich darauf einläßt, jemanden zu bewundern oder zu bemitleiden. Er ist aus hartem Holz geschnitzt, dieser Valentine Grey, und könnte zu allem fähig sein.«

»Fähig zu stetem Fleiß, zu Opfern um seiner Grundsätze willen, zu rücksichtsloser Berechnung in Geschäften oder in Staatsangelegenheiten – aber ist er auch fähig zu leidenschaftlicher Liebe? Ich kann es nicht glauben.«

»Er sprach sehr beredt von seiner Frau.«

»Er sprach gut«, gab ich zu, »aber mehr wie ein Mann, dessen Leidenschaft tot ist.«

Neddie zuckte die Achseln. »Wie ihr Gegenstand auch.«

»Wahre Liebe dauert über das Grab hinaus, Neddie, wie du sehr wohl weißt. Männer mögen sich erneut verheiraten, mögen auch ihre zweite und dritte Frau lieben – doch ihre Gefühle für die Verstorbene bleiben lebendig. Mr. Greys

Leidenschaft hat die ersten paar Monate seiner Ehe nicht überlebt, vermute ich. Er sprach wie ein Mann, der seine Rolle auswendig gelernt hat.«

»Du urteilst streng über ihn.«

»Und doch kann ich nicht glauben, daß er zur Täuschung in schlechter Absicht fähig wäre. Er gehört zu den Menschen, denen man instinktiv vertraut und von denen man erwartet, daß sie sich ehrlich verhalten. Er wird wiederkommen, dessen bin ich mir sicher, und dir alles erzählen, was du wissen willst. Sein Gewissen wird ihm keine Ruhe lassen, bis er das getan hat.«

»Ich hoffe, du erweist dich nicht als zu gutgläubig, Jane«, seufzte Neddie, »denn ich habe sehr viel auf eine einzige Karte gesetzt. Grey kann ebensogut zu dem Schluß kommen, daß Schweigen der treueste Freund ist, und mir das Wissen vorenthalten, das ich brauche, um dieses Rätsel zu lösen.«

Die große Uhr in der Halle schlug die volle Stunde, und Neddie holte seine Uhr aus der Westentasche. »Geht schon wieder nach«, brummte er und zog sie auf. »Die Finch-Hattons kommen zum Dinner, und die Esparsette-Ernte muß auch noch verbrannt werden.«

»Zum Kuckuck mit den Finch-Hattons!« rief ich ärgerlich. »Was hältst du von Greys Schilderung des Comte? Darin wenigstens, das mußt du anerkennen, war er völlig offen. Er ging immerhin so weit, den Brief zuzugeben.«

»Daraus können wir schließen, daß dieses Eingeständnis einem Zweck diente – worin dieser Zweck auch bestehen mag.«

»Ich würde diesen interessanten Comte sehr gern kennenlernen«, beharrte ich, während Neddie der Tür der Bibliothek zustrebte. »Kannst du es nicht so einrichten, Neddie, daß er eines Abends nach dem Dinner zum Kaffee eingeladen wird?«

»Ich weiß etwas Besseres, Jane«, antwortete er mit einem

verschmitzten Blick. »Ich werde meine wohlerzogene Frau überreden, der Nachbarschaft ein Beispiel zu geben und einen Kondolenzbesuch auf The Larches zu machen. Die Beerdigung findet morgen um elf statt, doch ein Sonnabendbesuch seitens der Damen von Godmersham würde wunderbar dem entsprechen, was man Mr. Grey schuldig ist.«

»Das würde es wirklich!« rief ich aus. »Herzlichen Dank, Neddie, daß du daran gedacht hast!«

»Ich freue mich immer, wenn ich dir einen Gefallen tun kann, Jane, selbst wenn es um deine morbide Vorliebe für Leichen geht. Außerdem möchte ich natürlich zu gern deine Meinung über den hintergründigen Comte de Penfleur hören.«

Kapitel 11
Die Verschönerung des Landguts

22. August 1805, Forts.

Die Finch-Hattons kamen in all der Eile und dem Glanz, die den Besitzern einer eleganten grünen Kutsche eigen sind. Sie kamen – doch nicht, wie allgemein erwartet, zur Dinnerstunde, sondern ganze drei Minuten, nachdem sich jeder von uns zum Ankleiden auf sein Zimmer zurückgezogen hatte. Ein mächtiges Hinundhergerenne in der unteren Etage, ein beängstigendes Zuschlagen von Elisabeths Tür und Fannys plötzliches Hineinstürzen in mein Schlafzimmer bereiteten mich auf mein Schicksal vor.

»Tante Jane!« platzte Fanny in mißlungenem Flüsterton heraus, »du kommst nicht drauf, was passiert ist! Mamas Gäste sind angekommen, eine volle Stunde vor der Zeit – und Mama ist noch nicht mal angekleidet! Sie bittet dich, wenn du schon weiter bist, daß du runtergehen und eine Weile die Honneurs machen möchtest. Sayce hat gerade erst mit Mamas Haar angefangen – und du kannst dir nicht vorstellen, wie komisch Mama aussieht, mit allen Locken auf einer Seite und auf der anderen gar nichts! Ich dachte, ich sterbe vor Lachen, bis sie mich voller Wut weggeschickt hat.«

Die Wut könnte sich bei Lizzy höchstens in einem durchdringenden Blick geäußert haben und der Bitte, ihr Mann möge Fanny aus dem Ankleidezimmer hinausweisen, aber ich begriff den Ernst der Lage sofort. Lizzy mit aufgelöstem Haar ist kein Anblick für andere.

»Hilf mir mit den Knöpfen, Fanny.« Ich schlüpfte in ein annehmbares Dinnerkleid, zog es zurecht und bot meiner Nichte den Rücken dar. »Wenn du dann noch meine hellblauen Pantoffeln finden kannst – ich glaube, einen davon hat der Mops deiner Mutter unters Bett geschleppt –, dann stehe ich gleich zu deiner Verfügung.«

Als ich einige Augenblicke später den Salon betrat, hatten sich die Finch-Hattons jeder für sich allein postiert, wie zur Flucht bereit. Sie sahen ganz so aus wie Fremde, die ein Schiff besteigen wollen. Lady Elizabeth, das Reisetuch noch um die Schultern geschlagen und einen riesigen Strohhut wie ein Wagenrad auf dem Kopf, hatte nahe den Vorderfenstern Aufstellung genommen, die zu der Auffahrt hinausgingen, und schien in die Betrachtung ihres eigenen Gefährts versunken. Ihr Gatte, Mr. George Finch-Hatton, blickte finster auf seine Taschenuhr, als habe das erwartete Schiff die Flut zum Einlaufen verpaßt. Miss Louisa, ihre älteste Tochter, hockte auf dem Rand von einem von Lizzys kleinen vergoldeten Stühlen und klopfte ungeduldig mit dem Fuß.

»Welch ein Glück!« rief ich und eilte mit ausgestreckten Händen auf die Familie zu, ein Muster überschäumenden Willkommens. »Wir hatten gedacht, wir könnten Sie erst zur Dinnerstunde begrüßen! Ich darf Sie ganz herzlich willkommen heißen, auch im Namen meines Bruders und meiner Schwester, die zweifellos gleich erscheinen werden. Und wie war die Fahrt, Mr. Finch-Hatton? Haben Ihre Pferde die Hitze einigermaßen gut überstanden?«

»Einigermaßen, danke, Miss Austen«, antwortete er und wandte sich mit betonter Gleichgültigkeit wieder seiner Taschenuhr zu.

»Darf ich Ihnen Ihr Tuch abnehmen, Lady Elizabeth.«

»Danke, Miss Austen, aber ich hasse die Mühe, mich wieder einzuhüllen, so sehr – besonders wenn ich ohne meine Zofe reise –, daß ich denke, ich behalte es um. Ihre Schwester ist indisponiert?«

»Keineswegs – und sie freut sich sehr, Sie zu sehen. Sie kleidet sich nur gerade zum Dinner an. Sie wird jeden Moment kommen.«

»Ich verstehe. Schade, George, daß wir so wenig Zeit haben.«

»Aber ich dachte ...«

»Es ist uns völlig unmöglich, länger als eine Viertelstunde zu bleiben. Wir werden heute abend in Eastwell erwartet. Eine Verabredung Mr. Finch-Hattons ...«

In Eastwell erwartet! Wenn sie doch *hier* zum Dinner erwartet wurden! Das war ein ganz außerordentliches Benehmen, man konnte es fast als einen Versuch deuten, meinem Bruder die kalte Schulter zu zeigen. Doch nein, in dem Falle hätten sie einfach einen Brief geschrieben, voll des Bedauerns über die Notwendigkeit, auf seine Gastfreundschaft zu verzichten. Vielleicht war es eine Familienangelegenheit, die zu heikel war für eine Erklärung, oder es lag an unserer Verwicklung in die Affäre um Mrs. Grey ... Den letzten Gedanken verwarf ich als absurd.

»Ich verstehe«, sagte ich mit Anstrengung und ging hinüber zum Klingelzug. »Vielleicht sollte ich Mrs. Austen rufen, damit Sie sich nicht ganz verfehlen. Das würde sie mir nie verzeihen.«

»Wenn Sie so freundlich sein wollen ...«

Es dauerte sicherlich volle acht Minuten nach Mr. Finch-Hattons Taschenuhr, bis mein Bruder und seine Frau hereineilten. Ich überstand die Zwischenzeit so gut ich konnte, doch mit wenig Vergnügen, wie ich zugeben muß. Die Familie Finch-Hatton ist nie sehr gesprächig, und in dieser Situation schien jeder in seine eigenen Gedanken versunken. Sie schwiegen wie Sibyllen. Es war unmöglich, das Thema anzusprechen, das uns allen am nächsten lag: der Tod Mrs. Greys. Das verbot das Taktgefühl. Doch jeder meiner Versuche, ein Gespräch in Gang zu bringen, schlug fehl. Weder die Rennwoche noch der gestrige Ball, nicht einmal die Aussicht auf lange Ärmel für Winterkleider ermunterten die Damen, und Finch-Hatton selbst war damit beschäftigt, die Länge des Salons abzuschreiten – eine Gewohnheit, die er vermutlich durch seinen Umgang mit Architekten erworben hatte.

Denn wenn es den Finch-Hattons auch an Gesprächsstoff mangelt, so sind sie überreichlich mit dem Drang nach Verschönerung ausgestattet. Ihr Landgut in Eastwell bleibt niemals lange Zeit im selben Zustand. Irgendwo in ihrem Hirschpark, glaube ich, haben sie eine Gruppe von Bauleuten stationiert, so wie früher die Feudalherren eine Schar Vasallen, und eine ganze Legion von Gärtnern ist ständig auf der Jagd nach dem letzten Schrei in der Landschaftsgestaltung. Das gegenwärtige Herrenhaus, das dritte an dieser Stelle, ist ein phantastisches Bauwerk, halb Reitschule und halb Parthenon.* Mr. Joseph Bonomi hat es entworfen und es in einem so ausgefallenen Stil ausgeführt – der, wie er die Finch-Hattons glauben machte, zugleich *klassisch* und *modern* sein soll –, daß in der ganzen Gegend darüber geredet wird, wenn auch vielleicht nicht in dem Sinne, wie die Bauherren es sich wünschten.

Stellen Sie sich, wenn Sie das können, einen ziemlich großen weißen Blockbau vor, dessen Vorderseite durch in die Fassade eingelassene Pilaster und Kapitelle gegliedert wird; genau drei große Fenster auf der einen Seite des Eingangs und drei auf der anderen, und einen riesigen gewölbten Portikus, fast drei Stockwerke hoch, der das Ganze beherrscht. Klobig, unelegant, unschön und unbeholfen, doch so *klassisch* und *modern* in seinem Ausdruck, daß Lady Elizabeth sich für eine Römerin halten könnte. Ich habe die Familie mehrmals in Eastwell besucht und kann nicht feststellen, daß das Haus in meiner Achtung gestiegen ist. Es paßt jedoch gut zum Wesen seiner Bewohner, die im allgemeinen ebenso unbeholfen und ausdruckslos sind wie ihre

* Eastwell Park lag vier Meilen südlich von Godmersham an der Straße nach Ashford, der heutigen A 20. Es war der Wohnsitz der Finch-Hattons bis 1893. Das von Bonomi entworfene Haus wurde 1926 abgerissen, und der Nachfolgebau wird gegenwärtig als Hotel betrieben. – *Die Herausgeberin.*

Mauern. Die Damen Finch-Hatton sprechen nur, wenn sie es nicht vermeiden können, und dann in klagendem Tonfall, und die Herren Finch-Hatton ziehen es vor, sich draußen aufzuhalten, wenn sie nicht gerade auf ihre Taschenuhren schauen.

»Lady Elizabeth!« rief meine Schwester Lizzy schon von der Tür her. »Was höre ich da, Sie wollen nicht zum Dinner bleiben? Ist das möglich? Ich habe Hühnersuppe genug für eine ganze Armee in der Küche auf dem Feuer!«

»Die könnte noch ihren Zweck erfüllen, meine Verehrte, wenn es nach Bonapartes Willen geht«, bemerkte Mr. Finch-Hatton trocken und steckte seine Taschenuhr endlich ein. Vielleicht hatte er mit sich selbst gewettet, wie lange Lizzy für ihre Vorbereitungen brauchte. »Sie sehen gut aus, Austen«, sagte er mit einer Verbeugung zu meinem Bruder, »überraschend gut, in Anbetracht der Umstände.«

»Sie meinen wegen der Evakuierungsbefehle?« fragte Neddie leichthin, als hätte Mrs. Grey nie gelebt und noch weniger ein Ende gefunden. »So furchtbar ernst kann ich sie nicht nehmen, wenn ich auch die Dienstleute fleißig ans Packen gesetzt habe.«

»Dann hoffe ich, das Ungeheuer landet eher an meiner Schwelle als an Ihrer«, erwiderte Finch-Hatton. »Ich denke, ich weiß, wie man den Renegaten empfängt! Ich bilde meine Pächter schon seit mehr als zwei Monaten aus und habe Vorräte an Pulver und Kugeln angelegt, die ausreichen, um eine ganze Kavalleriebrigade abzuwehren!«

»Ihrer Vorausschau zolle ich meinen Beifall, Sir«, meinte Neddie, »doch so wenig traue ich unserer tapferen Marine nicht zu. Solange ein Austen und ein Nelson den Kanal bewachen, wird das Ungeheuer nicht weiter als eine Seemeile über Boulogne hinauskommen.«

»Aber sagen Sie mir, Lady Elizabeth«, unterbrach ihn meine Schwester, »müssen Sie *tatsächlich* heute abend noch nach Eastwell weiterfahren? Wenn Sie sich wegen der späten Stunde Sorgen machen, so bin ich sicher, wir haben genug Schlafzimmer zur Verfügung.«

»Späte Stunde! Es ist doch gerade erst sechs Uhr. Ich bin sicher, wir in Eastwell dinieren mindestens ebenso spät wie Sie in Godmersham«, erwiderte Lady Elizabeth frostig. »In Fragen des guten Tons sind wir niemals rückständig, wissen Sie.«* Lady Elizabeth ist die Tochter eines Earls, und diese Tatsache läßt sie niemanden vergessen – insbesondere nicht die Tochter eines Baronets.

»Sie! Rückständig! Als ob irgend jemand so etwas denken könnte«, erwiderte Lizzy mit jenem leichten grünen Funkeln in ihren Augen, das ihre innere Belustigung verriet. »Ich glaube, alles in Eastwell zeugt von erstklassigem Geschmack – bist du nicht auch der Meinung, Jane?«

»Völlig«, murmelte ich. Da Lizzy meine Ansicht darüber nur zu gut kannte, war das grausam unverfroren von ihr, doch ich bestand den Test perfekt, meine Miene verriet nichts.

»Erzählen Sie mir bitte«, beharrte Neddie, »welche Verschönerungen Sie gegenwärtig an Ihrem außerordentlichen Besitztum vornehmen. Nicht, daß man sagen könnte, es habe Verschönerungen nötig, aber ich kenne Ihren künstlerischen Sinn zu gut. Er wird sich nie zufriedengeben, solange noch eine Spur von Schönheit mehr zu erhaschen ist.«

Gut gesagt, lobte ich meinen Bruder im stillen. Er hatte es in die knappste Form gebracht. Die Schönheit würde sich nie erhaschen lassen, so verzweifelt die Finch-Hattons ihr auch nachjagen mochten.

»Das Innere des Hauses ist beinahe komplett«, vertraute uns Lady Elizabeth in etwas weniger förmlichem Ton an, »bis auf die Kleinigkeit einiger gemalter chinesischer Tapeten für den Salon, deren Einfuhr sich schrecklich verzögert.

* Wer ländlicher Lebensart folgte (wie Jane Austens Eltern), dinierte im allgemeinen gegen drei oder vier Uhr nachmittags. Doch elegante, moderne Leute, die sich nach den Londoner Sitten richteten, dinierten um sieben Uhr. Sie hielten es für furchtbar altmodisch, wenn man das nicht tat. Daher Lady Elizabeths Reaktion auf die vermeintliche Herabsetzung. – *Die Herausgebe-*

Und dann geht es noch um die Vorhänge für das Speisezimmer – mit der granatapfelfarbenen Seide war ich nie ganz glücklich, sie scheint mir ans Geschmacklose zu grenzen.«

»Das ist oft so beim Granatapfel«, bemerkte Neddie mit überzeugend beherrschter Miene. »Man begegnet ihm überall – und nicht immer in bester Gesellschaft.«

»Genau! Ich glaube, ich entscheide mich lieber für grün«, meinte Lady Elizabeth selbstzufrieden. »Aber das muß noch warten, bis Mr. Finch-Hatton seiner gegenwärtigen Leidenschaft gefrönt hat, die im Augenblick alle unsere Kräfte beansprucht.«

Lizzy furchte leicht die Stirn vor Anstrengung, herauszufinden, welches der zahlreichen Projekte der Finch-Hattons Lady Elizabeth damit meinte. »Der Bau der freitragenden Kuppel der Eingangshalle?«

»Die Kuppel!« rief Finch-Hatton selbst, wie von Schmerz bewegt. »Nein, nein, meine Verehrte – die Kuppel ist vollkommen fertig, und so etwas Wunderbares haben Sie noch nicht gesehen! Der Petersdom ist gar nichts dagegen! Man könnte natürlich sagen, es fehlen ihr die Fresken, doch darum werde ich mich gleich kümmern, sobald man die nötigen Künstler aus Florenz mit freiem Geleit kommen lassen kann.«

»Florentiner«, murmelte Neddie. »Natürlich.«

»Wovon ich sprechen wollte, meine liebe Mrs. Austen«, sagte Lady Elizabeth mit einem ersten Anflug von Lebhaftigkeit, »ist Mr. Finch-Hattons Plan für den Park. Er soll gänzlich neu angelegt werden – Zufahrt, Landschaft, Gebüsche und alles!«

»Der Park?« Ich konnte meine Überraschung nicht verbergen. »Aber ich dachte, der wäre erst zur Zeit Ihres Vaters von Mr. Capability Brown angelegt worden.«

»Nicht von Brown selbst«, ergänzte Finch-Hatton wegwerfend, »sondern von einem seiner Gehilfen. Und was Brown angeht, na ja ...«

»Ach, lassen Sie mich bloß mit dem Namen Brown in

Frieden!« rief Lady Elizabeth. »Wenn ich bedenke, wieviel Malerisches der Mann zerstört hat mit seinen Rasenflächen und seinen kleinen Baumgruppen und seinem Grenzgraben, den er wie einen Burggraben um das Haus herumgeführt hat, dann könnte ich vor Ärger weinen!«*

Lizzy und ich wechselten wissende Blicke. Beide konnten wir Lady Elizabeths Bezug auf das Malerische nicht überhören. Das war zum Schlagwort der Anhänger Mr. Humphrey Reptons geworden, die die Landschaft mit wildromantischen Szenen bereichern wollten. Eastwell Park würde vermutlich schnell in eine Wildnis verwandelt, mit geheimnisvollen Grotten und verlassenen Hütten, gerade recht für einen wandernden Eremiten; ein Teich würde angelegt werden, mit einer einzig zu dem Zweck aufgeschütteten Insel darin, daß man darauf eine gotische Ruine aufbauen könnte – und das alles wäre natürlich ganz *modern*. Wie das alles aussehen würde, mit dem römisch nachempfundenen Haus als Hintergrund, konnte man sich kaum vorstellen.

»So streben Sie also nach dem Malerischen«, lockte sie Neddie mit gefährlicher Ermunterung weiter.

»Wie oft habe ich schon zu Mr. Austen gesagt«, provozierte meine Schwester Lizzy, »daß das kleine Gehölz auf unserem Hügel einfach nach nichts aussieht! – Daß der

* Lancelot »Capability« Brown (1715-1783), der hervorragendste Interpret des natürlichen Stils in der Landschaftsgärtnerei, verwandelte das ländliche England im achtzehnten Jahrhundert. Er schaffte die starr geometrischen Parkanlagen ab, wie die formstrengen Terrassen und Alleen des damals vorherrschenden französischen Stils, und schuf ein frei fließendes, bukolisches Gelände mit verteilten kleinen Gehölzen, das als typisch für die spätgeorgianische Landschaft gilt.

Ein Grenzgraben war ein künstlicher Viehzaun, der das Gebiet des offenen Parklands von dem formaleren Gartenland trennte. Er konnte entweder als eingesenkter Graben oder als erhabener Wall angelegt sein. Maria Bertram in Jane Austens Roman »Mansfield Park« sieht sich durch einen geschlossenen Grenzgraben auf dem Landgut ihres Verlobten gefangen – eine symbolische Darstellung des Gefängnisses der gesellschaftlichen Konventionen. – *Die Herausgeberin.*

ummauerte Garten keinen Zauber besitzt! Daß man aus dem Flußlauf des Stour etwas Größeres machen könnte, vielleicht einen Zierteich mit einer chinesischen Pagode darin! Ich habe sogar an seinen Hang zum Angeln appelliert, doch alles umsonst!«

»Vielleicht nicht gerade eine Pagode«, erwiderte Mr. Finch-Hatton zweifelnd, »aber eine kleinere Ruine ...«

»Und diese Allee«, fügte Lady Elizabeth traurig hinzu, »Bentley nennen Sie sie wohl ...«

»Bentigh«, korrigierte Neddie sie sanft. »Sie wurde zur Zeit des ersten Mr. Knight angepflanzt.«

»Das hatte ich vermutet«, erklärte sie befriedigt. »Ich war sicher, daß sie schrecklich altmodisch ist.«

»Ich glaube, die Linden sind über fünfzig Jahre alt«, stimmte Neddie zu. Seine Lippen waren etwas zu stark zusammengepreßt, als sei das Humoristische der Sache nun schon ins Beleidigende übergegangen. »Häßliche, unnatürliche Gegenstände, diese Linden – meinst du nicht auch, Jane?«

»Mein Lieber«, rief Lady Elizabeth, »ich glaube wirklich, den Austens könnte eine Bekanntschaft mit Mr. Sothey von Nutzen sein! Ist das nicht das Naheliegendste? Wäre es nicht ein Dienst an der Kunst?«

»Natürlich«, antwortete ihr Gatte. »Sie *müssen* Sothey nehmen, Austen – er ist richtig der Genius unseres kleinen Ortes, wie man so sagt, haha! Ich lasse keinen Spatenstich tun, ohne Sothey vorher zu konsultieren.«*

* Es war Alexander Pope (1688-1744), der erklärte, man könne in der Landschaftsgestaltung nichts erreichen, wenn man nicht den »Genius des Ortes« berücksichtige – den vorherrschenden Charakter der jeweiligen Landschaft. Er bezog sich auf einen zuerst von Horaz geäußerten Gedanken, daß jeder Ort einen ihm innewohnenden Genius besitze, den man versöhnen müsse, wenn man Schönheit schaffen wolle. Pope meinte damit wahrscheinlich den Respekt vor den natürlichen Eigenschaften des Geländes, doch später wurden seine Worte ganz buchstäblich aufgefaßt als Respekt vor einer dort wohnenden Gottheit. Grotten wurden gebaut als Wohnsitz für Pan oder eine Wassernymphe, wie in den großen Parks von Stourhead in Wiltshire. – *Die Herausgeberin.*

»Ist das Ihr Obergärtner?« fragte Neddie ungezwungen.

»Gärtner! Großer Gott, nein!« rief Finch-Hatton.

Seine Tochter, die unergründliche Louisa, wiederholte schockiert und entsetzt: »Julian ein Gärtner? O je!«

»Mr. Sothey ist der zweite Sohn des Earl of Matlock«, versicherte uns Lady Elizabeth. »Seine Mutter und ich waren die besten Freundinnen, bis die arme Honoria starb. Ich habe es mir zu einer kleinen Ehrensache gemacht, wissen Sie, mich um Julian zu kümmern, ihn zu fördern und so, wo ein gutes Wort angebracht und von Nutzen war. Besonders, seit der Earl vor ein paar Jahren so schrecklich aus der Bahn geriet …«

Sie ließ den Satz in der Schwebe. Ich hatte noch nie von dem Earl of Matlock gehört, viel weniger von seinem schrecklichen Untergang, doch Lizzy nickte verstehend.

»Ist es nicht schade, daß gerade die, die den geringsten Erfolg am Spieltisch haben, diejenigen sind, die spielen, bis sie ruiniert sind?«

»Und sein Erbe ist genau wie er!« rief Lady Elizabeth, so scharf auf der Fährte wie ein Spürhund. »Der Ehrenwerte Cecil Sothey ist schon vor mehr als zwei Jahren in die Schweiz geflüchtet, und wovon er da lebt, weiß niemand!«

»Doch der jüngere Sohn interessiert sich für … Landschaft?« wagte ich zu fragen.

»Genau! Julian war schon immer künstlerisch veranlagt – malte in Öl und studierte bei den größten Meistern in Europa, bis Bonaparte die Große Tour ganz unmöglich machte und die Umstände des Earls aller Fortbildung ein Ende bereiteten. Aber der Geschmack des lieben Julian steht völlig außer Frage, nicht wahr, mein Schatz?«

Mr. Finch-Hatton hatte wieder seine Taschenuhr gezogen und betrachtete sie intensiv.

»Mama«, rief Louisa warnend, »wenn du so weiterschwatzt, kommen wir zu spät zum Dinner nach Eastwell. Und was wird Julian dann sagen?«

»Ist er gegenwärtig zu Gast in Eastwell Park?« fragte ich.

»Ja, endlich!« rief Louisa. »Julian hat uns den ganzen Sommer versprochen zu kommen und ist nie über unsere Schwelle getreten! Ich war schon ganz außer mir vor Enttäuschung. Aber so ist es manchmal! Das Unglück einer Dame ist das Glück der anderen. Nun braucht niemand Julian mehr auf The Larches, denke ich, seit Mrs. Grey ...«

»Louisa!« unterbrach ihre Mutter sie streng. »Es schickt sich nicht, von solchen Dingen zu reden. Ich bin sicher, Mr. Austen will von dieser abscheulichen Frau bis an sein Lebensende nichts mehr hören. Sie tun mir wirklich leid, Mr. Austen. Daß Sie sich mit einer so ärgerlichen Sache befassen müssen, und das bei dieser Hitze!«

Es gab eine winzige Pause. Dann fragte mein Bruder ganz beiläufig, wie aus reiner Höflichkeit: »Mr. Sothey war zu Gast auf The Larches?«

»Julian diente Mr. Grey fast ein halbes Jahr als Berater«, verkündete Lady Elizabeth stolz. »Und Sie wissen ja, wie sehr der Park bewundert wird! Nichts kommt The Larches gleich in ganz Kent, obwohl Kent doch wirklich der Garten Englands ist.«

»Das hat man mir versichert. Bedauerlicherweise hatte ich noch keine Gelegenheit, das ganze Besitztum Greys zu sehen«, antwortete Neddie gewandt. »Aber da Sie mit Mr. Sothey gut bekannt sind, hatten Sie vielleicht mehr Glück.«

»Wir wurden oft zu einem Besuch eingeladen«, meinte Lady Elizabeth ausweichend, »aber diese Frau, wissen Sie – ich konnte ihr Verhalten niemals billigen. Und mit einem Besuch hätte man ihrem Benehmen eine gewisse Duldung verliehen. Und Julian war so sehr beschäftigt – doch jetzt, da Mrs. Grey tot ist, schickt es sich nicht mehr für Julian, in dem Haus zu bleiben. Er hatte sich noch am selben Tag des schrecklichen Ereignisses entschlossen, sofort zu uns zu kommen.«

»Mama«, drängte Miss Louisa erneut.

»Sechs Monate«, bemerkte Neddie, »auf ein einziges Besitztum zu verwenden! Mr. Sothey muß sehr viel gefunden haben, was seine Zeit in Anspruch nahm.«

»Mr. Grey hat eine Leidenschaft für Verschönerungen, wie ich annehme«, warf Mr. Finch-Hatton beifällig ein.

»Und da Grey so oft nach London gerufen wurde, muß Mr. Sothey oft stellvertretend für ihn gehandelt haben«, überlegte Neddie.

Die Anspielung, daß die Aufmerksamkeit des Landschaftsgestalters wohl nicht nur durch das Parkland beansprucht worden war, entging Lady Elizabeth völlig.

»Julian ist ein sehr verantwortungsvoller, beständiger junger Mann«, rief Lady Elizabeth, »und wenn er das Vermögen besäße, das ihm gebührte, dann würde ich ihn niemals abweisen! Unsere Louisa und Julian kennen sich schon seit der Kindheit, wissen Sie. Ich gebe natürlich nichts auf irgendeine leichte Zuneigung, aber andererseits findet man nicht oft so ein hübsches Mädchen, und jetzt, da Julian so ein faszinierender junger Herr geworden ist, sind alle jungen Damen ganz wild auf ihn.«

»Mama!« jammerte Miss Louisa verzweifelt.

»Meine Liebe – die Zeit!« rief Mr. Finch-Hatton.

»Und wie lange wird Mr. Sothey bei Ihnen bleiben, Madam?« fragte ich rasch.

»Wir haben das Glück, daß wir seine ungeteilte Aufmerksamkeit mehrere Wochen genießen können«, antwortete Lady Elizabeth. »Wir trafen ihn rein zufällig an dem unglücklichen Renntag, wissen Sie, und da sagte er uns, endlich stünde es nun in seiner Macht, uns einen Besuch abzustatten. Ich war außer mir vor Freude! Ich konnte von nichts anderem reden, bis jene beklagenswerte Frau alle anderen Gedanken verscheuchte.« Das war die deutlichste Umschreibung von Erdrosselung, die sie sich gestattete. »Doch das spielt nun keine Rolle mehr. Wir erwarten Julian heute abend zum Dinner.«

»Dann sollten Sie sich wohl wirklich auf den Weg machen«, ergänzte Lizzy mit gewohnter Wohlerzogenheit, als sei sie noch nie von Dinnergästen im Stich gelassen oder von dem vormittäglichen Aufwand in der Küche von Godmersham bis zur Verzweiflung getrieben worden. »Dann werden wir Sie wohl einige Wochen nicht sehen, wenn Mr. Sothey Ihre ganze Zeit beansprucht.«

»Was das angeht, das kann ich noch nicht mit Sicherheit sagen, doch morgen abend haben wir eine kleine Dinnergesellschaft in Eastwell – wir würden uns sehr freuen, falls Sie nicht anders engagiert sind? Sie könnten Mr. Sothey kennenlernen, sich seine Pläne für unseren Besitz ansehen und sein Talent selbst beurteilen!«

»Sie sind sehr freundlich, Lady Elizabeth«, sagte mein Bruder schnell. Ein befehlender Blick zu seiner Frau, die die Einladung womöglich abgelehnt hätte, wurde von den Finch-Hattons nicht bemerkt.

»Sehr nett von Ihnen, Madam«, sagte Lizzy kühl.

Lady Elizabeth lächelte ihr mit unendlicher Herablassung zu. »Julian wird zwar *wirklich* sehr mit unserem kleinen Besitztum beschäftigt sein, Mrs. Austen, doch wird Mr. Finch-Hatton ihn Ihnen gern für eine Weile abtreten, wenn Sie einen Rat wegen Ihrer Ländereien brauchen. Ich bin entschieden der Meinung, daß Sie diesen Bentley fällen sollten, und ich glaube, es ist keine Schmeichelei, wenn meine Ansichten in Geschmacksfragen überall gerühmt werden.«

So wurden denn die Finch-Hattons zu ihrer Kutsche geleitet, ohne daß sie wenigstens ein Glas Madeira getrunken hätten, so fieberhaft versessen waren sie wohl darauf, den Genius von Eastwell willkommen zu heißen.

Wir beobachteten, wie sie die Zufahrt entlangfuhren, und als sie die kleine Steinbrücke überquert hatten und sich den Hügel zur Straße nach Ashford hinaufarbeiteten, murmelte Lizzy: »Eine unerträgliche Frau! Ich verabscheue sie. Müssen wir morgen wirklich nach Eastwell? Können wir nicht eine Stunde nach der verabredeten Zeit absagen und ihnen die ganze Mühe vergelten, die sie uns bereitet haben?«

Neddie lachte und führte die Hand seiner Frau an die Lippen. »Können wir nicht. Du weißt, daß das unmöglich ist. Eine solche Rücksichtslosigkeit würde dich der Verachtung Lady Elizabeths aussetzen, und du könntest es nicht ertragen, ebenso vulgär zu erscheinen wie sie. Ich fürchte, du bist von einem vornehmen Landschaftsgestalter ausgestochen worden, meine Liebe, und da bleibt dir nichts weiter übrig, als dich damit abzufinden.«

»Es spielt auch keine Rolle, Neddie.« Sie ließ den Vorhang vor das Fenster fallen und wandte sich ab. »Sie waren noch keine fünf Minuten aus ihrer Kutsche ausgestiegen, da fand ich die Änderung ihres Vorhabens schon sehr vorteilhaft. Mr. Sothey muß aus härterem Holz geschnitzt sein als wir, wenn er sich einen Besuch von mehreren Wochen auf Eastwell vornimmt!«

»Vielleicht unterschätzt du Miss Louisas Charme«, deutete ich an.

»Die Finch-Hattons haben allgemein eine so hohe Meinung von sich selbst, daß man mit seiner Schätzung notwendigerweise darunter landen muß«, antwortete sie. »Aber ich bleibe bei meiner ersten Vermutung. Mr. Sothey ist ein Märtyrer mit einer bestimmten Absicht, die nur er kennt –, und sehr zu bedauern.«

Neddie zog bedeutungsvoll die Brauen hoch und sah mich dabei an. Zweifellos dachte er über die merkwürdige Tatsache nach, daß Mr. Sothey genau am Tage des Mordes an Mrs. Grey nach Eastwell Park aufgebrochen war. Wir hatten vorher nichts von der Anwesenheit Sotheys im Hause Grey gehört, und doch mußte ein so ausgedehnter Besuch – selbst unter dem Vorwand der Verschönerung des Parks – auffallen. Valentine Grey hatte uns nichts davon gesagt, auch nichts von der plötzlichen Abreise des Landschaftsgestalters. War das die Angelegenheit, die er im dunkeln lassen wollte – das Element, das ein verzweifeltes Ablenkungsmanöver erforderte?

»Ich möchte Mr. Sothey sehr gern kennenlernen«, bemerkte ich, »da ich selbst so empfänglich bin für faszinierende junge Herren. Und wenn sich diese Ehre noch mit einer neuerlichen Besichtigung von Eastwell Park verbinden läßt, ist das schon fast zu schön! – Allerdings weiß ich nicht, ob ich mich selbst seit vorigem Sommer so verschönert habe, daß ich einen Vergleich mit dem vornehmen Besitztum aushalte.«

»Sei vorsichtig, Jane«, warnte mich mein Bruder, als die Dinnerglocke erklang. »Lady Elizabeth mag zuweilen töricht erscheinen und an einem beklagenswert schlechten Geschmack leiden, aber sie ist nicht dumm. Selbst eine so versteckte Ironie wie deine kann ihr nicht völlig entgehen.«

Kapitel 12

Das bittere Brot der Gouvernanten

Freitag, 23. August 1805

Wenn der anbrechende Tag irgendeine Unannehmlichkeit bereithält, dann kann man sich darauf verlassen, daß es außerdem noch regnet.

Eine Stunde vor dem Morgengrauen entlud sich die Hitze mit aller Macht über unseren Köpfen, und der Regen peitschte in der Dunkelheit des frühen Morgens mit verdrießlicher Heftigkeit herab. Ich döste unter dem ständigen Prasseln der Regentropfen vor mich hin und ließ mich im Zwielicht zwischen Träumen und Wachen dahintreiben. Ich nahm an, das Gewitter werde sich gleich verziehen und die Welt frischgewaschen in der Augustsonne daliegen. Doch um neun Uhr, als wir alle mit Ausnahme unserer trägen Lizzy uns im Frühstückszimmer versammelt hatten, verhüllte ein Dauerregen die Wiesen unserem Blick. Die fahlen Grashalme wurden von den Güssen niedergedrückt, und die Weiden am Flußufer troffen wie die Haarsträhnen von Meerjungfrauen.

»Die Straße nach Wingham wird ein einziger Morast sein«, verkündete Neddie mit düsterem Ernst. »Was für ein Tag für eine Beerdigung!«

»Und was für eine Beerdigung an einem solchen Tag!« fügte Henry hinzu. »Nur gut, daß du in Schwarz gehst, Bruder, dieser Farbe kann die Nässe nichts anhaben.«

Neddie gab keine Antwort; manchmal können Henrys Einfälle einem ziemlich auf die Nerven gehen.

»Ich glaube, ich werde dir Gesellschaft leisten, Ned«, setzte er nach einer Pause hinzu. »Es ginge nicht an, den Friedensrichter ohne angemessene Begleitung reisen zu lassen. Ich könnte den Vorreiter machen und für einen gewissen Stil sorgen.«

Der besagte Friedensrichter betrachtete die rehbraunen Reithosen und die elegante lachsfarbene und grüne Weste seines Bruders mit kritischem Blick. »Ich meine, du siehst fast römisch-katholisch aus, Henry. Genau richtig für ein papistisches Ritual. Ändere bitte auch nicht die geringste Kleinigkeit – außer daß du vielleicht eine schwarze Armbinde hinzufügst.«

Mrs. Grey sollte in der Familiengruft auf The Larches beigesetzt werden, und ein älterer katholischer Priester würde die Messe lesen. Wo man ihn in der Domstadt Canterbury aufgetrieben hatte, danach fragte man Mr. Valentine Grey wohl besser nicht; dieser Herr mußte über Mittel verfügen, von denen wir keine Ahnung hatten.

»Wie ich hörte«, vertraute Henry dem Tisch im allgemeinen an, »wurde davon gesprochen, die Leiche nach Frankreich zu überführen. Der französische Comte soll sehr darauf gedrängt haben. Grey jedoch wollte davon nichts wissen, und so wird sie in englischer Erde ruhen. Die Burschen im ›Hound and Tooth‹ kannten kaum ein anderes Thema.«

»Du setzt mich in Erstaunen«, sagte ich über meine Teetasse hinweg. »Ich dachte, nichts könnte sie davon abbringen, Wetten auf das Schicksal Mr. Collingforths abzuschließen.«

Meine Brüder brachen eine Viertelstunde später nach The Larches auf, denn die Beerdigung sollte um elf Uhr stattfinden, und die Zwischenzeit würden sie vollauf benötigen. In Anbetracht des morastigen Bodens ritten sie auf zwei von Neddies Jagdpferden, die über Hügel und Hecken setzen konnten, wenn die Straße unpassierbar war. Ich sah ihnen einige Augenblicke durch das Fenster des Frühstückszimmers nach und bewunderte Neddies leichte Zügelführung und seinen sicheren Sitz, verglichen mit

Henrys schneidigem, aber mühevollem Reiten. Dem Älteren sah man immer den Landedelmann an, dem Jüngeren stets den Londoner.

»Die Post ist gekommen, Jane«, teilte mir Lizzy von der Tür her mit, »und du hast einen Brief von Cassandra. Halte dich vor mir nicht mit Förmlichkeiten auf und lies ihn bitte gleich.«

Die Anschrift auf dem Umschlag war auffällig schlecht geschrieben, meine Schwester hatte sie offensichtlich in erheblicher geistiger Verwirrung hingekritzelt. Ich erbrach das Siegel ohne weitere Entschuldigungen und versuchte die hastig geschriebenen Zeilen zu entziffern.

Mr. Edward Bridges, so berichtete Cassandra, war gestern vormittag von seinen Gläubigern am Tor der Farm belagert worden, sehr zur Verlegenheit seiner Schwestern und zum äußersten Unwillen seiner imposanten Mutter. Lady Bridges hatte die verzweifelten Männer, die sich auf ihrer Schwelle niedergelassen hatten, mit der Anweisung fortgeschickt, sie sollten sich wegen der Begleichung ihrer Forderungen an ihren Rechtsanwalt in Canterbury, Mr. Bane, wenden, und sich dann mehrere Stunden mit ihrem auf Abwege geratenen Sohn eingeschlossen. Mr. Bridges tauchte mit einem absolut jammervollen Gesicht wieder auf, nachdem er seiner Mutter eine vollständige Liste seiner Kaufmanns- und Ehrenschulden zusammengestellt hatte: seiner Verluste bei Pferderennen, Hahnenkämpfen, Cricketwetten und so weiter. Diese Enthüllungen vor Lady Bridges waren ihm so durch und durch unangenehm, daß er sich ganz an Cassandra auslieferte und sie gleich anschließend um eine Unterredung bat. Anscheinend hatte Lady Bridges ihrem Sohn keine große Wahl gelassen: Er mußte eine vernünftige und anständige Frau heiraten, und das sehr bald, und es mußte eine Frau sein, die seiner Mutter genehm war. Mr. Bridges verließ sich nun auf Cassandras Mitgefühl, auf ihr Interesse als eine Freundin, auf ihre selbstlose Fürsorge für das Wohl seiner Familie, die sie alle so häufig erfahren hatten – kurzum, er drängte meine Schwester in die Ecke des Salons mit der ganzen Energie eines Viehtreibers, der sein Dinner haben will.

Cassandra befand sich damit in einer ganz schrecklichen Lage. Sie war seit fast einem Monat Gast im Hause Bridges und hatte von der Familie nichts als Freundlichkeit erfahren, sie brachte der ganzen Familie Zuneigung entgegen und war sich auch der besonderen Beziehungen bewußt, die zwischen ihrem großzügigen Bruder Neddie und den Verwandten seiner Frau bestanden. Das Gefühl der Verpflichtung war beinahe überwältigend, doch sie kam wieder zur Vernunft, bevor ihr eine übereilte Verlobung abgerungen werden konnte; sie erklärte Mr. Bridges ihre Dankbarkeit für die ihr erwiesene Ehre und lehnte seinen Antrag ab.

Sie schrieb mir, daß sie am Montag nach Godmersham zurückkehren würde.

Den größten Teil des Briefes las ich Lizzy laut vor. Zu ihrer Ehre sei es gesagt, daß sie eine recht gute Haltung bewahrte und ihre Gefühle sehr beredt in der Entschiedenheit ausdrückte, mit der sie ein Stück Toast zerkrümelte. Als ich geendet hatte, sagte sie knapp: »Ich vermute, daß dieser Brief« – und sie wies mit dem Buttermesser auf ein noch versiegeltes Päckchen neben ihrem Teller – »eine Vorladung von Mama enthält.«

»Eine Vorladung?«

»Für dich.« Sie erbrach das Siegel und entfaltete einen einzigen Bogen in einer energischen Handschrift mit gelegentlichen Unterstreichungen und einigen Schnörkeln an Wortenden. In einem Augenblick hatte sie ihn überflogen; sie war seit langem mit dem Stil und der Ausdrucksweise ihrer Mutter vertraut.

»Mein Verdacht war richtig, Jane. Du sollst in Cassandras Kutsche zur Farm reisen, sie soll nur fünf Minuten warten, um deine Schwester abzusetzen, und dann mit dir losfahren.

Die Anweisungen an den Kutscher sind ganz eindeutig: Er darf Godmersham nicht verlassen, ohne dich mitzunehmen.«

»Deine Mutter kann einen wirklich in Angst und Schrekken versetzen, Lizzy. Wie hast du es fertiggebracht, deine Kindheit zu überleben?«

»Sie hätte nichts anderes zugelassen, kann ich dir versichern. Wir wurden mit Prügel und Schmeicheleien durch jede gefährliche Krankheit hindurchgebracht und durften uns niemals zieren. Wirst du den Besuch sehr abscheulich finden, Jane?«

»Überhaupt nicht. Es gefällt mir zwar nicht, daß ich aus meinem Gelben Zimmer vertrieben werde, ohne daß man mich nach meinen Wünschen fragt, doch ich nehme an, ich werde dort auch meine Freude haben. Wie du weißt, wird Hauptmann Woodfords Truppe auf ihrem höchst geheimen Marsch von Chatham nach Deal dicht an der Farm vorbeikommen, und ich rechne mit einem Gefecht, mindestens aber mit einem Protest der versammelten Fasanenjäger der Nachbarschaft.«

»Also nun sei bitte *mal* ernsthaft, meine liebe Jane. Dein Besuch würde zwar helfen, den Schlag von Edwards Ruin zu mildern, und seine häuslichen Beziehungen unendlich verbessern, aber ich kann dich nicht drängen zu gehen.«

»Ich versichere dir, Lizzy, daß ich diesen kleinen Gefallen zu erweisen für selbstverständlich halte. Allerdings kann ich nicht versprechen, den Heiratsantrag deines Bruders anzunehmen. Ich neige von jeher dazu, in allen Dingen Cassandras Beispiel zu folgen, und nun, im reifen Alter von fast dreißig Jahren, möchte ich nicht davon abgehen.«

Lizzy ließ sich davon fast zum Lachen reizen; sie erklärte noch einmal, wie sehr sie meine Güte schätze, und ging dann in das Vormittagszimmer, um an ihre Mutter zu schreiben. Mir blieb die Beschämung, zu wissen, daß meine persönlichen Motive kaum so edel waren wie meine öffentlichen Bekundungen, denn ich wollte meinen Besuch in Goodnestone dazu nutzen, Mr. Bridges' unsichere Lage gründlich zu prüfen. Er hatte sich Denys Collingforths öffentliche Verachtung zugezogen, sich mit Hauptmann Woodford gänzlich überworfen und sich seit dem Mord an Mrs. Grey voller Angst bewegt; jetzt bedrängten ihn seine Gläubiger an seiner eigenen Haustür. Eine solche Folge von Mißgeschicken konnte kaum dem Zufall entspringen. Ich war entschlossen, dem auf den Grund zu gehen.

Doch wenn ich Godmersham in wenigen Tagen verlassen sollte, dann mußte ich seine Schönheiten nutzen, solange mir Zeit dazu blieb. Ein Blick aus dem Fenster sagte mir, daß der Regen aufgehört hatte. Blasser Sonnenschein streifte leicht über das feuchte Wiesengras und funkelte auf der Brüstung der Brücke: Der Anblick war einladender, als er es seit Tagen gewesen war.

Ich rannte fast aus dem Frühstückszimmer, besorgte mir Papier und eine gut gespitzte Feder und schritt auf den dorischen Tempel zu. Der größte Teil des Vormittags und Nachmittags würde von dem Besuch in Eastwell beansprucht werden; morgen sollten wir den Beileidsbesuch in The Larches abstatten; und der Sonntag bot lediglich die erzwungene Untätigkeit eines christlichen Feiertags, nur unterbrochen durch das Packen für die Abreise am Montag. »Lady Susan« hatte ich schon zu lange vernachlässigt; ich würde kaum noch in der Lage sein, Worte zu Papier zu bringen, wenn ich meine Finger nicht bald übte.

Ich ließ mich im kühlen Schatten der Säulenhalle nieder und ging daran, meine gewitzte Heldin einer gründlichen Prüfung zu unterziehen. Ich mußte eingestehen, daß die Zeit ihre Späße etwas abgenutzt hatte. Sie ist zu sehr eine Figur aus dem vorigen Jahrzehnt – in der Tat, aus dem vorigen Jahrhundert! – und würde den Anhängern der *Moderne* wie Lady Elizabeth wohl kaum gefallen, die sich ihre Heldinnen zu Ohnmachten neigend, bescheiden und ausgesprochen dumm wünschen. Aber ich schreibe allein zu meinem eigenen Vergnügen, und Lady Susan behält ihre Macht über mein Herz und meinen Verstand. Ich kann sie nicht ganz aufgeben, obwohl ich sie niemals den unbarmherzigen Blicken der Welt aussetzen werde, indem ich versuche, den Roman zu veröffentlichen. Die Kritik an ihren Handlungen würde dann auf mich zurückfallen, und ich kann es nicht ertragen, öffentlich gescholten zu werden.

Ich hatte gerade meine Feder ergriffen, um zu schreiben: »Ich bin mir jetzt sicher, daß ich mich nie überwinden könnte, Reginald zu heiraten, und ich bin ebenso entschlossen, zu verhindern, daß Frederica es tut« – als ich mit einem innerlichen Seufzer bemerkte, daß Lizzy, Fanny und Miss Sharpe den sanften Hügel heraufkamen, der zu meinem geliebten Zufluchtsort führt. Ich schob meine Blätter zwischen die Seiten eines Romans, nahm den Band geschlossen in die Hand und erhob mich, um sie zu begrüßen.

»Tante Jane! Wir machen eine Runde durch den Park eigens zu dem Zweck, festzustellen, was an ihm verkehrt ist«, rief Fanny. Sie lief das letzte Stück des Hügels hinauf, der von der Hitze und dem wiederholten Regen schon braun geworden war, und ließ sich keuchend vor mir fallen.

»Ich habe mit der Morgenpost einen Brief von Lady Elizabeth Finch-Hatton erhalten«, erklärte mir Lizzy, als sie ebenfalls den Tempel erreicht hatte. »Sie beschwört uns dringend, heute abend nach Eastwell zu kommen, damit sie uns mit Mr. Julian Sothey bekanntmachen kann. Wir sind zum Dinner eingeladen, was ich sehr anständig finde, da sie bei uns nicht essen wollten, aber ich fürchte, es wird dir nicht gefallen, Jane. Lady Elizabeths Köche sind so modern wie ihr Geschmack in der Architektur, und Neddie kommt immer halbverhungert nach Hause. Wir werden einen Essenkorb mitnehmen und unterwegs Picknick machen, ehe wir uns dort an den Tisch setzen müssen. Wie unangenehm, eine solche Strecke in Festkleidung zu fahren! Die Landstraßen sind sicher schmutzig von dem Regen heute morgen, und in der geschlossenen Kutsche werden wir die vier Meilen lang fast ersticken.«

»Und was ziehen wir an im Hinblick auf die Besichtigung des Geländes und das Dinner?« überlegte ich.

»Das entscheidet die Sache«, antwortete Lizzy sofort. »Wir werden uns vernünftig für die Reise kleiden und unsere Abendgarderobe mit Sayce in einer anderen Kutsche nachkommen lassen. Sie kann uns beide ankleiden.«

»Und was hast du auf dem Rundgang gelernt, Miss Fanny?« fragte ich mit einem Kuß auf die gerötete Wange des Mädchens.

»Mama ist überzeugt, daß sich gar nichts retten läßt, aber mir sind die Landschaftsgestalter völlig schnurz!« erklärte sie aufgeregt. »Die wollen immer Bäche zu Seen anstauen und häßliche Fische darin aussetzen – da ziehe ich die Untiefen unseres lieben alten Stour vor. Ich mag unsere Trauerweiden, ich finde sie ganz romantisch! Meinen Sie nicht auch, Sharpie? Ist nicht ein Baum, der weint, viel romantischer als alles andere?«

»Er ist zweifellos leichter zu ertragen als eine Dame, die weint«, erwiderte Miss Sharpe, als sie die Säulenhalle erreichte. Zu meiner Überraschung sahen ihre Augen verschwollen und gerötet aus wie von kürzlich geweinten Tränen. »Guten Morgen, Miss Austen. Wir kommen und stören Sie in Ihrer Abgeschiedenheit, fürchte ich.«

»Wozu ist Abgeschiedenheit da, als gestört zu werden?« antwortete ich lächelnd. »Hätte ich gewußt, daß Sie den ganzen Park besichtigen wollen, hätte ich darauf bestanden, mitzugehen. Mir gefällt nichts besser, als wenn man einer Laune wegen eine alte Allee abholzt. Auf jeden Fall aber sollten wir die gewöhnlichen Fußwege schön gewunden und künstlerisch anlegen, also so unbequem wie möglich, damit den Städtern das Wandern von Ort zu Ort nicht so leicht fällt. Man kann es den Leuten, die von einem abhängen, zu ihrem eigenen Besten gar nicht schwer genug machen, meine ich.«

»Genau so ist es«, stimmte mir Lizzy bei, »und den Pilgern auch nicht, denn denen kommt ja eine gewisse Mühsal ihres Weges zugute.* Ich sage Neddie immer wieder, daß er sie viel zu wenig behindert. Er sollte daran denken, daß seine Rehe und seine Fasanen viel größere Rechte haben als eine Herde widerrechtlich durchziehender Fremder. Und was den Wert eines Schreckensblicks angeht – etwas wie aus der ›Burg von Otranto‹, wenn man es so hinkriegt –, da bin ich mir sicher, daß wir für die Schaffung eines solchen Kunstwerks ruhig ein oder zwei Alleen opfern könnten.«**

»Vielleicht tun wir Mr. Sothey unrecht«, warnte ich. »Wenn wir seine Pläne für Eastwell erst einmal sehen, stellen wir möglicherweise fest, daß er ein Mann von gesundem Verstand und tadellosem Geschmack ist.«

»Mr. Sothey?« fragte Anne Sharpe. Das Erklimmen des Hügels war ihr offensichtlich nicht bekommen; sie war ganz blaß geworden.

»Der Landschaftsgestalter, meine Liebe. Der vornehme Landschaftsgestalter«, verbesserte sich Lizzy. »Ich sprach gerade von ihm. Wir fahren heute nach Eastwell zu dem Zweck, ihn kennenzulernen. Ich hatte gehofft, Sie und Fanny könnten uns begleiten.«

»Lady Elizabeth ist die stolze Mama mehrerer kleiner Jungen, die Fanny zugleich necken und amüsieren könnten«, fügte ich hinzu, »es sei denn, meine Liebe, dein Abscheu vor Landschaftsgestaltern geht so weit, daß er selbst das Vergnügen eines Picknicks am Wege und des späteren Umkleidens ausschließt.«

* Der alte Pilgerpfad zum Dom von Canterbury führte zur Zeit der Austens durch die Wiesen von Godmersham. – *Die Herausgeberin.*

** Dieser Schauerroman von Horace Walpole aus dem Jahre 1765 wurde von den meisten Mitgliedern der Familie Austen in ihrer Jugend mit Vergnügen gelesen. Jane Austen parodierte diese Art von Büchern später in »Northanger Abbey«. – *Die Herausgeberin.*

»Ich glaube, Miss Fanny hat noch eine Menge Unterricht nachzuholen«, antwortete Miss Sharpe hastig. »Die Unruhe des Packens hat uns durcheinandergebracht, und in den letzten Tagen waren wir nicht fleißig genug. Ich meine« – mit einem ängstlichen, unsicheren Blick über das friedliche Land –, »wir sollten gleich zum Schulzimmer zurückkehren. Das Wetter ist zu drückend, um schön zu bleiben, und ich möchte nicht, daß Miss Fanny sich überanstrengt.«

»Und Sie auch nicht, liebe Miss Sharpe«, bemerkte ich. »Wir dürfen kein neues Kopfweh herausfordern. Wo ist Ihr Sonnenschirm? Ihre Haube schützt Sie nicht genug.«

»Ach, für den Augenblick genügt sie völlig. Der Regen war äußerst erfrischend. Ich fürchte nur, das Wetter ist mir in der letzten Zeit nicht bekommen«, stammelte sie. »Es war so heiß und so trocken, daß ich ständig niesen muß. Meine Augen tränen schon seit Tagen – Sie sehen ja, wie gerötet sie sind.«

»Sie müssen sich heute vormittag eine Stunde hinlegen und kalte Umschläge mit Gurkensaft machen«, befahl ihr Lizzy, »und auf ihre Nadelarbeit einmal verzichten.«

»Ja, Madam«, murmelte Miss Sharpe und knickste. »Komm mit, Fanny.«

»Aber ich würde doch sooo gern mit nach Eastwell fahren!« protestierte das Mädchen, während ihre Gouvernante sie den Hügel hinab mitzog. »Ich liebe Picknicks im Walde!«

»Es wäre sicher viel zu feucht.«

»Aber das stört mich überhaupt nicht! Bitte sagen Sie, daß ich mitfahren darf, Sharpie ...«

Ich schaute ihnen einen Augenblick nach, dann wandte ich mich meiner Schwester zu. Sie hockte auf einem der Stühle des Tempelchens und sah in ihrem himmelblauen Musselinkleid so kühl und elegant aus, als ob sie es sich auf einer Berglichtung bequem gemacht habe.

»Was hältst du von den Geheimnissen der Gouvernante,

Lizzy?« fragte ich sie. »Denn sie hütet sie offensichtlich eifersüchtig.«

»Du verblüffst mich, Jane. Glaubst du wirklich, die kleine Sharpie habe auch nur eine Spur von Betrug in ihrem Wesen?«

»Vielleicht nicht Betrug«, verbesserte ich mich, »aber Verschlossenheit. Sie ist eine Frau, die sehr verschwiegen ist, und im Augenblick genügt das schon, um sie krank zu machen.«

Lizzy antwortete nicht gleich, und ihre grünen Augen folgten dem sich entfernenden Paar. »Mrs. Metcalfe meinte, es läge etwas in ihrer Natur, das sich vielleicht nicht mit ihrer jetzigen Stellung abfinden könne.«

»Mrs. Metcalfe?«

»Eine ausgezeichnete Frau, eine alte Freundin meiner Mutter. Sie vermittelte Miss Sharpes Anstellung in Godmersham.«

»Ich verstehe. War Miss Sharpe bei der Familie Metcalfe beschäftigt?«

Lizzy schüttelte den Kopf. »Sie wurde als Mädchen von Mrs. Metcalfes Schwester, Lady Porterman, aufgezogen. General Sir Thomas Porterman war ein guter Freund der Eltern Miss Sharpes, glaube ich – sie kamen bei einem Kutschenunglück im Ausland ums Leben und ließen das Kind unversorgt zurück. Sie wurde fast wie eine Schwester von Miss Lydia Porterman erzogen, doch als diese im vorigen Jahr heiratete, sah es Lady Porterman als ihre Pflicht an, Miss Sharpe eine Stellung zu besorgen.«

»Fast wie eine Schwester erzogen«, sagte ich langsam, »in einer vornehmen Position, und nun hinabgesunken in eine Stellung, die nur wenig höher ist als die eines Dienstboten. Was für eine traurige Veränderung in Miss Sharpes Geschick! Kein Wunder, daß sie sich nicht damit abfinden kann. Cassandra und ich haben es nur den guten Diensten und der großzügigen finanziellen Unterstützung unserer lieben Brüder zu verdanken, daß wir einem ähnlichen Schicksal entgangen sind.«

»Es war unwahrscheinlich, weißt du, daß sie für immer bei den Portermans bleiben könnte, eines Tages mußte sie ihren Weg in der Welt finden, und je eher man den Bruch vollzog, desto schneller würde sie sich davon erholen.«

»Aber sie hat sich nicht davon erholt. Welch ein Unglück für sie, daß sie nicht Miss Porterman in den Ehestand folgen konnte.«

Lizzy preßte die Lippen zusammen und fächelte sich Luft zu mit einem Blatt Papier, das ich hatte auf dem Tisch liegenlassen. »Kann man sich mit einer so tiefgehenden Veränderung abfinden? Ich bin sicher, daß es ihr das Herz gebrochen hat. Eine elegante Lebensführung aufgeben zu müssen, mit einem Haus in London, einer Kutsche zur eigenen Verfügung und mit jeder Bequemlichkeit, dem Umgang mit den besten Kreisen, und statt dessen den Unterricht eines Mädchens wie Fanny zu übernehmen! Die ist zwar auf ihre Art ein ganz prächtiges Kind, muß aber eine Last sein für jemanden, dessen Aussichten auf eine glänzende Zukunft so völlig dahin sind.«

Ich konnte darauf nicht gleich antworten, mein Herz war zerrissen. Es gibt zu viele junge Damen aus guter Familie ohne Vermögen, die auf den an Sklaverei grenzenden Beruf der Gouvernante angewiesen sind – eine Stellung im Leben, die an sich weder gehoben noch erniedrigend ist, aber nach beiden Richtungen hin offen, je nach dem Klima im Haushalt ihres Arbeitgebers. Solche Frauen leben in einer Zwischenwelt, sie gehören weder zu den Bediensteten noch zu den Vornehmen, und sie müssen tausend Demütigungen, tausend Entbehrungen, tausend enttäuschte Hoffnungen hinnehmen; sie enden ihre Tage so arm, wie sie sie begonnen haben, gezwungen, von den geringen Ersparnissen zu leben, die sie machen konnten, indem sie einer langen Reihe von törichten jungen Mädchen ein bißchen Bildung einbleuten, und dabei ist ihre eigene Schönheit verwelkt, der größte Teil ihrer Jugend geopfert worden. Ohne die Großzügigkeit meiner Brüder, deren Einkommen das fehlende Vermögen meines verstorbenen Vaters ersetzen müssen, sähen Cassandra und ich uns einem ähnlichen Schicksal ausgeliefert: Wir müßten die Hochmütigen und Herablassenden in unserem weiteren Bekanntenkreis bedrängen, uns für die Vermittlung unseres mittelmäßigen Französisch, unserer Fertigkeiten im Klavierspiel und des wenigen gesellschaftlichen Schliffs zu bezahlen, den wir uns in ein paar Jahren in Bath angeeignet haben. Ich erschauerte und wandte meinen Blick von der kleinen Gestalt Anne Sharpes ab, die sich nun schon mehrere hundert Schritte von der Zufluchtsstätte des Tempelchens entfernt hatte.

»Ich weiß nicht, was ich für sie tun soll, Jane«, sagte Lizzy leise. »Ein bißchen höher, und sie könnte meine Vertraute sein; ein bißchen niedriger, und ich wäre ihre Gönnerin. Doch so wie es ist ...«

»Kannst du sie nur vor einem weiteren Abstieg bewahren, indem du ihr zwanzig Pfund pro Jahr bezahlst. Kein Wunder, daß sie sich nach London sehnt.«

Lizzy warf mir einen schnellen Blick zu. »Wirklich? Ich glaubte, sie verabscheue London. Der Schmutz und der Lärm ...«

»Erst vor ein paar Tagen war sie begierig darauf abzureisen. Auf Grund der Anweisung zum Packen war sie sicher, daß wir Godmersham verlassen würden. Ich hatte den Eindruck, ich hätte ihren heißesten Wunsch durchkreuzt, als ich ihr sagte, daß die Evakuierung nur eine entfernte Möglichkeit sei.«

»Höchst merkwürdig«, murmelte Lizzy. »Vielleicht bekam sie einen Brief ... vielleicht ist ein Bekannter nach London zurückgekehrt ...« Sie stand auf und schüttelte sich den Staub von den Volants. »Wir werden zu spät nach Eastwell kommen, Jane, und wenn es mir auch ein Vergnügen wäre,

Lady Elizabeth Ungelegenheiten zu bereiten, so hat doch dein Bruder recht, wenn er sagt, ich dürfe ihr nicht die Freude machen, mich zu verachten. Jedenfalls werden wir Anne Sharpes Geheimnisse nicht ergründen, wenn wir aus der Ferne darüber Vermutungen anstellen. Das erinnert mich an die selbstzufriedenen alten Hexen, die in meiner Jugend in den Ballsälen an den Wänden saßen und die unwahrscheinlichsten jungen Paare verkuppelten und betratschten.«

»Die sitzen immer noch an den Wänden der Ballsäle, Lizzy«, antwortete ich, »und ich bin auf dem besten Wege, bald dazuzugehören.«

Wir gingen zum Herrenhaus zurück und baten die Köchin um einen Himbeerlikör. Er kam fast sofort aus dem Eiskeller, in wunderbar beschlagenen Gläsern auf einem silbernen Tablett. Wir hatten ein Glas geleert und soeben beschlossen, unsere Vormittagskleider mit Reisekostümen zu vertauschen, die den Strapazen einer offenen Kutsche eher gewachsen waren, als Neddie und Henry von der Beisetzung Mrs. Greys zurückkehrten.

»Meine Lieben!« rief Lizzy mit einem größeren Anschein von Lebhaftigkeit, als es bei ihr üblich war, »wir wollten uns gerade für Eastwell umkleiden, aber nun rühren wir uns nicht von der Stelle, bis ihr uns alle Neuigkeiten berichtet habt. Wie war der Trauergottesdienst? Ist es zwischen dem Comte und Mr. Grey zu Schlägen gekommen? Wer brachte soviel Verständnis auf, daß er an der Beerdigung teilnahm?«

»Mr. James Wildman, Mr. Edward Taylor, Hauptmann Woodford natürlich, Mr. Toke, Mr. Sansible und noch ein paar andere, die du kennst.* Denys Collingforth erschien nicht und dein Bruder Edward auch nicht. Den ersteren

* Zu Jane Austens Zeit nahmen Frauen niemals an Beerdigungen teil, selbst bei nahen Familienangehörigen nicht. Man glaubte, sie seien zu zartfühlend veranlagt, als daß sie den Schmerz einer Beisetzung ertragen könnten, trotz der Tatsache, daß sie an unzähligen Sterbebetten wachten. – *Die Herausgeberin.*

hatte auch niemand erwartet, und der letztere wurde wohl von der Pflicht gegenüber seiner Mutter abgehalten. Unser Henry wurde jedoch allgemein als der am sportlichsten – wenn auch am unpassendsten – Gekleidete anerkannt.«

»Und Mr. Grey?« beharrte Lizzy. »Wie erschien er?«

Neddie ließ sich mit einer Grimasse in einen der unbequemen vergoldeten Sessel des Salons sinken. »Wir hatten nicht das Vergnügen, Mr. Grey zu begrüßen, meine Liebe.«

»Du nimmst überhaupt keine Rücksicht auf meine armen Nerven«, schalt Lizzy ihn ärgerlich. »Jane und ich haben heute vormittag fast jede Beschäftigung, die einer Frau möglich ist, bis zur Erschöpfung betrieben, haben Handarbeiten gemacht, Romane gelesen und viele Kinder gezeichnet« – damit übertrieb sie etwas in Anbetracht unserer müßigen Gespräche im Tempelchen – »in fieberhafter Erwartung eurer Heimkehr. Ich bin sicher, Jane hat ihre Feder völlig aufgebraucht mit ihren wiederholten Versuchen, sie zu spitzen, trotzdem kann sie im ganzen Verlauf des Vormittags kaum mehr als zwei Sätze formuliert haben! Ihr seid unsagbar grausam in der Art, wie ihr uns behandelt. Mr. Grey nimmt nicht an der Beerdigung seiner Frau teil! Unmöglich, Neddie! Unmöglich!«

»Unwahrscheinlich vielleicht und sogar unverzeihlich, aber unmöglich? Keineswegs. Die Haushälterin auf The Larches, eine ausgezeichnete Frau namens Mrs. Bastable, die sehr gute Blutwurst macht, wie Henry bezeugen kann, informierte uns gleich bei unserer Ankunft, daß der Hausherr am frühen Morgen nach London gerufen wurde. Er wird jedoch heute abend zurückerwartet, also kann euer Beileidsbesuch nicht verschoben werden.«

»Wie eigenartig!« rief Lizzy. Ihr Gesicht war weniger gelassen, als ich es je gesehen hatte. »Nach London zu reiten, wenn die eigene Frau noch nicht begraben ist, und das ohne die geringste Rücksicht auf die öffentliche Meinung!«

»Wir wissen nicht, welche Rücksicht Mr. Grey auf die öffentliche Meinung nimmt«, entgegnete Neddie. »Sie kann durch diesen Beweis schlechten Geschmacks durchaus berührt sein. Die Sorge um die Meinung seiner Nachbarn in dieser Hinsicht mag ihm vielleicht sogar den Schlaf rauben. Du solltest nicht hart über ihn urteilen, Lizzy, solange du nicht alle Einzelheiten kennst.«

»Entschuldige, mein Lieber, aber ich weiß *genau*, wie ich zu urteilen habe«, erwiderte Lizzy scharf. »Solche feinen Unterschiede zwischen Absicht und Tat ziemen sich nur für einen Friedensrichter, der über jeden Vorwurf erhaben sein muß. Seine Frau darf gänzlich ihrem Vorurteil folgen und Mr. Grey als einen gefühllosen Rohling bezeichnen.«

»Hat euch die Haushälterin den Grund für seine plötzliche Reise genannt?« fragte ich.

»Laut Mrs. Bastable erhielt der Hausherr kurz vor dem Morgengrauen eine Eilnachricht aus London, wahrscheinlich in einer geschäftlichen Angelegenheit. Seine Reise wurde dadurch veranlaßt. Weitere Vermutungen dazu wären reine Spekulation.«

»Eine dringende Geschäftsreise also, die ihn daran hinderte, an der Beisetzung seiner Frau teilzunehmen. Ich kann mir vorstellen, daß es eine Aufforderung war, die er nicht ablehnen konnte – von jemandem, dessen Autorität sogar Grey gehorchen muß.«

»Davon kann es nur wenige geben«, meinte Henry. »Ein Ruf von Premierminister Pitt selbst vielleicht? Der eine neue Anleihe braucht, um den Ehrgeiz von Lord Nelson und unserem Bruder zu finanzieren?«

»Wir sollten wohl in den Londoner Zeitungen nachsehen«, schlug ich lächelnd vor, »und aus ihren versteckten Andeutungen den Grund für diese Eile herauslesen. Der Comte trat aber in Erscheinung, nehme ich an?«

»Er hätte selbst der leidtragende Ehemann sein können, soviel Schmerz zeigte er«, antwortete Neddie.

»Meinst du, daß er ihn vorspielte?«

»Nein, Jane, er ist nur weniger beherrscht, als es ein Engländer wäre. Sein Kummer schien wirklich einem tief empfundenen Verlust zu entspringen. Er nahm die Beileidsbezeigungen der Trauergemeinde mit Anstand entgegen und bat uns alle nach der Feier zu einer kleiner Erfrischung ins Haus.«

»Er nahm aber selbst nichts zu sich«, ergänzte Henry, »und sagte noch weniger.«

»Hast du ihn auf Mr. Greys Flucht hin angesprochen, Neddie?«

»Nein«, erwiderte mein Bruder, »doch der Comte meinte von sich aus, daß Greys Abwesenheit seiner Meinung nach nicht in einer Geschäftsangelegenheit ihren Grund hatte, sondern in seiner beständigen Mißachtung seiner Pflichten gegenüber seiner Frau, seinem Abscheu vor dem Skandal, den ihr Tod ausgelöst hatte, und seinem allgemeinen Wunsch, all das hinter sich zu lassen.«

»Der Comte wird wohl sehr bald nach Frankreich zurückkehren, nehme ich an.«

»Wenn es nach Greys Wünschen ginge, wäre der Kerl wahrscheinlich im Nu am Ende der Welt! Doch selbst Grey kann nicht über alle Mächte verfügen. Eine Seeschlacht im Kanal könnte die Abreise seines unwillkommenen Gastes verhindern, und dann könnten wir den Wettkampf zweier Schachspieler beobachten.«

»Falls nicht einer den anderen mattsetzt«, bemerkte ich und eilte davon, um mich umzuziehen.

Kapitel 13
Politisches Gespräch mit einer Dame

Freitag, 23. August 1805,
am ganz späten Abend

Wir sind gerade erst von unserem Besuch in Eastwell Park zurückgekommen, und es ist zwar fast Mitternacht, doch mein Kopf ist so voll von allem, was ich gesehen und gehört habe, daß ich nicht einschlafen kann, bevor ich nicht ein paar Worte in mein kleines Buch geschrieben habe. Eine umherstreifende Eule ruft geisterhaft in der Dunkelheit, und das übrige große Haus ist still geworden. Unheimliche Schatten, von meiner Kerzenflamme geworfen, tanzen an den gelben Wänden. Die Zofe hat mir mit unterdrücktem Gähnen aus meinem besten Dinnerkleid geholfen und das Haar gebürstet. Nun ist sie dankbar in ihrer stickigen Dachkammer zu Bett gegangen, während ich im Nachthemd am Toilettentisch sitze und verzweifelt auf die Brise warte, die niemals kommt. Zu einer anderen Mitternacht würde ich von der Einsamkeit überwältigt werden und den Torheiten meiner Vergangenheit nachsinnen. Doch gegenwärtig dreht sich ein Kreis von Gesichtern um mich, festgehalten in Strahlen der Erinnerung. Ich will ihre Konturen nachzeichnen, ehe der Schlaf sie verwischt.

Es war eine große und anregende Gesellschaft, denn zusätzlich zu Mr. Finch-Hatton, Lady Elizabeth und ihren fünf Kindern (zwei davon sehr nette kleine Jungen) genossen wir auch noch alle Verwandten der Finch-Hattons. Dazu gehörten die Miss Finches, Anne und Mary, beide unverheiratet und so redselig wie Lady Elizabeth schweigsam ist; Mr. Emilious Finch-Hatton, der jüngere Bruder, und Harriet, Lady Gordon, die einzige der Schwestern Finch, die das Glück hatte, in den Ehestand zu treten.* Ihr Gatte, Sir Janison, sagte mir so wenig zu, daß ich auf eine nähere Bekanntschaft verzichtete; er war von so hochmütiger Haltung, wie es sich für einen Baronet gehört, und er gab der Versuchung nach, mehr als einmal über die Torheiten der Miss Finches höhnisch zu lachen. Mir gefällt kein Mann, der eine alte Jungfer verachtet.

Über Mr. Emilious Finch-Hatton bildete ich mir jedoch eine bessere Meinung. Ich hatte das Glück, beim Dinner neben ihm zu sitzen, und fand in ihm einen anregenden Gesellschafter – doch dazu später mehr.**

Zu den beiden Familien kamen noch zwei Junggesellen: Mr. Thomas Brett, ein Anwalt mit Aussicht auf einen recht hübschen Besitz namens Spring Grove in der Nähe von Wye, der mir bedauerlicherweise ganz Miss Louisa Finch-Hatton ergeben scheint, und der bemerkenswerte Mr. Julian Sothey.

Obgleich wir die vier Meilen in Richtung Ashford in der Erwartung zurückgelegt hatten, den vornehmen Landschaftsgestalter kennenzulernen, dauerte es in Wirklichkeit mehrere Stunden, bis er den Damen vorgestellt wurde. Bei unserer Ankunft in Eastwell kurz nach zwei Uhr wurden Lizzy und ich sofort in einen angenehm luftigen Salon geführt, über dessen Verandafenster sich ein ägyptischer Fries aus ganz außerordentlicher Stuckarbeit hinzog – als habe Robert Adam Napoleons entfernteste Feldzüge mitgemacht und versucht, ganz Alexandria in einem einzigen Raum

* George Finch (1747-1823) fügte 1764 das »-Hatton« seinem Namen hinzu, vermutlich um von einer Seitenlinie der Familie zu erben. Seine Schwestern nahmen den Doppelnamen nicht an, wohl aber sein Bruder Emilious. George war ein Vetter des 8. Earl of Winchelsea; beim Tode des Earls 1826 folgte ihm Georges ältester Sohn George (1791–1858) als 9. Earl nach. Seine dritte Frau, Fanny, Countess of Winchelsea, war eine Enkelin von Edward und Elizabeth Austen; die beiden Familien verbanden sich also später durch Heirat. – *Die Herausgeberin.*

** Jane Austen berichtete später viele Einzelheiten dieses Besuchs in Eastwell Park in einem Brief an Cassandra vom Sonnabend, dem 24. August 1805. (Siehe Brief Nr. 45 in »Jane Austen's Letters«, 3. Auflage, hrsg. von Deirdre Le Faye, Oxford University Press, 1995.) – *Die Herausgeberin.*

wiederzugeben. Die Fenster des Salons gingen auf den Garten hinaus, den meine Brüder in Gesellschaft der männlichen Finch-Hattons mit raschen Schritten durchquerten. Sie strebten den Stallungen und einer Ponykutsche zu, in der sie eine Tour durch den Park unternehmen wollten.

Lady Elizabeth und ihre älteste Tochter ruhten träge auf jeweils einem Sofa, anscheinend erschöpft von dem drükkenden Wetter und der Mühe, sich zum Dinner anzukleiden; sie vermochten sich zu unserer Begrüßung nicht zu erheben. Die Miss Finches, sauber und einfach gekleidet, arbeiteten fleißig an einem langen Fransenbesatz, den sie sich anscheinend teilten; die Jungen George und Daniel spielten Mikado, und Lady Gordon las laut aus einem Roman vor. (Es war leider »Die Leiden des jungen Werther«, und mein Gesicht verzog sich offenbar, als ich das merkte, denn die wohlerzogene Dame legte das Buch sofort beiseite, als wir gemeldet wurden.)

»Mrs. Austen!« rief Mary Finch.

»Und Miss Jane Austen!« echote ihre Schwester Anne.

Die beiden Damen unterbrachen ihre Arbeit und eilten auf zu uns, so besorgt um unsere Bequemlichkeit, als wären wir mitten in einem schrecklichen Gewitter angekommen oder von dreitägigem Hungern fast verschmachtet. In dem Trubel dieses Empfangs gingen die ruhigen Begrüßungen der anderen völlig unter.

»Man denke nur«, begann Miss Mary, »solche wunderbaren Freunde – reisen diese weite Strecke, und das bei solcher Hitze und solchem Staub! Einfach zu liebenswürdig! Sie finden uns bequem zu Hause – dieses drückende Wetter hat uns völlig abgestumpft –, obwohl Harriet so nett war, uns mit dem ›Werther‹ zu amüsieren. Wenn auch amüsieren wohl nicht das richtige Wort ist, denn manchmal ist der Roman ein wenig weitschweifig – Louisa war ganze Kapitel lang zu Tode gelangweilt, doch ich meine, er ist sehr lehrreich. In London ist er gerade groß in Mode.«

»Hätten wir nur Mrs. Edgeworths Werke gehabt oder auch nur Mrs. Palmerstons«, fügte Miss Anne hinzu, »als Mary und ich junge Mädchen waren. Doch so können wir uns glücklich schätzen, daß wir wenigstens ein bißchen Französisch gelernt haben und etwas Geographie, denn damals hielt man es nicht für angebracht, *Mädchen* auf vornehme Internatsschulen zu schicken, wie sie unsere kleine Louisa genossen hat. Und als eine feine junge Dame ist sie zurückgekommen, mit solch elegantem Geschmack und so harmonischen Fingern – sie fliegen nur so über die Tasten, wie Sie sicher auch feststellen werden, wenn sie sich bereit findet, uns nach dem Dinner vorzuspielen. Ich glaube, Mr. Brett wird wieder neckende Bemerkungen über ihren Vortrag machen, wenn sie dabei auch rot wird ...«

»Bitte laß die Damen sich setzen, Mary«, unterbrach Lady Elizabeth sie in befehlendem Ton, »und läute Hopkins und laß sie Punsch bringen. Ich hoffe, Ihre Fahrt verlief ohne Zwischenfälle, Mrs. Austen?«

»Gänzlich ohne, Lady Elizabeth, vielen Dank.«

»Sie haben Ihre älteste Tochter nicht mitgebracht. Ich hatte gehofft, sie würde George Gesellschaft leisten.«

»Dann ist es sehr schade, daß sie zu Hause bleiben mußte. Sie war zutiefst enttäuscht, kann ich Ihnen versichern. Doch Fannys Gouvernante meinte, eine Fahrt bei dieser Hitze sei zu ungesund, und versagte ihr dieses Vergnügen.«

Lady Elizabeth neigte den Kopf und fächelte sich wieder mit einem Binsenfächer Luft zu; von Louisa vernahmen wir kein Wort. Sie schien damit beschäftigt, die Aussicht auf den Garten zu genießen – vielleicht wartete sie auch auf den Anblick seines Gestalters.

»Sagen Sie mir bitte, Miss Austen, wie es Ihrer hübschen Schwester Cassandra geht?« rief Miss Mary Finch. »Wir hatten auf das Vergnügen gehofft, sie hier in Eastwell zu begrüßen. Es ist schon einige Monate her, daß wir dieses

Glück hatten. Sie befindet sich vermutlich, wie Sie selbst, noch im ledigen Stande?«

»So ist es, Madam«, brachte ich heraus, ohne die Fassung zu verlieren. »Die Zeit der Trauer um meinen Vater verbietet vorerst jede Veränderung unserer häuslichen Situation.«

Miss Mary sah so erschrocken aus, daß ich fürchtete, sie bekäme einen Anfall. »Aber *natürlich* – Ihr vortrefflicher Vater – jede Veränderung stünde für Sie beide gegenwärtig außer Frage. Nichts trägt soviel zum Trost einer Witwe bei, als wenn sie ihre Kinder um sich hat – ich hatte völlig *vergessen* – das heißt genauer gesagt, nicht vergessen, denn wer könnte den Verlust eines so bewundernswerten Mannes wie Ehrwürden George ignorieren? Doch Sie tragen ja selbst nicht mehr Trauer, Miss Austen, und ich gestehe, daß Ihr blühendes Aussehen alle Gedanken an den teuren Verstorbenen bei mir verdrängte. Ein bezaubernder Mann – und Ihre Brüder sind ihm so ähnlich. Wir werden das Vergnügen haben, Mr. Henry Austen zu begrüßen, hoffe ich, wenn auch mein Bruder ihn für den Augenblick entführt hat. Sie fassen doch meine Nachfrage nach Ihrer Schwester bitte nicht unfreundlich auf?«

»Miss Austen hält sich gegenwärtig *nicht* in Godmersham auf, glaube ich?« warf Miss Anne ein, mit einem bedeutungsvollen Blick zu ihrer Schwester.

Also berichtete ich, daß Cassandra zu Besuch bei Harriot Bridges sei, um ihr bei der Pflege ihrer kranken Schwester Marianne zu helfen, daß sie aber am Montag in Godmersham erwartet werde und anscheinend erneut an dem Kopfschmerz leide, der ihr seit dem unglücklichen Unfall mit der Kutsche in Lyme immer wieder zu schaffen mache.*

* Jane Austen bezieht sich hier auf Ereignisse, die in dem zweiten kürzlich aufgefundenen Tagebuchmanuskript beschrieben werden, das unter dem Titel *Jane and the Man of the Cloth* (New York, Bantam Books 1997) veröffentlicht wurde (*Jane Austen und die Herren der Nacht*, Aufbau Taschenbuch Verlag 1998). – *Die Herausgeberin.*

»So ist Miss Cassandra Austen also nach Goodnestone Farm gegangen!« rief Miss Anne aus. »Das ist sehr edel von ihr, meine ich, da sie damit doch auf die hervorragenden Zerstreuungen verzichtet, die sie auf dem Landsitz ihres Bruders finden würde. Doch ich hoffe, daß die Zeit dort für sie nicht *gänzlich* ohne Interesse war.«

»Ich glaube, mein Bruder Edward hat sich bemüht, ihren Besuch so anregend wie möglich zu gestalten«, erwiderte Lizzy ohne auch nur die Andeutung eines Lächelns. »Er ist ganz versessen darauf, Cassandra Freude zu bereiten, und wird diesen Eifer nun auch auf Jane übertragen. Nach Cassandras Abreise wird Jane dort ihren Besuch machen, wissen Sie.«

Mit solchen Randbemerkungen zwischen ermüdenden Monologen der Finches und fast völligem Schweigen der anderen Damen im Zimmer ließ man beinahe anderthalb Stunden vergehen, bevor ein Lunch aus Käse und Obst auf einem Tablett erschien. Nachdem er verzehrt war, gab ich den Bitten der kleinen Jungen nach und spielte beim Cribbage mit. Daniel und mir war es gelungen, mehrere Partien gegen Miss Mary und seinen älteren Bruder zu gewinnen, als ein Ausruf der lethargischen Louisa unsere Aufmerksamkeit erregte.

»Mama! Sie kommen über diesen schrecklichen Grenzgraben! Ich sehe Mr. Sothey an der Spitze.«

Sie erhob sich und ging zu dem Pfeilerspiegel, in dem sie ihr Bild kritisch musterte. Ohne jede Befangenheit zupfte sie an ihren goldenen Locken und biß etwas Farbe in ihre vollen Lippen. Lady Gordon verschluckte sich fast an einem Kichern, und ich sah, wie die Miss Finches bedeutsame Blicke tauschten, verriet aber meine Belustigung nicht. Lizzy war wie immer eine Studie in gepflegter Gleichgültigkeit, und so reagierten die Austens vornehmer als Miss Louisas liebste Verwandte.

Ein Wirbel am Eingang verkündete die Ankunft der Herren; ein Stimmengewirr und kräftige Schritte, dann wurde die Tür aufgestoßen von jemandem, der mir fremd war und doch nicht ganz fremd. Mir war sofort klar, daß dies Julian Sothey sein mußte, ein Herr, von dem ich bis vor einer Woche überhaupt nichts gewußt hatte, und doch kam mir sein Gesicht unheimlich bekannt vor. Ich musterte seine Gestalt vergeblich nach einem Anhaltspunkt, wo und wann ich ihm begegnet sein mochte, doch die Erinnerung wollte nicht kommen.

Schlank, mit schmalen Schultern und flinken Bewegungen machte er den Eindruck von großer Gewandtheit, wie etwa ein hervorragender Tanzlehrer, doch sein Rock aus superfeinem Wollstoff in einem dezenten Blau war zu gut geschnitten, um eine so ungehörige Vermutung zu erlauben. Sein rötliches Haar fiel offen auf die Schultern, seine großen grauen Augen waren stark bewimpert, und ein belustigter Zug, wie von innerlichem Lachen über einen geheimen Scherz, spielte um seine Lippen. Er schien sich in Eastwell Park ganz zu Hause zu fühlen und seiner Stellung und der Umstände so sicher zu sein, daß er noch vor dem Hausherrn den Salon betrat. Das sprach für einen Grad an Selbstbewußtsein, der abstoßen mußte, doch ich fasse leicht eine Meinung aufgrund geringer Kenntnis und ermahnte mich, mit meinem Urteil in diesem Fall vorsichtig zu sein. Schließlich war Mr. Sothey der Sohn von Lady Elizabeths ältester Freundin und gehörte wohl fast zur Familie.

Ihm folgte unmittelbar Mr. Brett, den Neddie schon seit vielen Jahren kannte, und danach kamen meine beiden Brüder. Die Herren Finch-Hatton bildeten den Schluß.

»Julian!« rief Louisa Finch-Hatton atemlos. »Sie waren ja eine Ewigkeit im Garten! Und ich wollte doch so gern mein Porträt heute beenden!«

Sie erschien wie ein schlecht erzogenes und enttäuschtes Kind, und ihre Unterlippe schob sich gefährlich vor, doch Mr. Sothey ignorierte Miss Louisas Benehmen und ging direkt auf sie zu.

»Sie wissen, meine liebe Miss Finch-Hatton«, sagte er mit einer Verbeugung, »daß ich mich ganz nach der Stimmung Ihres Vaters richte. Ich existiere in Eastwell nur, um ihm zu dienen, und das wahre Vergnügen muß warten, bis seine Anforderungen erfüllt sind. Aber Sie haben gewiß Zerstreuung genug gehabt, meine ich, mit so vielen interessanten Freundinnen um Sie herum! Würden Sie mich bitte vorstellen?«

Dies letztere bezog sich auf Lizzy und mich, und Miss Louisa besann sich auf ihre Manieren und machte Mr. Julian Sothey mit den Austens bekannt. Der unglückliche Mr. Brett – ein großer, ungelenker Herr mit schütterem blondem Haar und stumpfen blauen Augen – blieb wie ein Schatten hinter Sothey und konnte offensichtlich die Hoffnung auf Louisa Finch-Hattons Gunst nicht aufgeben. Ich sah sofort, daß er es sehr schwer hatte, und er tat mir leid.

»Ich hatte die große Freude, mich mit Mr. Henry und Mr. Edward Austen zu unterhalten, Madam«, sagte Sothey ungezwungen zu meiner Schwester, »während wir den Park besichtigten, und ich bin glücklich, nun auch den Rest der Familie kennenzulernen.«

Lizzy neigte kühl den Kopf. »Dann werde ich wohl gleich erfahren, daß Mr. Austen vom Verschönerungsfieber angesteckt worden ist und ganz Godmersham demnächst in Aufruhr gerät.«

»Ich kann mir nicht vorstellen, daß ein Ort, der so viele Jahre Ihr Heim war, irgendeine Verschönerung in Geschmack oder Kunst nötig hätte«, erwiderte Mr. Sothey. »Jedenfalls keine, die in meiner Macht stünde.«

Meine Schwester sah ihn kokett an.

»Ich bedaure nur, daß wir nicht das Vergnügen haben, Ihre Kinder kennenzulernen«, fügte Mr. Sothey hinzu. »Lady Elizabeth war fest davon überzeugt, daß wenigstens die Älteste Sie begleiten würde, gemeinsam mit einer Dame, die wohl ihre Gouvernante ist. Das Kind ist doch hoffentlich nicht erkrankt?«

»Es ist sehr nett von Ihnen, daß Sie danach fragen. Fanny geht es sehr gut, vielen Dank. Sie ist von recht robuster Gesundheit. Ich fürchte, Miss Sharpe ist ihr darin nicht ganz gewachsen.«

»Miss Sharpe?«

»Die Gouvernante. Eine reizende junge Dame. Es war ihr Vorschlag, daß wir Fanny nicht mitnehmen sollten. Sie hatte Befürchtungen wegen des Zustands der Straßen und des unbeständigen Wetters, das sie überanstrengen könnte, und dem konnte ich nicht widersprechen.«

»Ich verstehe. Sie messen der Meinung einer Gouvernante soviel Gewicht bei, Mrs. Austen?«

»Wenn es um das Wohlergehen meines Kindes geht? Natürlich, Mr. Sothey. Gerade weil sie sich um solche Dinge kümmern soll, habe ich Miss Sharpe engagiert. Und wenn Sie mich jetzt entschuldigen wollen ...« Lizzy wandte sich ihrem Gatten zu, der neben einem offenen Verandafenster stand, in ernstem Gespräch mit Mr. Emilious Finch-Hatton. Ein leichter Luftzug bewegte den weißen Musselin von Lizzys Kleid, als sie zu ihnen hinüberging, und ließ die Bänder ihrer rosenfarbenen Schärpe flattern; ihre dunklen Locken fielen ihr so zart in den Nacken wie der leichte Pulsschlag an ihrem Halse. Sie verkörperte die Art von Eleganz, die man nur durch jahrelanges Studium erreicht, doch trotz all ihrer Kunst wirkte Lizzy stets ungekünstelt. Es war unmöglich, sie sich als fünfjähriges Mädchen vorzustellen, dem schwarze Johannisbeermarmelade auf die Schürze tropft, oder wie sie sich bis zu Tränen mit einem nichtswürdigen jüngeren Bruder streitet. Man hatte auch keine Ahnung, wie sie in den Wehen oder bei einer Geburt aussehen mochte, obwohl sie das neunmal durchgemacht hatte. Sie ist der Typ einer Frau, der wie aus einem Guß gemacht erscheint, die Perfektion von Kindheit an, für nichts Gewöhnlicheres gedacht als für das graziöse Durchschreiten eines wohlproportionierten Raumes. Ich erblickte in meiner Schwester die unbewußte Erfüllung eines Ideals und wußte, daß ich sie nie erlangen würde.

Doch es war Mr. Sothey, der in Worte kleidete, was ich nur im stillen gedacht hatte. »›In diesem Antlitz liegt etwas‹«, sagte er, »›Ein Anstand und ein Liebreiz fast/ Die wohl kein Maler je erfaßt.‹«

Ich schluckte. »Den Autor dieser Zeilen kenne ich nicht, Sir.«

»William Somerville*«, antwortete er rasch. »Ein sehr vernachlässigter Dichter. Dr. Johnson tat ihn mit der Bemerkung ab, er schreibe recht gut – *für einen Edelmann*. Als Sohn eines Earls, Miss Austen, werde ich oft in eine ähnliche Kategorie eingereiht, und man billigt mir nur soviel Verdienst zu, daß ich aus der allgemeinen Mittelmäßigkeit meiner Klasse hervorrage. Künstler sollten nie von hoher Geburt sein, das verdirbt ihre Aussichten auf Genialität.«

Der vornehme Landschaftsgestalter besaß zweifellos das, was Mr. Valentine Grey Lebensart genannt hatte, jene eigenartige Mischung von Charme und Anstand, ohne die ein Mann niemals als glänzend gelten kann. Sie ist schwer zu definieren, aber unverkennbar in ihrer Wirkung, und ich muß zugeben, daß ich selbst besonders empfänglich dafür bin.

»Ich freue mich, Ihre Bekanntschaft zu machen, Mr. Sothey – denn ich würde sehr gern ein wenig über das Genie erfahren, das Mr. Finch-Hattons Geschmack so völlig umgekrempelt hat.«

»Bei Ihnen hört sich das wie eine Revolution an!« rief er in gespieltem Entsetzen, »und noch dazu wie eine hinterhältige!«

* William Somerville (1675-1742) schrieb diese Zeilen in einem Gedicht mit dem Titel »The Lucky Hit« im Jahre 1727. Er ist jedoch am besten bekannt durch »The Chace«, ein vierbändiges Versepos in Miltons Blankvers, das die Freuden der Jagd preist. Darin prägte er den Ausdruck »Sport der Könige«. – *Die Herausgeberin.*

»Lady Elizabeth versichert uns, daß Sie auf nichts Geringeres ausgehen als die pauschale Zerstörung der formalen Heiligtümer und die Umkehrung der traditionellen Ordnung, und wenn das keine Revolution ist, wie sollen wir es dann nennen, Sir?«

»Ich nehme an, die Whigs haben eine Menge Ersatzbegriffe für ein solches Wort gefunden«, antwortete Mr. Sothey mit einem Aufblitzen von Interesse in seinen klaren grauen Augen, »doch ich möchte nicht ein politisches Gespräch mit einer Dame führen. Sagen Sie lieber, daß ich hoffe, in Eastwell das zu korrigieren, was falsch gelaufen ist, Miss Austen, und das zu fördern, wovon man vorher nur geträumt haben mag, daß ich ein höheres System der Schönheit anstrebe, als es bisher existiert, dann kommen wir vielleicht zu einer Einigung.«

»Ich bin sicher, daß sogar Robespierre einen ähnlichen Glauben verkündet hat«, erwiderte ich, »und trotzdem sind ebenso viele Köpfe unter der Guillotine gefallen wie ehrwürdige alte Alleen unter der Axt des Landschaftsgestalters.«

»Großer Gott! Alle Herrschaftsformen können untergehen, versichere ich Ihnen, durch Vernachlässigung ebenso wie durch Revolution, und ganz besonders in Eastwell Park.«

»Dann ist es wohl gut, daß wir den Ort gesehen haben, bevor Sie diese Verwandlung vollbracht haben«, bemerkte ich, »denn so können wir besser beurteilen, ob Anarchie oder Ordnung eingeführt worden ist.«

Mr. Sothey warf den Kopf zurück und lachte. »Ich sehe, Sie lieben das Malerische nicht, Miss Austen.«

»Julian …« unterbrach ihn Louisa Finch-Hatton gereizt, »kommen Sie doch bitte und setzen Sie sich zu mir. Ich möchte spielen, und Sie wissen, daß das nicht geht, wenn Sie mir nicht die Noten umwenden.«

»Bitte erlauben Sie mir, Ihnen diesen Dienst zu erweisen, Miss Louisa«, sagte Mr. Brett eilig, »denn Mr. Sothey ist im Augenblick beschäftigt.«

Er versuchte sie zum Instrument zu geleiten, doch Louisas Gesicht nahm einen störrischen Ausdruck an, und sie blieb mehrere Augenblicke wie angewurzelt stehen. Da Mr. Sothey jedoch ihrer Aufforderung offensichtlich nicht nachkam und sein Interesse weiterhin mir galt, gab die junge Dame schließlich nach. Nach ihrem heftigen Spiel zu urteilen, vollzog sie an ihrem exzellenten Flügel die Strafe, die sie lieber ihrem Angebeteten zugedacht hätte. Das kleine Zwischenspiel gab mir jedoch die Gelegenheit, mich in einen Sessel in einer Ecke des Salons zu setzen, und zu meiner Freude folgte mir Mr. Sothey.

»Wenn Sie mit dem Malerischen«, fuhr ich fort, »das Schaffen von Mr. Humphrey Repton meinen, dann kann ich Ihnen versichern, daß mir dieser Stil nicht ganz unbekannt ist. Ein Vetter meiner Mutter engagierte Mr. Repton für die Verschönerung seines Pfarrhauses in Adlestrop, und man behauptet, das Ergebnis sei wundervoll.«*

»Dann kann ich annehmen«, bemerkte Mr. Sothey mit einem Aufblitzen von Humor, »daß ein ganz anständiger Fluß gezwungen worden ist, sein geheiligtes Bett zu verlassen und sich über abgestufte Terrassen zu ergießen, daß Hügel aufgeschüttet wurden, wo vorher keine waren, und mit ländlichen Hütten gekrönt wurden, in denen niemand – besonders nicht die Einsiedler oder Erdgeister, denen solche Hütten unweigerlich zugeschrieben werden – jemals gewohnt hat. Zweifellos gibt es eine Grotte oder eine Ruine in gotischem Stil an einer Stelle, die für eine Betrachtung im Mondlicht ideal geeignet ist. Dürfen wir auch noch auf einen Abgrund hoffen, in dem man über das Schicksal der Sterblichen in Frieden nachdenken kann, besonders an nebligen Tagen mit tiefhängenden Wolken?«

* Jane Austen meint Adlestrop Park, den Besitz von Ehrwürden Thomas Leigh, einem Vetter ihrer Mutter, den Repton im Jahre 1802 »verschönerte«. Jane sah den umgewandelten Park in Adlestrop erst im Sommer 1806, doch die Veränderungen gefielen ihr anscheinend wenig. Sie verhöhnte Reptons Ideen und Geschäftspraktiken später in ihrem 1814 erschienenen Roman »Mansfield Park«. – *Die Herausgeberin.*

Ich konnte ein Lächeln nicht unterdrücken. »Ich glaube, mein Vetter trägt den Abgrund in sich, Mr. Sothey, und würde eine äußere Darstellung des Schicksals überflüssig finden. Ruinen wiederum lagen völlig außerhalb des Bereichs der finanziellen Mittel von Ehrwürden Leigh, wie überhaupt der größere Teil der Talente Mr. Reptons. Er diente nur als Berater bei der Neugestaltung der Auffahrt und der Öffnung einer Sichtachse vom Pfarrhaus zum Dorf, und er kümmerte sich um die Anlage von Terrassen und die Anpflanzung einiger Bäume.«

»Dann hat er Ihren Vetter bewunderswert beraten«, erklärte Sothey, »und weit besser als einen Mann mit dem zehnfachen Vermögen.«

»Sie sind kein Schüler Mr. Reptons?«

»Ich kenne seine Ansichten sehr gut«, erwiderte er ausweichend, »habe mir aber meine Meinung in einer anderen Richtung gebildet.«

»In einer *höheren* Richtung, meinen Sie?«

»Es steht mir nicht zu, mich selbst zu loben, Miss Austen. Sie mögen mich jeder Albernheit für fähig halten – wozu Sie anscheinend neigen –, aber bitte billigen Sie mir etwas gesunden Menschenverstand zu. Nur ein hirnloser Lackaffe würde seine Verdienste selbst verkünden, bevor andere es getan haben.« Seine Lippen zuckten unwillkürlich, und trotz meiner Abneigung gegen diese ganze Verschönerungsmanie konnte ich nicht umhin, Mr. Sothey zu mögen.

»Dann machen Sie mich mit Ihren Ansichten bekannt«, drängte ich ihn. »Was ist mit dem Malerischen gemeint, wenn nicht diese romantischen Schrecklichkeiten, die Sie selbst beschrieben haben?«

»Die zeitlose Eleganz der europäischen Kunst«, erwiderte Sothey sofort. »Die edle Symmetrie der italienischen Landschaft, wie wir sie in den Bildern der großen Meister erkennen. Wenn ich nur den hundertsten Teil der Schönheit und geschmackvollen Form schaffen kann, die eine von Claude oder Poussin gemalte Ansicht eines römischen Berghangs verkörpert, dann will ich sehr zufrieden sein.«*

»Sie haben das Ausland bereist, wie ich höre.«

»Wie auch Ihr Bruder, wie ich erfuhr. Mr. Austen und ich haben uns eine halbe Stunde glänzend über die große Bildungsreise unterhalten und waren weitgehend derselben Meinung. Ich hatte das Glück, während meines Aufenthalts in Paris in der kurzen Friedenszeit Landschaftsgestaltung studieren zu können«, fügte Sothey hinzu, »und wende nun die Prinzipien des Malerischen auf die Besitzungen meiner Bekannten an.«

Ich war sofort gefesselt. »Also würden Sie eine Aussicht – zum Beispiel von den Fenstern dieses Salons – nach den Regeln der *Malerei* gestalten?«

»Ist nicht eine Aussicht eine Art von Bild? Ist nicht ein Fenster ein richtiger Rahmen?« rief Sothey erregt. »Betrachten Sie diesen Garten, Miss Austen. Ist er nicht sonderbar flach und gleichbleibend? Gibt es einen einzigen Punkt, der sich dem Auge als bestimmend darbietet und den Blick des Betrachters auf seine stille Größe lenkt? Ich möchte behaupten, daß der Garten von Eastwell ein formloses Durcheinander bildet, in dem alle einzelnen Schönheiten sich verlieren, daß die fernere Aussicht mit ihren kahlen Hügeln und vereinzelten Baumgruppen das Auge mit ihrer Langweiligkeit beleidigt, daß im Vordergrund Bäume nötig sind, die den Hintergrund richtig einrahmen, und eine Fülle von Einzelheiten im Vordergrund erforderlich ist, damit der Blick überhaupt darüber hinweg schweift. Es gibt keinen *Pfad*, Miss Austen, dem der Blick folgen kann, keinen Wegweiser zu entfernterer Schönheit, kurzum, keinen Sinn für malerische Perspektive. Erlauben Sie mir, Ihnen zu zeigen, welche Veränderungen ich beabsichtige.«

* Sothey bezieht sich auf Claude Lorrain (1600-1682) und Nicolas Poussin (1594-1665), französische Meister der Landschaftsmalerei. – *Die Herausgeberin.*

Er sprang auf und holte einen dicken, in dunkelblaues Leder gebundenen Quartband. Er öffnete ihn und legte ihn mir auf den Schoß, und diese lebhafte Handlung Mr. Sotheys mußte die Aufmerksamkeit des ganzen Raumes auf uns lenken. Ich sah mich von einem Kreis gespannter Bewunderer umgeben, die sich alle über meine Schultern beugten, um in das Buch schauen zu können, dessen Seiten aus Illustrationen bestanden, atemberaubenden Aquarellen. Alle waren vom Maler in einer unverkennbaren schrägen Schrift signiert, als wäre das S von Sothey ein Segel, das seinen Kapitän weit auf das Meer des Ruhms hinausführen sollte.

»Haben Sie Miss Austen schon so weit bearbeitet, Sothey, daß Sie ihr Ihr Blaues Buch zumuten können?« rief Mr. Finch-Hatton wohlgelaunt. »Dann müssen wir alle uns seinen Ansprüchen fügen. Bitte erläutern Sie uns Ihr Werk.«

Es war ein Band mit Abbildungen von Eastwell Park, wie es gegenwärtig aussah, und für jedes Bild hatte Mr. Sothey einen Transparentbogen geschaffen, der die Verschönerungen zeigte, die er vornehmen würde.* In der Stille, die nur von Ausrufen des Staunens und der Bewunderung unterbrochen wurde, erläuterte uns Mr. Sothey seine Vorstellungen, und ich muß gestehen, daß er selbst mich damit bekehrte. Nirgends fand ich Anzeichen von Vulgarität oder sklavischer Nachahmung einer Mode; keine gotische Ruine oder gefällte Allee konnte ich entdecken, sondern eher eine Aussonderung der Elemente der Landschaft, die zu ihrer Verwirrung beitrugen, eine klare Hervorhebung der Schönheiten, die durch das Entfernen der Auswüchse zu einer feineren Definition des Ganzen führte. Während ich gemeinsam mit den anderen die Seiten umblätterte, mußte ich Mr.

* Offensichtlich hat Julian Sothey einiges von Humphrey Repton gelernt, auch wenn er mit den Ansichten des letzteren zur Landschaftsgestaltung nicht übereinstimmte. Repton war wie Sothey ein geschickter Maler, der bekannt war durch seine Roten Bücher – ledergebundene Bände mit Abbildungen der Besitzungen seiner Auftraggeber und Transparentbögen mit den beabsichtigten Verschönerungen. – *Die Herausgeberin.*

Sotheys Kunst anerkennen, sein vollendetes Geschick, seinen unbeschreiblichen Geschmack. Es wäre für die Finch-Hattons ein unermeßlicher Gewinn gewesen, dachte ich, wenn sie einen Mann von seinen Gaben gefunden hätten, als sie ihren Architekten wählten. Denn wenn auch nur ein kleiner Teil der Pläne Sotheys ausgeführt würde, säße das schlecht entworfene Haus wie ein Kiesel in einer Fassung für einen Edelstein.

»Und wie gefällt Ihnen mein Eastwell, Miss Austen?« fragte Sothey mit gedämpfter Stimme, als die Aufmerksamkeit der anderen durch den Eintritt der kleinen Kinder abgelenkt war, die vom Abendessen im Kinderzimmer hereinkamen und noch eine Stunde mit Mama und Papa verbringen wollten, bevor sie zu Bett gingen. »Entspricht es Ihren Vorstellungen von Schönheit? Oder habe ich dort versagt, wo ich mir den Erfolg am meisten wünschen würde?«

»Ich habe noch nie einen Ort gesehen, für den die Natur mehr getan hat oder an dem die natürliche Schönheit so wenig von einem ungeschickten Geschmack beeinträchtigt wird«, gestand ich. »Sie haben die Seele der Landschaft begriffen, den Park so gestaltet, wie er im Paradies sein könnte.«

»Ich ließ nur den Geist frei, der diesen Wäldern und Hügeln innewohnt«, sagte Sothey. »Man kann nichts erreichen, wissen Sie, wenn man nicht dem Genius des Ortes huldigt.«

»Alexander Pope«, erwiderte ich. »Ich dachte aber, er meinte nur eine Art heidnischer Huldigung, den Bau einer Grotte zum Beispiel für den örtlichen Flußgott. Ich warte schon mindestens sechs Jahre darauf, daß ich unseren bei Godmersham einmal zu sehen bekomme – Sie wissen ja, daß wir am Stour wohnen.«

Sothey lächelte. »Die begeisterten Zeitgenossen Mr. Popes haben vielleicht seine Anweisungen zu wörtlich interpretiert. Ich bin der Ansicht, daß er es etwas subtiler gemeint hat, daß es nämlich nie zum Erfolg führt, wenn man dem Land Elemente aufzwingen will, die ihm fremd sind. Die unberührten Felsenklippen von Derbyshire wären in den friedlichen Hügeln der Downs von Kent völlig fehl am Platz, Miss Austen, so romantisch ihre wilde Schönheit auch ist.«

Er lehnte sich im Sessel zurück und sah mich nachdenklich an, und in diesem Moment, als seine Miene ganz frei war von Spott und Künstlichkeit und von ungewohntem Ernst erfüllt, da wußte ich auf einmal, wo ich Mr. Sothey schon gesehen hatte. Die Erinnerung nahm mir den Atem und ließ mein Herz heftig schlagen.

Er war der junge Mann, der mir beim Renntag von Canterbury aufgefallen war, der Herr von unerschütterlicher Würde, der den Schlag von Mrs. Greys Peitsche voll auf den Hals bekommen hatte.

Kapitel 14

Die Geschichte einer heimlichen Verabredung

23. August 1805, Forts.

»Ist Ihnen nicht gut, Miss Austen?«

»Es hat nichts zu sagen, Sir«, erklärte ich Mr. Sothey. »Die Hitze – ich fühlte mich einen Augenblick schwach – vielleicht ein bißchen mehr Luft ...«

Ich stand unsicher auf und ging hinüber zu meinem Bruder und meiner Schwester am Verandafenster. Mr. Sothey verbeugte sich und wandte seine Aufmerksamkeit dem Flügel zu, wo Miss Louisa Finch-Hatton inzwischen ein bezauberndes schottisches Lied trällerte.

»Jane, meine Liebe«, murmelte Lizzy neben mir, »wenn wir nicht gleich entwischen und uns zum Dinner umkleiden, macht man uns völlig zu Narren. Es sähe Lady Elizabeth ähnlich, plötzlich die Dinnerglocke läuten zu lassen, nur um uns hereinzulegen.«

»Keine Angst, Lizzy«, flüsterte ich mit leidlicher Haltung zurück, »deine kleine Anspielung vom Donnerstag, daß die Bewohner von Eastwell früher speisen als die feineren Leute von Godmersham, ist Lady Elizabeth wohl kaum entgangen. Sie wird uns bis Mitternacht auf ihre modernen Gerichte warten lassen und sich an unseren Hungerqualen weiden. Du kannst dich in aller Ruhe noch zehnmal umziehen. Aber ich gebe zu, ich würde auch gern entwischen. Gehen wir doch gleich!«

Sie kniff ihre grünen Augen zusammen. »Hat dich der vornehme Landschaftsgestalter so gänzlich in die Flucht geschlagen? Er hat wirklich ein geschicktes Auftreten. Neigte ich dazu, meine Töchter wegzuwerfen, würde ich es auch nicht anders anstellen als Lady Elizabeth. Wenn sie nicht aufpaßt, wird sie es erleben, daß Miss Louisa mit ihrem Schützling nach Gretna Green* durchbrennt, bevor der Sommer vorbei ist.«

Ich faßte Lizzy am Ellbogen und lenkte sie zur Tür.

»Entschuldige uns bitte, mein Lieber«, rief sie Neddie über die Schulter zu, »Jane und ich können nicht hoffen, den Finch-Hattons an Schönheit gleichzukommen, aber wir müssen uns beeilen, wenn wir dir nicht absolute Schande machen wollen.«

Neddie verbeugte sich, als wir den Raum verließen, das vollendete Bild eines pflichtgetreuen Ehemanns, aber seine Augen funkelten vor Vergnügen und aufrichtigster Bewunderung, als er seiner Frau nachsah. Seine Miene sagte klar, daß Miss Louisas ganzer schmollender blonder Charme ihn nie von seiner Verehrung der dunklen bezaubernden Schönheit abbringen würde. Unwillkürlich kam mir Mr. Sotheys Zitat in den Sinn: »In diesem Antlitz liegt etwas, ein Anstand und ein Liebreiz fast ...«. Kent ist doch der beste Ort zum Glücklichsein, und jeder hier ist wirklich reich, und nicht nur an bloßem Geld.

Ich teilte meine Erkenntnisse über Mr. Sothey Lizzy mit, während wir uns eilig zum Dinner umkleideten. Einige Zeit war Sayce mit dem Haar meiner Schwester beschäftigt, und die Anwesenheit der Zofe hemmte unser Gespräch notwendigerweise. Selbst eine so gehobene Bedienstete wie Sayce durfte keine Mordgeschichten an die Dienerschaft weitertragen. Doch sobald Lizzy angemessen geschmückt war für ein Dinner im kleinen Freundeskreis – in einem cremefarbenen geblümten Batistkleid mit Besatz genau in der Farbe ihrer Augen; sein Schnitt hob ihre Figur mit atemberaubender Wirkung hervor –, beendete ich meine Er-

* Dorf in Schottland nahe der englischen Grenze, in dem nach altem Recht der Schmied Trauungen (auch ohne Zustimmung der Eltern des Paares) vornehmen konnte.

zählung von der stummen Gestalt neben den Pferden an Mrs. Greys Phaeton und dem grausamen Schlag mit der Peitsche.

»Natürlich«, murmelte Lizzy, »nun fällt mir das alles wieder ein. Mrs. Greys schreckliches Ende hatte die Kraft, alle anderen Szenen zu verdrängen, die wir an dem Tage beobachteten, und ich gebe zu, daß ich Sotheys Gesicht auf die Entfernung nicht deutlich sah. Sie müssen hundert Schritt von unserer Kutsche entfernt gehalten haben, und meine Augen waren nie die besten. Ich erinnere mich nur an eine schlanke, vornehme Gestalt, die die Mißhandlung ohne den geringsten Protest ertrug. Aber sag mir, Jane«, damit wandte sie sich etwas vom Spiegel ab und sah mich an, »du glaubst doch nicht, daß Sothey fähig wäre, Mrs. Grey zu ermorden? Aus so geringem Anlaß wie einer öffentlichen Beleidigung?«

»Ich weiß nicht, was ich glauben soll«, antwortete ich verzweifelt. »Wir wissen so wenig. Zweifellos gab es eine Mißstimmung zwischen ihnen, und wir haben erfahren, daß Sothey noch am selben Tag beschloß, The Larches zu verlassen. Niemand hat daran gedacht, nachzuforschen, wo sich der Herr aufhielt, als Denys Collingforths Kalesche auf der Straße nach Wingham unterwegs war. Wie einfach wäre es für ihn gewesen, sie sich zu borgen und der Dame nachzujagen, die ihn beschämt hatte!«

»Du meinst, Mr. Sothey sei Mrs. Greys Liebhaber gewesen ebenso wie Mr. Collingforth *und* der französische Comte?« Lizzy ordnete die Blütenblätter der Blume, die Sayce ihr ins Haar gesteckt hatte, und musterte sich eingehend im Spiegel. »Die Dame hat ihre Zeit anscheinend effektiv genutzt.«

»Wir wissen, daß Mr. Sothey fast sechs Monate auf The Larches wohnte und daß in dieser Zeit Mr. Grey sich viel in London aufhielt«, bemerkte ich. »Unter diesen ungewöhnlichen Umständen wäre eine unerlaubte Leidenschaft nicht undenkbar. Außerdem hätte selbst Mrs. Grey es nicht gewagt, einen bloßen Bekannten so öffentlich zu züchtigen. Sie *müssen* also miteinander vertraut gewesen sein. Die ganze Szene zeugte von einer verborgenen, aber unleugbaren Leidenschaft, die beide zu jeder Art von Unbesonnenheit getrieben haben könnte.«

»Sogar zum Mord? Aber überleg doch bitte, Jane: Ging nicht die Leidenschaft, die wir beobachteten, eher von der Dame selbst aus, als von dem Mann, von dem du annimmst, daß er sie umgebracht hat? Und war es die Wut einer Zurückweisung der Liebe oder einer *unerwiderten* Liebe? Lag in dem Schlag nicht mehr Verwundung als Abweisung?«

Ich dachte einige Augenblicke schweigend über ihre Worte nach und sah dann meine Schwester mit neuer Achtung an. »Ich muß zugeben, daß die Leidenschaft ganz auf Seiten Mrs. Greys war, Lizzy. Was mich damals am stärksten beeindruckte, war die Duldsamkeit in der ganzen Haltung des Herrn, seine gefaßte Miene, als die Reitpeitsche auf seinen Hals niedersauste. Er stand da wie ein Schuljunge, der zur Bestrafung vor den Rektor zitiert wurde und akzeptiert, was er als gerecht und unvermeidlich anerkennt. Es lag weder Furcht, noch Angst, noch Flehen in seinem Blick, nur die Ruhe der Resignation.«

»Ich bin völlig derselben Meinung, Jane. Gehen wir also davon aus, daß Sothey mit der Dame gebrochen hatte und sich ihren Zorn zuzog; deswegen brauchte er sie doch nicht nur eine Stunde später in ihrem Hemd zu erdrosseln.«

»Dein Gedankengang ist ganz überzeugend«, gab ich zu, »aber wie können wir feststellen, was wir denken sollen? Wir wissen so wenig von den Einzelheiten und noch weniger von den Charakteren der Beteiligten; wie der eine bearbeitet und der andere zum Guten oder Bösen beeinflußt werden konnte.«

Lizzy nahm ihren Pompadour und wandte sich zur Tür. »Wie wenig du davon im Augenblick auch begreifst, meine liebe Jane, ich bin sicher, in ein paar Stunden hast du alles herausbekommen. Denn was wäre ein geeigneteres Gelände als eine Dinnerparty, um deine Hilfstruppen aufmarschieren zu lassen: Geist, Flirt und einen scharfblickenden Verstand?«

Das Vertrauen meiner Schwester in meine Geisteskräfte war leider verfehlt. Wir gingen hinunter in den großen Salon, der unharmonisch in mehreren der kürzlich in Mode gekommenen Stile möbliert war: Couches mit weichen Seidenkissen nach türkischer Art und Sessel, deren geschnitzte und vergoldete Lehnen Schwänen ähnelten; die ganze Decke war zeltförmig mit gestreiftem Seidenstoff verhängt, der im Zentrum gerafft war und von den Klauen eines Bronzegreifs herabhing, als ob Napoleons Horden mehrere Kontinente nur mit dem Ziel überrannt hätten, nichts Vornehmeres als einen Gemischtwarenladen zu erbeuten. Wir fanden die gesamte Gesellschaft zum Übergang ins Speisezimmer versammelt und waren die Nachzügler, auf die alle warteten. Daß Lizzy die Mühe genoß, die sie damit Lady Elizabeth auferlegt hatte – das nichtige Geplauder und die verstohlenen Blicke zur Kaminuhr –, war mir sofort klar. Die Miene meiner Schwester war jedoch so strahlend wie ein Sommertag, als sie Sir Janison und Lady Gordon in das Speisezimmer folgte. Der Rest von uns lief ziemlich ungeordnet hinterher, da es für den Vortritt keine besondere Rangordnung gab. Zwischen Mr. Brett und Mr. Sothey kam es zu einem höflichen Geplänkel, denn der erstere war entschlossen, Miss Louisa zu geleiten, und dem letzteren war der Ausgang gleichgültiger, als es der Dame lieb sein konnte. Henry führte Miss Mary Finch, und so fand ich niemand anderen als Mr. Emilious Finch-Hatton an meiner Seite, den distinguierten (und ungewöhnlich gesprächigen) jüngeren Bruder, was ich zunächst bedauerte, denn ich wollte ja Mr. Sothey aushorchen. Ich ertrug den Rückschlag mit leidlichem Anstand, der sich jedoch in Überraschung und Dankbarkeit verwandelte, als ich meinen Tischnachbarn näher kennenlernte.

Mr. Emilious Finch-Hatton lediglich als den jüngeren Bruder des Hausherrn zu bezeichnen, würde einen Grad von Gefühllosigkeit verraten, der gänzlich ungerechtfertigt wäre. Er kann nicht jünger als vierzig sein und nicht älter als sechzig, doch wie viele Jahre er wirklich zählte, konnte ich kaum raten.* Er ist ein grauhaariger Mann von guten Manieren, schlagfertig, mit gewandten Bewegungen und offener Miene und immer zum Lachen bereit. Seit vielen Jahren hatte ich von ihm als einem bekannten Lebemann gehört, der so großzügig mit seinem Geld umgehe, wie seine legere Art es vermuten ließe, und ich hatte ihm keine ernsteren Interessen zugetraut, doch *nun* muß ich zugeben, daß Verstellung Mr. Emilious' größtes Talent ist.

Nachdem er mich korrekt am unteren Ende des Tisches untergebracht hatte, ließ er sich zu meiner Rechten nieder. »Ich habe mich schon lange darauf gefreut, Sie in diesem Sommer kennenzulernen, Miss Austen, weil ich mich gern mit Ihnen über einen gemeinsamen Bekannten unterhalten möchte«, begann er, während man die Servietten entfaltete und der Wein kredenzt wurde.

»Ich kann mir nicht denken, wen Sie meinen, Sir.« In der Tat bewegen Mr. Emilious und ich uns in sehr verschiedenen Kreisen, außer bei den seltenen Gelegenheiten, bei denen uns unsere Pflichten nach Kent führen. Er verbringt den größten Teil seiner Zeit in London und begnügt sich anscheinend damit, sein Leben der Gesellschaft und dem Sport zu widmen. Er ist seit fünfundzwanzig Jahren Witwer und kann alle möglichen Damen auf vornehmen Bällen ausführen, ohne sich dem geringsten Verdacht auszusetzen. Ganz kurz stieg in mir die Vermutung auf, er sei meiner gewandten Schwester Eliza, der kleinen Komtesse, begegnet, doch dann wäre Henry der geeignetste Ansprechpartner und nicht ich.

* John Emilious Daniel Edward Finch-Hatton (1755–1841) war ungefähr fünfzig, als er im August 1805 mit Jane Austen dinierte. – Die *Herausgebe-*

»Ich meine aber gehört zu haben, daß Sie ein wenig mit meinem engen Freund Lord Harold Trowbridge bekannt sind«, beharrte Mr. Emilious.

Ich bemühte mich, mein Weinglas leichthin abzusetzen, doch mein rasches Erröten verriet meine innere Erregung. »Besitzt denn Lord Harold tatsächlich einen engen Freund? Diese ungewöhnliche Mitteilung versetzt mich in Erstaunen!« Seit ganzen acht Monaten hatte ich kein Wort von meinem Dunklen Engel gehört, abgesehen von einem kurzen Kondolenzbrief nach dem Tode meines Vaters im vergangenen Januar. Natürlich schreibt ein Herr niemals an eine Dame seiner Bekanntschaft, falls nicht zwischen ihnen eine Beziehung, ein offenes oder heimliches Verlöbnis besteht, und trotz Lord Harolds gewohnter Mißachtung aller Konventionen würde er *mich* nicht durch eine unbedachte Ungehörigkeit dem Tadel aussetzen wollen. Aber er hätte mir einen Besuch abstatten können, solange wir noch in Bath wohnten, er hätte mich sogar in Kent aufsuchen können, wenn sein Wunsch oder eine Notwendigkeit das erfordert hätten. Seine offenkundige Abneigung dagegen war zwar von einem Herrn seiner einzelgängerischen Gewohnheiten und verborgenen Absichten zu erwarten, war aber auf mich gefallen wie ein eisiger Schauer auf ein ungeschütztes Haupt.

Hier in der Heimlichkeit meines kleinen Buches will ich gestehen, daß mir unsere Gespräche *fehlen*, die Vertrautheit gemeinsamen Denkens und raschen Verstehens, die so selten sind zwischen einem Mann und einer Frau. Lord Harold hat bei mir niemals Erwartungen eines tieferen Interesses seinerseits geweckt, unsere Lebensweisen sind so verschieden und der Standesunterschied ist so groß, doch auf seine Freundschaft glaubte ich zählen zu können. Das war vielleicht töricht bei einem Mann, der sein Herz und sein Gemüt niemandem öffnet. Trowbridge gehört zu denen, die bei sich bietender Gelegenheit ihren Vorteil aus einer Bekanntschaft ziehen und dann ohne einen Blick zurück ihren

Weg fortsetzen. Kurzum, er hatte mich fallenlassen, als ich Seiner Lordschaft nicht mehr von Nutzen war, und diese Veränderung ärgerte mich.

Mr. Emilious, stellte ich fest, beobachtete mich scharf, während ich den Stiel meines Weinglas zwischen den Fingern drehte, und ich bemühte mich, mir den Anschein von Gelassenheit zu geben. »Ich habe Seine Lordschaft vorigen Winter in Bath etwas näher kennengelernt. Seine Nichte, Lady Desdemona Trowbridge, vielmehr die Gräfin von Swithin, und ich waren viel zusammen.«

»Wegen der schrecklichen Geschichte mit dem Theatre Royal«, erwiderte Mr. Emilious. »Sie haben dem ganzen Wilborough-Clan unschätzbare Dienste geleistet, Miss Austen. Trowbridge selbst konnte Ihren Scharfsinn gar nicht genug preisen – und aus solchem Munde ist das wirklich das höchste Lob.«

Was *genau* Mr. Emilious von meinen Abenteuern in Bath vor dem letzten Weihnachtsfest gehört hatte, die meinen guten Ruf stärker gefährdet hatten als meine früheren eigensinnigen Unternehmungen, blieb im Zweifel.* Ich forschte in seinem Gesicht nach dem geringsten Anzeichen übermäßiger Vertraulichkeit, nach einem verhaßten Anflug von Taktlosigkeit, doch ich konnte nichts als respektvolle Bewunderung entdecken. Also atmete ich tief durch und erkundigte mich: »Geht es Seiner Lordschaft gut?«

»Meine letzte Nachricht von Lord Harold stammt schon vom März«, gab mein Tischnachbar zu. »Wir speisten nur zwei Tage vor seiner Abreise an den russischen Hof zusammen, und da machte er denselben Eindruck wie immer: Ein wenig überdrüssig der Welt und seiner Stellung darin, doch ob das von Überanstrengung oder übermäßiger Langeweile

* Jane spielt hier auf Ereignisse an, die im dritten Band ihrer kürzlich veröffentlichten Detektivtagebücher, *Jane and the Wandering Eye* (New York, Bantam Books 1998) näher beschrieben werden (*Jane Austen und das Medaillon des Todes*, Aufbau Taschenbuch Verlag 1998). – *Die Herausgeberin.*

herrührte, wer weiß das schon? Am anderen Morgen begleitete ich ihn zur Postkutsche nach Portsmouth. Dort sollte er sich auf einer Fregatte einschiffen, denn eine Reise auf dem Kontinent ist für einen Engländer jetzt zu gefährlich. Doch ich vergesse, daß Sie zweifellos über die Reiseroute Seiner Lordschaft gut unterrichtet sind.«

»Gut unterrichtet? *Ich?*« Vor Staunen war ich fast sprachlos. »Aber ich habe Lord Harold seit mindestens acht Monaten nicht gesehen.«

»Ich bin total überrascht«, rief Mr. Emilious. »Seinem letzten Schreiben hatte ich entnommen, daß Sie völlig in seine Absichten eingeweiht seien, daß er Sie ernstlich als einen seiner wenigen Freunde betrachtete, denen er völlig vertrauen könne.«

Ich errötete. »Vertrauen, Mr. Emilious, ist in den Händen Lord Harolds eine verdächtige Eigenschaft.«

»Das begreife ich.« Er schwieg einen Moment und hielt den Blick abwesend auf Lady Elizabeths scheußlichen Kandelaber gerichtet. Eine leichte Brise – oder vielleicht auch der Fluß der Gespräche im Raum – ließ seine Kerzen flackern.

»Dürfen Sie sich über die Art des Auftrags äußern, der Seine Lordschaft nach Rußland führt?« erkundigte ich mich vorsichtig. »Oder unterliegen die Einzelheiten der Geheimhaltung?«

Mr. Emilious schaute mich prüfend an; eine dünne Linie zeichnete sich zwischen seinen Brauen ab, und seine verbindliche Art war gänzlich verschwunden. »Ich habe gehört, es sei unhöflich, mit einer Dame über Politik zu sprechen«, sagte er langsam, »aber ich trete Ihnen keineswegs zu nahe, Miss Austen, wenn ich behaupte, daß Lord Harold Sie nie für so zartbesaitet gehalten hat. Er versicherte mir, daß Sie den schärfsten Verstand besitzen und Ihnen alle die Dinge geläufig sind, die man gewohnheitsmäßig allein zur Domäne der Männer zählt.«

»Ich kann mich nicht rühmen, Mr. Finch-Hatton, jemals ein Waldhuhn geschossen oder eine Pfeife Virginiatabak geraucht zu haben, aber auf eine gewisse Bekanntschaft mit den Londoner Zeitungen kann ich mich berufen.«

»Dann haben Sie auch schon von dem englisch-russischen Abkommen gehört?«

Ich starrte ihn verständnislos an. »Gibt es denn jemanden, der nichts davon gehört hat? Es wurde erst vor ein paar Wochen ratifiziert, glaube ich.«

Mr. Emilious besaß die Offenheit, zu lächeln. Unwillkürlich sah er seine Nichte, Miss Louisa, an und sagte: »Nur wenige Damen, Miss Austen, haben die Kraft, ihren Blick von den Modebildern in ›La Belle Assemblée‹ loszureißen und auf die Auslandsmeldungen zu richten. Ich zweifle daran, daß auch nur eine von hundert mir sagen könnte, was Sie klar erkennen: Daß nämlich Alexander der Erste, der Zar aller Reußen, schließlich sein Mißtrauen gegenüber Napoleon eingestanden und sich verpflichtet hat, sich gemeinsam mit England den Franzosen entgegenzustellen.«

»Ich werde die Verpflichtungen Seiner Kaiserlichen Majestät noch mehr schätzen, wenn sie die Probe bestanden haben«, bemerkte ich. »Meine Brüder bei der Marine versichern mir, daß wir bei diesem Wechsel gewinnen, weil dadurch die nördlichen Gewässer für unsere Schiffe frei werden. Mr. Pitt hat schon vor längerer Zeit gerade zu diesem Zweck ein Abkommen mit Gustav von Schweden geschlossen – aber welchen Vorteil können wir dem Zaren aller Reußen bieten? Wenn die Franzosen seine Schneesteppen einnehmen wollen, können wir kaum eingreifen.«

»Aber wir können Alexanders Lieblingsinteressen fördern«, erwiderte Mr. Emilious. »Der Zar möchte seit langem Gebiete des Osmanischen Reiches südlich seiner jetzigen Grenzen erobern, und dabei sind die Franzosen seine Rivalen. Vor einem Jahr hat er seinen Botschafter aus Paris zurückgerufen, und im vergangenen Mai hat es ihn tief beunruhigt, daß Bonaparte die italienische Krone an sich brachte. Der Sturz der Ligurischen Republik in diesem Sommer hat seine Besorgnis noch vergrößert. Trotz alledem liebt er uns nicht. Indem Alexander die Hand Englands ergriff, wählte er das kleinere der beiden Übel, denen er sich gegenübersah.«

»Demnach muß ich annehmen, daß das russische Gemüt dem offenen Herzen eines Engländers immer verschlossen bleiben wird.«

»Es sei denn, dieser Engländer heißt Lord Harold Trowbridge.«

Ich mußte unwillkürlich lächeln. Mr. Emilious hatte recht: In dem Schwerenöter würden die Minister Zar Alexanders auf ihren undurchschaubarsten Gegner treffen. »Seine Lordschaft war am Zustandekommen des Abkommens beteiligt, wenn ich mich recht erinnere?«

»Ja, obwohl in der Öffentlichkeit das Verdienst jemand anderem zugeschrieben wird. Das entspricht ganz seinen Wünschen. Er hat den russischen Hof schon vor einigen Wochen verlassen und übt gegenwärtig seinen taktvollen Einfluß auf den habsburgischen Kaiser aus. Denn wenn das Bündnis den Franzosen standhalten soll, muß Mr. Pitt sich um jeden Preis den Beitritt Österreichs sichern.«*

»Natürlich«, murmelte ich, als könne die Geschicklichkeit im Vorgehen des Premierministers einem so scharfen weiblichen Verstand nicht entgehen. »Ich frage mich nur, Sir, ob irgendeine Koalition uns Trost bietet, wenn die Gerüchte besagen, daß die Franzosen aus Boulogne ausgelaufen sind.«

* Vermutlich hatte die Nachricht vom Abkommen mit Österreich zu der Zeit, als Jane Austen sich mit Mr. Emilious Finch-Hatton unterhielt, London noch nicht erreicht. Tatsächlich waren die Österreicher am 9. August der Dritten Koalition, wie sie später genannt wurde, beigetreten, doch in Kriegszeiten ließen sich die Nachrichten zu Lande nur langsam und unsicher übermitteln, und zu Schiff kaum anders. – *Die Herausgeberin.*

»Ach ja«, erwiderte Mr. Emilious mit einem Funkeln in den Augen. »Und dennoch sehen Sie, Miss Austen, daß ich so wenig auf Gerüchte gebe, daß ich in Kent bleibe.«

»Wie wir alle. London bietet im August wenig Vergnügungen.«

»Ich hoffe, ich darf Sie in dieser Woche einmal besuchen? Sie bleiben vorerst bestimmt in Godmersham?«

»Nur bis Montag, Sir, dann besuche ich Lady Bridges in Goodnestone Farm.«

Da in diesem Moment die Diener hereinkamen, um abzudecken und die neuen Tischtücher aufzulegen, fand unsere Unterhaltung ein Ende.* Ich hatte keinen Zweifel, daß Mr. Emilious' letzte Bemerkung nicht nur eine leere Höflichkeitsfloskel war. Er hatte sich mir an diesem Abend bewußt genähert und mich zu ergründen versucht. Welche Absicht Lord Harold auch gehegt haben mochte, als er seinen Freund an meine Tür schickte, sie ließ sich jedenfalls nicht am Dinnertisch erörtern, und ich stellte fest, daß ich begierig war, sie zu erfahren. Meine Gedanken wirbelten durcheinander, denn ich frohlockte – ein anderer Ausdruck war nicht möglich – darüber, daß ich nicht ganz vergessen war. Wenn Lord Harold sich in so kurzer Entfernung wie von London her rar machte, schmerzte das; wenn Lord Harold ins hinterste Rußland entsandt wurde, war das eine ganz andere Sache. Meine Stimmung hatte sich plötzlich auf geradezu lächerliche Weise gehoben: Mr. Sothey, die ermordete Françoise Grey, sogar die Invasion der Franzosen – all das wurde durch Mr. Emilious' Worte dem Vergessen überantwortet.

Im Augenblick jedoch wurde ich einer Geduldsprobe unterworfen. Nachdem ich während des ersten Ganges meine

* Zu Jane Austens Zeit war es üblich, bei einem formellen Dinner mindestens zwei Gänge zu servieren, von denen jeder aus bis zu zwanzig verschiedenen Gerichten von Gemüse, Fleisch und Salaten bestand. War ein Gang beendet, wurden die Teller abgeräumt, die Tischtücher abgenommen und für den neuen Gang frische aufgelegt. – *Die Herausgeberin.*

Aufmerksamkeit ganz Mr. Emilious Finch-Hatton gewidmet hatte, sollte ich während des zweiten meine wohlgesetzten Worte an meinen linken Nachbarn, Mr. Brett, richten. Als jeder Quadratzentimeter der Tafel wieder mit Geschirr bedeckt war, wandte ich mich um und stellte fest, daß der Blick des armen Mannes nachdenklich auf Miss Louisa Finch-Hatton ruhte.

Die junge Dame saß weiter oben am Tisch, wie es sich für die älteste Tochter des Hauses gehörte. Man hatte sie zwischen meinen Bruder Henry und Mr. Sothey plaziert, dessen Interesse sie hartnäckig beanspruchte und auch nicht mit dem Auftragen des zweiten Ganges freigab. Der arme Henry sah einigermaßen verdrießlich und gelangweilt drein, denn seine Nachbarin zur Rechten war Miss Anne Finch. Wie ich wahrnehmen konnte, redete diese ausgezeichnete Dame gerade in vollem Fluß über Fischbeinkorsetts und die Peinlichkeit ihres Quietschens, insbesondere für einen Herrn. Miss Anne Finch hielt das sicher für ein gewagtes Thema. Ein Blick in Henrys Gesicht erinnerte mich an meine Pflicht gegenüber Mr. Brett.

»Und wie finden Sie die Tätigkeit als Anwalt in Kent, Mr. Brett?« begann ich und richtete meinen faszinierten Blick fest auf sein Profil.

Er riß seinen Blick von Louisa los und suchte mit blinden Augen nach meinem Gesicht. »Wie bitte? Ich fürchte, ich habe nicht zugehört.«

»Sie sind Rechtsanwalt, glaube ich?«

»Ja, das bin ich.«

»Dann sagen Sie mir doch bitte, Sir, was halten Sie von der unglücklichen Geschichte meines Bruders mit Mrs. Grey?«

»Ich würde eher sagen, Mrs. Greys unglückliche Geschichte«, bemerkte er mit einem vernichtenden Blick, »und die Pflicht Ihres Bruders, Miss Austen.«

»Ja, natürlich«, murmelte ich, »und wer wüßte das besser als eine Austen?«

Mr. Brett war zweifellos mit der Neigung belastet, alle Frauen gefährlich vorlaut zu finden, wenn sie ihrer Meinung Ausdruck gaben, ausgenommen natürlich seine entzückende Louisa, und bei der konnte man sich darauf verlassen, daß sie nichts Kühneres äußerte als ihre Ansicht über das Wetter oder die neueste Mode. »Dann haben Sie sich dem allgemeinen Ausbruch von Neugierde über die Art des Todes von Mrs. Grey nicht angeschlossen, Mr. Brett?«

»Wenn Sie diese morbide Beschäftigung mit ihrem Tod meinen, so kann ich mir nichts weniger Schickliches vorstellen. Neugier wirkt in einem solchen Fall nur abstoßend.« Sein Blick schweifte unwillkürlich hinüber zu Mr. Sothey und Louisa, und plötzlich fiel mir ein, wie nützlich das grünäugige Scheusal zuweilen sein kann. Mancher Mann läßt sich von Eifersucht aufstacheln, wenn wohlüberlegte Vorsicht ihm anders raten würde. Es würde mich sehr überraschen, wenn sich Mr. Brett nicht schon mit den wesentlichen Fehlern seines Rivalen vertraut gemacht hätte, um ihn besser bekämpfen zu können.

»Sie haben natürlich völlig recht«, meinte ich bescheiden, »und ich bewundere Ihre Zurückhaltung. Ein Anwalt verspürt doch sicher ein brennendes Interesse an solchen Verbrechen. Ihre natürlichen Neigungen würden Sie dahin führen, und Ihre Talente befähigen Sie hervorragend für eine solche Aufgabe. Die Versuchung, Theorien aufzustellen und Lösungen zu suchen, muß schier überwältigend sein – eine Versuchung, die Mr. Sothey zum Beispiel wohl kaum so empfinden wird.«

»Nein, bestimmt nicht«, erklärte Mr. Brett mit Nachdruck. »Mr. Sotheys Versuchungen liegen auf einem ganz anderen Gebiet. Ein solcher Mensch kennt weder Vernunft noch Anstand.«

»Sie halten nicht viel von dem Landschaftsgestalter?«

Mr. Brett warf mir einen beredten Blick zu. »Es spielt keine Rolle, wie Sothey sich nennt. Ein Schurke, der weder

Charakter noch Gefühl besitzt, kann jede beliebige Bezeichnung annehmen. Ich hoffe, daß ich niemals viel von einem Mann halten werde, der schamlos in den Revieren Höhergestellter wildert, Miss Austen, einem Mann, der sich für die bloße Äußerung seiner Meinungen und für ein paar hingeschluderte Aquarelle bezahlen läßt! Man sollte ihn mit Schimpf und Schande aus dem Lande jagen, und je eher, desto besser für alle Beteiligten.«

Falls Mr. Sothey eine Silbe von Mr. Bretts empörter Rede verstanden hatte, ließ er es sich nicht anmerken. Miss Louisa wiederum war sicher viel zu sehr in die Bewunderung seiner Stimme vertieft, als daß sie irgendeine andere Stimme im Raum wahrgenommen hätte.

»Was kann Mr. Sothey nur getan haben, um einen solchen Tadel zu verdienen?« erkundigte ich mich.

»Nur das, was ihn zum Feind jedes anständigen Mannes im ganzen Lande machen muß! Daß er die Unverschämtheit besitzt, sich an diesem Tisch zu zeigen, wo man doch die Geschichte seiner Beziehung zu jener zweifelhaften Frau in der ganzen Grafschaft kennt, ist nicht zu glauben! Und doch sitzt er da und kokettiert offen mit einer unschuldigen jungen Dame, als stünden nicht alle Sünden der Geilheit ihm ins Gesicht geschrieben!«

Ich ließ seinen Zorn etwas verrauchen und wagte dann zu bemerken: »Wenn Sie damit Mrs. Grey meinen – ich hatte gehört, Mr. Sothey wäre ungefähr in der gleichen Eigenschaft dort im Hause tätig gewesen wie hier, als Landschaftsgestalter und als enger Freund von *Mr.* Grey.«

Mr. Brett lachte kurz auf – kein angenehmes Geräusch. »So stellt er es wahrscheinlich dar. Aber ich habe den Beweis seiner Verschlagenheit mit eigenen Augen gesehen, und diese Erinnerung hat sich unauslöschlich meinem Gedächtnis eingebrannt. Ich würde diesen Kerl niemals einen Freund nennen, um keinen Preis der Welt. Er kennt die Bedeutung dieses Wortes überhaupt nicht. Mr. Sothey würde einen *Freund* genauso schädigen wie einen Feind. Ihm ist nicht zu trauen.«

»Wenn das, was Sie andeuten, stimmt«, beharrte ich, »dann wundere ich mich, daß Mr. Grey ihn in seinem Hause duldete. Mr. Sothey hat The Larches erst in dieser Woche verlassen, glaube ich.«

»Genau an dem Tage des Todes von Mrs. Grey. Ich finde dieses zeitliche Zusammentreffen sehr bemerkenswert.«

»Sie wollen doch nicht sagen …«

» … daß er irgendwie dafür verantwortlich war?« Mr. Brett zögerte. Anscheinend reichte der Stachel der Eifersucht doch nicht für eine Mordanklage aus. »Ich weiß nicht, wozu Mr. Sothey fähig ist. Aber ich hatte das Glück zu beobachten, wie er am Tage der Rennen hier ankam, weil ich hergeritten war, um den Damen einen Besuch abzustatten, ohne zu wissen, daß die Finch-Hattons sich noch in Canterbury aufhielten. Der Eindruck von Eile und Besorgnis, den Mr. Sothey da hinterließ, war unverkennbar. Er erschien wie auf der Flucht vor dem Teufel in Person, wenn Sie den Ausdruck entschuldigen wollen: ohne Hut, mit verzerrtem Gesicht und einem mächtigen Striemen am Hals. Seine Sachen waren unordentlich gepackt, und sein Diener offensichtlich verärgert über den plötzlichen Aufbruch. ›Mein Gott‹ rief ich, als ich die beiden so sah, ›sind die Franzosen wirklich in Kent gelandet? Hat man Alarm geschlagen?‹ – denn ihr Aussehen, Miss Austen, gab Anlaß zu jeder Befürchtung. Sothey versuchte zu lachen, aber es klang gequält und drückte das Gegenteil von der Sorglosigkeit aus, die er vorschützen wollte. ›Nur ein Zusammenstoß mit einem Wegelagerer, Mr. Brett‹, erklärte er, ›der mir diese Verletzung beibrachte, bevor Frick ihn mit Hilfe seiner Pistole verscheuchte.‹ Ich sah, wie der Diener Frick seinem Herrn einen schnellen Blick zuwarf, als wolle er ihn einen Lügner schelten, und wunderte mich über diese Geschichte. Die beiden verschwanden so ungeniert im Hause, als es gehörte es ihnen, und ich lenkte mein Pferd auf die Straße nach Canterbury. Doch als ich später von Mrs. Greys Tod erfuhr und mich an Mr. Sotheys Verhalten in jenem Hause erinnerte, zog ich meine eigenen Schlüsse.«

»Sie meinen, daß Mr. Grey ihn aus The Larches hinausgeworfen hat?« vermutete ich. »Aber war Mr. Grey da nicht in London?«

»Natürlich war es nicht Grey!« erwiderte Mr. Brett ganz erstaunt. »Ihm war das Verhalten seiner Frau viel zu gleichgültig, Miss Austen, als daß er deswegen auf die Dienste eines so wertvollen Beraters wie Mr. Sothey verzichtet hätte. Nein, ich denke, es war die Dame selbst, die Sothey wegen seiner Schändlichkeit fortschickte.«

Diese letzte Feststellung verwirrte mich völlig. »Sie haben Mr. Sothey im Verdacht, ihr ein Unrecht angetan zu haben?«

»Aber natürlich! Das versuche ich Ihnen doch zu erklären!« Mr. Brett ließ seine letzten Garnelen in Butter liegen und legte sein Besteck hin. »Ich hatte mich wenige Tage vor Mrs. Greys Tod zu einem Besuch in einer geschäftlichen Angelegenheit bei ihr angemeldet ...«

Also war auch die Rechtschaffenheit Mr. Bretts nicht über jeden Zweifel erhaben. Ging es bei dem Geschäft um einen Pferdehandel? Oder um eine dringende Ehrenschuld bei Mrs. Grey?

»... und stellte fest, daß die Dame nicht zu Hause war. Ich war überrascht, daß sie die Verabredung vergessen haben sollte, doch die Haushälterin sagte mir, es sei plötzlich ein Kurier aus Frankreich angekommen und Mrs. Grey habe notwendigerweise nach Canterbury reiten müssen, um ihn zu treffen. Ich wollte schon meine Karte hinterlassen und mich entfernen, als das Geräusch von Schritten auf dem Kies vor den Ställen mich innehalten ließ. Vielleicht war Mrs. Grey zurückgekehrt! Ich nahm mir die Freiheit, in den kleinen Salon zu gehen ...« Er zögerte. »Kennen Sie The Larches?«

»Überhaupt nicht«, gestand ich.

»Das Erdgeschoß verfügt hauptsächlich über drei Räume, ein Wohnzimmer, ein Speisezimmer und einen kleinen Salon, der auf den Hof vor den Pferdeställen hinausgeht. Dies war Mrs. Greys Lieblingsraum, weil sie die Pferde so gern hatte. Sie erfreute sich an dem Kommen und Gehen auf dem Hof, und von dort konnte sie es beobachten, während sie ihre Korrespondenz erledigte.«

»Ich sehe, Sie waren eng mit ihr befreundet. Sie haben mein tiefstes Mitgefühl.«

Er schaute überrascht drein, setzte zum Sprechen an, und verschluckte dann, was er beinahe gesagt hätte. »Ich kann nicht sagen, daß mir die beiden Greys gefielen, Miss Austen. Keiner von beiden regte zu vertrauter Bekanntschaft an. Doch Mrs. Grey übte einen erstaunlichen Zauber aus – und das Interesse an ihren Kartenabenden war nicht zu leugnen, besonders bei einem Mann ohne Familie wie ich.«

»Ich verstehe. Und in dem kleinen Salon, Mr. Brett? Hatten Sie das Glück, festzustellen, daß Mrs. Grey zurückgekehrt war?«

»Leider nicht«, fuhr er fort. »Stellen Sie sich meine Überraschung vor, als ich Mr. Sothey erblickte, von dem jeder annahm, daß er schon seit Wochen ihr Liebhaber war, wie er den Hof überquerte *mit einem Damenkleid über dem Arm*. An der Stalltür schaute er sich vorsichtig um, als fühle er meinen Blick auf sich ruhen, doch ich glaube, die Lichtverhältnisse ließen ihn meine Gestalt am Fenster des Salons nicht erkennen. Er verschwand im Stall, und etwas in seiner Art veranlaßte mich, noch zu bleiben. Ich hatte nicht die Absicht, in diesem Moment mein Pferd zu verlangen und Sothey bei dem zu stören, was er vorhatte. Also wartete ich einige Augenblicke, und als sich die Tür wieder öffnete, erschien nicht Mr. Sothey …«

»Sondern Mrs. Grey?«

»… eine Frau, die ich noch nie im Leben gesehen hatte«,

schloß Mr. Brett düster. »Sie saß im Damensattel, in dem Kleid, das Mr. Sothey ihr gebracht hatte, und trabte sofort vom Hof.«

»Wie ungemein seltsam!« sagte ich. »Und Sie glauben, diese Frau habe sich ohne ihre Kleidung im Stall versteckt gehalten?«

»Ich vermag zu keinem anderen Schluß zu kommen«, antwortete er.

»Und ihr Gesicht konnten Sie nicht erkennen.«

»Es war durch den Reithut mit Schleier verdeckt und sagte mir nichts, aber ich erinnere mich, daß ihr Haar so schwarz war wie ein Rabenflügel.«

»Wie brillant von Ihnen«, murmelte ich. »Sie verraten eine poetische Ader, Mr. Brett, die äußerst beeindruckend ist. Und Mr. Sothey? Folgte er der Dame?«

»Ich beobachtete die Tür noch einige Augenblicke, aber er zeigte sich nicht; und da die Haushälterin bald bemerkte, daß ich mich noch im Hause aufhielt, wollte ich nicht länger bleiben. Ich ließ mein Pferd holen im Bewußtsein der Möglichkeit, daß Sothey zum Haus zurückkommen müßte, wenn der Stallbursche das besorgte, aber er tat es nicht.«

»Sie glauben also, daß Mrs. Grey von Sotheys Verhältnis mit der unbekannten Frau erfahren hat«, überlegte ich, »und am Tage ihres Todes noch mit ihm gebrochen hat.«

»Kann man die Ereignisse anders deuten?« fragte Mr. Brett.

Ich schwieg, doch mein Blick wanderte unwillkürlich zu dem kläräugigen Gesicht des Landschaftsgestalters. Er war in der Tat ein rätselhafter Herr. Ich wußte wenig von ihm, weder Gutes noch Böses, doch ich meinte etwas Edles in seinem Gesicht erkannt zu haben, als Mrs. Greys Peitsche auf seinen Hals niedersauste. Begeisterung und auch ehrliche Freude, als er vom Malerischen sprach; eine lebhafte Intelligenz und ein gebildeter Verstand. Er mochte tausend Damen bezaubern, die weniger streng auf Zurückhaltung bedacht waren als ich – und doch hatte er mich gewiß bezaubert. Nirgends hatte ich den Wunsch zu imponieren gespürt, eine unechte Pose, die verräterischen Anzeichen von Täuschung.

Wenn Mr. Sothey in das tödliche Spiel der Greys verwickelt war, warum war dann Mr. Collingforth auf den Kontinent geflohen? Hatte der Landschaftsgestalter den Anschein nach seinem Geschmack arrangiert und einen Unschuldigen belastet?

Ich mußte mehr über Julian Sothey wissen, bevor ich seine Talente beurteilen konnte, und zum Glück half mir das Schicksal dabei.

Kapitel 15
Eine gefährliche Korrespondenz

23. August 1805, Forts.

»Meine liebste Lizzy«, sagte mein Bruder Edward, als wir einige Stunden später in unserer Kutsche Platz nahmen, »der vornehme Landschaftsgestalter gefiel mir recht gut. Er ist ein Mann von Bildung und Geschmack.«

»Überhaupt nicht das, was man in Eastwell Park erwarten würde«, antwortete Lizzy.

»Dann kann er es vielleicht noch retten. Hast du seine Pläne bewundert?«

»Dieses hübsche kleine Blaue Buch? Ich fand es ganz hinreißend, Neddie. Ich hätte sehr gern eins davon für mich.«

»Wie erfreulich. Dann hast du sicher nichts dagegen einzuwenden, wenn er in den nächsten Tagen einmal nach Godmersham herübergeritten kommt?«

»Ich habe gegen nichts etwas einzuwenden, vorausgesetzt, er läßt unsere Allee in Ruhe.«

»Ausgezeichnet«, antwortete Neddie zufrieden. »Ich habe ihn zum Sonntag eingeladen. Dann haben wir immer wenig zu tun, wie du weißt, und können den Tag ganz gut damit verbringen, im Park herumzuspazieren.«

Lizzy lehnte sich in die Kissen zurück, ein gedämpftes Abbild der Perfektion in dem blassen Mondlicht, das sich in die Kutsche stahl, und nur das Knirschen der Wagenfedern und der stete Hufschlag waren in der Dunkelheit zu hören.

»Und du, Jane?« erkundigte sich Neddie schließlich. »Verachtest du Mr. Sothey ebenso wie Humphrey Repton?«

»Ich kann einen Mann nicht verachten, von dem ich so wenig weiß.«

»Das ist dann aber eine geläuterte Jane!« rief Henry. »Ich habe erlebt, daß du Hunderte von der Art schon bei der ersten Begegnung verachtet hast, und das nur wegen eines schlecht formulierten Satzes.«

»Jane ist immer vorsichtig, wenn sie über gefährliches Wissen verfügt«, erklärte Lizzy in ihrer Ecke. »Sie hat Mr. Sothey bei einer Unbedachtheit ertappt.«

»Wirklich?« Neddies Stimme verriet sein gesteigertes Interesse. »Dann stelle sie bitte zur allgemeinen Erörterung. Meine Arbeit als Friedensrichter würde zu nichts führen, gäbe es nicht ein paar Unbedachtheiten an den richtigen Stellen.«

Also erzählte ich nicht nur die Geschichte von Mrs. Greys Reitpeitsche, sondern gab auch Mr. Bretts zweifelhafte Berichte über die Frau im Pferdestall von The Larches sowie über Sotheys überstürzte Ankunft in Eastwell am Abend des Renntages wieder.

»Du hast deine Zeit besser genutzt als ich«, bemerkte mein Bruder trocken, »denn ich habe von Sothey nichts weiter erfahren, als daß ihn die Gotik nicht interessiert und daß er die Einsiedlerhütte für eine verfehlte Neuerung in der Landschaftsarchitektur hält. Aber was sollen wir von dieser – Unbedachtheit halten, wenn wir es so nennen wollen? Denn wie du schon gesagt hast, Jane, der Mann kann kaum Mrs. Grey in einem Wutanfall erdrosselt haben, wenn er den Bruch selbst herbeigeführt hat. Nach deiner Beschreibung der Peitschenführung der Dame hätte ich eher erwartet, Sothey in Unterkleidung in Collingforths Kalesche aufzufinden, als Mrs. Grey selbst.«

»Collingforths Kalesche«, warf Henry ein. »Könnte es nicht Sothey gewesen sein, den der Stallbursche in die Kutsche steigen sah?«

»Wir können die Einzelheiten nicht nach einem so flüchtigen Eindruck beurteilen«, entgegnete ich, »und auch nicht nach der Aussage eines Mannes wie Mr. Brett. Er verzehrt sich vor Verlangen, seinem Rivalen zu schaden, und wenn

Eifersucht auf einen schwachen Verstand einwirkt, kommen alle möglichen Übel dabei heraus. Wir müssen die Wahrheit so gut erraten, wie wir können. Ein direktes Herangehen an Sothey ist im Augenblick unmöglich, wir müssen uns damit begnügen, ihn Schritt für Schritt zu ergründen.«

»Unglücklicherweise haben wir nicht die Zeit dafür«, sagte Neddie rasch. »Denys Collingforth ist geflohen und der Schlinge des Henkers entgangen, aber wenn ich vor meinen Nachbarn und dem Lord Lieutenant von Kent nicht als Trottel dastehen will, muß ich den Fall schnell abschließen. Ich möchte nicht, daß Collingforth schuldiggesprochen wird, wenn Sothey – so bezaubernd seine Blauen Bücher auch sind – Mrs. Grey erdrosselt hat.«

Man konnte sich darauf verlassen, daß Neddie den entscheidenden Punkt ansprach.

»Dann würde ich einen Besuch im Pferdestall von The Larches vorschlagen«, erklärte ich ihm. »Einer der Stallburschen könnte etwas von Belang beobachtet haben, entweder Sotheys Verabredung mit der unbekannten Dame, oder daß Mrs. Grey später davon erfahren hat.«

»In der Tat«, sagte Neddie nachdenklich. »Und da wir morgen unseren Kondolenzbesuch auf The Larches machen wollen, könntest du, Henry, es vielleicht so einrichten, daß du den Stall aufsuchst – du bist ja als Rennsportanhänger bekannt. Ich würde Mr. Greys Aufmerksamkeit nutzbringend beanspruchen, während du die Stallburschen befragst.«

Aber bei der Rückkehr nach Godmersham wurden alle Gedanken an Mr. Sothey und The Larches verdrängt. Schon seit ein paar Stunden saß ein Konstabler in der Halle und wartete geduldig auf uns. Die Nachricht, die er brachte, war in höchstem Grade schockierend.

Denys Collingforth war an der Landstraße gefunden worden, wenige Meilen von der Stadt Deal entfernt. Man hatte ihm die Kehle durchgeschnitten, seine Taschen geleert und seine Leiche, mit einem Stein beschwert, in einem

Mühlteich versenkt. Zwei unglückliche Knaben hatten sie dort beim Schwimmen entdeckt, zum Schrecken ihrer Mütter und zum Schaden ihres Schlafes.

Sonnabend, 24. August 1805

Meine eigene Nachtruhe war ähnlich gestört, als bewege sich eine geisterhafte Erscheinung außerhalb der Bettvorhänge und habe ihr wachsames Auge auf meine sich schlaflos herumwälzende Gestalt gerichtet. Lord Harold schritt durch meine Träume, in Hofkleidung und anscheinend unfähig zu sprechen, ebenso mein Vater, wie ich ihn in meiner frühesten Jugend gekannt hatte, als ein lachender, lebhafter Mensch, der für zehn redete. Vielleicht war es seine Stimme, die Lord Harolds überdeckte, denn er las zu meiner Verzweiflung beständig laut aus Oliver Goldsmith vor. Endlich warf ich die Bettdecke beiseite und setzte mich in der Dunkelheit auf. Das große Haus war völlig still, nur die großen Balken stöhnten, und eine Maus wisperte hinter der Wandverkleidung.

Hatte Lord Harold in Wien Erfolg gehabt? War er schon auf der Heimreise? Würden wir uns jemals wiedersehen? Und was war mit seinem vertrauten Freund, Mr. Emilious Finch-Hatton? Ein merkwürdiger, trügerischer und einnehmender Charakter. Er hatte sich während des Dinners bemüht, mich auszuforschen, aus Gründen, die einstweilen im dunkeln blieben, doch wollte ich seine Absichten nur zu gern erfahren. Da er von geselligen Verwandten umgeben war, würde Mr. Emilious wohl kaum vor Montag von Eastwell Park herüberreiten, und dann wäre ich unglücklicherweise schon auf Goodnestone Farm. Ich mußte den Herrn und seine Intrigen gänzlich aus meinen Gedanken verbannen.

Doch nachdem ich das getan hatte, raubten andere Gedanken mir den Schlaf. Von Eastwell Park war es nur ein Schritt bis zu unserer Ankunft in Godmersham und der schrecklichen Nachricht von Collingforths Ermordung, mit der wir empfangen wurden, und damit konnte sich mein Verstand gut und gerne den Rest der Nacht beschäftigen. Wer hatte Denys Collingforth umgebracht? Ein Wegelagerer, der ihm zufällig auf der Landstraße begegnet war? Sein widerlicher schwarzgekleideter Freund, Mr. Everett, der spurlos aus Canterbury verschwunden war? Oder dieselbe Person, die Mrs. Grey getötet hatte?

Denn daß Collingforth die Dame nicht erdrosselt hatte, das war meine feste Überzeugung. In dem Falle wäre sein eigener plötzlicher Tod zu unerklärlich. Er war wohl beseitigt worden, um ihn zum Schweigen zu bringen – oder von der Hand eines Rächers, der sich nicht sicher war, daß er auch wirklich hängen würde. Und plötzlich fiel mir ein, daß Mr. Valentine Grey am Donnerstagabend eilig nach London aufgebrochen war, am Vorabend der Beerdigung seiner Frau – eine ungewöhnliche Reise, plötzlich ausgelöst durch die Nachricht eines Boten. War der Mann bezahlt worden, um Denys Collingforth zu beschatten? Hatte er ihn gefunden und war in Windeseile zurückgekommen, um seinen Auftraggeber Mr. Grey zu informieren?

War es Greys Hand, die Collingforth die Kehle durchschnitt und seine Leiche für den Mühlteich beschwerte? In der Richtung konnte ich nicht auf Schlaf hoffen, nur ein Mittel bot sich an. Mit einem Seufzer der Verzweiflung nahm ich meine Kerze, öffnete die Schlafzimmertür und entzündete meinen Docht an der Leuchte, die die ganze Nacht in der Halle brannte. Es blieb mir keine Wahl: Ich mußte mich in den »Werther« vertiefen, bis ich in völlige Bewußtlosigkeit verfallen würde.

Mein Bruder Neddie war schon auf den Beinen, als es noch kaum hell wurde. Ich wurde durch die Rufe von Männern und das Klappern von Hufen aus meinem Schlummer gerissen. Als ich an das Fenster meines Schlafzimmers stürzte, erblickte ich ein Schauspiel geordneten Durcheinanders unten vor den Ställen. Der Regen hatte wieder stärker eingesetzt und fiel in heftigen Güssen, die den Hof in Morast verwandelten. Neddie war schon aufgestiegen und wollte fortreiten, Henry wurde gerade von einem Stallburschen in den Sattel gehoben, und Mrs. Salkeld stand zwischen ihnen und hielt eine pendelnde Laterne hoch. Aus ihrer ausgestreckten Hand nahm Neddie einen dampfenden Topf, der nur Kaffee enthalten konnte, gab ihn leer mit Dank zurück, und riß sein Pferd herum.

Ihr Ziel war das etwa zehn Meilen entfernte Deal und in der Stadt ein kleiner Absteigegasthof mit dem Namen »Hoop & Griffin«, in dem Denys Collingforth kalt und leblos auf einem kahlen Brettertisch lag. Dort erwartete sie die mühevolle Aufgabe, den Leichenbeschauer zu informieren, einen Termin für die Untersuchung der Leiche festzulegen und die dankbare Witwe aufzusuchen – und das alles durch Schmutz und Nässe. Später kämen dann noch Stunden ergebnisloser Befragungen hinzu und das Ärgernis, niemals zu erfahren, wie der Mörder hieß oder aussah.

Ich erschauerte und ging wieder ins Bett.

»Ich bitte um Verzeihung, Miss Austen«, sagte Anne Sharpe einige Stunden später an meiner offenen Tür, »aber ich möchte Sie etwas fragen – Ihr Besuch bei den Finch-Hattons war hoffentlich angenehm?«

Obwohl die Gouvernante nichts vom Tod Denys Collingforths wissen konnte – bei unserer Rückkehr zu später Stunde hatte sie sich schon zurückgezogen, und vor dem Frühstück konnte ihr kaum jemand begegnet sein, der davon erfahren hatte –, war ihr Gesicht fieberhaft bewegt. Die nußbraunen Augen in ihrem bleichen Gesicht hatten sich geweitet.

»Kommen Sie bitte herein, meine Liebe, und setzen Sie sich«, rief ich. »Sie sehen gar nicht gut aus. Ich bin sicher, Sie haben eine schlechte Nacht verbracht!«

»Ich ... das heißt, der schreckliche Regen ... ich habe das Rollen des Donners noch nie ertragen können. Es ruft bei mir unweigerlich eine Migräne hervor.« Sie preßte eine Hand an die Schläfe und schwankte leicht. Ich sprang ihr sofort bei und half ihr in einen Sessel.

»Sie sollten das Bett nicht verlassen«, sagte ich bestimmt.

»Nein ... Sie sind zu freundlich ... aber es hat nichts zu bedeuten, wirklich nicht. Mir geht es bestimmt gleich wieder besser.«

»Es war gut, daß Sie auf den Ausflug nach Eastwell verzichtet haben, für Sie wie für Fanny. Sie hätten die holprige Kutschfahrt nicht ausgehalten und noch viel weniger die Strafe, Konversation machen zu müssen.«

»Wirklich eine Strafe«, flüsterte sie und schloß bei dem Gedanken die Augen.

»Wir alle haben die letzte Nacht schlecht geschlafen«, fügte ich hinzu und betrachtete mit einiger Besorgnis ihr leidendes Gesicht. »Wir kehrten erst kurz vor Mitternacht zurück, und uns erwartete eine schreckliche Nachricht. Mr. Collingforth ist gefunden worden, aber tot. Meine Brüder sind schon vor dem Morgengrauen losgeritten, um die Leiche zu untersuchen.«

Ihr stockte der Atem, und sie packte mein Handgelenk mit einem fast schmerzhaften Griff.

»Hat Mrs. Austen ihr Zimmer schon verlassen?«

»Ich glaube nicht. Möchten Sie sie sprechen?«

»Es ist nichts Wichtiges. Es hat Zeit. Aber Mr. Collingforth – es war wahrscheinlich Selbstmord? Hat ihn die bittere Erkenntnis seiner Schuld dazu getrieben, sich das Leben zu nehmen?«

»Ein Mann kann sich zwar selbst die Kehle durchschneiden«, erwiderte ich, »doch es ist unwahrscheinlich, daß er sich danach einen Stein ans Bein bindet und sich in einen Mühlteich trudelt. Nein, Miss Sharpe, ich muß annehmen, daß der arme Collingforth ebenso ermordet wurde wie vorher Mrs. Grey, doch aus welchen Gründen, das wissen wir noch nicht.«

Die Gouvernante erschauerte sichtlich. »Großer Gott! Daß ich das beinahe vergessen hätte! Diese furchtbare Frau …«

»Miss Sharpe …«

»Sie wissen nicht, wie ihr Gesicht mich verfolgt«, rief sie und starrte mich blicklos an. »Wie ein Dämon oder eine Hexe in ihrem blutroten Kleid.«

Ich schaute sie verblüfft an. Noch etwas anderes als der Schrecken eines gewaltsamen Todes arbeitete in Miss Sharpe – etwas, was mehr mit Mrs. Grey selbst zu tun hatte. Mir fiel plötzlich ein, wie auffallend reserviert sich die kleine Gouvernante am Renntag verhalten hatte und wie entsetzt sie die Leiche der Dame betrachtet hatte. Überkam sie ihr gegenwärtiges Fieber nicht in dem Moment, als Mrs. Greys Leben endete? – Vielleicht waren sie sich früher in London begegnet, als Anne Sharpe der Dame gesellschaftlich eher gleichstand, und das Mädchen empfand es als Kränkung, ihr nun in so untergeordneter Stellung gegenüberzutreten.

»Können Sie mir nicht sagen, was hinter dem allen steckt, Miss Sharpe?« fragte ich sanft.

Die Gouvernante richtete sich auf und gewann etwas von ihrer Haltung zurück. »Sie sind sehr freundlich, Miss Austen«, antwortete sie, »aber ich versichere Ihnen, daß ich lediglich an Kopfweh leide.«

»Dann sollte Dr. Wilmot Sie untersuchen.« Ich wandte mich rasch zur Tür. »Mrs. Austen will ihn sowieso wegen des kleinen Edward konsultieren, dessen Fieber immer noch nicht weichen will, und wenn der Arzt wegen eines Falles gerufen wird, kann er auch gleich uns alle behandeln!«

Miss Sharpe erhob sich halb und griff nach meinem Arm. »Ich bitte Sie, sagen Sie nichts zu Mrs. Austen von meinem Unwohlsein. Das könnte ich am allerwenigsten ertragen.«

»Aber meine Liebe …«

»Verstehen Sie denn nicht, daß sie schon meint, ich sei völlig ungeeignet zur Erziehung ihrer Kinder?« rief Miss Sharpe erregt. »Sie betrachtet mich als ein armseliges, lästiges Geschöpf, zu zartbesaitet für die Mühen der Erziehung. Ich weiß nicht, warum sie es so lange mit mir ausgehalten hat. Noch bevor ein Jahr um ist, werde ich ohne ein Zeugnis entlassen, und was ich *dann* anfangen soll, wo mich alle meine Freunde verlassen haben ...«

»Sie müssen sich beruhigen, Miss Sharpe.« Die Sorge ließ meinen Ton schärfer klingen, und sie fuhr zusammen wie von einem Schlag getroffen. Ich hockte mich neben ihren Sessel. »Wirklich, Sie regen sich unnötig auf. Ich bin sicher, daß meine Schwester keinen Grund hat, Ihre beträchtlichen Talente geringzuschätzen. Sie spricht sehr lobend von Ihren Fähigkeiten und bewundert, was Sie bei Fanny erreicht haben, von der wir alle wissen, daß sie sich in einem sehr kritischen Alter befindet. Man wird Ihnen eher gratulieren, als daß man Sie entläßt!«

Die Gouvernante schüttelte den Kopf und hielt sich bei meinen Worten beinahe die Ohren zu, als hätte ich sie gründlich ausgeschimpft. Sie behauptete, sie hätte solche Freundlichkeit nicht verdient, und war nahe daran, selbst zu kündigen, so stark war ihr Gefühl, versagt zu haben. Ich versuchte noch weiter, vernünftig mit ihr zu reden, entschied aber schließlich, daß es das klügste sei, sie ins Bett zu stecken. Das wurde ihr dann auch befohlen, auf einem Tablett wurde ihr Tee gebracht, und es wurde angeordnet, daß sie erst aufstehen dürfe, wenn sich ihre Nerven gänzlich erholt hätten.

Als ich sie sicher in ihrem Schlafzimmer untergebracht hatte, saß ich noch eine Weile in meinem und dachte über Miss Sharpe nach. Gestörter Schlaf oder ein Anfall von Migräne konnten kaum eine solche Zerrüttung der Nerven erklären. Sie sah ganz aufgelöst aus, als sei der Friede ihres Herzens für immer dahin. Ihr war es bestimmt seit dem

Renntag sehr schlecht gegangen. War das nur ein unglücklicher Zufall oder die Auswirkung eines tieferen Übels? Sie konnte mit Mrs. Greys Tod nichts zu tun haben. Die bloße Vorstellung war zugleich abstoßend und höchst phantastisch, denn sie hatte während der Rennen mir gegenübergesessen. Irgend etwas hatte aber an diesem Tag ihren Seelenfrieden zerstört. Schon am nächsten Morgen hatte sie begierig darauf gehofft, Kent zu verlassen und nach London zu reisen. Ihre Enttäuschung darüber, daß die Franzosen das Land nicht überrannt hatten, war aufschlußreich.

Eine Weile überlegte ich noch, welche Bedeutung solche Anzeichen und Indizien haben könnten, dann verließ ich das Schlafzimmer und machte mich auf die Suche nach meiner Nichte Fanny.

Ich fand sie in dem Gang vor der Küche (dem Lieblingsaufenthalt der Kinder), wo sie mit der Hilfe des kleinen William versuchte, einen Federball möglichst lange in der Luft zu halten. Dieses Spiel reizt mich immer wieder, und ich konnte von jeher gut mit dem Rakett umgehen. Also spielte ich gleich mit, unter den Jubelschreien der Kinder. Mehrmals konnten wir den Federball drei Schläge lang in der Luft halten, und in einem denkwürdigen Fall sogar für *sechs* Schläge. Als der Federball schließlich hinter einem Berg von Bündeln landete, die die Packer für die Invasion dort hatten stehen lassen, und sich zu Williams Enttäuschung nicht wiederfand, wanderten wir alle in die Küche und baten um Butterkuchen und Limonade.

»Fanny«, sagte ich, als die Köchin unseren ersten Durst gestillt hatte und fortgegangen war, um ein Perlhuhn zuzubereiten, »was ist denn passiert, das Miss Sharpe so verstört hat?«

Sie wandte mir ihre klaren grünen Augen zu, die so sehr denen ihrer Mutter gleichen. »Es muß eine Herzensangelegenheit sein, Tante Jane, da bin ich mir sicher.«

»Du hast deine Romane nicht umsonst gelesen, Fanny.

Eine romantische junge Dame meint, daß jeder Kummer von einer Herzensangelegenheit herrührt, doch in Miss Sharpes Fall kann ich das nicht glauben. Sie geht nicht aus und trifft niemanden, und doch geht es ihr seit voriger Woche deutlich schlecht. Was kann ihr denn plötzlich solchen Schmerz bereitet haben?«

»Ich nicht«, erklärte William bestimmt. »Ich renne immer weg, wenn ich sie kommen sehe.«

»Sie geht zwar wenig aus«, sagte Fanny sorglos, »aber sie hat einen Brief bekommen. Ich weiß es, ich habe ihn gesehen.«

»Du hast ihre Korrespondenz gesehen? Schäm dich, Fanny!«

»Nicht *gelesen*«, protestierte sie. »Bloß gesehen. Russell brachte ihn auf einem kleinen Silbertablett ins Schulzimmer, als die Post gekommen war.«

»Aber Miss Sharpe hat doch sicher schon häufiger Briefe erhalten. Sie hat einen großen Bekanntenkreis, denn sie hat früher in der vornehmen Gesellschaft gelebt. Daran kann doch nichts Besonderes sein.«

»Ach, Tante *Jane*«, rief Fanny ärgerlich, »du bist entschlossen, mich zu plagen und zu irritieren, du lästiges Geschöpf! – Wie gefällt dir der Satz? Ich habe ihn auswendig gelernt aus einem der Bücher von Madame D'Arblay.«

»Er ist bewundernswert formuliert. Madame D'Arblay versteht es immer, Beleidigungen auf die eleganteste Art auszudrücken.«

»Aber was ich dir sagen wollte, Tante, ist einfach dies: Sharpie erhält ihre Briefe immer am Dienstag. Sie kommen von ihren Freunden, den Portermans. General Sir Thomas und Lady Porterman mögen sie sehr, weißt du, und schreiben ihr regelmäßig. Sobald sie ihren Brief erhält, gibt sie Eliza und mir auf, ein paar Strophen auswendig zu lernen, und während wir die Köpfe ins Buch stecken, schreibt sie ihre Antwort.«

»Ich merke, Miss Sharpe ist ein methodischer Mensch. Vielleicht können wir hoffen, daß sie auch etwas Ordnung in euer chaotisches Dasein bringt. Ich sehe aber nicht ein, wie ihre Methode zu deiner Theorie passen soll. Von einer Herzensangelegenheit ist dabei wenig zu spüren.«

»Aber *dieser* Brief, der wichtige, kam am *Mittwoch*, Tante Jane, und du mußt zugeben, das widerspricht allen Erwartungen.« Fanny hielt inne und genoß ihren Triumph.

»Es sei denn, die Post hatte Verspätung.«

»Aber es war nicht der übliche Dienstagsbrief von den Portermans, denn die Handschrift war völlig fremd, und ich merkte, wie Sharpie der Atem stockte, als sie ihn von Russell entgegennahm.«

»Und hat sie euch dann wieder Strophen lernen lassen?« fragte ich neugierig.

»Sie stopfte den Brief hastig in die Tasche, als traute sie sich nicht, ihn in unserer Gegenwart zu lesen«, berichtete Fanny. »Stell dir nur vor, Tante Jane! Sharpie glaubt, daß sie ihre Liebe verloren hat, daß keine Aussicht mehr auf eine Leidenschaft besteht, und dann, als sie es nicht mehr erwartet, erreicht sie sein Ruf! Er ist wieder ein freier Mann! Er sehnt sich danach, sie in die Arme zu nehmen. Aber sie – sie kann sich nicht entschließen, zu ihm zu gehen. Sie wird von Zweifeln gemartert. Sie liest seinen Brief immer wieder, steht um Mitternacht auf, um die Worte beim Licht einer flackernden Kerze zu prüfen ... obgleich sie sich schon ihrer Seele unauslöschlich eingeprägt haben ...«

»Können wir nicht Salkeld bitten, die Kisten wegrücken zu lassen?« unterbrach sie William traurig. »Ich würde mich ärgern, wenn ich meinen Federball verloren hätte. Onkel Henry hat ihn aus London mitgebracht, und in Canterbury gibt es bestimmt keinen so schönen.«

»... und dann, im Morgengrauen, verbrennt sie ihn im Kamin des Schulzimmers!« erklärte Fanny mit einem feinen Sinn für Dramatik.

»Hat sie nicht!« rief William, »denn im Sommer macht Daisy in dem Zimmer nie ein Feuer an.«

»Ach, sei still, William.« Fanny bedachte ihn mit einem verächtlichen Blick. Es war schon bemerkenswert, daß sie als ein Mädchen von zwölf Jahren während des ganzen Vormittagssports die Nähe eines halb so alten Jungen geduldet hatte. »Du hast keine Ahnung von Erzählstruktur, du dummer Junge. Das Feuer im Morgengrauen ist wesentlich.«

»Ja, meine Liebe – aber war da wirklich ein Feuer?« mußte ich nun einfach fragen.

Fanny sah sich vorsichtig um, als wolle sie nicht belauscht werden. »Miss Sharpe bat Daisy am Donnerstagmorgen, eins anzumachen, obwohl das Wetter schön war. Sie behauptete, das Schulzimmer sei feucht und müßte gelüftet werden und ein Feuer würde gegen Erkältung schützen. Ich hielt das alles für Quatsch, denn du weißt ja, daß es vor gestern nicht geregnet hat, aber als ich nach dem Dinner ins Kinderzimmer ging, sah ich, wie sie vor dem Kamin kniete mit einem Bündel Briefe in der Hand. Sie verbrannte einen nach dem anderen.«

»Den Brief vom Mittwoch auch?«

Fanny zuckte beredt die Achseln. »Das weiß ich nun nicht, Tante Jane. Aber es würde eine schöne Geschichte draus, wenn sie's getan hätte.«

Darin mußte ich meiner Nichte zustimmen, und ich erwog Miss Sharpes verstohlenes Verhalten in einem von Befürchtungen bedrückten Gemüt. Dann ermahnte ich Fanny, die Gouvernante nicht mit dem Thema ihrer geheimnisvollen Korrespondenz zu quälen oder ihr etwas über die Art meiner Fragen zu verraten; nur die Sorge um das Wohlergehen der jungen Frau habe mich zu meinen Nachforschungen veranlaßt, und ich hielte es für das beste, sie ihren Kummer in Ruhe überwinden zu lassen. Fanny und William gelobten feierlich Verschwiegenheit, und ich hoffte inständig, das Versprechen würde den Vormittag über halten.

Damit überließ ich sie ihrem Butterkuchen und der Zusage, die Packkisten würden bald weggerückt.

Ich hatte selbst schon genug Briefe verbrannt, um zu wissen, daß sie selten ganz vom Feuer verzehrt wurden. Asche aus dem Schulzimmerkamin könnte den Schlüssel zu Miss Sharpes Benehmen enthalten, und sie ließe sich vielleicht noch in einer sicheren Ecke der Spülküche auffinden. Aber konnte ich mit ruhigem Gewissen in das Privatleben der Gouvernante eindringen?

Die Erinnerung an Anne Sharpes verzweifeltes Gesicht, wie ich es heute morgen im Gelben Zimmer gesehen hatte, ließ mich die Frage sofort entscheiden. Die Gouvernante hatte gesagt, die ermordete Mrs. Grey verfolge sie – und ich wollte wissen, warum.

»Asche?« Mrs. Salkeld verharrte mitten im Schritt, einen mächtigen Ring von Schlüsseln in der erhobenen Hand. »Wozu in aller Welt brauchen Sie denn Asche, Miss?« Dann faßte sie sich und fügte rasch hinzu: »Nicht, daß mich das was angeht, klar, und Sie verzeihen bitte meine Dreistigkeit. Sie haben bestimmt Ihre Gründe. Ich war bloß so überrascht ...«

»Ich fürchte, in dem ganzen Durcheinander des Packens habe ich ein paar Papiere verbrannt, die ich noch gebraucht hätte«, erklärte ich ihr. »Ich habe natürlich kaum Hoffnung, daß da etwas übriggeblieben ist, aber wenn auch nur die kleinste Chance besteht, daß ich etwas finde ...«

»Ach, Sie und Ihre kleinen Papiere, Miss Austen«, antwortete die Haushälterin mit einem zufriedenen Lachen. »Oft habe ich schon zu Russell gesagt, ›Wie gebildet die jungen Damen heutzutage doch alle sind! Sieh nur Miss Jane an, immer kritzelt sie was in ihre kleinen Bücher, die sie selber zusammennäht, und lacht immer dabei in sich hinein.‹ Heute gibt's alle möglichen Arten von Zerstreuungen für junge Damen, und zu Zeiten Ihrer Großmutter haben die feinen jungen Damen wohl kaum lesen und schreiben können!«

Ich neigte dazu nur bescheiden den Kopf und bat im stillen die liebe verstorbene Jane Leigh* um Vergebung, die Witwe eines Dozenten von All Souls, Oxford, die ganz bestimmt lesen und schreiben konnte. Dann folgte ich Mrs. Salkeld in die Vorratskammer.

»Hier ist das Aschenfaß«, sagte sie und deutete auf eine Tonne in der Ecke. »Wir bewahren immer einen reichlichen Vorrat zum Seifemachen auf, wie Sie sehen. Ich kann Ihnen aber bestimmt nicht sagen, wo die Asche aus dem Kamin im Gelben Zimmer ist, Miss, und Sie haben eine Menge Arbeit vor, wenn Sie das alles durchsieben wollen.«

»Vielleicht könnte ich ein Gartensieb dazu nehmen«, überlegte ich und schätzte Umfang und Tiefe der Tonne ab.

»Dann laß ich den Untergärtner kommen«, entschied Mrs. Salkeld, »der kann die Tonne gleich nach draußen bringen, und das spart uns eine Menge Dreck. Warten Sie bloß einen Moment, Miss, ich lasse Russell den Jungen suchen.«

Ich wartete einen Moment – ich wartete mehrere –, es war schon eine Viertelstunde vergangen, in der der Regen keineswegs nachließ, und die Häßlichkeit meiner Aufgabe wurde mir immer tiefer bewußt.

»Sind Sie sicher, daß Sie nicht lieber besseres Wetter abwarten wollen, Miss?« fragte Mrs. Salkeld zweifelnd, als sie nach der Hinaussendung Russells in die Nässe zurückkam.

»Sie sind sehr freundlich, liebe Mrs. Salkeld, aber mit der Vernichtung der Papiere habe ich mir solche Sorgen bereitet, daß ich mich nur beruhigen kann, wenn ich mich gleich betätige. Ich werde einen Mantel anziehen und eine Haube aufsetzen, ganz bestimmt.«

»Ach Gott, Miss! Da können Sie auch meine haben, die hängen gleich hinter der Tür.«

* Jane Walker Leigh (1704-1768) war Jane Austens Großmutter mütterlicherseits. – *Die Herausgeberin.*

Also versprach ich Mrs. Salkeld, ihre Kleidungsstücke vor unnötiger Beschmutzung in acht zu nehmen, traf mich mit dem Untergärtner auf der hinteren Terrasse und fing mit meiner ungesunden Arbeit an.

Eine Menge Asche ist nie ein Freund von Ordnung, wie jedes gehobene Dienstmädchen bezeugen kann. In ihrer Federleichtigkeit wird sie rasch vom Winde verweht, während ihr pulverartiger Schmutz in jede Spalte und Pore kriecht. Bei schönem Wetter wäre meine Aufgabe schon unangenehm genug gewesen, doch die gleiche Menge Asche vom Regen durchweicht ist ausgesprochen ekelhaft. Ich suchte zwar Schutz unter der Dachtraufe, war aber schon nach einer Viertelstunde so rußverschmiert wie ein Schornsteinfegergehilfe. Was meine elegante Schwester Lizzy sagen würde, wenn sie mich unverhofft dabei anträfe, daran konnte ich nur mit Schaudern denken, und wenn Miss Sharpe sich aus ihrem Bett wagen würde …

Mrs. Salkeld hatte vorsorglich eine zweite Tonne bereitgestellt, in die ich das Zeug umfüllen konnte, und dazu einen großen Gartenspatel und ein Sieb. Damit kam ich recht schnell voran, und nachdem ich etwa ein Viertel der Tiefe der Tonne erreicht hatte, spürte ich einen Unterschied in der Beschaffenheit der Asche. Bisher hatte sie größtenteils aus weichem hellgrauem Pulver bestanden, den Überresten der Hickorykloben, die Lizzy im Kamin brennen ließ, wenn sie sich zum Dinner ankleidete, ganz gleich, wie das Wetter war. Doch jetzt entdeckte ich gröbere Schichten zwischen den feinen, mehrere große Stücke Hadern, die an den Rändern gelbbraun angesengt waren.

Ich ließ den Spatel fallen und zog die Baumwollhandschuhe aus, die von der Asche ohnehin verdorben waren, bückte mich, hob die brüchigen Fetzen aus ihrem Aschebett und legte sie vorsichtig auf das Maschensieb. Eine behutsame Arbeit bei aller Eile, denn Miss Sharpe konnte jeden Moment feststellen, daß ihre Migräne verflogen sei, und sich auf der Suche nach Tee in den Dienstpersonalflügel begeben. Ich zwang mich zur Ruhe und fischte noch eine Viertelstunde in der Asche herum, während der Regen so sanft wie ein Kuß auf Mrs. Salkelds Haube rann. Dann stellte ich fest, daß die Asche erneut von der Art war, die allein von den Holzkloben stammte, wohl wieder von Lizzys Hickory, gab mich damit zufrieden und trug die kostbaren Stücke in die Vorratskammer.

»Mrs. Salkeld!« rief ich. »Meine Suche hatte Erfolg! Russell kann die Tonne bei Gelegenheit zurückbringen, und sagen Sie bitte dem Untergärtner meinen Dank.«

»Ich komme gleich, Miss«, antwortete mir Mrs. Salkeld zufrieden von dem Küchengang her, »habe gerade der armen Miss Sharpe einen Topf Tee hochgeschickt. Sie hatte nach Daisy geklingelt und sich ein neues Feuer gewünscht. Bei dem Regen geht einem die Kälte durch und durch.«

Ich ließ sie weiter über das Benehmen von Gouvernanten brummen, die zu fein seien, etwas für ihr Brot zu tun, und schmuggelte meine Beute in die Bibliothek. Da die Herren fort waren, müßte sie ganz verlassen sein, denn Lizzy würde den größten Teil des Tages mit dem Ankleiden in ihrem Boudoir verbringen im Hinblick auf den Kondolenzbesuch auf The Larches.

Leider muß ich sagen, daß Miss Sharpes Briefe meinen räuberischen Augen wenig boten. So unvollständig verbrannt die Fragmente auch waren, sie ließen sich kaum entziffern. Die Schärfe meiner Augen hat ohnehin durch das Schreiben und Nähen bei jeder Art von Licht ziemlich gelitten, und nur durch den Gebrauch der Lupe meines Bruders – die er auf einem Stapel von Lieferantenrechnungen auf dem Schreibtisch liegengelassen hatte – konnte ich überhaupt etwas erkennen. Was unter der stärkeren Linse zum Vorschein kam, waren einige Worte, die unfreundlicherweise in der Mitte abbrachen: *Zun-* Zunge? Zuneigung?

Zunder? – *-öschen* -Röschen? Höschen? – Und dann drohend das ganze Wort Tod.

Davor prallte ich zurück und dachte nach. *Meine Zuneigung, das schwöre ich dir, mein Röschen, endet nur mit meinem Tod.* Das würde Fannys Interpretation der Situation entsprechen. Doch vielleicht hieß es auch: *Wie Zunder loderte ich beim Anblick deines Höschens – du holst dir noch den Tod!* Oder die Fragmente stammten gar von verschiedenen Briefen und ergaben zusammengefügt überhaupt keinen Sinn. Jedenfalls war dieses Bemühen hoffnungslos. Was ich gefunden hatte, war genug, um mich zu reizen, aber nicht genug, um mich zu erleuchten.

Ich untersuchte die übrigen Fragmente etwas lustlos und spürte, daß mir ein Hinweis entgangen war. Was war es nur? *Zuneigung? Röschen?* Damit hatte es nichts zu tun, diese Worte waren durch den täglichen Gebrauch so abgenutzt, daß sie keine besondere Bedeutung mehr hatten. *Tod* also – vor seiner schrecklichen Wirklichkeit mußte jeder Leser verstummen. Und vielleicht das Wort *Höschen*.

Mrs. Grey hatte ja in ihrem Höschen den Tod gefunden.

Ich erschauerte vor einer Kälte, die nichts mit dem Regen zu tun hatte, und sah mir die Papierfetzen noch einmal genau an.

Die abgebrochnen Worte sagten mir tatsächlich wenig. Aber ich hatte nicht auf die Handschrift geachtet.

Eine feste Handschrift, doch mit leichten Strichen, wie bei einer feinen Gravur. Dort stand das S, deutlich zu erkennen in öschen, wie ein gesetztes Bramsegel. Diese Handschrift hatte ich schon einmal gesehen, wenn auch nur kurz. Es war die unverkennbare, leicht geneigte Schrift des vornehmen Landschaftsgestalters Julian Sothey.

Kapitel 16
Das Ende eines Sportsmannes

24. August 1805, Forts.

Gegen Mittag kehrten meine Brüder aus dem »Hoop & Griffin« in Deal zurück, wegmüde, durchnäßt bis auf die Haut und in schlechtester Stimmung.

Denys Collingforths Leiche ließ nichts vom Wesen seines Mörders erkennen und nur zuviel von der gräßlichen Art seines Ablebens. Wie ich verschiedenen zarten Andeutungen des Friedensrichters entnahm, hatte sich Henry eine Viertelstunde lang übergeben und sich geweigert, die Leiche noch einmal anzusehen, und Neddie stand es nur durch mit einem Taschentuch vor der Nase und einem kräftigen Schuß Brandy im Magen.

Die Bänder des Halses waren ganz durchgeschnitten, erklärte mir mein Bruder, und davon muß die Kleidung des Mörders stark mit Blut bespritzt worden sein. Neddie hatte eine Gruppe Arbeiter am Ort angeheuert, die den Mühlteich, in dem die Leiche gefunden worden war, mit einem Schleppnetz absuchen und das Unterholz um den Teich herum durchkämmen sollten in der schwachen Hoffnung, dabei die weggeworfene Kleidung des Mörders zu finden, die Zeichen des Herstellers oder einer Wäscherei tragen könnte, doch erhoffte er sich davon nicht viel. Ein schlauer Mörder, der den Tod Collingforths plante, hatte wahrscheinlich Kleidung zum Wechseln bei sich und die blutverschmierte unterwegs verbrannt. Vielleicht hatte er die Spuren seines Verbrechens auch einfach unter einem voluminösen Reisemantel verborgen, bis er das riesige Gebiet Londons erreichte. Dort konnte man jeden Abfall unauffällig beseitigen.

»Und wie hat man Collingforths Leiche in Deal erkannt?« erkundigte sich Lizzy mit einer leichten Falte der Verwunderung auf der Stirn.

»Er war am Donnerstagmorgen von einem Bekannten in der Stadt gesehen worden, einem Mr. Pembroke, der in der Sportswelt nicht ganz unbekannt ist. Soviel ich weiß, lebt Pembroke recht gut vom Betrug beim Kartenspiel, Lizzy, und Collingforth war früher mit ihm befreundet. Er fand Collingforth, als der sich in einem Torweg im schäbigen Teil der Stadt herumdrückte und ganz verzweifelt aussah, und da Pembroke nicht glaubte, daß er eines Mordes fähig sei – er hatte vom Tode Mrs. Greys und dem Ergebnis der Leichenschau vom Mittwoch gehört –, unternahm er es, seinen alten Freund zu schützen. Er brachte Collingforth auf sein Zimmer und hielt ihn dort fest, indem er bis zum Dunkelwerden Brandy mit ihm trank. Der arme Collingforth war ganz außer sich wegen der Anklage gegen ihn, sagte Pembroke, und sie waren sich einig, daß es das beste für ihn wäre, sich zum Kontinent einzuschiffen. Deal ist der Hafen der Downs, wie ihr wißt, und Pembroke forderte seinen Freund auf, die Überfahrt auf einem Schiff zu buchen, das bald auslaufen würde, damit er fortkäme. Er will Collingforth zu diesem Zweck sogar Geld aufgedrängt haben, lehnte es aber ab, die Sache für ihn zu arrangieren – Pembroke hatte keine Lust, in die Flucht eines unter Mordanklage stehenden Mannes verwickelt zu werden.«

»Wie er dem Herrn Friedensrichter Austen bereitwillig erzählte«, murmelte ich belustigt. »Hast du den Burschen richtig ausgehorcht, Neddie? Seine Geschichte klingt mir zu plausibel. Könnte er nicht Mr. Collingforth in den Mühlteich befördert haben – für eine kleine Belohnung unter Freunden?«

»Da bin ich dir voraus, Jane«, erwiderte mein Bruder lächelnd. »Ich habe unabhängig von Mr. Pembroke erfahren, daß er sich um zehn Uhr von Collingforth trennte.

Seine Wirtin – eine ältliche, ganz neutrale Person – sollte die Tür hinter den beiden Männern abschließen und stellte fest, daß sie schwer betrunken waren. Pembroke traf auf der Straße einen Bekannten, der ihn zu einem Hahnenkampf mitschleppte und mehrere Stunden mit ihm zusammenblieb. Collingforth hatte sich zum Schutz gegen Entdeckung tief vermummt und schlug den Weg zum Hafen ein. Das ist das letzte, was Pembroke von ihm sah, bis er zufällig erfuhr, am Freitag sei ein Ermordeter gefunden worden und liege im ›Hoop & Griffin‹, und er hinging, um sich die Leiche anzusehen.«

Wir alle schwiegen einen Moment und dachten nach.

»Also hat Mr. Collingforth die Überfahrt niemals gebucht«, überlegte ich. »Man muß sich fragen, warum nicht. Fürchtete er, erkannt zu werden? – Oder wurde er tatsächlich erkannt, nachdem er sich von seinem Freund Pembroke getrennt hatte und bevor er die Kaistufen erreichte?«

»Wenn man der Wirtin glauben kann und Collingforth derart voll war, kann er nicht viel Widerstand geleistet haben«, bemerkte Henry düster. »Zwei kräftige Burschen – sogar einer, der sich darauf versteht – könnten ihm so leicht den Hals abgeschnitten haben wie einem Vogel.«

»Ich kann mir nicht vorstellen, daß ihn viele in der Stadt erkannt hätten«, wandte Lizzy ein. »Deal liegt mehr als sechzehn Meilen von seinem Wohnsitz Prior's Farm entfernt! Er kann nicht oft dort gewesen sein.«

Neddie zuckte die Achseln. »Denys Collingforth war gewöhnlich dort zu finden, wo es irgendeinen Sport gab oder wo Wetten abgeschlossen wurden. Es würde mich nicht überraschen, wenn er in bestimmten Kreisen in jeder Stadt von Kent bekannt war. Und du vergißt, meine Liebe, daß er ein gejagter Mann war. Ich hatte eine Belohnung von hundert Pfund auf seine unversehrte Ergreifung ausgesetzt – für viele eine stattliche Summe.«

»Und damit sein Todesurteil gesprochen«, schloß ich,

»denn der, der Denys Collingforth umbrachte, war jedenfalls entschlossen, daß er *nicht* unversehrt zurückkommen sollte. Diese Möglichkeit lag nicht im Interesse des Mörders von Mrs. Grey. Lieber sollte er umkommen und die ganze Geschichte mit ihm ein Ende nehmen.«

Mein Bruder wurde blaß. Ich hatte unüberlegt gesprochen und bedauerte nun meine gefühllosen Worte unendlich. »Mach dir keine Vorwürfe, Neddie!« rief ich hastig. »Ich möchte nicht, daß du dich auch nur im geringsten dafür verantwortlich fühlst. Du hast so gehandelt, wie es jeder vernünftige Mensch für das beste halten würde, und du hättest das Ergebnis in keiner Weise voraussehen können. Außerdem werden wir möglicherweise noch feststellen, daß Mr. Collingforth von einem gewöhnlichen Straßenräuber umgebracht wurde.«

Er antwortete nicht, sondern saß da und starrte auf den kleinen vergoldeten Tisch vor ihm, als sähe er das verwüstete Gesicht des toten Collingforth auf seiner Platte gespiegelt. Lizzy ging zu ihm und faßte seine Hand, Henry warf mir einen ausdrucksvollen Blick zu, und ich fühlte mich zutiefst schuldig. Neddie hatte schon immer seine Verletzungen stumm mit sich herumgetragen, während wir anderen uns mit einem einzigen Ausbruch Erleichterung verschaffen konnten, und ich las im Gesicht meines Bruders, daß mein unbeabsichtigter Schlag ihn schwer getroffen hatte.

»Was wirst du nun tun, Liebster?« fragte Lizzy sanft.

Er starrte sie blicklos an und schien dann aus seiner Versunkenheit zu erwachen.

»Nun, was das anbelangt, meine Liebe, so habe ich wohl alles getan, was ich kann, wie Jane richtig bemerkte. Ich habe einen Boten nach London geschickt und die Behörden gebeten, mir alles mitzuteilen, was man über Mr. Collingforths verschwundenen Freund Mr. Everett weiß. Ich habe dem Konstabler in Deal befohlen, die Kapitäne der noch in den Downs ankernden Schiffe zu befragen in der Hoffnung, festzustellen, ob Collingforth am Donnerstagabend versucht hat, eine Überfahrt zu buchen, und einen anderen Mann habe ich Mr. Grey nachgeschickt.«

»Mr. Grey?« rief sie aus. »Aber Mr. Grey war doch Donnerstagabend nach London abgereist!«

»Das hat er jedenfalls seiner Haushälterin gesagt«, bemerkte Neddie hoffnungsvoll. Er sah mich über den Kopf seiner Frau hinweg an. »Doch ich habe Grund, mich zu fragen, meine Liebe, ob der mitternächtliche Bote wirklich von London kam oder nicht vielmehr ein Mann war, den Mr. Pembroke von Deal abgesandt hatte, während er seinen Freund in der Abgeschiedenheit seines Zimmers so lange bei einer Flasche festhielt. Dieser Zeitraum hätte ausgereicht, um mit The Larches in Verbindung zu treten. Vielleicht meinte Mr. Pembroke, mit diesem kleinen Dienst für Mr. Grey das Geld für die Überfahrt, das er Collingforth geliehen hatte, zehnfach wieder hereinzubekommen.«

Es war schon deutlich nach dem Mittag, als Neddie seinen Bericht beendet hatte. Er nahm einen kleinen Lunch ein, wechselte seine beschmutzte Kleidung, und gegen ein Uhr ließ er Pratt kommen. Wenig später brachen wir zu unserem Kondolenzbesuch nach The Larches auf, die Kutsche hatten wir wegen der letzten Regenschauer geschlossen. Lizzy bot ein Bild modischer Schicklichkeit – ihr dunkelgraues Kleid war ein wenig zu warm für die Jahreszeit, aber der Trauer perfekt angepaßt und gerade elegant genug, mit einem Gitterwerk aus schwarzem Satin um das Mieder und mit einer Reihe schwarzer Jettperlen besetzt, die ihre weißen Schultern gut zur Geltung brachten, um erkennen zu lassen, daß es eben erst von der Modistin gekommen war. Schwarze Bänder zogen sich durch ihr kastanienbraunes Haar, und sie trug Ohranhänger aus Jett. Ein kecker kleiner Tüllschleier hing aufreizend schräg über einem Auge, und ihre Handschuhe waren aus taubengrauer Spitze.

Ich für mein Teil hatte die letzten Aschespuren an meiner Person beseitigt, die gelockerten Haarsträhnen festgesteckt und mein sehr feuchtes Musselinkleid durch ein trockenes ersetzt. Da die Trauerzeit für meinen verstorbenen Vater erst kürzlich abgelaufen war, besaß ich nicht weniger als drei Kleider, die für den gegenwärtigen Fall geeignet waren – und ich haßte sie alle drei. Der Anblick dunkler Kleidung rief immer die schmerzlichsten Erinnerungen in mir hervor. Ich verzichtete auf sie alle und lieh mir ein lavendelfarbenes Musselinkleid aus dem Besitz meiner Schwester, das sie zurückgelassen hatte, als sie nach Goodnestone reiste.

»Wie weit ist es bis The Larches, Lizzy?« erkundigte ich mich, als die Kutsche langsam um eine gefährliche Pfütze herumfuhr.

»Nicht mehr als fünf Meilen, würde ich sagen. Wir könnten in einer halben Stunde dort sein. Du wirst dich freuen, die Gegend wiederzusehen, Jane – es ist nicht weit von Rowling, und den Ort hast du doch immer gern gehabt.«

Rowling! Ich hatte seit einer Ewigkeit nicht mehr daran gedacht. Es erschien mir wie ein Wort aus meiner entschwundenen Mädchenzeit, und die neuerliche Erwähnung entführte mich schnell in die Erinnerung. Es ist ein eher kleines Haus – kaum mehr als ein Landhäuschen – und liegt etwa eine Meile von Goodnestone Farm entfernt. Neddie und Elizabeth hatten die ersten Jahre in Rowling verbracht, ehe die alte Mrs. Knight Godmersham an Edward überschrieb und selbst nach White Friars zog. Ich hielt mich einige Wochen in Rowling auf, als ich zwanzig war, und dort begann ich Mr. Edward Taylors schöne dunkle Augen zu bewundern und versuchte die nußbraunen Augen eines gewissen Tom Lefroy zu vergessen. In Goodnestone Farm hatte ich den Boulanger getanzt und war in der Dunkelheit unter einem geborgten Regenschirm nach Hause gewandert. In Rowling hatte ich begonnen, »Elinor und Marianne«* zu schreiben und mich mit der Burleske »Susan« herumgequält. Ein solcher Ort mußte immer in ebenso zärtlicher Erinnerung bleiben wie das geliebte Steventon, der Schauplatz meiner jugendlichen Hoffnungen und Träume. So viele von ihnen waren zerbrochen.

»Wie sehr wünschte ich mir, wir hätten Zeit, durch den Garten zu gehen«, sagte ich wehmütig.

»Du wirst auf The Larches genug laufen können«, erinnerte mich Neddie. »In ganz Kent gibt es keine schönere Sehenswürdigkeit.«

»Besonders jetzt, nachdem Mr. Sothey es in Arbeit hatte«, antwortete ich.

Danach fuhren wir schweigend weiter, denn Lizzy hielt nichts von müßigem Geplauder, und meine Brüder waren so müde, daß ihnen die Augen zufielen. Ich hätte zwar gern ihre Meinung über meine morgendlichen Entdeckungen gehört – über die merkwürdige Tatsache der Handschrift Mr. Sotheys auf Briefen, die die Gouvernante vernichtet hatte –, hielt es aber nicht für klug, die Angelegenheit so bald zu besprechen. Meine eigene Rolle bei der Durchsuchung der Asche war zweifelhaft genug und setzte mich der Kritik aus, und ich scheute mich, Anne Sharpe bei ihren Arbeitgebern in ein schlechtes Licht zu bringen. Lizzy wäre bestimmt nicht erfreut über eine Gouvernante, die ein heimliches Liebesverhältnis pflegte, sie würde nicht zögern, eine Frau zu entlassen, die sie für nicht geeignet zur Erziehung ihrer Töchter hielt. Den Gedanken, daß ich das Mittel zum Ruin Anne Sharpes sein sollte, konnte ich nicht ertragen.

Ich konnte mir eine völlig unschuldige Erklärung für die

* »Elinor und Marianne« wurde 1811 unter dem Titel »Gefühl und Verstand« veröffentlicht. »Susan« wurde 1803 an einen Verleger verkauft, erschien aber erst 1818, nach dem Tode Jane Austens, als »Northanger Abbey«. Steventon war Jane Austens Geburtsort; sie verbrachte die beiden ersten Jahrzehnte ihres Lebens im Pfarrhaus von Steventon, das später abgerissen wurde. – *Die Herausgeberin.*

ganze Sache vorstellen. Während ihrer Jahre bei den Portermans war Anne Sharpe viel in der guten Gesellschaft ausgeführt worden, und es war durchaus möglich, daß sie Sothey irgendwo kennengelernt hatte und eine Verbindung eingegangen war. Da beide kein Vermögen besaßen, mochten sie es für unklug gehalten haben zu heiraten, und hatten beschlossen sich zu trennen. Miss Sharpe kam in der bedauernswerten Rolle einer Gouvernante zu meiner Schwester, während Mr. Sothey versuchte, aus seinem Talent zur Landschaftsgestaltung Gewinn zu ziehen. Der Herr mochte sich rasch in neue Verhältnisse, neue Bekanntschaften eingelassen haben, einschließlich seiner Affäre mit Françoise Grey. Miss Sharpes Herz mochte jedoch ihrem Pflichtgefühl nicht gewachsen gewesen sein.

Sie hatte ihre Enttäuschung einigermaßen gut ertragen bis zum Vormittag des Renntages von Canterbury. Dort muß sie neben mir Mrs. Greys einschneidende Bestrafung ihres Verehrers mitangesehen haben. Diese Schande! Dieser Verrat! Diese Erniedrigung! Danach, in der Einsamkeit ihres Zimmers, die Trostlosigkeit ihres Verlusts. Das alles würde wohl hinreichen, um die Gefühle jeder wohlerzogenen jungen Frau zu verletzen.

Daß Mr. Sothey seine Anne in der Kutsche der Austens erkannt hatte, daran zweifelte ich nicht. Das erklärte nun auch sein ausgeprägtes Interesse an der Kinderstube von Godmersham während unseres Gesprächs in Eastwell. Der geheimnisvolle Brief, der Fanny am Mittwoch aufgefallen war, mußte von ihm gekommen sein, und da er keine Antwort erhielt und keine Anne Sharpe beim Dinner in Eastwell am Freitag erschien, war er wohl reichlich nervös geworden. Was Sothey auch der Gouvernante geschrieben haben mochte, es hatte eine andere Reaktion hervorgerufen, als er erwartet hatte, denn sie hatte am Donnerstagmorgen ein Feuer erbeten und seine gesamte Korrespondenz verbrannt.

Aber wäre eine zu einem höchst empfindlichen Pflichtgefühl erzogene junge Dame bereit gewesen, mit einem solchen Mann zu korrespondieren, wenn sie nicht im stillen eine Heirat verabredet hätten? War Anne Sharpe etwa heimlich verlobt mit Mr. Sothey?

In dem Falle wären seine Aufmerksamkeiten für Françoise Grey und ihr späterer Bruch in aller Öffentlichkeit beim Renntag von Canterbury in der Tat verabscheuungswürdig. Sollte Anne Sharpe irgendwie den Zorn Mrs. Greys erregt haben? Und Julian Sothey zum Mord angestiftet haben?

So phantastisch diese Vorstellung auch sein mochte – eine reine Gedankenspielerei –, so verlieh ihr eine Überlegung doch Gewicht: Mr. Bretts beunruhigende Beobachtung, wie eine Frau mit rabenschwarzem Haar aus dem Pferdestall auf The Larches herauskam. Wenn diese Dame Anne Sharpe gewesen sein sollte …

»Da sind wir endlich, Jane – immerhin eher, als ich erwartet hatte«, murmelte Lizzy. »Nur Pratt kann ein Gespann bei diesem Schlamm so geschickt führen! Welch ein Glück, daß der Regen aufgehört hat – du wirst einen entzückenden Blick auf das Tal haben, wenn wir einfahren.«

Ich schob Mr. Sothey und seine Liebschaften beiseite, verwahrte Anne Sharpe und ihre Geheimnisse in einem sicheren Winkel meines Gedächtnisses und bereitete mich auf das Entzücken vor.

Was mein Bruder Henry mir von der Bedeutung Valentine Greys erzählt hatte, verleitete mich keineswegs zu der Annahme, The Larches wäre ein bescheidenes kleines Anwesen. Mein kurzer Eindruck von der verstorbenen Mrs. Grey – kühn, fesch und leichtsinnig – hatte die Erwartungen auch nicht gemindert. Eine Frau kann sich nur dann über die Konventionen hinwegsetzen, wenn sie über hinreichende Macht verfügt, entweder des Ranges oder des Vermögens: Françoise Grey hatte beides besessen. Ich wußte, daß ihr

Heim mit dem höchsten Luxus ausgestattet sein würde. Das beeindruckte mich nicht, ein reich möbliertes großes Haus sieht oft wie das andere aus. Es war das Gelände um The Larches herum, das mir die Sprache verschlug.

Man nähert sich dem Ort auf einem gewundenen Fahrweg, der einige Zeit durch die welligen Downs von Kent führt. Baumgruppen im Stil von Capability Brown zieren wunderschöne grüne Wiesen, und eine Bogenbrücke überspannt den Fluß ungefähr eine Meile vor dem Haus. Daran ist noch nichts Erstaunliches, denn das findet man in Stourhead oder The Vyne* auch, und selbst der erste Anblick von The Larches selbst, den man nach einer Biegung des Weges erhält, ist nur so edel wie der jeder anderen Villa seiner Art. Ich konnte in Entzücken ausbrechen und es bewundern wie bei vielen anderen Orten, ohne von einer tieferen Schönheit angerührt zu sein; erst nach einem Gang durch den beeindruckenden Park war ich ganz überwältigt.

Man betritt das Gelände von einer Terrasse aus, die senkrecht an einer Seite des Hauses angebaut ist; von ihr führen Stufen hinunter auf einen Kiesweg, der durch einen Wald abwärts verläuft. Nach einer Reihe von Windungen des Weges unter Lärchen und Buchen, unter denen seltene Rhododendren und Azaleen angepflanzt sind, öffnet sich der Wald und gibt den Blick frei auf ein sich senkendes Tal, dessen steile Hänge dicht mit allen Arten von Gewächsen bedeckt sind, die sich in angenehmster Häufung aller Farben und Formen darbieten. In der Tiefe erblickt man den Fluß, der hier zu einem richtigen See angestaut ist, den an der

* Stourhead war der Stammsitz der Hoares, einer reichen und geadelten Familie von Bankiers, deren größte Leidenschaft in der Schaffung eines klassischen Parks von über tausend Acres bestand. Es gibt keinen Beleg dafür, daß Jane Austen jemals Stourhead besuchte, doch da es nicht weit von Bath entfernt liegt, könnte sie es wohl getan haben. The Vyne in Hampshire war der Stammsitz der Chutes und berühmt wegen seiner Jagd; Pfarrer James Austen, Janes ältester Bruder, war mit der Familie Chute eng befreundet. – *Die Herausgeberin.*

schmalsten Stelle erst eine Brücke und dann eine Fähre überquert. Auf Felsvorsprüngen, die aus den Bäumen hervortreten und jeweils andere Ausblicke auf das zauberhafte Tal eröffnen, stehen drei Tempel, die der Philosophie, der Wissenschaft und der Kunst geweiht sind.

Ich rastete einige Zeit unter dem Portikus des letzten, überschaute den Abhang unter mir und das Fährboot, das zwischen den Ufern hin und her gerudert wurde, und wunderte mich, daß Mr. Grey es versäumt hatte, dem Mammon einen Altar zu errichten, denn seine eigene Bedeutung und sein Park beruhten auf der Gunst dieses Gottes. Doch solche Gedanken schienen unangebracht angesichts soviel Schönheit; außerdem stand der besagte Herr schweigend neben mir. Es wäre falsch, seinen Unwillen zu erregen, nachdem wir so glänzend zu einem besseren beiderseitigen Verständnis gelangt waren.

Aber ich verplaudere mich und komme schon zu Mr. Valentine Grey, während ich doch besser mit seiner Haushälterin angefangen hätte.

Unser ausgezeichneter Pratt fuhr die Kutsche zu gegebener Zeit vor dem Hause vor, und Mrs. Bastable stand im offenen Torweg, als habe sie unseren Besuch schon erwartet. Sie sah großartig aus in einem altmodischen Kleid aus schwarzem Batist mit einer gestärkten weißen Schürze und einer bebänderten Haube und machte einen kühlen Knicks, als Neddie meiner Schwester aus der Kutsche half.

»Guten Morgen, Madam«, sagte sie mit tonloser Stimme, »es ist sehr schön, Sie wieder einmal in The Larches zu sehen, und das nach so langer Zeit. Es geht Ihnen gut, hoffe ich?«

»Ausgezeichnet, Bastable, das kann ich Ihnen versichern«, antwortete Lizzy leicht belustigt. Die Anspielung der Frau war ihr nicht entgangen, mit der sie dafür getadelt wurde, die tote Hausherrin vernachlässigt zu haben und nun wie Geier über das Totenmahl herzufallen. »Meine Schwester, Miss Austen, kennen Sie wohl noch nicht.«

Ich wurde mit einem ähnlich kühlen Knicks begrüßt und ins Haus geführt.

Unmittelbar nach dem Eintreten zogen die Gestalten zweier Männer meinen Blick auf sich: Mr. Valentine Grey, der mit düsterem Gesicht aufrecht neben seinem Freund Hauptmann Woodford stand, und der Comte de Penfleur, der müßig auf einem Sofa saß. Nachdem der Regen nun endgültig aufgehört hatte, umschmeichelte ein wäßriges Licht wie ein Heiligenschein sein blondes Haar. Der Comte mußte wohl meinen Blick gespürt haben, denn er schickte den seinen forschend in den Raum, der unbewegt über mein unbedeutendes Gesicht hinwegglitt und ernsthaft prüfend an Lizzys leuchtendem Antlitz hängenblieb. Doch ich hatte keine Gelegenheit, ihn weiter zu beobachten, denn einige unserer Bekannten waren zu Ehren der Toten erschienen und wollten begrüßt werden. Charlotte Taylor von Bifrons Park war mit ihrer ältesten Tochter gekommen, doch ohne ihren Mann. Die Colemans von Court Lodge standen nervös in einer Ecke. Nicolas und Anna-Maria Toke traten sofort auf uns zu und begrüßten uns. Es war alles ein bißchen schwierig, muß ich zugeben, denn der Anlaß und Neddies Rolle dabei führten unweigerlich zu leichter Verlegenheit. So herzliche Gefühle sie alle für uns hegen mochten, verhielten sie sich doch etwas reserviert, denn mein Bruder mußte in *diesem* Haus wie in keinem anderen zuerst in seiner offiziellen Eigenschaft und erst danach als ein geschätzter Freund gesehen werden. Wir anderen wurden, als wahrscheinlich in seine Pläne eingeweiht, mit ähnlichem Respekt behandelt, und so blieben wir etwas für uns, und unsere Nachbarn betrachteten uns von der Seite und beendeten eilig ihren Besuch.

»Mrs. Austen!« rief Charlotte Taylor. »Wie gut Sie wieder aussehen. Wie geschickt die Jettperlen aufgestickt sind. Ein so hinreißendes Kleid habe ich noch nicht gesehen. Bitte drehen Sie eine kleine Pirouette auf dem Teppich, damit wir die Volants bewundern können!«

»Sie sind zu gütig, Charlotte«, erwiderte Lizzy ohne die geringste Andeutung einer Pirouette. »Ich freue mich, Sie bei so guter Gesundheit zu sehen. Mr. Taylor ist wohlauf, hoffe ich?«

»Ach, Edward ist immer das blühende Leben selbst«, rief sie. »Er bringt mich noch zur Verzweiflung. Wie soll ich einen Besuch in Bath arrangieren, wenn er nicht an der Gicht leiden will? Nun sagen Sie mir, wie Ihnen mein Kleid gefällt!«

Lizzy betrachtete ihre Erscheinung, ein gestreiftes grünes Seidenkleid mit einer gefährlichen Menge von Soutache an den Ärmeln und dem Saum, und lächelte leicht. »Es steht Ihnen wunderbar, Charlotte.«

»Es ist wirklich hübsch, finde ich, aber ich weiß nicht, ob nicht zuviel Litze aufgenäht ist. Ich habe den größten Widerwillen gegen zuviel Besatz, einen richtigen Horror vor Putz. Ein wenig muß ich mich natürlich schmücken, sonst sähe ich ja nackt aus, aber mein natürlicher Geschmack geht ganz auf Einfachheit. Ein Kleid in einfachem Stil ist diesem Putz unendlich vorzuziehen.«

»In der Tat«, murmelte Lizzy.

Vorsichtig rückte ich von ihnen ab in Richtung auf eine schöne italienische Landschaft, die an der Wand hing. Wenn Charlotte Taylor über Einfachheit redet, ist es nicht auszuhalten; sie ist von Natur aus unfähig dazu und *muß* unaufrichtig sein.

»Aber damit bin ich in der Minderheit, glaube ich«, fuhr sie fort. »Nur wenige Leute wissen anscheinend Einfachheit in der Kleidung zu schätzen – Protz und Putz bedeuten ihnen alles. Ich habe die Idee, einen Besatz wie diesen an meinem weißen und silberfarbenen Popelinekleid anbringen zu lassen. Meinen Sie, das würde gut aussehen, Lizzy?«*

* Jane Austen legte später fast genau diese Worte Mrs. Elton in den Mund, einer der unerträglichen Personen in ihrem Roman »Emma«. Vielleicht ist die breit ausgeführte Karikatur dieser Dame teilweise Charlotte Taylor nachempfunden. – *Die Herausgeberin.*

Der Landschaftsmaler hatte die Fernsicht auf einen antiken Hügel, den Zypressen und ein paar umgestürzte Säulen krönten, gut getroffen; die Stimmung verband Verwüstung und Frieden, die Erinnerung an eine ruhmreiche Vergangenheit, die nun in dankbarer Ruhe schlummerte. Mr. Sothey müßte das Bild bewundernswert finden, den wahren Inbegriff des Malerischen, doch ob es sich für die Gestaltung eines Parks eignete, das hätte ich nicht sagen können. Dann fiel mir mit leichter Überraschung ein, daß Mr. Sothey dieses Bild wahrscheinlich gut kannte, denn er hatte sich ja mehrere Monate in diesen Räumen auf The Larches aufgehalten und hätte sie fast als seine eigenen betrachten können. Was war zwischen den Greys und dem Landschaftsgestalter vorgefallen, das ihn zu dieser hastigen Flucht veranlaßt hatte? Und was hielt Mr. Grey jetzt von Julian Sothey?

»Lizzy«, sagte mein Bruder Neddie zu seiner Frau, »gestatte mir, dir den Comte de Penfleur vorzustellen.«

Ich wandte mich um und sah gerade noch, wie der Franzose sich tief über die Hand meiner Schwester beugte. »Es ist mir eine Ehre, Madame«, sagte er. »Selten habe ich solche Schönheit und Eleganz in der Gestalt einer Frau vereint gefunden – besonders so fern von Paris.«

»Sie sind zu gütig, Sir«, antwortete Lizzy kühl, »doch ich fürchte, Ihre Kenntnis Englands ist bedauerlich begrenzt.«

»Au contraire.« Er gab ihre Hand frei.

»Und darf ich Ihnen meine Schwester Miss Austen vorstellen«, sagte Neddie mit einem leichten Stirnrunzeln in Richtung des Comte.

Ich machte einen Knicks, und der Franzose verneigte sich. »Ich hätte die Familienähnlichkeit überall erkannt. Sie haben ganz das Aussehen Ihres Bruders Henry, Miss Austen, besonders um die Augen. Sein Charakter ist etwas weniger ernst, glaube ich, er sieht wie ein Lebemann aus, während Ihr Gesicht mehr auf Zurückhaltung und Verstand deutet.«

»Tatsächlich?« antwortete ich belustigt. »Sind Sie ein Charakterforscher, Monsieur?«

»Ich bin ein Menschheitsforscher«, erwiderte er mit großem Ernst. »Die unendliche Vielfalt des Ausdrucks und der Neigungen der Menschen bietet einem ständige Unterhaltung, meinen Sie nicht auch? Insbesondere in England, wo der Nationalcharakter in der Unterdrückung der Gefühle besteht. Die Notwendigkeit, seine Regungen so zu lenken, daß sie sich nach den auferlegten Konventionen richten, wird hierzulande unbezweifelt anerkannt, doch das Ergebnis ist eine Seele, die ewig im Kampf mit sich selbst leben muß. Man kann kein Glück finden, ohne mit den Konventionen zu brechen, Miss Austen; in Frankreich hat uns die Revolution das gelehrt.«

»Ich verstehe.« Bei Françoise Grey mochte diese Philosophie unvergleichliches Unheil angerichtet haben, doch nach seinen leuchtenden Augen und eifrigen Worten mußte man annehmen, der Comte habe nur Gutes im Sinn. So sind alle Revolutionäre beschaffen. »Ich habe beobachten können, Monsieur, und ich studiere ebenfalls die Charaktere, daß ein Verstoß gegen die Konventionen, besonders von einer Frau, oft zu großem Unglück führen kann.«

»Vielleicht in England«, überlegte er, »denn dort gibt es wenig Raum zur Selbstverwirklichung. Ja, in England mag so etwas schwierig sein und anfangs sogar Unglück bringen, doch auf lange Sicht muß die Freude am Leben nach eigenen Ansichten zweifellos überwiegen.«

»Vorausgesetzt, man lebt lange genug«, murmelte ich. »Sind Sie viel in England gereist, Monsieur?«

»Die Feindseligkeiten haben mich daran gehindert, es so oft zu tun, wie ich es gewünscht hätte, doch es gab eine Zeit, so um das Jahr achtzehnhundertundzwei herum, in der ich in England fast zu Hause war. Ich besitze eine umfassende Kenntnis des Landes und der vornehmen Gesellschaft, deshalb kann ich mit Bestimmtheit behaupten« – mit einer eleganten Wendung zu Lizzy –, »daß Sie zu bescheiden sind, Mrs. Austen.«

»Eine Mutter von neun Kindern darf nicht mehr an die eigene Schönheit denken«, meinte Lizzy gleichmütig. »Sie sollte sich lieber um die ihrer Töchter kümmern.«

»In solchen Fällen«, fiel Neddie etwas schroff ein, »hat eine Dame oft nicht mehr viel Schönheit, an die sie denken könnte.«

»*Neun* Kinder?« rief der Comte. »Da müssen Sie aber sehr jung geheiratet haben!«

Lizzy neigte nur wortlos den Kopf – sie konnte man nicht dazu verleiten, ihr Alter preiszugeben – und wechselte, ohne mit der Wimper zu zucken, das Thema. »Die verstorbene Mrs. Grey, Monsieur, war ein Muster an Stil. Nichts in Canterbury kam ihr gleich, nichts in ganz Kent. Sie verstand es, die tausend kleinen Unterschiede zwischen der französischen Lebensweise und der englischen spürbar zu machen, und wir werden sie nicht so bald vergessen. Sie haben mein tiefstes Mitgefühl.«

Wunderbar ausgedrückt, fand ich – sie hatte es fertiggebracht, eine Achtung vor der Dame anzudeuten, die sie nie empfunden hatte, doch ohne die geringste Heuchelei in Worten oder Blicken. Nichts, was sie gesagt hatte, ließ sich bestreiten, doch man konnte es auf sehr verschiedene Weise verstehen, je nach der Neigung des Hörers.

»Sie sind sehr gütig«, antwortete der Comte. »Ich war oft beunruhigt durch den Ton der Briefe meiner Françoise, sie schien in so erbärmlicher Einsamkeit und Isolation zu leben; doch zu wissen, daß sie nicht ganz ohne Freunde war, ist ein erheblicher Trost. In der Tat, nachdem ich die Bekanntschaft Ihres ausgezeichneten Gatten gemacht habe, Mrs. Austen, und nun auch die Ihre, fühle ich mich bestärkt in der Hoffnung, daß der Gerechtigkeit Genüge getan werden wird. Mr. Grey hat nicht Macht über den Willen eines jeden Herrn in diesem Lande, wie ich feststelle.«

»Auf mein Wort, Hippolyte, du setzt sehr zuversichtlich auf deinen Charme«, sagte Mr. Grey trocken im Rücken des Comte. »Glaubst du wirklich, daß du mit Schmeicheleien für seine Frau den Friedensrichter davon überzeugen kannst, daß ich Françoise ermordet habe? Wir sind hier nicht in Frankreich, wo Unterstellungen zur Politik gehören und Einfluß mehr gilt als gesunder Menschenverstand.«

Er sprach gerade laut genug, um von den meisten im Zimmer verstanden zu werden, und das angenehme Plätschern der Unterhaltung der versammelten Gäste erstarb sofort. Wir bildeten eine kleine Insel des Schweigens, und kaum ein Gesicht blieb uns zugewandt. Niemand hätte im Traum daran gedacht, öffentlich anzudeuten, Valentine Grey habe je die Hand gegen seine Frau erhoben; daß dieser Herr nun selbst das Schlimmste zur Sprache brachte, war in höchstem Maße taktlos.

Dann legte Hauptmann Woodford die Hand leicht auf Greys Schulter und zog seinen Freund fort. Die beiden begaben sich zu einer Karaffe, die auf einer geschwungenen Kredenz stand. Mr. Grey schenkte sich ein Glas ein und stürzte es hinunter; Woodford sprach leise und drängend auf ihn ein.

Charlotte Taylor erhob sich, um zu gehen, mit geröteten Wangen und von Lizzy abgewendetem Blick. Sie packte die Hand ihrer Tochter mit festem Griff und verabschiedete sich atemlos. Anna-Maria Toke folgte ihr rasch.

»Entschuldigen Sie bitte diese kleine Unannehmlichkeit, Madame«, sagte der Comte de Penfleur. »Ich habe gelernt, in Mr. Greys Haus mit so etwas zu rechnen, aber ich werde ihm nicht mehr lange zur Last fallen.«

»Sie kehren nach Frankreich zurück, wenn ich Sie recht verstehe?« erkundigte sich Neddie.

»Ich hoffe zu Anfang der Woche eine Überfahrt von Dover zu bekommen, vielleicht schon am Montag. Es gibt jedoch noch ein paar – Ungewißheiten. Die Umstände könnten mich noch einige Zeit daran hindern, mich einzuschiffen. Aber ich glaube, ich werde heute abend in ein Hotel in jener Stadt umziehen und dort auf meine Überfahrt warten. Es wäre nicht gut, wenn ich in einem Haus bliebe, in dem ich mit soviel Mißtrauen und Abneigung betrachtet werde.«

»Kennen Sie sich in Dover aus, Sir? Ich würde Ihnen das York House als Unterkunft empfehlen; auf das Ship kann man sich nicht verlassen.«

»Vielen Dank, Mr. Austen, aber ich steige immer im Royal ab. Ich habe dem Wirt bereits geschrieben und ein Zimmer bestellt und werde in wenigen Stunden abreisen. Sie können mich dort erreichen, wenn es erforderlich ist. Ich verlasse mich darauf, Sir, daß Sie mir selbst die geringsten Einzelheiten in der Angelegenheit von Mrs. Grey mitteilen. Sie wissen, wie sehr mir daran gelegen ist, daß dieser Collingforth oder« – mit einem bedeutsamen Blick über die Schulter zu Mr. Grey – »*wer auch immer verantwortlich ist*, nicht seiner Strafe entgeht.«

Also war die Nachricht von der Ermordung Denys Collingforths noch nicht nach The Larches gelangt. Sie konnte aber nicht mehr weit hinter uns sein, denn nirgends verbreitet sich die Kunde von Schrecklichem so schnell wie auf dem Lande.

»Vielleicht wären Sie so gut, mir heute vormittag ein wenig von Ihrer Zeit zu gewähren, Monsieur«, erwiderte Neddie, »wenn Sie Ihre Pflicht gegenüber den Besuchern erfüllt haben. Ich bin seit kurzem im Besitz von Neuigkeiten, die für Sie wie für Mr. Grey von Interesse sein könnten.«

»Wirklich?« rief der Comte. »Und darf ich fragen …«

»Mein tiefstes Mitgefühl, Monsieur le Comte«, sagte Mrs. Coleman mit einem kleinen Knicks.

»Tiefstes – ich meine, mir tut es wirklich sehr leid«, murmelte ihr Gatte und steuerte sie mit einer Hand am Ellbogen zur Tür. Die kleine Gesellschaft hatte anscheinend ihr

Ende gefunden, nur die Austens und Hauptmann Woodford hielten sich noch im Salon auf.

»Sie gehen doch noch nicht, Austen?« fragte Valentine Grey meinen Bruder mit gesenkter Stimme. »Da gibt es noch eine Angelegenheit, wegen der ich Sie sehr um Ihre Aufmerksamkeit bitte.«

»Ich stehe Ihnen zur Verfügung, Sir«, antwortete Neddie, »vorausgesetzt, Sie gewähren mir ein wenig Zeit, Ihnen dringende Neuigkeiten mitzuteilen.«

Grey sah sich in dem sich leerenden Raum um und gleichmütig über den Comte de Penfleur hinweg. »Dann schlage ich vor, wir gehen in die Bibliothek.«

»Ich bitte darum, daß der Comte uns begleiten darf.«

Grey runzelte die Stirn. »Ist das notwendig?«

»Was ich zu sagen habe, betrifft notwendigerweise auch ihn.«

»Nun gut.« Der Bankier wandte sich abrupt zur Tür. »Aber meine Worte sind nicht für ihn bestimmt. Er mag sich den Friedensrichter anhören und dann nach Dover verschwinden. Bastable!«

Die Haushälterin erschien mit beleidigtem Gesicht in der Tür. Vermutlich hätte sie es lieber gesehen, der Hausherr hätte nach einem Dienstmädchen geklingelt, anstatt wie ein gewöhnlicher Gastwirt zu schreien. »Ja, Sir?«

»Seien Sie bitte so gut und rufen Sie einen Jungen, der unsere Gäste im Park herumführen kann«, sagte er ungeduldig. »Das kann einige Zeit dauern, und sie werden Erfrischungen im Tempel brauchen. Haben Sie entsprechende Schuhe, Mrs. Austen?«

»Vollkommen, Sir, vielen Dank.«

Er besah sich Lizzys elegante leichte Schuhe. »Sie werden in einer Viertelstunde geschwollene Füße und Blasen haben, aber egal. Der Park gibt seine Schönheiten nicht so leicht preis; man muß sie dazu verlocken, sich darzubieten, wie eine stolze Frau. Und Sie, Sir? Was haben Sie vor?«

Letzteres war an Henry gerichtet. Er hatte bisher hingebungsvoll eine sehr schöne Schnupftabaksdose betrachtet, die verloren auf einem Intarsientisch stand; nun hob er den Blick, als Grey ihn anredete, und sagte mit möglichst ausdrucksloser Stimme: »Meine Schuhe sind völlig brauchbar in Ihrem Gelände, Mr. Grey, wenn Sie das wissen wollen. Meine Strümpfe sind vielleicht etwas dünner, und was meine Unterkleidung anbelangt …«

Grey warf den Kopf zurück und lachte mit unverhohlenem Vergnügen. Sein Verhalten war heute vormittag ganz anders als bei der Unterredung in Godmersham, er war gleichzeitig verwegen und sorglos, düster und ausgelassen. Es war, als sei ihm eine schwere Last von den Schultern genommen oder als habe er sich mitten in den Kampf gestürzt und alles auf seinen Ausgang gesetzt. Sehr interessant. Sein Gebaren war das eines Mannes, der nichts zu verlieren und alles zu verteidigen hat.

»Kommen Sie in die Bibliothek, Austen«, sagte er, »und schicken Sie den Rest Ihrer Familie hinaus in den Garten. Falls nicht das Gewicht der Unterkleidung Ihres Bruders den Gang verhindert.«

»Ich glaube, sie wäre ausgezeichnet geeignet für einen Besuch der Pferdeställe«, schlug Henry sanftmütig vor. »Ich möchte die junge Stute Josephine gern einmal aus der Nähe betrachten. Sie haben wohl gehört, Mr. Grey, daß das Pferd Ihrer verstorbenen Gattin mein eigenes beim Canterbury-Rennen schlug, genau am Tage ihres tragischen … Unfalls.«

Es trat eine winzige Pause ein. Der Comte de Penfleur zog mit einem Ausdruck geistesabwesenden Kummers seine Manschetten zurecht. Dann antwortete Grey: »Es würde mich freuen, wenn Sie sich die Stute anschauen, Mr. Austen. Die meisten Pferde gehen in ein paar Wochen zu Tattersall's, und wenn Sie, nachdem Sie sich Josephine angesehen haben, ein Angebot für sie machen wollen, würde ich es gern in Erwägung ziehen.«

»Du willst ihre Pferde *verkaufen*?« rief Penfleur, den aller Gleichmut verlassen hatte.

»Ich kann sie mir gar nicht schnell genug aus den Augen schaffen«, erwiderte Grey mit bitterer Betonung.

»Dann nehme ich sie alle!« Das Gesicht des Franzosen hatte sich gerötet, und er ging mit sich leicht ballenden Händen auf Grey zu.

Der Bankier sah ihn mit unverhohlener Verachtung an. »Leider muß ich Ihnen mitteilen, Monsieur, daß sie nicht zum Verkauf stehen.«

Der Comte zog einen Handschuh aus der Rocktasche und schleuderte ihn Grey ins Gesicht. Dieser zuckte weder zusammen, noch nahm er seinen Blick von den Augen Penfleurs; er atmete nur schnell, als lege sich ein eiserner Reifen um seine Lunge, und sagte: »Bitte ignorieren Sie, was der Comte gerade getan hat, Mr. Austen. Es hat nichts mit Ihnen zu tun, und es widerstrebt mir, Sie in eine so heikle und persönliche Angelegenheit zu verwickeln.«*

»So wie es mir widerstreben würde, alle Ihre Bewegungen überwachen zu lassen, Mr. Grey«, antwortete Neddie fest, »oder die Ihrigen, Monsieur le Comte. Ich habe keine Lust, Männer die ganze Nacht vor Ihrem Haus zu postieren, um ein Treffen im Morgengrauen zu verhindern. Bitte heben Sie also Ihren Handschuh auf, Sir, und lassen Sie uns nichts weiter davon hören.«

»Sie haben gesehen, wie er mich beleidigt hat.« Penfleurs Stimme war in diesem Moment kälter und tödlicher, als ich mir hätte vorstellen können. »Ich kann eine solche Beschimpfung nicht ungesühnt lassen. Meine Ehre …«

»… kann durch eine einfache Wahrheit nicht verletzt werden«, wandte Neddie ein. »Mrs. Greys Pferde stehen

* Friedensrichter hatten auch die Aufgabe, Gewalttätigkeiten in der Öffentlichkeit zu verhindern. Das bezog sich auf das Preisboxen, das verboten war, richtete sich aber hauptsächlich gegen Duelle, die deswegen in größter Heimlichkeit arrangiert wurden. – *Die Herausgeberin.*

gegenwärtig nicht zum Verkauf. In ein paar Wochen kommen sie bei Tattersall's zur Versteigerung, und wenn Sie dort erscheinen und mit den anderen bieten wollen, wird man Sie sicher ebenso bereitwillig anhören wie jeden anderen auch. Darf ich nun vorschlagen, meine Herren, da Mrs. Bastable inzwischen den jungen Mann als Führer für die Damen gebracht hat, daß wir uns in die Bibliothek begeben? Der Comte darf seine Reise nach Dover nicht aufschieben, und die Nachrichten, die ich Ihnen zu übermitteln habe, sind von großer Dringlichkeit.«

Weder Grey noch der Comte erwiderten ein Wort; sie betrachteten sich mit eisiger Feindseligkeit. Der Bankier wandte sich als erster ab, und der Franzose folgte ihm schließlich durch die Tür.

Er ließ sich nicht dazu herab, seinen Handschuh aufzuheben.

Kapitel 17
Widersprechende Theorien

24. August 1805, Forts.

Es dauerte mehrere Stunden, bis ich den Inhalt der Unterredung der drei Männer erfuhr, denn der Rundgang durch den Park begeisterte Lizzy und mich so sehr, daß wir die häßliche Szene völlig vergaßen. Wir durchschritten den Wald, stiegen in das Tal hinunter und ließen uns zu unserem Vergnügen von dem Fährmann in seinem Boot umherfahren. Dann schickten wir den Gärtnerburschen fort und ließen uns auf Stühlen nieder, die zwischen den Säulen des Tempels der Philosophie standen.

»Ich kann mir nicht denken, daß Mr. Grey sehr gut mit Aristoteles bekannt ist«, bemerkte Lizzy und rümpfte die Nase, »oder mit Heraklit. Trotzdem hat er hier ihre mächtigen Statuen aufstellen lassen, so wie man sonst die Büste seines Lieblingsgroßvaters auf den Kaminsims im Salon setzt. Das ist schon ein eigenartiger Geschmack. Es kommt einem so vor, als würden die beiden um Mitternacht lebendig und diskutierten über Fragen der Ewigkeit.«

»Vielleicht besitzt Mr. Grey Talente, von denen wir nichts wissen.«

»Die kleine Françoise tut mir wirklich leid«, meinte Lizzy nonchalant. »Unter seinem zurückhaltenden Äußeren verbirgt sich eine stählerne Härte; er kann ein furchtbarer Gegner sein. Kaum der ideale Partner für eine Frau, die nach ihrem eigenen Willen leben will und auf Vergnügen aus ist. Ich wundere mich, daß sie ihm nicht schon früher weggelaufen ist.«

»Zum Comte?«

»Ach, der Comte.« Meine Schwester lächelte. »Er ist ein

durch und durch verwerflicher Mensch, nicht wahr? Schlauer, als es für ihn gut ist, von zu lockerer Moral für einen sicheren Umgang, und zu gern bereit, den Frieden anderer Menschen zu stören.«

»Ob er sich etwas aus Françoise machte oder nicht«, stimmte ich ihr zu, »er würde versuchen, Greys Glück zu vernichten, nur zu seiner eigenen Befriedigung. Der Kampf spielte sich wohl immer zwischen den beiden Herren ab, die Dame war nur der Siegespreis. Grey gewann die erste entscheidende Runde, indem er Françoises Hand errang, und der Comte wollte ihn dadurch völlig besiegen, daß er sie ihm in der letzten Runde entführte.«

»Penfleur ist kein Mann, der einen Verlust hinnimmt, Jane. Er will für alles seine Genugtuung – auch für die Pferde.«

»Ich habe Angst um Henry, wenn er wirklich auf Josephine bietet.«

»Was für lächerliche Geschöpfe die Männer doch sind.« Sie seufzte. »Als wenn die Ehre ein Stoff wäre, den man zurechtschneiden und dann ablegen könnte wie die neuesten Moden! Der arme Neddie wird wahrscheinlich die halbe Nacht in Mr. Greys Auffahrt wachen, weil er ein Treffen im Morgengrauen befürchtet.«

Ich hörte ihr nur halb zu, denn ich hatte eine einzelne Gestalt erspäht, die die eiserne Brücke überquerte. »Ist das Henry, der nach uns sucht? Oder – ja, es ist Mr. Grey!«

»Der Mann beschäftigt dich mehr, als es für deine Sicherheit gut ist, Jane«, erwiderte sie. »Er besitzt einen hintergründigen und undurchsichtigen Charakter, und so einer fasziniert dich unweigerlich. Nimm dich in acht.«

»Vielleicht schlägt er gleich einen anderen Weg ein«, vermutete ich.

Doch das tat der Herr nicht, er schritt durch seinen Park, als kenne er nur ein Ziel: uns zurückzuholen. »Ich glaube, unsere Zeit im Paradies ist abgelaufen.«

»Dann geh du ihm entgegen, meine Liebe«, sagte Lizzy,

»und holt mich an der Fähre ab. Ich bin viel zu erschöpft, um bis zur Brücke zurückzulaufen, und diese leichten Schuhe würden das auch nicht aushalten. Dieser gräßliche Mr. Grey – er hat viel zu oft recht, und das verzeihe ich ihm nie.« Sie schützte sich mit ihrem Sonnenschirm gegen die unwillkommene Erscheinung und blickte auf den See hinaus.

Und damit wurde ich dem Wolf zum Fraß vorgeworfen.

»The Larches stellt eine bemerkenswerte Leistung dar, Mr. Grey. Ich kann Sie aufrichtig dazu beglückwünschen.«

Meine gestammelten Worte wurden der Schönheit überall um uns herum in keiner Weise gerecht, doch mein Begleiter bemängelte das nicht. Jede Spur seiner früheren Streitsucht war verflogen, sein Gesicht war so ruhig wie das eines Kindes nach überstandener Krankheit. Wie seine Unterredung mit Neddie auch verlaufen war, das Ergebnis hatte ihm gutgetan. Oder sein Park bot ihm einen solchen Trost, daß traurigere Überlegungen verschwanden.

»Ich werde nie unglücklich sein, solange dieser Park noch existiert«, antwortete er, als hätte er meine Gedanken erraten. »Er ist ein Ort des Friedens ohnegleichen, ein Balsam für verwundete Seelen, ein kleines Paradies auf Erden, Miss Austen – und wenn ich fort bin, sehne ich mich immer nach ihm zurück.«

»Wie schade ist es dann, daß Ihr Beruf Sie so häufig nach London führt«, erwiderte ich. »Denn wenn wir etwas Kostbares der Pflege anderer überlassen müssen, bereitet uns das besonderen Schmerz.«

Er antwortete mit einem Stirnrunzeln und suchte in meinem Gesicht nach einem Zeichen von Falschheit – vielleicht einem Wunsch, seine Eitelkeit zu verletzen durch eine Anspielung auf die Liebschaften seiner Frau, die in ganz Kent bekannt waren. Doch meine Miene verriet mich nicht; ich hatte diese Meinung als einfache Wahrheit ausgesprochen, und Mr. Grey akzeptierte sie schließlich auch so.

Er bot mir den Arm, und wir gingen den Weg zur Fähre weiter.

»Mrs. Austen ist erschöpft von der Wärme, sagten Sie?«

»So ernst ist es nicht. Elizabeth kann gut laufen, doch ihre leichten Schuhe sind diesen Wegen weniger gewachsen als meine vernünftigeren Stiefel. Ich kam her, um The Larches zu bewundern, nach den Lobreden auf den Park, die ich überall vernommen hatte, und was man bewundern will, muß man erst in der Lage sein zu sehen.«

Ein leichtes Lächeln belohnte mich. »Ich kenne unzählige Narren, Miss Austen, die trotz ausgesprochener Blindheit ihre Lobreden halten.«

»Das wird im allgemeinen immer so sein«, sagte ich ruhig, »doch mit viel Glück, Mr. Grey, treffen Sie gelegentlich auf einen Geschmack, der so glänzend ist wie meiner. Ich gestehe es mit Erröten und weiß, daß es ganz undamenhaft ist, aber ich bin noch nie als eine Närrin bezeichnet worden. Ich hege seit langem den Verdacht, daß dies der Hauptgrund ist, weshalb kein vernünftiger Mann mich heiraten will.«

Zu meiner Freude lachte Mr. Grey laut auf. »Männer mit Verstand, auch wenn Sie's nicht glauben, wünschen sich keine albernen Frauen.«

»Wie niederschmetternd«, antwortete ich. »Und dabei hatte ich diese Vorstellung liebgewonnen! Sie zwingen mich zu der Schlußfolgerung, Sir, daß mir ein anderer Reiz fehlen muß.«

»Dafür müßte ich ausgepeitscht werden, Miss Austen. Wie kann ich das wiedergutmachen?«

»Indem Sie mich zu dem kleinen Tempel auf dem Hügel führen. Mit meiner Schwester habe ich es vorthin nicht geschafft.«

»Und sie wartet jetzt besorgt auf uns.«

»Dann ist das ihre Strafe dafür, daß sie so leichtes Schuhwerk gewählt hat.«

»Nun gut. Der Blick auf das Haus von dort ist großartig.«

Er führte mich schnell zu dem Portikus des mit einer Kuppel gekrönten Tempels der Künste, und wir standen in schweigender Gemeinschaft da und blickten über das vor uns abfallende Gebiet von The Larches. Hier lastete keine drückende Augusthitze, keine trockene Luft einer unendlich erschöpften Jahreszeit; alles grünte und sang mit den Stimmen von tausend Vögeln.

»Wie wunderbar!« rief ich aus. »Wie können Sie es nur ertragen, innerhalb von vier Wänden zu wohnen, Mr. Grey, wenn soviel Schönheit hier draußen liegt.«

Er antwortete nicht, und sein Ausdruck war entrückt.

»Und all dies haben Sie in nur wenigen Jahren geschaffen«, fuhr ich fort.

»Das kann ich nicht für mich in Anspruch nehmen«, antwortete er knapp. »The Larches war schon die Leidenschaft meines Vaters. Die Anlage dieses Tals und des Sees, den Sie dort sehen, stammt gänzlich von ihm. Ein solcher Baumbestand wächst nicht in wenigen Jahren, wie Sie sicher wissen. Was ich getan habe, nimmt sich gering aus neben den Leistungen meines Vaters. Ich habe nur etwas zurückgeschnitten, wo er des Guten zuviel tat, und hinzugefügt, was in seinem Vorstellungsvermögen noch nicht vorkam.«

»Mr. Sothey war Ihr Berater, glaube ich?«

Er zog überrascht die Brauen hoch. »Sie kennen Sothey?«

»Ein wenig. Wir speisten gestern abend zusammen in Eastwell Park. Die Finch-Hattons sind alte Freunde von uns.«

»Und was halten Sie von ihm?«

Ich zögerte. Sein Ton verriet nichts von seiner eigenen Meinung. »Ich halte ihn für einen Mann von Verstand und großer Weltkenntnis, der sehr viel Geschmack besitzt. Sonst kann ich ihn nicht beurteilen, denn seinem Charakter mangelt Offenheit, und über verborgene Talente konnte ich mir noch keine Meinung bilden.«

»Zurückhaltung ist nur natürlich bei einem jungen Burschen, dessen Lebenshoffnungen alle von einem unwürdigen

Vater zerstört wurden«, bemerkte Mr. Grey. »Ich kann Ihnen versichern, daß Julian Sothey einer der besten Menschen ist, Miss Austen. Ich schätze ihn vor allem als Freund, aber auch als Mann von Bildung und Ehre würde ich ihm niemanden vorziehen. Wenn man heute etwas von wirklicher Schönheit auf The Larches findet, dann ist das bestimmt allein Mr. Sothey zu verdanken.«

»Das ist in der Tat ein Glück für Sie, Sir.« Daß ich überhaupt eine Antwort zustande brachte, war bemerkenswert, denn meine Gedanken waren völlig durcheinander. Ich hatte vermutet, Mr. Grey würde Julian Sothey als den Geliebten seiner Frau hassen, doch sein aufrichtiges Bekenntnis ließ meine Theorie platzen. »Sie kennen Mr. Sothey schon länger, wenn ich Sie recht verstehe?«

»Nein, das nicht. Seine Familie und meine bewegten sich in sehr verschiedenen Kreisen. Ich kaufte zwar gelegentlich den einen oder anderen Schuldschein seines Vaters, aber an einen gesellschaftlichen Verkehr war nicht zu denken.«*

»War Mr. Sotheys Vater so verdorben?«

Grey lächelte grimmig. »Ich kenne die gewöhnlicheren Arten von Verderbtheit zu gut, Miss Austen, als daß ich sie bei anderen nüchtern beurteilen könnte. Sagen wir einfach, daß der Graf großen Anstoß erregte bei denen, die zu beleidigen unklug ist, und sich damit aus der vornehmen Gesellschaft ausgegrenzt hat.«

»Ich verstehe. Sein Sohn jedoch huldigt solchem Laster nicht.«

»Sein Sohn besitzt eine so angenehme Gemütsart, daß sie jeden für ihn einnehmen muß.« Dies sagte er ohne jede Spur von Ironie, die man bei einem Hahnrei erwarten würde, und ich konnte mich wieder nur wundern.

* Es war üblich, daß Gläubiger, die Schuldscheine besaßen, diese mit hohem Diskont verkauften. Wer die Scheine zu solchen Bedingungen kaufte, spekulierte auf eine spätere Einlösung durch den Schuldner. – *Die Herausgeberin.*

»Lady Elizabeth Finch-Hatton protegiert Mr. Sothey ganz offenkundig«, sagte ich. »Ich nehme an, Sie haben den Herrn in einem ähnlichen Hause kennengelernt.«

Mr. Grey zögerte, als überlege er, wieviel er sagen dürfe. »Ich habe Sothey zuerst bei einem gemeinsamen Freund getroffen, Miss Austen, bei Mr. George Canning, der gegenwärtig Mitglied der Regierung ist. Sie werden sicher von ihm gehört haben.«

Erst vor kurzem, dachte ich im stillen und segnete meinen Bruder Henry. »Mr. Canning! Er schwärmt für exotische Pflanzen, glaube ich?«

Greys sorgenvolles Gesicht erhellte sich. »Er ist auch eine Autorität auf dem Gebiet der Landschaftsgestaltung. Uns ist die Liebe für das Geheimnisvolle und Exotische gemeinsam, Miss Austen, und von Canning habe ich gelernt, es mit vielen Arten zu versuchen, die in diesem nördlichen Klima selten sind. Als ich den Wunsch äußerte, die amerikanische Azalee zu züchten, war er es, der mir als mein bester Freund Sothey empfahl. Ich habe noch keinen Anlaß gehabt, die Bekanntschaft zu bereuen.«

»Die Azaleen hätte ich gern in ihrer Blüte gesehen«, sagte ich.

»Bewundern Sie auch das Exotische?« fragte mich mein Begleiter ernsthaft.

Ich errötete und überging die Frage mit einem Lachen. »Keineswegs, Sir, mir gefällt nur die englische Landschaft mit ihren unzähligen Schönheiten.«

»Dann haben Sie vielleicht das Glück, daß Sie im April noch einmal nach Kent kommen können, wenn meine Azaleen in schönster Blüte stehen.« Er zog meine Hand unter seinen Arm und führte mich mit Entschiedenheit die Stufen des Tempels hinunter. »Doch nun müssen wir Mrs. Austen ihre Besorgnis nehmen, fürchte ich, denn es wird spät, und ihr Gatte wird sie jeden Moment erwarten.«

Wir schritten den Hügel wieder hinunter und stellten

fest, daß Lizzy uns schon suchend entgegenkam. Ich war froh über ihre Begleitung auf dem Rückweg zum Haus, denn ihre gepflegten Bemerkungen deckten mein Schweigen. Doch das Nachdenken half mir nichts. Von allen Seiten stürmten Fragen auf mich ein, für die meine Erfahrung mir keine Antworten bot.

»Grey kann also charmant sein, wenn er will«, meinte Neddie nachdenklich, als nach dem Dinner der Tisch abgeräumt war und wir uns in der Bibliothek versammelt hatten. Henry hatte die Londoner »Times« zur Hand genommen, Lizzy hütete die Teekanne, und ich pusselte lustlos an meiner Handarbeit herum. Neddie fand jedoch keine Ruhe, er lief vor dem leeren Kamin hin und her wie jemand, der dringend eine Beschäftigung braucht. Hätte er gern gelesen, hätte ich ihm sofort den »Werther« empfohlen. Es ist erstaunlich, welche guten Dienste selbst ein unbefriedigendes Buch leisten kann, wenn auch nicht ganz im Sinne des Autors.

»Wie gefiel er dir, Jane?« fragte er und blieb neben meinem Stuhl stehen.

»Sehr gut. Er ist vielleicht nicht ein Mann, den man schon auf den ersten Blick mag, sondern einer, dessen Charakter sich erst nach längerem Bemühen erschließt. Er war gewandt und offen im Gespräch, und seine Art stieß weder durch Hochmut noch durch Roheit ab. Ich kann mir nicht vorstellen, daß er zu bewußter Täuschung fähig ist, doch selbst wenn ich die Szene im Salon nicht erlebt hätte, würde ich ihm Gewalttätigkeit zutrauen. Er ist rücksichtslos in grundsätzlichen Dingen, meine ich, und in der Durchsetzung seiner eigenen Interessen.«

»Das gibt wirklich ein beeindruckendes Bild!« rief Neddie. »Aber wie erklärst du dir seinen naiven Glauben an Sotheys Anständigkeit, Jane?«

Während unserer Rückfahrt nach Godmersham hatte ich

den wesentlichen Inhalt meines Gesprächs mit Grey wiedergegeben. »Entweder kann sich Mr. Grey besser verstellen, als ich es für möglich halte, oder er wußte nichts von Mr. Sotheys Liebschaft mit seiner Frau.«

»Schließlich haben wir als einzigen Beweis dafür lediglich die böswillige Aussage Mr. Bretts«, überlegte Neddie.

»Aber warum dann der Peitschenhieb auf seinen Hals mitten am Renntag von Canterbury?« wandte Lizzy ein.

Ich zuckte die Achseln. »Vielleicht hatte die Dame genug von der amerikanischen Azalee. Doch ich gebe zu, Neddie, daß ich aus der ganzen Sache auch nicht schlau werde. Ich muß Mr. Sothey noch besser kennenlernen, ehe ich mir ein richtiges Urteil bilden kann.«

»Und du, Lizzy?« fragte mein Bruder, indem er sich an seine Frau wandte. »Wie findest du Mr. Grey?«

»Mir gefiel er ganz gut«, sagte sie träge, »für den Mann einer anderen Frau. Für meinen Geschmack hat er zu wenig Sinn für Scherz und Esprit, doch sein Rock war sehr gut geschnitten, und seine Stiefel glänzten makellos.«

»Henry?«

Mein Bruder blickte von seiner Zeitung auf und sah uns alle stirnrunzelnd an. »Was könnte ich dem Lobpreis makelloser Stiefel wohl noch hinzufügen?«

»Natürlich sehr wenig«, erwiderte Lizzy rasch, »denn deine sind damit nicht zu vergleichen. Niemand, der darauf besteht, sein eigener Kammerdiener zu sein, kann erwarten, an Mr. Grey heranzureichen. Henry muß sich an meinem Bruder, Mr. Bridges, ein Beispiel nehmen, der sich mit seinem Streben nach gut gewichsten Stiefeln beinahe ruiniert hat. Ich kann nicht mehr nachrechnen, wie viele Diener Edward zum Ankleiden engagiert hat, oder die verschiedenen Mischungen von Politur und Champagner aufzählen, die einen spiegelnden Glanz garantieren sollten. Es ist vielleicht nicht die vornehmste Beschäftigung, aber als Zeitvertreib ist sie so gut wie jede andere.«

»Schluß mit Henrys Stiefeln«, rief ich. »Neddie, dir macht es Spaß, uns aufzuziehen. Du weißt ganz genau, daß wir alle darauf brennen, zu hören, wie Mr. Grey die Nachricht von der Ermordung Collingforths aufgenommen hat. War ihm anzumerken, daß er es schon früher gewußt hat? War er vielleicht an der Tat beteiligt?«

»Was das anbelangt ...« Mein Bruder zog ironisch die Brauen hoch. »Mr. Grey war so geschmacklos, mir zum Tod des unglückseligen Burschen zu gratulieren, und meinte, er sei sehr zufrieden mit der Schnelligkeit, mit der in England der Gerechtigkeit Genüge getan wird. Dann bot er mir trotz der Nachmittagshitze einen Brandy an – so als hätten wir gerade einen Fuchs erlegt.«

»Und was hast du ihm geantwortet?«

»Ich lehnte den Brandy natürlich ab.« Neddie warf sich in seinen Lieblingssessel nicht weit von der Verandatür und fuhr sich durchs Haar. »Doch um die Wahrheit zu sagen, Jane, ich fühlte mich verflixt unwohl. Greys Selbstzufriedenheit kannte keine Grenzen, er war so ruhig, als sei die schlimme Geschichte völlig abgeschlossen, trotz der Zweifel, die einen weiter plagen müssen. Ich wies ihn darauf hin, daß Collingforths Schuld keineswegs erwiesen sei, daß sich die Probleme mit der Kalesche und dem Zeitpunkt des Todes seiner Frau nicht übergehen ließen, und ermahnte ihn, weniger zuversichtlich zu sein. Doch er antwortete, er habe keinen Zweifel daran, daß Collingforth der Schuldige sei und seinen gerechten Lohn erhalten habe.«

»Und der Comte de Penfleur?«

»Er goß sich Brandy ein, ohne Grey zu fragen.«

»Neddie!«

»Ich bemerkte, daß seine Hand zitterte, als er den Stöpsel von der Karaffe nahm. Ich würde sagen, der Comte war sehr enttäuscht. Er nahm an, daß mit dem Mord an Collingforth der Fall abgeschlossen wäre und die Wahrheit über den Tod Mrs. Greys nie ans Licht käme.«

»Er läßt sich nicht in seinem Glauben beirren, daß Grey verantwortlich war«, sagte ich, »wenn er auch zögert, ihn direkt zu beschuldigen.«

»Ach! So sehr, wie du denkst, zögert er gar nicht«, rief Neddie mit Befriedigung aus. »Jetzt kommen wir nämlich zu dem interessanten Teil – den Gesprächen mit jedem der Herren allein.«

Wir sahen ihn erwartungsvoll an. Sogar Henry legte seine Zeitung beiseite.

»Erst gab mir Valentine Grey ein Interview. Er war sehr verlegen, als es zur Sache ging, und meinte, er glaube, seine Informationen seien nunmehr überflüssig, da Collingforth tot sei, doch im Interesse der Gerechtigkeit müsse er seine Pflicht erfüllen. Was er mir zu sagen habe, würde seine Frau grausam bloßstellen. Die Entdeckungen, die er kürzlich gemacht habe, hätten sogar ihn in Erstaunen versetzt, obwohl ihm doch ihr Charakter bekannt sein mußte ...«

»Hah!« schnaubte Lizzy. »Als ob irgendein Mann das Wesen seiner Frau begreifen würde.«

»... doch in den letzten Tagen habe er Gelegenheit gehabt, ihre Habseligkeiten und ihre Korrespondenz gründlich durchzusehen.«

»Natürlich«, murmelte ich. »Ein Mann mit größerem (oder geringerem) Mut hätte das Ganze verbrannt, ohne einen Blick darauf zu werfen. Mr. Grey erweist sich zu guter Letzt als erbarmungswürdig menschlich! Er hat seine Wunde untersucht und Salz hineingerieben.«

»Und?« fragte Lizzy ungeduldig. »Was hat er gefunden?«

Wie ein Zauberer zog Neddie einen Packen zusammengefalteter Papiere aus seiner Rocktasche hervor und hielt sie uns triumphierend hin. Seine Frau fuhr sichtlich zurück.

»Ist *das* ihre private Korrespondenz? Ihr Gatte hat sie dir tatsächlich gezeigt? Wie erbärmlich!«

»Die Briefe sind alle französisch geschrieben«, antwortete Neddie unverzüglich, »und stammen, wie man mir versicherte, alle vom Comte de Penfleur. Nur um sie nicht diesem Herrn in die Hände fallen zu lassen, hat Mr. Grey sie alle gelesen. Was er dabei feststellte, hat ihn verwirrt und beunruhigt.«

»Dann hatten sie also doch ein Liebesverhältnis«, sagte ich.

»Keineswegs«, antwortete Neddie. »Wenn zwischen ihnen eine Zuneigung bestand, verraten die Briefe jedenfalls sehr wenig davon. Sie waren Partner, Jane, in einem sehr ernsten Unternehmen: Dem Sammeln von Informationen über Truppenbewegungen entlang der Küste von Kent zur Erbauung Seiner Kaiserlichen Majestät, Napoleon Bonaparte.«

Henry schlug sich aufgeregt auf die Schenkel.

»Zu dem Schluß kam jedenfalls Mr. Grey nach der Lektüre dieser Briefe«, fügte Neddie hinzu. »Er hat mir erklärt, sie enthielten Penfleurs Instruktionen, wie man Mrs. Greys Freunde bearbeiten solle – Hauptmann Woodford und Lady Forbes stehen an der Spitze der Liste, und dein Bruder Mr. Bridges, Lizzy, rangiert etwas zweifelhaft am Ende.«

»Edward?« rief sie ungläubig. »Was kann *Edward* denn gewußt haben, das für Bonaparte von Interesse wäre?«

»Eine ganze Menge. Sein Freund Woodford, weißt du, hatte die Gewohnheit, seinen engsten Freunden kleine Informationen anzuvertrauen, die niemals hätten aus der Offiziersmesse herausgelangen dürfen, und Mr. Bridges gehörte natürlich zu den Empfängern. Was Woodford vorsichtshalber Mrs. Grey nicht mitteilte, plauderte sein Freund ungehemmt aus. Ich kann mir vorstellen, daß der Besitz von Geheimnissen des Heeres Mr. Bridges' Selbstbewußtsein erheblich gesteigert hat.«

Lizzy holte tief Atem und sah so empört aus, wie ich es noch nie erlebt hatte. »Dieser Trottel«, murmelte sie, »er stürzt uns alle noch ins Unglück.«

»Lady Forbes wiederum ist eine alberne kleine Klatschbase, die die Pläne ihres Gatten mit Vergnügen weitererzählt«, warf Henry rasch ein, als wolle er Lizzys Aufmerksamkeit ablenken.

»Wie zum Beispiel die Truppenverschiebungen zwischen Chatham und Deal in der nächsten Woche«, fügte ich hinzu, als mir die Bedeutung aufging. »Ganz Kent ist in Aufruhr wegen der Störung der Fasanenjagd, und Generalmajor Lord Forbes war sehr wütend darüber, daß die Nachricht davon verbreitet wurde. Hauptmann Woodford hat mich selbst ermahnt, nicht so offen zu sprechen.«

»Ich vermute, Mrs. Greys faszinierende Kartenabende dienten dazu, Informationen zu beschaffen?« fragte Henry.

»Anfangs ja«, gab Neddie zu. »Aber ich nehme an, daß im Laufe der Zeit auch die Spielschulden ein wirksames Werkzeug wurden. Damit besaß Mrs. Grey eine Handhabe gegen ihre unwilligen Freunde. Sie verfügte über eine große Zahl von Schuldscheinen und konnte ihren Schuldnern den Kredit verlängern oder die Schulden ganz erlassen – wenn sie sich ein bißchen erkenntlich zeigten.«

»Wie glänzend gemacht!« murmelte ich. »Aber auch wie sehr gefährlich. Sie ging ein hohes Risiko ein, wenn eines ihrer Opfer sich entschließen sollte, sich von ihr zu befreien.«

»Möglicherweise stellte es die Dame so geschickt an, daß nur wenige begriffen, was sie bezweckte. Aber vielleicht erkannte wenigstens einer ihre Absicht.«

»Denys Collingforth«, sagte ich.

»Genau.«

Ich stand auf und schritt in der Länge des Raumes hin und her. Meine Gedanken befanden sich in völliger Verwirrung. »Doch wenn Collingforth der Macht der Dame widerstand und drohte, sie zu entlarven, hätte dann nicht Mrs. Grey den Mord begehen und nicht als Opfer enden müssen?«

Neddie betrachtete mich schweigend mit ausdruckslosem Gesicht. Ich versuchte das Rätsel noch weiter zu lösen und wandte mich ihm wieder zu. »Glaubst du Greys Versicherung, er habe nichts von den Aktivitäten seiner Frau gewußt?

Oder sind die Briefe nur eine List, um seinen Feind, den Comte, in höchste Lebensgefahr zu bringen und sich selbst vom Verdacht des Landesverrats zu reinigen?«

»Das ist es eben, worüber ich mir kein Urteil bilden kann«, erwiderte mein Bruder düster. Von seinem Gesicht konnte ich ablesen, daß ich sein entscheidendes Problem offen ausgesprochen hatte. »Zu diesem Zweck – Klarheit über Greys Charakter zu gewinnen – habe ich jeden von euch nach seiner Meinung von dem Mann gefragt. Ich kann aus ihm überhaupt nicht schlau werden. Jeder andere hätte auf die Nachricht hin, daß Collingforth tot ist, die Tatsache, daß seine Frau Spionage betrieben hat, im Grab versinken lassen, hätte die Beweisstücke um Mitternacht verbrannt und sich über die verschlungenen Wege des Glücks gefreut.«

»Es sei denn, er fürchtet die Macht des Comte auf Gebieten, von denen wir noch nichts wissen, und möchte ihm eine Schlinge um den Hals legen«, bemerkte Lizzy. »Hat Grey dich aufgefordert, den Franzosen festzunehmen?«

»Nein, das hat er nicht. Ich habe ihm offen gesagt, daß ich nicht mit gutem Gewissen nur auf die Anschuldigung hin Anklage gegen ihn erheben könnte, ich müßte erst die Korrespondenz lesen und mir ein eigenes Urteil unabhängig von Grey bilden. Das hat er akzeptiert.«

»Mr. Grey ist ein vorsichtiger Mann.«

»Ich habe allerdings zugesagt, den Comte beobachten zu lassen.«

»Ist Penfleur schon nach Dover abgereist?« fragte ich.

»Seine Kutsche hielt vor der Tür, als ich endlich Greys Arbeitszimmer verließ, und da nahm mich der Comte beiseite und flehte mich leidenschaftlich an, um Mrs. Greys willen der Gerechtigkeit zum Erfolg zu verhelfen. Er habe Grund zu der Annahme, daß Mr. Grey in ein sehr gewagtes Spiel auf dem heiklen Gebiet der internationalen Finanz verwickelt sei; seine Verbindungen, die von Amerika bis

Spanien und Amsterdam reichen, könnten mit Recht als landesverräterisch angesehen werden. Es sei nicht unwahrscheinlich, daß seine geliebte Françoise das Ganze durchschaut habe. Mr. Grey habe nie die geringste Zuneigung für seine Frau empfunden, und in die Enge getrieben, habe er sein Unternehmen und seinen Ruf durch den Mord an seiner Frau gerettet.«

Henry stieß einen Pfiff aus. »Damit geht er wirklich aufs Ganze. Der Comte de Penfleur ist schon ein kaltblütiger Bursche.«

»Oder ein sehr verzweifelter«, erwiderte Lizzy ruhig. »Es ist möglich, Neddie, sich ein ganz einfaches Bild davon zu machen, wie die Morde vollbracht wurden. Nehmen wir an, es habe sich so ereignet, wie Mr. Grey dir nahelegte. Denys Collingforth wurde gedrängt zu sagen, was er wußte, und er wurde von seinen Gläubigern gedrängt. Er hatte es satt, weiter als Mrs. Greys Sklave zu leben, und schloß einen Pakt mit seinem Freund Everett – einem zweifelhaften Charakter, nach allem, was man hört – zur Unterstützung bei einer gefährlichen Tat. Er lockte die Dame in seine Kalesche mit dem Brief, den man in ihrem Reitkleid fand, und erklärte ihr, daß er sie entlarven werde; als sie ihm trotzte, fuhr er nach dem Rennen auf die Straße nach Wingham hinaus und brachte sie um. Er fand den Brief nicht bei ihr und warf lediglich das Reitkleid fort, um sich vor Entdeckung zu schützen. Der Comte de Penfleur kam am nächsten Tag an und sah sich in seinen Hoffnungen auf gemeinsame Flucht getäuscht und in seiner Freiheit bedroht. Er müßte aus Mrs. Greys Briefen gewußt haben, daß Collingforth – in dessen Kutsche ihre Leiche gefunden wurde – der rebellischste ihrer Schützlinge war. Der Comte unternahm es, Kenntnis von Collingforths Aufenthalt zu erlangen und gleichzeitig von seinen eigenen Übeltaten abzulenken, indem er dem Friedensrichter suggerierte, daß *Mr. Grey* der Mörder sei. Der Falschspieler Pembroke berichtete dem Comte, daß

Collingforth in Deal sei; der Comte entsandte seine Leute (oder tötete Collingforth selbst, die Frage ist unwesentlich), und des armen Collingforths Schweigen wurde mit seinem Leben erkauft.«

Wir sahen sie einigermaßen verwundert an. Als Theorie hatte es durchaus seine Vorzüge.

»Aber warum sollte er Mrs. Greys Leiche zum Rennplatz zurückbringen und damit die ernsthaftesten Schwierigkeiten heraufbeschwören?« wandte ich ein. »Warum ließ er sie nicht einfach in dem Phaeton auf der Straße nach Wingham?«

»Weil er sich durch die Aussage seines Freundes Everett, er sei während der Rennen nicht an der Kutsche gewesen, abgesichert hatte«, sagte Lizzy ruhig, »deshalb konnte er sich nicht sicher fühlen, wenn die Leiche woanders gefunden wurde. Collingforth hoffte vielleicht, daß sich diese Diskrepanz uns einprägen und den besten Beweis seiner Unschuld liefern würde.«

»Bewundernswert!« rief Neddie. »Auf mein Wort, ich bin bereit, mich der Theorie selbst anzuschließen!«

»Wenn da nicht das erhebliche Gewicht wäre«, unterbrach ihn Henry, »das die Worte des Comte besitzen.«

Neddie und ich sahen ihn stirnrunzelnd und verständnislos an.

»Er könnte tatsächlich die Wahrheit gesagt haben«, beharrte Henry.

»Über was oder wen?« rief Neddie.

»Um Himmels willen, drück dich doch klar aus, Henry«, fügte ich aufgebracht hinzu.

»Als ich die ›Times‹ gelesen habe, Jane, in die ihr Liebhaber des Landlebens selten mal hineinschaut, wurde ich deutlich daran erinnert, daß wir die Tatsache des Kuriers von Mrs. Grey völlig übersehen haben.«

Neddie hob abwehrend die Hände.

»Ihren Kurier?« forschte ich nach.

»Diesen unauffindbaren Burschen aus Frankreich in grüngoldener Livree, der ihr eine dringende Nachricht überbrachte. Der Kurier, der gerade am Morgen des Tages ihres Todes ankam und ihn unwissentlich herbeigeführt haben könnte.«

»Mir gefällt deine Theorie nicht halb so gut wie meine«, murrte Lizzy und rekelte sich wie eine Katze. »Ihr fehlt die Einfachheit.«

»Wir hielten es für möglich, daß der Kurier eine Warnung vor der französischen Invasion brachte.« Henry schwenkte seine zusammengerollte Zeitung wie einen Marschallstab. »Aber die Invasion hat nicht stattgefunden. Die Wachfeuer wurden nicht entzündet. Die Evakuierung ist verschoben. Ist dir nicht aufgefallen, Neddie, daß die Nachricht für Mrs. Grey ganz anders gelautet haben muß?«

»Grey hat selbst gesagt, daß ihre Familie oft auf diese Weise mit ihr verkehrte. Vielleicht lieferte der Mann den letzten Brief des Comte ab – den Vorschlag zu gemeinsamer Flucht, den wir in ›La Nouvelle Heloïse‹ fanden.«

»Oder aber es war im Interesse deines Freundes Mr. Grey, dir das nahezulegen.«

»Ich verstehe dich nicht, Henry. Warum sollte Grey den Inhalt der Nachrichten seiner Frau verbergen?«

»Weil sie die Sicherheit seines Bankkonzerns gefährdeten, seinen persönlichen Ruf und sogar sein Leben.«

»Was weißt du davon?« Neddie griff unbewußt nach seiner Tonpfeife und suchte in seinen Taschen nach dem Tabaksbeutel. Lizzy nahm ihm wortlos die Pfeife aus der Hand und legte sie beiseite.

»Ich weiß gar nichts, versichere ich dir«, protestierte Henry, »aber ich kann eine ganze Menge vermuten. Grey spielt zweifellos ein gewagtes Spiel, wie der Comte bemerkte. Hast du nichts über den Zustand seines Hauses erfahren?«

»The Larches? Ich fand es bezaubernd.«

Henry schnaubte. »*Bezaubernd.* Vielleicht war es das mal. Aber ich würde zu gern wissen, Bruder, in was für Schwierigkeiten der Mann geraten ist und auf welche Weise er sich ohne den größten öffentlichen Skandal da herausziehen will!«

»Skandal?« wiederholte Lizzy. »Ich hätte gedacht, die Ermordung seiner Frau sei Skandal genug fürs erste.«

»Ich spreche von Mr. Greys Geschäften«, antwortete Henry. »Ich war noch keine Stunde auf The Larches, da wußte ich schon, daß die Lage seiner Firma bis zum Zerreißen angespannt ist.«

»Wie kannst du das behaupten?« fragte ich. »Sicherlich besitzt Mr. Grey ein Grundstück von beträchtlicher Größe. Die Unterhaltung muß allein ein Vermögen kosten. Aber er scheint doch über erhebliche Mittel zu verfügen.«

»Dennoch beschäftigt er keine Hausangestellten«, erklärte Henry. »Mrs. Bastable muß alles allein machen. Der Zustand der Pferdeställe ist erschreckend – sie sind seit Mrs. Greys Tod nicht ausgemistet worden. Als ich mich nach dem Grund erkundigte, hieß es, der Hausherr habe es abgelehnt, Streu zu bestellen, und den größten Teil der Stallburschen entlassen. Deswegen konnte ich auch nichts über Julian Sotheys Verabredung mit der unbekannten Dame im Pferdestall in Erfahrung bringen. Jeder, der darüber etwas hätte wissen können, war nicht mehr im Dienst.«

»Eine solche Reduzierung des Personals würde gut zu Mr. Greys Absichten passen, wenn er Mrs. Greys Koppel verkaufen will«, argumentierte ich, »doch ich sehe nicht ein, wieso deshalb seine Lage hoffnungslos sein soll.«

»Hast du eine Vorstellung von der Qualität der Vollblutpferde in Greys Stall? Das wird der Verkauf des Jahrzehnts. Er müßte Tausende von Pfund herausholen. Und wie es aussieht, braucht er das Geld auch dringend, würde ich sagen.«

»Vielleicht kann er es nicht ertragen, ständig an die Leidenschaft seiner Frau für Pferde erinnert zu werden«, bemerkte Lizzy, »und hofft nur, den Bestand auf die günstigste Art loszuwerden. *Darin* sehe ich nun keinen Skandal.«

»Dann überzeugen dich vielleicht die Londoner Zeitungen.« Henry warf die »Times« neben uns auf das Sofa. »Lies mal bitte den Artikel auf Seite drei unten. Er hat viel mit Mr. Grey zu tun.«

Neddie, Lizzy und ich beugten uns über das Blatt und versuchten den Text zu entziffern.

»Holländische Banken bürgen nicht mehr für französische Staatspapiere«, las ich langsam. *»Regierungsdarlehen könnten gefährdet sein.«*

»Lies weiter«, sagte Henry.

»Der Finanzminister, Mr. Pitt, ist sehr besorgt wegen der gestrigen Entscheidung des Hauses Hope, des schottischen Bankhauses mit Sitz in Amsterdam, weitere Bürgschaften für die französische Regierung abzulehnen.* Während die Niederlage unserer Feinde auf dem Gebiet des Handels wie auf dem Schlachtfeld aufs innigste zu wünschen ist, kann doch der unsichere Zustand der Staatsfinanzen des Kaiserreichs die finanziellen Beziehungen in ganz Europa bedrohen und sich letzten Endes zum Nachteil unseres Landes auswirken. Aus diesen Erwägungen heraus hat Mr. Pitt einen Bevollmächtigten zu Beratungen nach Amsterdam entsandt.«

Ich hob den Kopf. »Und inwiefern berührt Mr. Pitts Geschäftsführung die Interessen Mr. Greys, Henry?«

Er rollte ungeduldig mit den Augen. »Grey ist mit einer französischen Bankiersfamilie liiert, Jane, und seine Mittel müssen teilweise bei ihr liegen. Wenn Bonaparte sich in Amsterdam um einen Kredit bemüht hat und ein so großes Haus wie Hope ihn *abweist*, dann können wir davon ausgehen, daß die französischen Bankhäuser ihr Kapital erschöpft

* Der Premierminister war immer zugleich Finanzminister. Als Mitglied des Kabinetts und sein Chef war er somit primus inter pares, der Erste unter Gleichen. – *Die Herausgeberin.*

haben. Außerdem kann die Regierung keine Sicherheiten für die gewünschte Anleihe anbieten, oder jedenfalls keine, die Hope akzeptiert. Soviel muß auch dem Comte de Penfleur klar sein. Was er sonst noch weiß und vermutet, das kann ich nicht sagen.«

»Du meinst, daß Grey auf Geheiß seiner Frau stark in die französische Regierung investiert hat mit Fonds, die Bonaparte gegenwärtig erschöpft hat?« fragte Neddie.

Henry zuckte hilflos die Achseln. »Wer soll das wissen? Doch wenn Greys Pferdeställe schon so vernachlässigt aussehen, dann stell dir mal die des Kaisers vor!«

»Aber Bonaparte hält einen großen Teil Europas im Würgegriff«, rief ich ungläubig. »Da kann er doch viele Schatzkammern ausplündern.«

Henry zögerte, dann zuckte er die Achseln. »Das kann ich nicht abschätzen. In der City habe ich das Gerücht gehört, die französische Regierung sei bankrott, aber ich tat solches Gerede als eine Mischung von Großsprecherei und Hoffnung ab. Jetzt kann ich es nicht mehr übergehen.«*

»Die Franzosen bankrott?« Lizzys Stimme war eine Studie in Unglauben. »Aber ich habe die Kupferstiche der Krönungsrobe der Kaiserin gesehen, Henry. Sie erschien jedenfalls nicht in Lumpen gehüllt, das kann ich dir versichern.«

»Die Kosten der Krönung und des Baus von zweitausend Schiffen können auch eine größere Nation als die französische zu Bettlern machen. Dazu kommen noch die Unterhaltung einer Armee, die seit fast zwei Jahren in Bereitschaft zur Kanalüberquerung an der Küste steht, die Notwendigkeit der Verteidigung weitgespannter Grenzen und die Verschwendungssucht, die seit vielen Monaten am französi-

* Die Ohren der Geschäftsleute der City waren in diesem Fall schärfer, als Henry Austen glaubte. Mitte August 1805 waren Bonapartes Mittel völlig erschöpft. Er erhielt keine Hilfe, weder von den Bankiers noch von seinen Verbündeten. – *Die Herausgeberin.*

schen Hof herrscht. Ich meine, da braucht man nach Gründen für einen Bankrott nicht lange zu suchen.«

»Es heißt schon etwas«, überlegte ich, »daß das Ungeheuer sich ruiniert, weil England sein Ziel ist. Ganz Europa müßte uns dafür dankbar sein, und ich wünschte mir wirklich, daß Bonaparte ins Schuldgefängnis geworfen würde. Aber, Henry, wenn Bonaparte bankrott ist, dann muß doch der Krieg bald zu Ende sein! Denk nur, was das für unsere Brüder bedeuten würde!«

»Ein Ende des Vorrückens auf der Rangliste der Kriegsmarine*«, sagte Henry brutal. »Aber schreibe Seine Kaiserliche Majestät nicht zu voreilig ab, Jane. Bonaparte hat sich schon tausendmal gerettet, und das aus viel schlimmeren Lagen.«

»Vielleicht will er seine Finanzen durch einen Überfall auf die Bank von England aufbessern«, meinte Neddie ironisch.

»Vielleicht.« Die Erregung war etwas aus Henrys Gesicht gewichen und hatte einem Ausdruck der Sorge Platz gemacht. »Ich wünschte wirklich, wir wüßten, woran wir sind. Ich fürchte, ich muß euch morgen verlassen und nach London zurückkehren.«

»Reisen am Sonntag, Henry?« neckte ich ihn. »Du lebst schon zu lange mit der Komtesse Eliza zusammen und ihrer Mißachtung der Schicklichkeiten.«

»Nach *London* reisen, und das im August?« rief Neddie. »Eine so ernste Situation kann es doch gar nicht geben!«

»Mr. Pitt glaubt es jedenfalls. Diese Nachricht bringt die Börse in Bewegung. Am Montagmorgen wird es einen Aufruhr um die Anleihen geben, und jeder Finanzier wird aus dem Kaffeesatz der ganzen Welt zu lesen versuchen. Ich wage es nicht, auch nur einen Tag länger zu bleiben.«

* Die Rangliste der Kriegsmarine führte alle Offiziere vom Kapitän zur See aufwärts nach ihrer Seniorität geordnet auf. Man stieg in der Liste der Reihe nach auf, wenn jemand auf einem höheren Platz in den Ruhestand ging oder starb. Die Liste enthielt auch die Namen aller im Dienst befindlichen Schiffe nach Klassen, Zahl ihrer Geschütze und Stärke der Besatzung. – *Die Herausgeberin.*

Ich stand auf und streckte meinem Lieblingsbruder die Hand hin. »Anscheinend weiß Mr. Pitt, was er tut. Ich nehme an, du wirst noch vor dem Morgengrauen aufbrechen – aber bitte laß es uns wissen, Henry, wenn dir irgend etwas von Mr. Greys gefährlichen Geschäften zu Ohren kommt.«

»Ich würde es nie versäumen, dich mit Klatsch zu versorgen, Jane«, antwortete er mit etwas von seinem gewohnten Charme, und damit schieden wir voneinander.

Kapitel 18
Holländische Wolle und spanische Spitzen

Sonntag, 25. August 1805

Da die schlimmen Folgen des gestrigen Regens bis heute morgen um neun Uhr völlig verschwunden waren, gingen wir zu Fuß durch die ehrwürdige alte Allee von Linden und Eiben, die Bentigh genannt wird, zum Gottesdienst in der Kirche St. Nicolas. Die Luft unter dem Dach der Zweige war klar und erfrischend und kündigte den nahen Herbst an, ein Star sang vom Vergehen des Sommers, und unsere Familiengruppe – ein beachtlicher Aufzug mit den Kindern, einigen Bediensteten, Mrs. Salkeld, Caky, Miss Sharpe, Neddie, Lizzy und mir – war von grundloser Fröhlichkeit. Die Kleinen hüpften und schlugen Purzelbäume, bis die Schimpfreden von Kinderfrau, Gouvernante und Mutter sie zu ihrer Pflicht zurückholten, und ich spürte das Bedürfnis, hinter ihnen herzulaufen und den wunderschönen Tag laut zu besingen. Es sollte für einige Zeit mein letzter Tag in Godmersham sein, morgen reiste ich nach Goodnestone Farm ab.

»Sich vorzustellen, daß Mr. Sothey unsere Allee fällen möchte!« rief ich Neddie zu. »Ich hoffe doch, du wirst sie notfalls mit gezogenem Degen verteidigen.«

»Wir können noch nicht wissen, was Mr. Sothey mit dem Park vorhat, solange er ihn nicht ganz abgeschritten und seine Meinung kundgetan hat«, erwiderte mein Bruder. »Verachte den Mann nicht zu voreilig, Jane, bevor er an unserem Sonntagsdinner teilgenommen hat!«

»Sonntagsdinner?« fragte Miss Sharpe leise.

Ich wandte mich rasch um und sah sie an. »Das hatte ich natürlich vergessen. Arme Miss Sharpe, Sie erfahren anscheinend alles immer als letzte! Mr. Sothey, der Landschaftsgestalter, der sich gegenwärtig in Eastwell Park aufhält, kommt heute vormittag nach Godmersham. Er soll sich den Park ansehen.«

Ich hatte meine Stimme bewußt von jeder Betonung freigehalten, doch die Gouvernante beherrschte ihre Gefühle zu wenig, um ihre Verwirrung verbergen zu können. Sie holte tief Luft und blieb stehen. Hätte sich eine Möglichkeit zur Flucht geboten, hätte sie sie sicherlich ergriffen, doch wurde ihr die Seltsamkeit ihres Verhaltens sofort klar, und sie ging weiter. Mit keinem Wort erklärte sie sich; Anne Sharpe war sichtlich nicht geneigt, sich mir hinsichtlich des vornehmen Landschaftsgestalters anzuvertrauen. Ich argwöhnte, sie wolle ihr Geheimnis mit ins Grab nehmen.

Der alte Kirchhof von St. Nicolas ist ein ruhiger, friedlicher Ort. Die Kirche selbst ist normannisch und stammt aus dem dreizehnten Jahrhundert. Sie steht am Ufer des Stour oberhalb der einst wichtigsten Furt durch den Fluß. Die alten Grabsteine neigen sich kreuz und quer über die Hügel der Gräber, der Wind seufzt in den Weiden, und das Murmeln des Wassers dringt lockend wie der Gesang einer Nymphe durch die bleigefaßten Fenster herein. Ich habe die kleine Kirche lieben gelernt, die so ganz anders ist als die imponierenden Kirchengebäude von Bath mit ihren Menschenmengen. In einem bescheidenen Haus wie diesem kann man sich Gott näher fühlen. Doch Anne Sharpe schien vom Zauber der Ortes unberührt, ihr Gesicht war durch und durch unglücklich.

»Ich bin sicher, Mr. Sothey wird Ihnen gefallen, wenn Sie ihn erst etwas besser kennen«, sagte ich, als wir den Vorraum erreichten und die Kinder sich folgsam hinter Fanny aufreihten. »Er ist äußerst charmant und wahrhaftig ein Genie! Ich mag ihn sehr.«

»Es wird keine Gelegenheit dazu geben, daß ich ihn kennenlerne«, erwiderte die Gouvernante. »Er wird den größten Teil des Tages mit Mr. Austen im Park zu tun haben, und ich habe viel im Schulzimmer zu erledigen – die Invasionsdrohung ist ja noch kaum vorüber. Und dann muß ich Fanny mit ihren Sonntagsaufgaben abhören und mich außerdem um das Dinner für die Kleinen kümmern – ich werde ihm kaum über den Weg laufen.«

Ich tat erstaunt. »Haben Sie Grund, sich vor einer Begegnung zu fürchten, Miss Sharpe? Sie haben doch sicher nichts Schlechtes über Mr. Sothey gehört!«

Endlich sah sie mir voll ins Gesicht, doch mit einer so angsterfüllten Miene, daß ich mir wirklich wie eine falsche Freundin vorkam. »Ich weiß weder, wer Mr. Sothey ist, Miss Austen, noch geht es mich etwas an«, sagte sie deutlich. »Ich wünsche mir nur, daß ich in Ruhe für meine Schutzbefohlenen sorgen kann. Und nun wollen wir bitte zum Gottesdienst hineingehen; alle wundern sich schon, wo wir bleiben.«

»Natürlich«, antwortete ich und ließ ihr den Vortritt.

»Jane«, rief mein Bruder, als ich nach dem Frühstück in den kleinen Salon ging. »Darf ich dich um einen Gefallen bitten?«

»Womit kann ich dir dienen, Neddie?«

Er führte mich in die Bibliothek und schloß leise die Tür. »Ich hätte sehr gern deine Hilfe bei der Korrespondenz Mrs. Greys. Ich habe seit Jahren nicht mehr aus dem Französischen übersetzt und komme nur langsam dabei voran.«

»Mein Französisch ist auch nur mäßig – ich kann dir nichts versprechen –, aber ich strenge gern meinen Verstand an und versuche es.«

»Wenn dir diese Aufgabe nicht widerwärtig ist ...« Er schaute mich besorgt an.

»Widerwärtig? Ich finde sie äußerst unterhaltsam.«

»Nun gut. Ich hielt es nur für angebracht, vorher zu fragen. Lizzy war von der Vorstellung, in die Privatsphäre einer anderen Dame einzudringen, so entrüstet, daß ich dachte, du könntest ...«

»Ich bin aber nicht die Tochter eines Baronet, Neddie«, antwortete ich bestimmt, »und hatte mehr als einmal die Veranlassung, Briefe zu lesen, die nicht meine eigenen waren.« Wenn mir dabei die Asche der Briefe Anne Sharpes anklagend vor die Augen trat, verriet ich das meinem Bruder nicht. Ich ließ mich an einem der großen Tische nieder, die den Raum teilten, und sah ihn erwartungsvoll an.

»Ich habe sie nach den Daten geordnet, und das war schon eine mühsame Arbeit. Es müssen fast dreißig sein, Jane, von dem Monat der Ankunft Mrs. Greys in Kent – kurz nach ihrer Heirat im Februar – bis Mitte August.«

»Sieben Monate lang Briefe vom Comte de Penfleur«, überlegte ich. »Sagen wir ein Brief pro Woche und manchmal auch zwei. Das ist kaum das eifrige Werben eines Liebhabers, sondern eher die pflichtgemäße Erledigung einer geschäftlichen Angelegenheit. Vielleicht hat Mr. Grey recht mit seinen Befürchtungen. Hast du schon welche gelesen?«

»Diese hier habe ich entziffern können«, dabei schwenkte er unsicher einige Bogen gefaltetes Papier, »aber die Handschrift ist so klein, und dann noch das Quergeschriebene ... Ich würde Wochen brauchen für den Rest.«

Ich nahm die Briefe und blätterte sie durch. Neddie hatte recht, die meisten Seiten waren eng beschrieben, und dann war das Blatt gedreht und ein zweiter Text quer darüber geschrieben worden. Ich hätte nicht gedacht, daß der Comte so sparsam mit dem Papier umgehen würde, doch vielleicht fürchtete er, Mr. Grey würde mißtrauisch, wenn seine Frau zuviel Porto verlange.* Alle Briefe waren nur mit dem Buchstaben »H« unterzeichnet, wie ich feststellte. So daß Mrs. Grey notfalls ihren Briefpartner als eine noch in Frankreich wohnende alte Schulfreundin ausgeben könnte?

* Zu Jane Austens Zeit bezahlte der Empfänger eines Briefes das Porto. – *Die Herausgeberin.*

»Und was hast du entdeckt?«

»Er spricht viel von Modewaren«, lautete Neddies unerwartete Antwort. »Es ist oft die Rede von spanischer Spitze, ob Mrs. Grey sie beschaffen könne, und es geht auch um holländische Wollstoffe, ob deren Qualität ebenso dauerhaft wäre wie bei englischen. Anscheinend sind spanische Spitze und holländische Stoffe gegenwärtig in Frankreich höllisch schwer zu kriegen, obwohl ich nicht weiß, warum.«

»Aber es ist doch Frankreich selbst, das ein Embargo auf solche Waren im Handel mit England verhängt hat!« rief ich. »Hast du das auch richtig gelesen?«

Er zuckte die Achseln. »Vielleicht ist mein Französisch noch jämmerlicher, als ich dachte.«

»Oder Mr. Grey hat sich in der Person des Briefpartners seiner Frau geirrt. Wir haben schließlich nur seine Behauptung dafür, daß diese Briefe überhaupt vom Comte geschrieben wurden.«

»Was das anbelangt …« Neddie kramte in den Papieren auf seinem Schreibtisch und holte ein leicht beschmutztes und ebenso gefaltetes Blatt hervor. Das Siegel war das gleiche wie auf denen, die vor mir lagen, und die Handschrift konnte nicht ähnlicher sein. »Dies ist der Brief, den wir in Mrs. Greys französischem Roman fanden, der …«

»*auch* von Mr. Grey als vom Comte stammend identifiziert wurde.«

»… der mit der Schrift auf diesem Zettel übereinstimmt, Jane«, beharrte Neddie geduldig, »den mir der Comte gab. Es ist die Anschrift seines Hotels in Dover, dem Royal.«

»Nun gut. Der Comte unterzeichnet mit ›H‹ und redet mit seiner Geliebten nur über Modewaren. Ich glaube, es gibt belegte Geschichten, die noch merkwürdiger sind. Wir müssen annehmen, daß es sich um eine Art von Code handelt.«

»Bitte sieh die Briefe selbst durch, Jane, und versuche dir eine Meinung zu bilden. Ich wäre dir sehr verbunden.«

»Täusche dich nicht, Neddie. Ich stehe sehr in deiner Schuld. Seit den Wochen vor dem Tode unseres Vaters hat mir kein Rätsel soviel Vergnügen bereitet, und ich schäme mich nicht, auf diese unanständige Weise von der Ermordung Mrs. Greys zu profitieren. Es ist der erste uneigennützige Dienst, den sie im Leben oder im Tode jemandem erweist.«

Zwei volle Stunden benötigte ich, um die Korrespondenz durchzusehen. Es war ein mühsames Geschäft, denn der Comte – unser hinterlistiger »H« – benutzte eine verteufelt schwierige, fast unentzifferbare Handschrift. Sein eleganter Satzbau war ein weiteres Hindernis für seine Verfolger; wir hatten unsere Mühe, seine hinreißenden Verben aus ihren Nebensätzen herauszulösen, und bekamen Kopfschmerzen, als die Arbeit erst zum Teil getan war. Im wesentlichen aber war es so, wie Neddie gesagt hatte: häufiger Austausch über Spitzen und Wolle und die wirksamste Art und Weise ihrer Beschaffung. In seltenen Fällen lobte der Comte seine Françoise für die geschickte Behandlung dieses oder jenes Freundes: *Ich bin erfreut über Deine Fortschritte in der Gewinnung der Neigung Mr. Collingforths*, zum Beispiel; oder noch interessanter: *Hauptmann Woodford scheint ungeeignet für seine Aufgabe, ich schlage vor, daß Du ihn von weiteren Besuchen abhältst.* Und ab Juni tauchte zunehmend ein neuer Name in den Briefen auf: Julian Sothey.

Mr. Sotheys Sorge um Dein Wohlbefinden sichert ihm einen bleibenden Platz in meinem Herzen … Mr. Sothey besitzt ein besonderes Talent für Klatsch. Ich war entzückt von Deinem Bericht über seine Unterhaltung mit Lady Forbes … Mr. Sotheys Einfluß auf Deinen Gatten könnte viel zur Beschaffung unserer Spitzen beitragen. Bitte setze Deinen Charme mit diesem Ziel ein, ma chère Françoise, denn anscheinend ist Dein eigener Einfluß auf diesen Herrn begrenzt.

Wie es schien, war Mr. Sothey ein zufriedenstellendes Werkzeug in den Händen Mrs. Greys. Wie nützlich mußte der vornehme Landschaftsgestalter für eine Frau mit ihren Absichten gewesen sein! Er kannte jeden und war überall willkommen, er hörte die Beratungen der Großen an ihren eigenen Mittagstischen mit an. Wo Mrs. Grey auf Grund ihres Geschlechts, und weil sie obendrein noch Ausländerin war, von einer bestimmten Art von männlicher Vertraulichkeit ausgeschlossen blieb, wurde Mr. Sothey von seinen Bekannten geschätzt und bewundert: vor *ihm* konnten sie immer offen reden. Hatte er schließlich begriffen, daß er ausgenutzt wurde, und Mrs. Grey beim Renntag von Canterbury die Stirn geboten? War das die Ursache für den Wutausbruch der Dame?

»Neddie«, sagte ich rasch, »sieh dir doch mal die Sätze an, die ich herausgeschrieben habe. Sie stammen aus mehreren Briefen des Comte aus den Monaten Juni und Juli. Ich habe keinen Zweifel, daß wir in denen vom August noch mehr davon finden.«

Er las sie und zog die Stirn kraus. »Meinst du, Sothey habe gewußt, was für bedenkliche Informationen er da weitergab? Oder daß Mrs. Grey ihn gegen ihren eigenen Gatten benutzen wollte?«

»Das kann ich nicht sagen. Ein von blinder Leidenschaft erfaßter Mann tut alles, um die Gunst seiner Dame zu erringen, er könnte ihr die wichtigsten Nachrichten preisgeben, ohne daran zu denken, ob das klug sei. Und wir wissen auch so wenig von Mrs. Grey selbst, wie geschickt und geduldig sie ihn Woche für Woche bearbeitet haben mag.«

»Aber kann denn Grey blind gewesen sein gegenüber einer solchen Leidenschaft seines Freundes und ihren möglichen Folgen? Sollte er Sotheys Versuche, ihn selbst zu beeinflussen, nicht bemerkt haben?«

»Wir hegen selten den Verdacht, daß ein enger Freund, dessen Rechtschaffenheit und Ansichten wir schätzen, unsere

Zuneigung für besondere Zwecke ausnützen könnte«, bemerkte ich. »Man muß schon Zweifel an der Vertrautheit hegen, um die Schlange zu entdecken.«

»Das würde Sotheys Verrat noch abstoßender machen.« Neddie dachte schweigend einen Moment nach. »Aber vielleicht lesen wir zuviel in diese Worte hinein, Jane. Sothey könnte aus verschiedenen Gründen bearbeitet worden sein. Womöglich machte er sich gar nichts aus Françoise Grey und besitzt nur denselben verhängnisvollen Drang zum Glücksspiel wie sein Vater. Damit wäre er ihr leicht ausgeliefert gewesen.«

»Das würde mich nicht überraschen«, stimmte ich ihm zu. »So etwas soll ja im Blut liegen. Aber was sollte er beschaffen, Neddie?«

»Klatsch?«

»Sein Charme und sein Genie und dazu seine glänzende Konversation und die Leichtigkeit, mit der er sich in den Häusern der Großen bewegte, verschafften ihm ein beträchtliches Wissen. Doch das scheint das weniger wichtige seiner Talente gewesen zu sein. Der Comte verlangte, er solle spanische Spitze besorgen, und sehr wahrscheinlich von Mr. Grey.«

»Aber was soll Spitze bedeuten?«

»Geld, Neddie«, antwortete ich mit Bestimmtheit. »Denke daran, was Henry vermutete und was der Comte selbst gesagt hat. Grey hat Pläne, die die großen Bankhäuser in ganz Europa einbeziehen; nur auf diese Weise konnte Mr. Sothey von Nutzen für Penfleur sein.«

»Aber war denn der Comte nicht schon Greys Partner in einem kontinentalen Bankkonzern?« wandte mein Bruder verblüfft ein. »Warum brauchte er dann solche Winkelzüge?«

»Weil der Zweck, zu dem diese Mittel benutzt werden sollten, mein Lieber, Mr. Grey ins Verderben stürzen würde, wenn es ruchbar würde. Er hätte eine Anklage wegen Landesverrat oder noch Schlimmerem am Hals; solange die Mittel nicht eingegangen waren, durfte er deshalb nicht ahnen, wie schwerwiegend sein Verrat sei.«

Mein Bruder stieß einen Pfiff aus. »Du vermutest, daß Grey Bonapartes Invasion Englands finanzieren soll?«

»Ich kann mir nichts anderes vorstellen, was eine solche vorsichtige Einfädelung und Vorbereitung erforderte. Bedenke nur, Neddie: Françoise Grey wurde zu einer Heirat ohne Liebe gezwungen, allein zu dem Zweck, einen Zugriff auf die finanziellen Mittel ihres Ehemannes zu bekommen. Hoffen wir, daß das letzten Endes nicht gelang – und sie deshalb ermordet wurde.«

»Und wenn es ihr gelang?« Meinem Bruder standen feine Schweißperlen auf der Stirn. »Wie steht es dann mit Grey und der Sicherheit unseres Landes?«

»Diese Frage«, sagte ich trocken, »wirst du wohl Mr. Grey stellen müssen, fürchte ich.«

Mein Bruder hätte vielleicht im nächsten Moment schon sein Pferd bestiegen und wäre nach The Larches losgeritten, wenn ihn nicht das Erscheinen des vornehmen Landschaftsgestalters daran gehindert hätte. So mußte er sich mit einem rasch hingeworfenen Brief begnügen, den er durch einen Boten an Valentine Grey absandte und in dem er diesen Herrn bat, zum Dinner zu kommen oder, wenn er anderweitig engagiert wäre, danach zum Kaffee.

Es war nicht die Schuld Mr. Sotheys, daß er unsere Beratungen im ungünstigsten Augenblick unterbrach. Er war zu rechter Zeit angekommen – um Viertel nach ein Uhr – und sah so erfreut aus über den Anlaß zu seinem Besuch, daß ich ihn kaum der bewußten Täuschung für fähig halten konnte. Er war elegant gekleidet und so kühl in seiner Erscheinung, als habe der kurze Ritt ihm nichts anhaben können. Er lobte alles, von dem Stuck in der Halle bis zur Anordnung der Räume, und er blieb nur so lange im Haus, daß er Lizzy seine

Aufwartung machen konnte, dann schlug er gleich vor, daß wir alle hinausgehen und den Park besichtigen sollten.

Zu meiner Überraschung und Freude war Mr. Emilious Finch-Hatton zusammen mit dem Landschaftsgestalter von Eastwell herübergeritten.

»Miss Austen!« rief er und beugte sich tief über meine Hand, »es ist mir ein Vergnügen, Sie wiederzusehen. Ich habe einen Brief von unserem gemeinsamen Freund erhalten und wollte Ihnen dessen Inhalt unverzüglich mitteilen, deshalb habe ich mich Sothey und Ihnen aufgedrängt und gewagt, mich selbst zum Dinner einzuladen.«

»Sie sind immer willkommen, Sir, wie Sie sicher wissen.« Wir warteten auf Lizzy an der Treppe. Sie erschien in festen Stiefeln, die besser zum Gehen geeignet waren als die Pantoffeln, die sie den ganzen Vormittag getragen hatte, bevor wir den Stour zu überschreiten beabsichtigten. Mr. Sothey hatte gemeint, der Ausblick von der Höhe des dorischen Tempels sei ideal geeignet für eine erste Übersicht, und von dort sollten wir unseren Rundgang beginnen. »Geht es Lord Harold gut?«

»Es geht ihm so gut, wie es einem Menschen gehen kann, der seit sechs Monaten keinen Blick mehr auf seine heimatlichen Küsten werfen durfte. Er hatte Erfolg in Österreich, wie ich höre – die Habsburger werden mit England und Rußland zusammenstehen –, und ist gegenwärtig auf dem Wege nach Amsterdam.«*

»Amsterdam?« wiederholte ich. »Etwa als Mr. Pitts persönlicher Bevollmächtigter?«

* Das am 9. August geschlossene Bündnis Österreichs mit England und Rußland vollendete das, was die Dritte Koalition genannt wurde. Sie geriet bald danach in Konflikt mit dem napoleonischen Frankreich. Bonaparte siegte in der Schlacht bei Austerlitz am 2. Dezember 1805, und in dem später in diesem Monat geschlossenen Frieden von Preßburg mußten ihm beträchtliche Gebiete in Deutschland und Italien abgetreten werden. Österreichs Bindungen an England wurden vollständig gelöst, und es mußte vierzig Millionen Francs Kriegsentschädigung an Frankreich zahlen. – *Die Herausgeberin.*

»Ich glaube, Lord Harold hat gegenwärtig diese Ehre.«

»Dann hat man ihm die undankbare Aufgabe gestellt, einen schottischen Bankier zu überreden, ein Darlehen zu vergeben, wo jegliches Vertrauen fehlt.« Es sei denn, dachte ich, Trowbridge kommt zu spät und Mr. Greys Fonds haben die französische Krone bereits gerettet.

»Sie haben auch die ›Times‹ gelesen, wie ich sehe«, bemerkte Mr. Emilious augenzwinkernd. »Sie werden bald noch einige interessante Artikel in ihren Spalten finden, glaube ich – aber mehr darf ich jetzt noch nicht sagen.«

Währenddessen waren wir die Auffahrt hinuntergegangen, hatten das Pförtnerhaus passiert, die Straße nach Canterbury überquert und standen vor der kleinen Fußgängerbrücke über den Stour.* Der anstrengende Aufstieg zum Tempel beanspruchte nun unsere Aufmerksamkeit, und Mr. Emilious, der besser war im Verzehr einer guten Mahlzeit als im Ersteigen malerischer Höhen, hatte wohl kaum noch Atem zu meiner Unterhaltung übrig.

»Hervorragend!« rief Mr. Sothey mit leuchtendem Gesicht aus. Er stand unter dem Portikus des Tempels neben meinem Bruder, dessen Teint sich von der Anstrengung auch etwas gerötet hatte. Lizzy hatte sich auf einen Stuhl gesetzt. »Das Haus hat einen ausgezeichneten Platz zwischen dieser Erhebung der Downs und den Hügeln hinter ihm; und da der Stour dieses enge Tal durchschneidet, ergibt das eine echt bukolische Szenerie. Das Häuschen dort rechts, zu dem sich eine Straße in Windungen hinzieht, gehört es einem Ihrer Angestellten?«

»Es gehört dem Wildhüter«, sagte Neddie, »denn der Hirschpark erstreckt sich weit bis in die nächsten Downs.

* Heutige Besucher von Godmersham werden von dieser Beschreibung leicht verwirrt. Die Straße nach Canterbury, die Jane beschreibt, ist jetzt die A 28 und wurde lange nach ihrem Tode (in den 1830er Jahren) auf die andere Seite des Stour verlegt. Der dorische Tempel steht jetzt mit dem Rücken zur Straße und gewährt nicht mehr einen Blick auf sie wie zu Jane Austens Zeiten. – *Die Herausgeberin.*

Das Gebäude hinter dem Haus, auf halber Höhe des Hügels, ist das Eishaus.«

»Ihre Felder liegen wo?«

»Nach Süden.«

»Ich verstehe. An die Kirche angrenzend?«

»Genau.«

»Die Allee ist vermutlich Ihr üblicher Weg zum Sonntagsgottesdienst?«

»Wir haben ihn heute schon zweimal zurückgelegt.«

Mr. Sothey beschattete die Augen mit einer Hand gegen die Strahlen der Sonne und wandte sich erst nach Norden und dann nach Süden in Richtung auf Chilham Castle. »Es ist doch merkwürdig, wie wenig Raum man dem Lustgarten gewährt hat im Verhältnis zur Größe des Parks und dem Eindruck der Weite, den diese Erhebung vermittelt. Unglücklicherweise verläuft der Fluß so dicht neben der Straße und die Straße so dicht neben der Wohnung des Wildhüters. Daraus ergibt sich ein Eindruck der Enge, der Abschnürung an diesem Ende des Besitzes, der äußerst ungünstig ist. Die Gartenwege hinunter zu den Linden verstärken dieses Gefühl noch, wie Sie bemerken werden, denn sie sind ausnahmslos ganz gerade und wirken so eher als Begrenzungen denn als Fluchtwege.«

Neddies Augen verengten sich, und er preßte die Lippen zusammen.

»Ich frage mich, was sich der ursprüngliche Erbauer gedacht hat«, überlegte Mr. Sothey, »als er das Haus im rechten Winkel zum Fluß und zur Straße errichten ließ.«

»Vielleicht fand er die Sonnenseite und den Ausblick auf die Downs und die Kirche erfreulicher als den Blick auf die Landstraße«, entgegnete Neddie knapp.

»Vielleicht – aber wie Sie sehen, verringert es immens den Abstand zwischen Auffahrt und Pförtnerloge. Das sind vermutlich Küchengärten?« Mr. Sothey wies auf zwei eingezäunte Stücke Land am Nordende von Bentigh.

»Ja«, antwortete Neddie. »Ein Landgut kommt nicht

ohne sie aus. Sie haben uns reichlich versorgt seit mehr Jahren, als Sie zählen, Mr. Sothey.« In seinem Ton schwang eine leichte Streitlust mit, als habe er die Bemerkungen des Landschaftsgestalters als persönlichen Angriff empfunden.

»Mein lieber Herr«, sagte Mr. Sothey rasch, »Sie dürfen es nicht übelnehmen, wenn ich dann und wann eine empfindliche Stelle bei Ihnen treffe. Es ist immer schwierig, gegen die Macht der Gewohnheit anzukämpfen; wir alle sind Geschöpfe der Konvention, wie Sie wohl wissen, und wehren uns gegen den leisesten Verdacht einer Veränderung. Es ist jedoch wichtig, zu erfahren, wie das Gelände täglich genutzt wird und auf welche Weise die Arbeit auf dem Landgut verbessert werden kann, damit sie mit seinen sichtbaren Schönheiten in Übereinstimmung gebracht wird. Ich werde sehr viel von den Küchenmägden wissen wollen – wie oft sie bestimmte Wege benutzen, wo die Dorfbewohner hindurchgehen, und wohin die Damen Austen zur Erholung am liebsten wandeln. Das alles muß man verstehen, bevor man irgendeine Verschönerung ins Werk setzen kann.«

»Also wird der Genius des Ortes von einer Küchenmagd verkörpert?« fragte ich belustigt. »Ich zittere bei dem Gedanken, was geschehen könnte, wenn die Kinderfrau nicht zufriedengestellt wird!«

Mr. Sothey warf den Kopf zurück und lachte. Seine auffallenden kastanienbraunen Locken ringelten sich in der Sonne, und mir fiel wieder die Kraft und die Offenheit in seiner Erscheinung auf: Er hätte Gabriel sein können, der das Reich des Herrn betrachtet. »Ich hätte sagen sollen, die Schutzgöttin von Godmersham sei Demeter, Miss Austen – das einschläfernde Summen der Vögel im Korn spricht zu meinen Ohren nur von der Ernte, aber mit der Zeit werden wir mehr wissen. Vielleicht ist der Genius des Ortes auch ein Wassergeist und singt zwischen den Steinen des Stour, oder aber er wandelt unter den Lindenbäumen und flicht sich Veilchen ins Haar.«

»Dann achten Sie doch bitte darauf, daß Sie nicht seinen natürlichen Aufenthalt zerstören«, warf Neddie ein.

»Da sei der Himmel vor!« rief Mr. Sothey. »Ich meine nicht, daß *Zerstörung* der klügste Weg zur Kunst ist. Sie sind der glückliche Besitzer eines Landgutes, Mr. Austen, auf dem natürliche Schönheit und eine weise Hand viel bewirkt haben. Die wesentlichen Voraussetzungen des Ortes sind so gut, daß eine kleine Anstrengung zu beträchtlichen Erfolgen führen kann.«

Neddie sah nicht versöhnt aus; eine Steifheit in seiner Haltung und ein Mißtrauen in seiner Miene deuteten auf seinen Widerstand gegen alles, was Mr. Sothey vorschlagen mochte.

»Ich würde gern den Blick vom Stour her zeichnen«, sagte Mr. Sothey mit Entschiedenheit, »und dann zum Eishaus hinaufgehen. Danach könnten wir einen nützlichen Gang die Gartenwege entlang machen und uns die Lindenallee ansehen. Die Bäume sind von beträchtlichem Alter, wenn ich mich nicht täusche?«

»Das sind sie«, antwortete Neddie, »und die meisten Einwohner schätzen sie sehr.«

Zum Glück kannte Mr. Sothey meinen Bruder zu wenig, um die Ironie in seiner Miene wahrzunehmen; Lizzy und ich hatten dies Glück nicht.

»So war es schon immer«, flüsterte mir Lizzy zu. »Du kannst dir nicht vorstellen, wie viele Monate ich deinen Bruder drängen mußte, auf seine Perücke und seine Puderdose zu verzichten und sein schönes Haar natürlich zu tragen! Ich glaube, ich habe fast ein Jahr dazu gebraucht, und jetzt behauptet er, dieser Wechsel der Mode sei seine eigene Idee gewesen und ganz selbstverständlich. So wird es sicher mit Mr. Sotheys Ansichten auch kommen.«

»Hoffen wir nur, daß Mr. Sothey nicht dazu rät, Bentigh fällen zu lassen«, antwortete ich und schickte mich an, den Herren die Hügel hinab zu folgen.

Als wir gerade die Nordseite des Hauses umrundeten und zum Eishaus hinaufsteigen wollten, trafen wir Anne Sharpe.

Sie hatte einen längeren Spaziergang mit Fanny und der kleinen Lizzy gemacht, die beiden Mädchen hatten ihre Puppen mit an die frische Luft genommen, und nun wollten sie zum Haus zurück und eine Erfrischung zu sich nehmen. Die Bewegung hatte dem Aussehen der Gouvernante gut getan. Ihre Wangen hatten Farbe und ihre Augen glänzten, und beides hatte in den letzten Tagen gefehlt. Sie trug ein einfaches Tageskleid aus hellrosa Musselin, ihr bestes, das sie zum Gottesdienst angelegt und noch nicht gewechselt hatte. Ihr dunkles Haar stahl sich unter der Haube mit dem Glanz eines Rabenflügels hervor. Es ist lobenswert, dachte ich, daß sie sich nach draußen gewagt hatte, trotz ihrer Furcht, Mr. Sothey zu begegnen; vielleicht hatte meine Warnung sie darauf vorbereitet und ihr etwas Kraft verliehen.

»Miss Sharpe!« rief mein Bruder. »Wie gefallen Ihnen Ihre Schützlinge heute? Es ist leichter mit ihnen umzugehen, denke ich, wenn die Luft frisch ist und die Sonne ordentlich scheint!«

»Es geht uns allen gut, Sir, danke«, antwortete sie mit einem Knicks, »nur sind wir etwas ermüdet. Wir sind bis Seaton Wood gelaufen und zurück.« Sie hielt den Blick auf Neddie gerichtet, als traue sie es sich nicht zu, woanders hinzusehen, doch war ihre Haltung recht gefaßt.

»So weit!« rief Neddie. »Da bin ich sicher, daß Sie meine kleine Lizzy den halben Weg getragen haben.« Er nahm das Kind in die Arme und küßte es.

»Nein, gar nicht, Papa«, sagte die Kleine stolz. »Sie hat mir eine Extraportion Pudding zum Abendbrot versprochen, wenn ich den ganzen Weg allein laufe.«

»Sehr klug von Miss Sharpe. Aber ich vergesse meine Manieren – ich glaube, Sie kennen unsere Gäste noch nicht, Miss Sharpe. Dies ist Mr. Sothey, und dies Mr. Finch-Hatton – Miss Sharpe, die Gouvernante meiner Töchter.«

Sie knickste erneut vor den beiden Herren, die die Hüte zogen, und ich blickte rasch von dem Landschaftsgestalter zur Gouvernante, um zu sehen, wie Mr. Sothey die Vorstellung aufnahm. Ich erwartete eine gewisse Reserviertheit oder sogar Vorsicht, doch wie immer enttäuschte er meine Erwartung.

»Ich habe den Vorzug, mit Miss Sharpe sehr gut bekannt zu sein«, sagte er mit einer Verbeugung und einem scharfen Blick seiner grauen Augen. »Wir hatten das Glück, im vorigen Jahr einige Wochen gemeinsam in Weymouth zu verbringen, als sie sich noch bei ihren Freunden, den Portermans, aufhielt. Ihre Freunde sind wohlauf, hoffe ich?«

»Es geht ihnen gut, Sir«, antwortete Miss Sharpe kaum hörbar. Ihre Wangen glühten vor Verlegenheit; sie mußte Qualen leiden wegen dieser Bloßstellung vor ihrem Arbeitgeber, denn nie zuvor hatte sie bei Nennung des Namens von Mr. Sothey zu erkennen gegeben, daß sie ihn kannte. Ich fühlte mit ihr und hätte Mr. Sothey seine Dummheit ins Gesicht hinein vorwerfen mögen.

Er trat langsam auf sie zu, bis er dicht vor ihr stand. »Und sind Sie ebenfalls bei guter Gesundheit und Stimmung, Miss Sharpe?« fragte er leise. »Oder ist etwas vorgefallen, was Sie beunruhigt?«

»Ich glaube, ich gehe jetzt zum Haus zurück«, antwortete sie und nahm Lizzy bei der Hand. »Komm, Fanny. Wir haben unsere Limonade verdient nach dieser Anstrengung, und danach werden wir uns etwas ausruhen, bis das Dinner serviert wird.«

»Dann also bis zum Dinner«, sagte Mr. Sothey und nahm den Hut vor Miss Sharpe ab.

»Ich speise immer mit den Kindern, Sir«, antwortete sie kühl, nickte Mr. Emilious zu und ging über den Rasen davon.

Mr. Sothey sah ihr wortlos nach. Seine zusammengepreßten Lippen und sein gespannter Blick verrieten eine starke Gemütsbewegung, doch hatte er sich wie immer vollkommen unter Kontrolle. Unser aller Verdacht mußte sich nun auf ihn richten, sogar Mr. Emilious schien seinen Freund scharf zu beobachten, doch der Landschaftsgestalter wandte sich lächelnd an uns alle und sagte fröhlich: »Wie merkwürdig sie jetzt das Haar trägt! So habe ich es noch nie gesehen. Sie hat sich seit dem vorigen Sommer sehr verändert – sie sieht viel schlechter aus. Ich hätte sie kaum wiedererkannt.«

Kapitel 19

Der Köder in der Falle

25. August 1805, Forts.

»Ich hatte Mr. Valentine Grey zum Dinner erwartet«, erklärte Neddie, nachdem sich die Diener zurückgezogen hatten und wir bei Forellenfilet und Huhn in Gelee saßen, »aber er hat mich leider enttäuscht. Wir müssen versuchen, die Staatsangelegenheiten auch ohne unseren kundigsten Gesprächspartner abzuhandeln.«

Bei einer eiligen Unterredung mit meinem Bruder im Salon, bevor mich Mr. Emilious zur Tafel führte, hatte ich erfahren, daß auf den Brief meines Bruders keine Antwort von The Larches gekommen war. Wenn das Anlaß zur Sorge bot, so verriet Neddie das mit keiner Miene. Vielleicht war Mr. Grey geschäftlich nach London gereist und hatte die Botschaft nicht mehr erhalten. Aber am nächsten Tag, schwor Neddie, mußte Mr. Grey gefunden und nach der spanischen Spitze befragt werden, denn die Dinge hatten nun eine so ernste Wendung genommen, daß mein Bruder fürchtete, sie würden über seine eigenen Befugnisse hinausgehen.

»Mr. Grey?« fragte Julian Sothey mit einem eifrigen Blick. »Wie gern hätte ich ihn wiedergesehen! Ich reiste am selben Tag von The Larches ab, an dem seine Frau diesen tragischen Tod fand, wissen Sie, und bin ihm seitdem noch nicht wieder begegnet. Damals war er ja in London, und ich habe es bisher versäumt, ihm meine Aufwartung zu machen. Die Umstände hinderten mich daran, der Beerdigung Mrs. Greys beizuwohnen, aber er wird mich für eine seltsame Art von Freund halten, wenn ich ihm nicht bald einen Beileidsbesuch abstatte.«

Niemand an unserer Tafel, denke ich, hätte das Thema Mrs. Grey gegenüber dem Landschaftsgestalter direkt zur

Sprache gebracht, und daß er selbst es in dieser sorglosen Weise tat, setzte mehr als einen seiner Zuhörer in Erstaunen. Neddie war verblüfft, und sogar mir fehlten die Worte, doch Lizzys Selbstbeherrschung war wie immer durch nichts zu erschüttern.

»Es mag eine Quelle des Trostes für Sie sein, Mr. Sothey«, sagte sie, »daß Ihre plötzliche Übersiedelung nach Eastwell Park Lady Elizabeth soviel Glück beschert hat. Sie war höchst erstaunt, sagte sie mir, als Sie ihr versicherten, daß es nun in Ihrer Macht stünde, den lange ersehnten Besuch zu machen. Sie konnte sich die Ehre, Sie bei sich zu sehen, gar nicht erklären, da sie glaubte, Sie seien fest auf The Larches etabliert.«

Der letzte Satz erforderte eine Antwort. Mancher Mann wäre rot und verlegen geworden oder hätte sich in eine zu umständliche Erklärung gestürzt; Mr. Sothey lachte nur. »Lady Elizabeth ist wohl die großzügigste meiner Freundinnen, denn so oft ich wie ein verlorener und herrenloser Köter an ihrer Schwelle aufgetaucht bin, hat sie mich in ihr Haus aufgenommen, ohne jemals die geringste Erklärung zu verlangen!«

»Wir waren so daran gewöhnt, daß Sothey wie Falschgeld immer wieder zu uns zurückkam«, meinte Mr. Emilious Finch-Hatton, »daß ihm schon fast ein eigenes Schlafzimmer zu ständiger Benutzung eingeräumt wurde. Doch in diesem Fall, Mrs. Austen, fürchte ich, hat Lady Elizabeth Sie unbewußt irregeführt. Sothey hat mir seine Absicht, The Larches zu verlassen, schon einige Wochen vor dem geplanten Termin mitgeteilt, aber ich vergaß, dies meiner Schwester zu übermitteln. Das Versäumnis ist nicht zu entschuldigen, ich kann nur ins Feld führen, daß mich zur gleichen Zeit eine sommerliche Erkältung so sehr plagte, daß ich an nichts dachte, was nicht mit mir selbst zu tun hatte. Daß Lady Elizabeth am Renntag erst so verblüfft und dann so freudig überrascht war, lag gänzlich an mir.«

»Ich glaube, im Augenblick fürchtet sie besonders«, sagte Lizzy mit einem leichten Lächeln, »daß Mr. Sothey ebenso plötzlich verschwinden könnte, wie er gekommen ist!«

»Sie weiß aus Erfahrung, Madam«, sagte der erwähnte Herr, »daß ich selten mehrere Wochen hintereinander in demselben Haus zu finden bin. Gegenwärtig betrachte ich mich als fest in Eastwell Park ansässig, doch sollten sich Umstände ergeben, die mich an einen anderen Ort ziehen, könnte ich in wenigen Stunden abreisen!«

»Sie versuchen, die Unbeständigkeit als einen Vorzug erscheinen zu lassen, auf den man stolz sein kann, Mr. Sothey«, entgegnete ich, »doch das geht nicht an. Ein Mann Ihres Rufs darf sich die gute Meinung der Welt nicht so leicht verscherzen. Der Eindruck nüchterner Zuverlässigkeit wäre zur Zeit Ihre beste Chance, da sich mancher fragt, weshalb Sie The Larches so überstürzt verlassen haben.«

Er zuckte beinahe gleichgültig mit den Schultern. »Meine Arbeit dort war beendet. Wäre ich länger geblieben, hätte das wirklich sehr merkwürdig ausgesehen.«

»Trotz der Tatsache eines plötzlichen Todesfalls in der Familie?«

Mr. Sothey lächelte. »Sie vergessen, Miss Austen, daß die Ermordung Mrs. Greys rein zufällig damit zusammentraf. Ich hatte diesen Tag schon lange vorher für meine Abreise festgesetzt, wie Mr. Finch-Hatton bezeugen kann; meine Taschen waren gepackt und in der Kalesche verstaut, in der ich zum Rennplatz fuhr.«

Das mochte alles stimmen, dennoch kam mir der Blick des Landschaftsgestalters zu fest und sein Ausdruck zu starr vor, um mich zu überzeugen. Ich wußte, daß Neddie ihn genau beobachtete, und ich fand es interessant, daß er sich so auf Mr. Emilious berief. Wäre Mr. Sothey auch ohne die Begleitung seines klugen alten Wachhundes nach Godmersham gekommen? fragte ich mich.

»Die Umstände hinderten anscheinend sogar Mr. Grey

daran, der Bestattung seiner verstorbenen Frau beizuwohnen«, bemerkte Lizzy. Ihr wenigstens machte der Wortwechsel Spaß. »Wenn ein so naher Verwandter dabei fehlte, braucht sich Mr. Sothey wegen seiner Abwesenheit kaum Vorwürfe zu machen.«

»Grey fehlte bei der Beisetzung?« rief Mr. Sothey. »Sie sehen mich höchst erstaunt, Mrs. Austen! Ich hätte gemeint, eher würde er einen Arm opfern, als daß er einer so wichtigen Pflicht nicht nachkäme.«

»Mr. Grey wurde am Donnerstagabend von zu Hause weggerufen«, erklärte ihm Neddie, »anscheinend in einer geschäftlichen Angelegenheit.«

»Ich nehme an, nur ein solcher Grund könnte Mr. Grey dazu veranlassen«, bemerkte Mr. Emilious. »Doch ich kann seine Handlungen nicht beurteilen. Er ist einer der ehrenhaftesten Männer, die ich kenne, sowohl in finanzieller wie in politischer Hinsicht, und wenn er sich gezwungen sah zu verreisen, dann hatte er zweifellos seine Gründe dafür.«

»Sie kennen Mr. Grey?« fragte ich ihn erstaunt. »Ich dachte, er verkehre nur wenig in der vornehmen Gesellschaft.«

»Sagen wir lieber, er ist ein Bekannter eines sehr alten Freundes von mir, Miss Austen, das trifft es besser.« Mr. Emilious' Gesicht war ruhig und freundlich wie immer, doch in seine blaßblauen Augen war ein Ausdruck getreten, der mich davor warnte, mich auf ein gefährliches Gebiet vorzuwagen.

»Ich glaube den Namen dieses Freundes erraten zu können«, sagte ich langsam, als mir ein Gedanke kam. »Ist es vielleicht Mr. George Canning?«

»Genau der!« rief Mr. Emilious.

»Mr. Grey erzählte mir zufällig, daß er mit ihm bekannt ist. Er setzte hinzu, daß Mr. Canning auch Sie, Mr. Sothey, ihm vorgestellt habe, und konnte den Herrn dafür gar nicht genug rühmen. Ich nehme an, Sie alle haben sich zuweilen an Mr. Cannings Tisch getroffen.«

»So ist es«, sagte Mr. Sothey. Er bemühte sich, eine lockere gute Stimmung an den Tag zu legen, doch ist es wohl nicht geschmeichelt, wenn ich meine, es sei mir gelungen, ihn beträchtlich zu verwirren und in Verlegenheit zu bringen. Offensichtlich besaß George Canning noch andere Eigenschaften als die, einem vornehmen Klub anzugehören und exotische Pflanzen zu lieben – Eigenschaften, die ihn auch zu Intrige und Verstellung befähigten. Schließlich war er Schatzmeister der Marine und eingestandenermaßen ein Verbündeter von Lord Harold Trowbridge; das hatte ich von Mr. Emilious selbst erfahren. Ach, daß ich doch über Lord Harolds Informationsquellen verfügte und genau wüßte, wie die Dinge standen!

»Grey war also am Donnerstagabend nicht zu Hause«, überlegte Sothey. »In der Nacht war es gefährlich, unterwegs zu sein, glaube ich. Stimmt es, Mr. Austen – falls Sie soviel preisgeben dürfen –, daß Mr. Denys Collingforth gerade an diesem Abend in Deal ermordet wurde?«

»Das stimmt«, antwortete Neddie ungerührt. »Ich nehme an, die Nachricht hat sich schnell von Prior's Farm aus verbreitet und wird gegenwärtig im ›Hound and Tooth‹ gefeiert?«

»Ich hörte es zuerst von einem Diener Mr. Finch-Hattons«, erwiderte Mr. Sothey, »doch woher der es hatte, das weiß ich nicht.«

»Verlassen Sie sich drauf, er hatte es vom Fleischerjungen, und der wußte es von seiner Mutter, die die Wäsche von Prior's Farm macht – oder so eine ähnliche Geschichte auf Umwegen«, meinte Mr. Emilious gelassen. »Der arme Collingforth! Also geschah ihm das gleiche, was er getan hatte.«

»Nicht ganz«, widersprach mein Bruder ruhig. »Mrs. Grey wurde bekanntlich erdrosselt. Mr. Collingforth wurde die Kehle durchgeschnitten.«

»Wirklich?« Mr. Emilious hielt den Blick auf das Messer gerichtet, mit dem er ohne Zittern die Butter auf die federleichten Brötchen der Köchin strich. »Es gibt vermutlich kein Anzeichen dafür, daß er sich die Wunde selbst beigebracht hat?«

»Überhaupt keins«, antwortete Neddie, »denn man fand ihn gefesselt und mit Steinen beschwert auf dem Grunde eines Teiches.« Falls mein Bruder sich ausgefragt fühlte, verriet er nichts davon in seiner Miene, doch ich spürte, wie er etwas vorsichtiger wurde.

»Nun, was das angeht – es könnten auch Sothey und ich gewesen sein«, rief Mr. Emilious mit einem vergnügten Blick auf seinen Gefährten, »denn am Donnerstagabend waren wir zum Dinner mit ein paar Freunden gerade auf der Straße nach Deal unterwegs.«

»Ich hätte *Sie* nie in Verdacht, Mr. Finch-Hatton«, erwiderte mein Bruder ruhig, »denn Ihr Name taucht in Mrs. Greys interessanter Korrespondenz nicht auf. Sie können nicht die geringste Verbindung zu der Angelegenheit haben, wie die Dokumente beweisen.«

Es herrschte ein plötzliches erschrockenes Schweigen, und unwillkürlich schloß ich die Augen. Was Neddie getan hatte, war mit Berechnung geschehen. Er war kein einfältiger Schwätzer, der vertrauliche Informationen unter seinen Gästen in Umlauf setzte. Er hatte die Briefe ins Spiel gebracht, wie man aufgeregten Jagdhunden einen lockenden Köder vorwirft, und ich fürchtete das Ergebnis.

»Ihre – *Korrespondenz?*« wiederholte Mr. Emilious mit einem raschen Blick auf Mr. Sothey. »Sie hatten Gelegenheit, die Briefe der Dame einzusehen?«

»Sehr viele sogar«, meinte Neddie leichthin, »und die Namen, die sich darin finden, würden die ganze Nachbarschaft verblüffen, das kann ich Ihnen versichern!«

»Dann hoffe ich, daß Sie dafür sorgen, mein lieber Herr, daß sie nie ans Licht kommen.« Mr. Emilious blickte meinem Bruder fest in die Augen. »Nach dem wenigen, was ich von Mrs. Grey weiß, bin ich sicher, daß sie sich nicht schmeichelhaft über ihre Bekannten ausgelassen hat.«

»Dann hat sie nur ein allgemeines Kompliment zurückgegeben«, bemerkte Lizzy nonchalant, »denn die ließen auch an ihr kein gutes Haar.«

»Auf mein Wort, Mr. Austen – die Damen halten uns bestimmt für langweilig«, rief Mr. Emilious mit einem galanten Blick zu Lizzy. »Dieses ganze Gerede über so trockene Angelegenheiten sollten wir doch lieber bis zum Portwein verschieben, nicht wahr? Wir waren hocherfreut, daß wir Sie am Freitagabend in Eastwell begrüßen konnten, Mrs. Austen, Sie waren gar zu sparsam mit Ihren Besuchen.«

»Lady Elizabeth wird mich ans Ende der Welt wünschen, Sir, wenn es mir gelingt, ihr ihren Landschaftsgestalter zu entreißen«, erwiderte Lizzy. »Ich wundere mich schon, daß sie Ihnen überhaupt erlaubt, nach Godmersham zu reiten, Mr. Sothey! – Doch vielleicht hat sie Mr. Finch-Hatton mitgeschickt als eine Art von Garantie für Ihre Rückkehr. Haben Sie den Auftrag, Mr. Sothey unversehrt nach Eastwell zurückzubringen, Sir, und das noch vor dem Morgen?«

»Unversehrt wohl«, antwortete Mr. Emilious, »aber nicht vor dem Morgen, hoffe ich. Mr. Sothey hat soviel Freude an Godmersham, meine Verehrte, daß er sicherlich, hätte er nicht die Befürchtung, aufdringlich zu erscheinen, den Wunsch äußern würde, mit seinen Zeichnungen morgen fortfahren zu dürfen.«

Mr. Sothey sah seinen Freund durchdringend an, sagte aber nichts. Lizzy verstand den Wink sofort und lud beide ein, über Nacht zu bleiben. Sie versicherte, das verursache nicht die geringste Mühe, die Zimmer seien bereits fertig. Sie sprach so herzlich und zeigte ihre Freude so offen, daß die beiden Männer rasch annahmen. Ich fragte mich, als ich die beiden betrachtete, was wohl Miss Sharpe davon halten würde, doch da die Gouvernante bei ihrem Entschluß geblieben war, die oberen Räume nicht zu verlassen, hatte ich keine Gelegenheit, sie zu beobachten.

Anne Sharpes traurige Geschichte verblaßte freilich angesichts des Verdachts, der jetzt gegen Mr. Sothey und seinen Gefährten aufgekommen war, und es stellte sich nun die Frage, ob Mr. Emilious Finch-Hatton mit der Verlängerung seines Besuches nicht noch ein anderes Ziel verfolgte als die Verschönerung des Besitzes meines Bruders. Daß Neddie davon ausging, daß er sogar dieses Ergebnis mit seinem unbefangenen Reden von Briefen und Namen absichtlich herbeigeführt hatte, das entnahm ich seinem bewußt ausdruckslosen Gesicht. Daraufhin schwor ich mir, in dieser Nacht lange wach zu bleiben, damit ich alles miterleben würde, was sich ereignen mochte.

Es war fast zwei Uhr, und alle im Haus waren schon seit drei Stunden im Bett, als ein Geräusch in der Galerie vor meiner Tür alle meine Sinne wachrief. Es kam von zögernden, gedämpften, doch unverkennbaren Schritten auf dem Läufer – von Schritten, die ungehört bleiben wollten und doch eine knarrende Diele oder den Zusammenstoß mit einem Stuhlbein manchmal nicht vermeiden konnten. Sie kamen vom Ende des Flügels gleich hinter meinem Gelben Zimmer. Dort war Mr. Sothey untergebracht und Mr. Emilious ihm gegenüber. Hätte ich soviel Schlauheit besessen, wie ich den beiden nun zutraute, hätte ich die Hintertreppe benutzt, die am anderen Ende des Ganges hinunterführte, doch da die beiden Herren das Haus nicht kannten, zogen sie es wohl vor, so zu gehen, wie sie gekommen waren, nämlich über die Haupttreppe gegenüber von Neddies Tür.

Ich wartete, bis die Schritte vorüber waren, dann warf ich mein Deckbett zurück und ging so geräuschlos wie möglich zu dem Stuhl neben der Tür. Ich zog meinen Morgenrock über und langte nach dem Türgriff. Im nächsten Moment stand die Tür weit offen, und ich spähte atemlos hinaus in die Galerie. Sie war menschenleer. Die Person, die vorbeigegangen war, mußte schon auf der Treppe sein.

Einen Fuß vorsetzen und dann den anderen, bis ich am Ende des Ganges angekommen war. Zugegeben, ich besaß den Vorteil, daß ich ihn schon tausendmal zuvor durchschritten hatte. Ich trat auf keine lose Diele, die mich verraten hätte. Ich spähte die geschwungene Treppe hinunter ins Dämmern und erblickte eine einzige Gestalt, die zögernd vor mir in die Dunkelheit hinabstieg: eine Frau, vollständig angezogen und mit einer Haube angetan, mit einer Schultasche in der Hand. Das konnte nur Anne Sharpe sein.

Ich verzichtete auf Vorsicht und eilte ihr hinterher die Treppe hinunter. Sie wandte sich um, stieß einen leisen Schrei aus, den sie rasch mit einer Hand vor dem Mund erstickte, und floh die letzten Stufen hinab.

»Miss Sharpe!« Ich versuchte zu flüstern, doch die Worte kamen mit der Gewalt eines Schusses heraus in dem hallenden Raum mit dem Marmorfußboden. Sie war jetzt nur noch wenige Schritt vor mir und strebte der Vordertür zu. Während sie sich mit den Riegeln abmühte und sich ängstlich umsah, stand ich schon neben ihr.

»Was denken Sie sich denn nur, meine Liebe? Mitten in der Nacht spazieren zu gehen, und das ohne eine Freundin, die Ihnen Gesellschaft leistet? Sie leiden sicherlich an einem Anfall«, erklärte ich ihr fest und schloß meine Hand über ihrer. »Kommen Sie, setzen wir uns hier auf die Bank, und erzählen Sie mir, was Sie vorhaben.«

»Warum um der Liebe Gottes willen können Sie mich nicht in Ruhe lassen?« rief sie. »Ohne Sie wäre ich jetzt mühelos fortgekommen. Fort von allem, was so schmerzt, von ...«

»Julian Sothey?«

»Mr. Sothey bedeutet mir nichts, Miss Austen. Das sehen Sie ganz falsch, das versichere ich Ihnen.«

»Vielleicht jetzt nicht, aber ich glaube, es gab eine Zeit, als er Ihnen sehr teuer war.«

Sie sank in sich zusammen und ließ sich von mir zu einer

der kleinen, mit Damast bespannten Bänke führen, die an den Seiten der Eingangshalle stehen. Dort setzte sie sich und stützte das Gesicht in die Hände.

»Sie begegneten sich in Weymouth, und ich vermute, dort verliebten Sie sich in ihn. Wußten Sie, daß er sich in Kent aufhielt, als Sie die Stellung in Godmersham annahmen?«

Sie nickte hilflos. »Wir hatten eine heimliche Verlobung geschlossen und schrieben uns regelmäßig. Ich ging morgens aus, wenn ich einen Brief erwartete, und fing ihn in der Post ab. Ich fürchtete, daß Mrs. Austen einen solchen Verkehr nicht gern sehen würde.«

»Es sähe zu sehr nach einer Neigung zur Intrige aus – ja, das verstehe ich. Ich vermute, Sie trafen sich mit Mr. Sothey im Pferdestall von The Larches, wenn Mrs. Grey ausgeritten war?«

Darauf hob sie den Kopf, und ein Strahl des Mondlichts fiel auf ihr Gesicht, in dem ich den Schock lesen konnte. »Ich mich mit Julian im Pferdestall von The Larches treffen? Wie kommen Sie denn nur auf diese Idee, Miss Austen?«

»Haben Sie ihn nicht manchmal dort besucht?«

»Wie sollte ich denn diese große Entfernung zurücklegen, da ich doch kein Reitpferd zur Verfügung habe und nicht gut laufen kann? Es sind mehr als sechs Meilen! Unmöglich! Ich bin The Larches nie näher gekommen als bis zum Rennplatz von Canterbury, und ich habe Mrs. Grey nie persönlich gesehen bis ...« Sie stockte.

»Bis die Dame mit ihrer Reitpeitsche auf den Hals Ihres Verlobten schlug«, schloß ich den Satz düster, »und in dem Moment wußten Sie, daß zwischen den beiden die größte Intimität bestehen mußte. Zumindest befürchteten Sie es.«

»Befürchtete – wußte – ich weiß es nicht«, antwortete sie verzweifelt. »Ich kann nur sagen, daß mich die tiefste Überzeugung befiel, betrogen zu sein, und damit zugleich eine schreckliche Beschämung. Ein Mann, den ich meiner Liebe für wert gehalten hatte, war leichtfertig mit mir umgegangen, und ich wußte, daß ich mich töricht verhalten hatte.«

»Mr. Sothey erkannte Sie an dem Vormittag, meine ich?«

»Unsere Blicke begegneten sich auf dem Rennplatz. Sie werden sich erinnern, daß er so stand, daß wir alle seine Gestalt sehen konnten; da ich in der Kutsche der Austens saß, war ich seinem Blick ebenso ausgesetzt. Wir hatten uns über ein Jahr nicht gesehen, Miss Austen. Bei seinem ersten Anblick empfand ich solche Freude! Und dann schlug sie so plötzlich in ein leidenschaftliches Gefühl um, das schon beinahe Haß war.«

»Er versuchte nicht, mit Ihnen zu sprechen.«

»Nein«, bestätigte sie, »und das allein schon überzeugte mich von seiner Schuld. Julian ist zu vielen Dingen fähig, Miss Austen, doch mit seiner Miene kann er nicht lügen. Ich verstand, daß er eine Begegnung mit mir fürchtete, da er wußte, was ich mitangesehen hatte, und damit begriff ich die ganze Geschichte.«

»Vielleicht las er nur die Entrüstung in Ihrer Miene und glaubte, er könne Sie später besänftigen, wenn Ihr erster Zorn verraucht war. Versuchte er Ihnen zu schreiben?« erkundigte ich mich unschuldig.

»Er mag es versucht haben«, antwortete Miss Sharpe, »doch alle Briefe, die ich danach noch erhielt, habe ich ungelesen verbrannt. Vielleicht hätte ich sie lieber zurückschicken sollen, aber ich hörte, er habe The Larches verlassen, und die Anschrift von Eastwell kannte ich nicht. Mrs. Austen danach zu fragen hätte zu seltsam gewirkt.«

»Ich verstehe.« Viele meiner Vermutungen über die Gouvernante hatten sich als richtig erwiesen – alle bis auf Mr. Bretts Geschichte von der dunkelhaarigen Dame, die aus dem Pferdestall von The Larches herausritt. Konnte man Mr. Brett glauben? Oder hatte er die Geschichte nur erfunden? »Waren Sie überrascht, Miss Sharpe, als Sie hörten, daß Mr. Sothey nach Eastwell übergesiedelt war?«

»Völlig überrascht«, sagte sie leise. »Julian hatte in seinen früheren Briefen nie erwähnt, daß er das vorhätte, und er hatte keine neue Anschrift angegeben, an die ich meine Briefe richten sollte. Aus diesem Versäumnis, Miss Austen, schloß ich auf eine weitere Mißachtung. Es war klar, daß Julian meiner überdrüssig war und sich aus allen Verpflichtungen lösen wollte.«

»Das darfst du niemals sagen, meine Liebste!«

Diese Worte wurden als ein Angstschrei ausgestoßen, und im nächsten Moment stand Julian Sothey vor uns. Woher er, von der kleinen Szene angezogen, gekommen war, konnte ich mir zunächst nicht denken, aber er war ebenso vollständig angekleidet wie Anne Sharpe, als hätte auch er eine Flucht um Mitternacht beabsichtigt. Er warf sich vor der Gouvernante auf die Knie und ergriff ihre Hände.

»Vor dir siehst du, Anne, ein Herz, das dir noch mehr gehört als vor ein paar Tagen, als du es fast gebrochen hast! Kannst du dir vorstellen, welche Qualen du verursacht hast – die schlaflosen Nächte, die endlosen Grübeleien, die verzweifelten Versuche, mit dir in Verbindung zu kommen? Und das alles wegen einer winzigen Kleinigkeit – eines Mißverständnisses –, als bitteres Ergebnis der Wut einer launenhaften Frau! Kannst du denn wirklich geglaubt haben, daß ich dich, meine Anne, verlassen würde um der Teufelin willen, die in Mrs. Grey steckte?«

Anne Sharpe saß so starr auf der Bank, als habe Mr. Sotheys Erscheinen sie zu Stein verwandelt. Seine Worte waren so wirkungslos über sie hinweggerauscht wie ein Sommergewitter. »Bitte, Julian, ich flehe dich an, mach mich doch nicht zum Gespött. Mrs. Grey hätte es nie gewagt, dich zu schlagen, wenn sie nicht geglaubt hätte, dich ganz in ihrer Gewalt zu haben.«

»In ihrer Gewalt vielleicht«, antwortete er, »aber nicht in der Art, wie du es dir vorgestellt hast. Nimm Verstand an, Anne! Ist es denn überhaupt denkbar, daß ich etwas anderes als dein eigen sein könnte?«

Sie gab keine Antwort, sondern bemühte sich, ihre Hände aus den seinen zu befreien, und in diesem Augenblick zog eine zweite Stimme hinter uns all unsere Aufmerksamkeit auf sich.

»Julian, Julian – mußt du denn das ganze Haus zusammenschreien?«

Ich wandte mich um und erblickte Mr. Emilious Finch-Hatton. Er verhielt sich bemerkenswert ungezwungen für einen Mann, den man um zwei Uhr morgens in der Eingangshalle seines Gastgebers entdeckt. Obgleich seine Worte Verdruß ausdrückten, las ich aus seiner Miene eher berechnende Belustigung heraus. Er mußte wohl gerade aus der Bibliothek gekommen sein; hinter ihm war alles dunkel.

»Guten Abend, Sir.« Ich brachte es fertig, mit fester Stimme zu sprechen. »Ich nehme an, Sie haben gerade den Schreibtisch meines Bruders durchwühlt auf der fruchtlosen Suche nach den Briefen Mrs. Greys. Sie hätten besser daran getan, ihm einen Grad von Ehrlichkeit zuzugestehen, den Sie nicht besitzen, als er Ihnen von vornherein sagte, daß Ihr Name nicht darin zu finden ist.«

»Guten Abend, Miss Austen«, antwortete er mit einer höflichen Verbeugung. »Da Sie mit der Korrespondenz der Dame so vertraut sind, brauche ich Sie nicht daran zu erinnern, daß der Name meines Freundes Sothey sehr häufig darin vorkommt. Es gehörte sich für mich, dafür zu sorgen, daß Sotheys Verbindung mit Mrs. Grey und ihren zweifelhaften Unternehmungen für den Kaiser von Frankreich niemals ans Licht käme.«

»Beschützten Sie ihn am vorigen Montag irgendwo auf der Straße nach Wingham ebenso eifrig?« konterte ich.

»Wenn Sie mit dieser Frage meinen, ob ich Mrs. Grey erdrosselt habe, so muß ich sie verneinen. Ich könnte Ihnen mein Wort als Gentleman geben – doch ich bemerke, daß Sie mir mit so etwas wie Verachtung begegnen, Miss Austen. Was aber wichtiger ist, wir sind hier in dieser zugigen Halle alle in einer unbequemen Lage. Wenn eine vollständige Erklärung gewünscht wird, schlage ich vor, wir begeben uns in die Bibliothek, wo wir uns gemütlicher niederlassen können.«

»In die Bibliothek?« rief mein Bruder Neddie mit beträchtlicher Entrüstung. Er hielt eine Kerze hoch und starrte uns alle von der Tür der Bibliothek her mit unverhohlenem Widerwillen an. »Sagen Sie lieber in die Küche! Ich stehe schon volle zwei Stunden hinter diesen verdammten Vorhängen und bleibe nicht einen Moment länger in diesem Raum! Wenn Ihr Ehrgefühl eine Erklärung erfordert, Finch-Hatton, dann wollen wir das Verfahren auf eine zivilisierte Weise durchführen – bei einer reichlichen Menge an Butterbroten.«

»Ich dachte mir, daß Sie hinter den Vorhängen stehen müßten«, antwortete Mr. Emilious umgänglich. »Es konnten nur Sie oder eine ungewöhnlich große Ratte sein, was da ständig an die Fensterscheiben klopfte, während wir dabei waren, Ihren Schreibtisch zu durchsuchen. Wo haben Sie übrigens Mrs. Greys Briefe versteckt?«

Neddie wandte sich ohne ein Wort um und schritt durch den hinteren Korridor der Küche zu. Mr. Emilious streckte mit galanter Bewegung seine Hand aus, und nach einem Augenblick des Zögerns entschlossen wir anderen uns, ihm zu folgen.

Kapitel 20

Taktiken der Liebe und des Krieges

Montag, 26. August 1805,
kurz vor der Morgendämmerung

»Ich nehme an«, begann Mr. Emilious Finch-Hatton, während er sich mit der hervorragenden Johannisbeermarmelade der Köchin bediente, »Sie sind vor allem darauf aus, zu hören, wie ich in diese verfahrene Geschichte hineingeraten bin.«

»Sie bilden sich zuviel ein, Sir«, antwortete Neddie. »Ich meinerseits wäre schon froh, über eine solche Kleinigkeit aufgeklärt zu werden, wie es die Art und Weise des Todes von Mrs. Grey ist. Ihre eigenen Machenschaften sind unwesentlich.«

»Ich würde gern eine ganze Menge von Dingen wissen«, mischte ich mich ein, »und bin nicht abgeneigt, Mr. Finch-Hatton anzuhören. Ich bin ziemlich sicher, daß wir dabei ohnehin noch zu Mrs. Grey kommen.«

»Eine ausgezeichnete Frau!« rief Mr. Emilious. »Lord Harold hat Sie zweifellos richtig eingeschätzt.«

»Darf ich daraus schließen, daß Lord Harold von der Verwicklung seines Freundes in den Mordfall unterrichtet ist?«

»Er hat mich vor Ihnen gewarnt, wissen Sie«, sagte Mr. Emilious anstelle einer Antwort. »Er meinte, Sie könnten meine gefährlichste Gegnerin werden, meine liebe Miss Austen. Ich bemühte mich darum, Sie als meine Freundin zu gewinnen – doch leider traten Ereignisse ein, auf die ich keinen Einfluß hatte, wie das Auffinden dieser Briefe. Mr. Grey stieß zufällig auf diese Korrespondenz, vermute ich?«

»Ja«, bestätigte Neddie.

Mr. Emilious beugte sich mit einiger Erregung vor, zum Schaden seiner Hemdsärmel, die in die Butter gerieten.

»Hat er Ihnen gesagt, wo er sie entdeckte? Denn auf mein Wort, die Burschen, von denen ich hoffte, sie würden sie finden, haben ganz jämmerlich gearbeitet.«

»Mr. Bridges und Hauptmann Woodford?« vermutete ich.

»Genau die. Ich gab den beiden guten Knaben zu verstehen, es handele sich um eine delikate Angelegenheit, die den Ruf der Dame gegenüber ihrem Gatten in Gefahr bringen könnte. Woodford ging sofort darauf ein, aus Sorge um seinen Freund Grey; Mr. Bridges hatte natürlich andere Motive. Er übernahm die Aufgabe gegen eine gewisse Belohnung. Ein Mann in so bedrängten Verhältnissen ist fast jedem Angebot zugänglich. Aber ich glaube, die beiden gerieten sich in die Haare darüber, wo die Briefe zu finden seien, und jeder mißtraute den Absichten des anderen.«

»Sie gehören nicht zu denen, die sich selbst die Hände schmutzig machen, wie ich sehe.«

»*Darum* ging es nicht, Miss Austen, sondern vielmehr um die Zweckmäßigkeit. Es hätte zu seltsam ausgesehen, wenn Sothey in das Haus zurückgekehrt wäre, wissen Sie, und ich selbst war dort nicht gut bekannt. Doch ich greife vor. Wo wurden die Briefe entdeckt?«

»Danach müssen Sie Mr. Grey selbst fragen«, antwortete Neddie, »denn er hat nicht daran gedacht, es mir zu sagen. Vorausgesetzt, Sie bringen den Mut auf, Mr. Grey gegenüberzutreten.«

Der ältere Mann schüttelte traurig den Kopf. »Ich versichere Ihnen, Mr. Austen, daß Sie mich völlig falsch einschätzen. Ich hatte nicht das geringste mit Mrs. Greys Ende zu tun, außer daß ich es vielleicht beschleunigte. Ich hatte nie das Glück, die Dame persönlich kennenzulernen.«

»Dennoch erfuhren Sie viel über sie von Ihrem Verbündeten Mr. Sothey«, ergänzte ich. »Sie hatten ihn schon vorher getroffen, bei George Canning. Vielleicht vertraute er sich Ihnen in seiner Not an, als ihm klar wurde, daß er sich in der Gewalt der Frau befand und von ihr für ihre eigenen hinterhältigen Zwecke benutzt wurde.«

»Ich von Mrs. *Grey* benutzt?« warf Mr. Sothey mit einem bitteren Lachen ein. »Ich fürchte, Miss Austen, das haben Sie ganz falsch herum verstanden.«

Sehr überrascht blickte ich von dem Landschaftsgestalter zu Mr. Emilious. »Wollen Sie damit sagen, Mr. Sothey, daß Sie vor fast sieben Monaten mit dem ausdrücklichen Auftrag nach The Larches kamen, Mrs. Grey zu beobachten?«

»Zu diesem Zweck übernahm es Mr. Canning, mich Grey vorzustellen. Ich war für diese Aufgabe besonders gut geeignet, Miss Austen, weil ich Landschaftsgestalter bin. Wie Sie wissen, liebt Mr. Grey sein Besitztum sehr und war entschlossen, wegen seiner kürzlichen Verheiratung viel Zeit in Kent zu verbringen. Canning, der in seiner Eigenschaft als Schatzmeister der Marine auch den Geheimfonds der Regierung* verwaltet, hegte seit langem einen Verdacht wegen Greys Heirat. Er glaubte, die Familie der Dame wolle ihren Einfluß auf Grey zum Schaden unseres Königreiches benutzen. Sie mögen nun fragen, warum er das glaubte; ich kann dazu nur sagen, daß Canning den Comte de Penfleur seit vielen Jahren kennt.«

»Deshalb entsandte er Sie, Mr. Sothey, als Spion in den Haushalt Greys.«

Anne Sharpe stöhnte leise und begrub das Gesicht in den Händen. Mr. Sotheys Miene verriet einen vorübergehenden Schmerz, doch er hielt den Blick von seiner Geliebten abgewandt. »Das tat er. Ich stand schon seit einiger Zeit in Mr. Cannings Diensten – seit mich das Ende des Friedens ge-

* Der Geheimfonds wurde jährlich vom Parlament bewilligt und der Regierung zur Verfügung gestellt. Es war keine öffentliche Untersuchung seiner Verwendung gestattet. Während der Napoleonischen Kriege wurde er im allgemeinen zur Bezahlung von Spionen und aktiver Sabotage der Regierung Bonapartes benutzt, in früheren Zeiten aber waren mit dem Geheimfonds auch die Schulden der Mätressen des Königs beglichen oder Stimmen bei korrupten Parlamentswahlen gekauft worden. – *Die Herausgeberin.*

zwungen hatte, vom Kontinent zurückzukehren.* Mein Ruf sicherte mir die Aufnahme in den Häusern der Großen, dadurch war ich in der Lage, überall hinzugehen und jedermann zu treffen. Meine Arbeit, das darf ich sagen, war für Canning und sein Geheimbüro von unschätzbarem Wert.«

»Also in Weymouth ...« begann Anne Sharpe mit einem verzweifelten Blick.

»... in Weymouth hatte ich den Auftrag, mich mit General Sir Thomas Porterman anzufreunden«, schloß er. »Ich hatte *nicht* den Auftrag, mich in sein Mündel zu verlieben, dessen können Sie sicher sein. Es ist zu meinem eigenen Schaden und dem meiner Regierung, daß ich so tiefe Gefühle für Miss Anne Sharpe hege, doch ich denke, mit der Zeit wird sich dieses Problem von selbst lösen.« Die Bitterkeit in Mr. Sotheys Stimme hatte sich verstärkt; er glaubte sicherlich, daß die Gouvernante für ihn verloren sei.

»Wollen Sie damit sagen«, erkundigte sich mein Bruder, »daß Sie während der ganzen sieben Monate, die Sie auf The Larches wohnten, die Dame des Hauses bearbeiteten? Sich bemühten, ihr Vertrauen zu gewinnen, um die Pläne des Comte de Penfleur zu durchkreuzen?«

»Wie treffend Sie das formulieren, Mr. Austen«, erwiderte Mr. Emilious. »Sothey hatte den Auftrag, sich bei der Dame Vertrauen zu erwerben und sie mit Informationen zu beliefern, die – sagen wir, nicht ganz exakt waren. Mrs. Grey wurde zu Cannings nützlichstem Mittel, den Feind zu verwirren, denn ihre Quellen waren so vielfältig, da sie aus der halben Grafschaft bestanden, und dabei einander so widersprechend, daß der Comte kaum feststellen konnte, welchen Meldungen er glauben und welche er verwerfen sollte. Daß Sothey so eng mit Mr. Grey befreundet war und offensichtlich sein Vertrauen genoß, sprach für die Richtigkeit seiner

* Sothey spricht offensichtlich von der Zeit um den Mai 1803 herum, als der Friedensvertrag von Amiens zwischen England und Frankreich gebrochen wurde. – *Die Herausgeberin.*

Informationen, während die zweifelhafteren Mitglieder des Kreises – wie Denys Collingforth, ein Mann in verzweifelter Lage, und Lady Forbes, eine sehr alberne Frau – eher abzuschreiben waren. Wieviel Wahrheit sie auch übermitteln mochten.«

»Ich muß Ihnen zu einer gewissen Brillanz in Ihrem Verhalten gratulieren, Sothey«, sagte mein Bruder. »Es ist kaum zu glauben. Und Mr. Emilious Finch-Hatton ist Ihr Vorgesetzter unter Cannings Leuten, nehme ich an?«

»Nennen Sie mich lieber seinen Kollegen«, meinte Mr. Emilious, »dann bin ich zufrieden. Sicherlich hätte ich niemals so lange die Gastfreundschaft meines Bruders mißbraucht und wäre in Eastwell geblieben, wenn Sothey nicht ein Schlupfloch benötigt hätte. Sollte er aus The Larches abreisen müssen, konnte er sich auf mich verlassen. Und inzwischen, darf ich sagen, diente ich ihm gelegentlich als Ratgeber. Nur wenige von Mrs. Greys Vorhaben waren mir unbekannt.«

»Doch zu welchem Zweck?« unterbrach ich ihn. »Ging es um spanische Spitze?«

Die beiden Männer starrten erst mich, dann einander verblüfft an. »Spanische Spitze?«

»So nannte es der Comte de Penfleur im allgemeinen. Neddie und ich nehmen an, daß er damit erhebliche Geldbeträge meinte, deren Eingang die französische Regierung täglich erwartet. Wir entnahmen den Briefen, daß Mr. Grey von Mr. Sothey dahingehend beeinflußt werden sollte, daß er finanzielle Mittel im Ausland beschaffte, möglicherweise in Amsterdam oder in Spanien. Doch wir können nicht feststellen, ob diese Mittel jemals ankamen – oder ob Mrs. Grey ermordet wurde, bevor der Plan in Gang gesetzt wurde. Die andauernde Anwesenheit des Comte de Penfleur in England weckt Zweifel daran.«

»Ebenso die Tatsache, daß die französische Flotte keine Invasion an unseren Küsten unternommen hat«, erwiderte Mr. Emilious ernst. »Es gibt keine Invasion, meine liebe

Miss Austen, wenn die Mittel fehlen, sie in Bewegung zu bringen. Sie können sich darauf verlassen, daß diese Mittel – was Mrs. Grey auch beabsichtigt haben mag – niemals eintreffen werden.«

»Die Fonds wurden vermutlich Greys Bank entnommen?« Neddies Gesicht war ganz beherrscht, doch seine Augen funkelten eigenartig, als er mich ansah. Ich glaubte zu spüren, daß ihn eine starke Erregung gepackt hielt, während ich nur eine seltsame Lethargie empfand, wahrscheinlich als Folge von zuviel Gerede und zu wenig Schlaf.

»Aus Greys Bank? Großer Gott, nein!« lachte Mr. Emilious. »Er sollte sich natürlich für den Transfer der Fonds verbürgen – das ist das übliche Verfahren bei solchen internationalen Transaktionen –, doch das Geld sollte in Amerika verschifft werden.«

»In Amerika?«

»Genauer gesagt, in den spanischen Kolonien. Sie wissen sicher, daß in jedem Sommer vor Einsetzen der Hurrikanperiode die spanischen Schatzschiffe nach Cádiz auslaufen. Das machen sie seit fast zweihundert Jahren und bringen Ladungen von Silber und Piastern.«

»Aber was hat das alles mit Mr. Grey zu tun?« rief ich.

»Sehr wenig. Bitte hören Sie mich an, Miss Austen, dann wird alles klar.« Mr. Emilious sah mich unter seinen eleganten grauen Augenbrauen hervor streng an, und ich mußte mich fügen. Ich fragte mich jedoch, wie ein solcher Mann Freundschaft mit Lord Harold geschlossen haben konnte. Während der eine schmerzhaft genau auf den Punkt traf, war der andere im höchstens Maße langwierig. Allerdings waren wohl beide darauf bedacht, fleißig alle Informationen zu sammeln, und darin konnte man sie bewundern.

»Nach den Verträgen, die Spanien vor mehr als zwei Jahren mit Frankreich geschlossen hat, ist es verpflichtet, jeden Monat sechs Millionen Francs zum französischen Staatshaushalt beizutragen.«

»Aber das ist unglaublich«, rief Neddie. »Wie soll es denn nur die Hälfte davon zahlen können?«

»Ich habe den Ausdruck ›beitragen‹ auch nur als Umschreibung gebraucht«, antwortete Mr. Emilious. »Es ist die offenste Erpressung, und darin sind Bonapartes Schergen nur allzu gut geübt. Doch um fortzufahren: Spanien hat seit fast einem Jahr nicht mehr gezahlt, und die französischen Staatsfinanzen haben dadurch gelitten. Es gibt Gerüchte, daß ein Bankrott bevorstünde und der Kaiser wütend sei über die Kosten der Macht.«

»Von diesen Gerüchten haben wir gehört«, erklärte ich ihm.

»Spanien hat nun die Schatzflotte dieses Jahres als Bezahlung seiner Schulden angeboten. Doch Sie erinnern sich, Miss Austen, daß wir uns gegenwärtig im Krieg mit Spanien befinden und daß erst im vorigen Sommer ein Geschwader unserer Flotte so kühn war, die jährliche Lieferung aus Amerika aufzubringen, zum großen Leidwesen von Cádiz. Einen weiteren solchen Verlust könnte Spanien nicht verkraften. Die Sicherheit der Krone von Spanien hängt von der Erfüllung der Forderungen Bonapartes ab.«

»Ja, ja«, erwiderte ich ungeduldig. »Aber was ist mit Mr. Grey?«

»Die spanische Krone wandte sich an unseren Premierminister, Mr. Pitt. Sie informierte ihn von den Schwierigkeiten, die ihr von allen Seiten drohten. Sie sprach von komplizierten Vereinbarungen. Sie erwartete ein Zeichen guten Willens. Unsere Regierung konnte kaum öffentlich eine helfende Hand ausstrecken, ebensowenig, wie sie das für Frankreich tun würde. Doch Mr. Pitt glaubte, es ließe sich ein Weg finden.«

»Und der wäre?« fragte Neddie. Seine Stimme war so straff gespannt wie eine Bogensaite.

»Das Ergebnis dieser fein gesponnenen Verhandlungen lautete, daß die spanischen Schätze in diesem Jahr von englischen Schiffen im Auftrag der Marine transportiert werden sollten.* Das Geld sollte in Amsterdam an das Bankhaus Hope gehen, das der französischen Regierung eine Anleihe gewähren wollte. Mr. Grey hatte dabei die Aufgabe, Entschädigungen für die britischen Schiffe zu leisten, falls sie auf See verlorengingen. Eine bescheidene, aber notwendige Rolle.«

»Das Bankhaus Hope hat kürzlich die Anleihe verweigert«, unterbrach ich ihn verwundert. »Sie haben mir selbst erzählt, daß Lord Harold als Mr. Pitts Unterhändler nach Amsterdam geschickt wurde. Ist die ganze Angelegenheit schief gelaufen?«

»Ich glaube, sie ist genau so gelaufen, wie es beabsichtigt war«, antwortete Mr. Emilious mit Befriedigung.

»Die Schatzschiffe sind nie angekommen«, schloß Neddie.

»Sie liefen nicht weit von diesen Küsten auf ein Riff und gingen unglücklicherweise unter. Es war schade, daß Mr. Pitt einige der ältesten Schiffe der Marine für den Transport ausgewählt hatte, doch dagegen ist nichts zu machen. Mit Hilfe von Mr. Greys Entschädigung kann die Marine natürlich ein paar neue Linienschiffe bauen und steht damit kaum schlechter da.«

»Im Gegensatz zu Mr. Grey«, sagte ich und erinnerte mich an Henrys Beurteilung seines Haushalts.

»Ach, um Grey brauchen Sie sich keine Sorgen zu machen, Miss Austen. Eine dankbare Regierung wird ihm schon unter die Arme greifen, dessen bin ich sicher.«

»Und die Schätze?« fragte Neddie.

»Sind anscheinend mit den Schiffen untergegangen.« Mr. Emilious Finch-Hattons Miene war von sanftester Unschuld. »Wie selbst Lord Harold es fertigbringen will, diese aufgewühlten Wogen zu glätten, entzieht sich meiner

* Alan Schom berichtet von diesem bemerkenswerten Fall von Zusammenarbeit zwischen Regierungen in »Trafalgar: Countdown to Battle, 1803-1805«, doch die ganze Hintergrundgeschichte wird hier zum ersten Mal dargelegt. – *Die Herausgeberin.*

Kenntnis. Doch ich vertraue wie immer auf seine unnachahmlichen Fähigkeiten.«

Zu meiner Überraschung lächelte Neddie beinahe. »Und *diesem* Umstand verdanken wir also die Bewahrung unseres Friedens! Sie mögen über diesen Tory Pitt reden, wie sie wollen, ihn einen Trunkenbold, Idioten und senilen Schwachkopf nennen, aber bei Gott, von Politik versteht er etwas! Wenn England noch ein Jahr durchsteht ohne einen Franzosen an seinen Küsten, dann haben wir das Pitt zu verdanken!«

»Und nun darf ich Ihnen auch eine Nachricht mitteilen, die ich gestern morgen durch Boten erhielt«, sagte Mr. Emilious. »Es wird berichtet, daß die Franzosen ihre Truppen aus den Häfen an der Kanalküste abziehen. Die Hauptmasse des Heeres – fast hunderttausend Mann, die seit zwei Jahren an der Küste herumstanden – ist an die Ostgrenze des Kaiserreiches beordert worden. Es scheint beinahe sicher, daß Bonaparte einen Krieg gegen Österreich führen will.«*

»Österreich!« rief ich. »Weiß der Comte de Penfleur schon von dem Fehlschlag seiner Hoffnungen?«

»Wir müssen darum beten, daß er es noch eine Weile nicht erfährt«, antwortete Mr. Emilious. »Sonst verläßt er das Land, bevor wir einen hinreichenden Grund finden, ihn festzunehmen.«

Neddie aß den Rest seines Brotes auf und schob seinen Stuhl vom Tisch zurück. Der freudige Ausdruck war völlig aus seinem Gesicht verschwunden. »So zufrieden ich auch bin, daß Sie alle Ihre Interessen so offen eingestanden ha-

* Finch-Hatton erfuhr frühzeitig von dem Truppenabzug, was wir George Canning und dem Geheimfonds zuschreiben können. Wie der Historiker Alan Schom in seinem Buch »Trafalgar: Countdown to Battle, 1803-1805« ausführt, zwang der Bankrott der französischen Staatsfinanzen Napoleon dazu, die Invasion Englands aufzugeben und sich nach Osten gegen Österreich zu wenden, wo er meinte, durch einen leichten Landkrieg seine Kassen wieder füllen zu können. Sein Instinkt wurde reich belohnt. Die österreichische Kriegsentschädigung betrug nach dem Frieden von Preßburg allein vierzig Millionen Francs.- *Die Herausgeberin.*

ben«, erklärte er Mr. Emilious, »muß ich mich doch fragen, warum Sie soviel preisgeben. Sie haben Mr. Sothey als einen Agenten der Regierung enthüllt und zugegeben, daß Sie selbst so gut wie dasselbe sind, und Sie haben einen nicht geringen Teil der Politik der Regierung dargelegt. Zu welchem Zweck, Sir? Zur Ablenkung unserer Interessen? Denn steht es nicht unleugbar fest, daß Mrs. Greys *Tod* eine Folge Ihrer Bemühungen war? *Irgend etwas* hat ihre Verbündeten erkennen lassen, daß ihre Hoffnungen fehlgeschlagen waren. Ich habe den französischen Kurier nicht vergessen, der am Morgen ihres Todes in ihrem Haus gesehen wurde – und der ihr vielleicht eröffnete, auf welche Weise sie betrogen worden war. Habe ich nicht den Auftrag, Mr. Finch-Hatton, ihren Mörder zu verfolgen und ihren Tod aufzuklären?«

Ein schweres Schweigen lastete rings um den Tisch. Dann sagte Mr. Emilious: »Ich vertraue darauf, Mr. Austen, daß Sie das undurchdringliche Wesen der Spionage verstehen. Möglicherweise werden wir nie genau erfahren, wer Mrs. Grey umbrachte. Es ist jedoch wahrscheinlich, daß sie von der Hand des Comte de Penfleur starb. Sicherlich hatte er Grund zu der Annahme, daß sie ihn verraten hatte. Die versprochenen Finanzmittel gingen nicht ein, was ihn zu seiner höchst gefährlichen Reise nach England veranlaßte, und er mag sogar den Verdacht geschöpft haben, daß die Dame ein Opfer ihrer Informanten geworden war.«

»Aus diesem Grunde habe ich The Larches am Montag verlassen«, unterbrach ihn Mr. Sothey. »Ich konnte mich nicht in Sicherheit wissen, wenn ich zu lange in jenem Hause blieb. Ich hatte von der bevorstehenden Ankunft des Comte durch eben jenen Kurier erfahren, den Sie erwähnten, Mr. Austen – und ich gebe gern zu, daß ich daraufhin meine Abreise plante. Als Mrs. Grey von meiner Absicht hörte, gipfelte ihre Wut in einem Angriff in aller Öffentlichkeit …«

»Der Peitschenschlag auf Ihren Hals«, murmelte ich.

»... und trotzdem glaube ich nicht, daß sie begriffen hatte, wie weit ich sie auf so geschickte Weise benutzt hatte. Sie hielt mich bis zum Schluß für einen harmlosen Idioten, den sie für ihre Zwecke verwendete; sie meinte, ich hätte ihren Gatten gedrängt, dem Brief des Comte de Penfleur Folge zu leisten, in dem dieser ihn bat, die Entschädigung für die Schiffe der Marine zu übernehmen, während doch in Wirklichkeit Mr. Pitt den Plan vorgeschlagen hatte.«

»Ich möchte nicht in Greys Haut stecken«, sagte mein Bruder plötzlich, »wenn der Comte jemals erfährt, was in Wahrheit vorgefallen ist. Wir müssen hoffen, wie Sie sagten, daß er die Wahrheit noch nicht kennt, sonst ist Greys Leben keinen Pfifferling mehr wert.« Seine Stimme erstarb, und er starrte Emilious Finch-Hatton fest an.

»Das waren fast genau Ihre Worte, Mr. Emilious.« Damit zwang ich den Herrn, mir seinen Blick zuzuwenden. »Daß nämlich der Comte noch eine Weile im unklaren gelassen werden müßte. Ein Comte im Zweifel über den Stand der Finanzen ging noch an, doch ein Comte, der weiß, daß er von Mr. Grey und England betrogen wurde, würde vor nichts zurückschrecken! Zu diesem Zweck – um ihn in Unwissenheit zu belassen – wurde Mrs. Grey umgebracht.«

Es trat ein entsetzliches Schweigen ein, das schreckliche Verdächtigungen barg, während wir uns um den Tisch herum gegenseitig ansahen, bis Julian Sothey aufsprang.

»Setz dich hin, Junge«, befahl ihm Mr. Emilious mit tödlichem Ernst. »Ich werde das regeln.« Dann fügte er ruhiger hinzu: »Was Mr. Greys Leben angeht, darüber können Sie unbesorgt sein. Der Comte de Penfleur kann sein Zimmer nicht verlassen, ohne daß ich es erfahre, und Mr. Grey ist von Mr. Pitt unter einem Vorwand nach London gerufen worden, um seine Sicherheit zu gewährleisten.«

»Also weiß nicht einmal Grey selbst, wie weit seine Torheit ging!« rief Neddie. »Ich kann das gut begreifen. Welcher Mann könnte mit dem Bewußtsein leben, daß seine Kollegen und Freunde seine Frau aus Gründen der Staatsräson umgebracht haben!«

»Beschuldigen Sie mich des Mordes, Mr. Austen? Überlegen Sie es sich gut, bevor Sie das tun«, sagte Mr. Emilious streng. »Sie können kaum hoffen, das zu beweisen, denn ich war zwar beim Renntag von Canterbury, doch während der ganzen Zeit unter den Augen meines untadeligen Bruders und eines halben Dutzend anderer Leute.«

»Doch was ist mit Mr. Sothey? Wo war er zu dem kritischen Zeitpunkt?«

Das Gesicht des Landschaftsgestalters nahm wieder den vollkommen gelassenen Ausdruck an, den ich zuletzt beim Renntag von Canterbury darauf erblickt hatte.

»Mein Diener kann meinen Aufenthalt bezeugen.«

»Ihr Diener! Ja, ich denke schon, daß der alles mögliche bezeugen wird. Aber ich bin nicht so sicher, ob man ihm auch glauben wird.«

»Na, na, Mr. Austen«, unterbrach ihn Mr. Emilious in besänftigendem Ton. »Ist es nicht viel wahrscheinlicher, daß der Comte de Penfleur Mrs. Grey ermordete? Ich bin mir jedenfalls sicher, daß er Denys Collingforth umbrachte.«

»Woraus schließen Sie das?« fragte Neddie mit zusammengezogenen Brauen.

»Weil er es so einrichten wollte, daß der Mord an Collingforth als das Werk Mr. Greys erschien, gegen den er schon immer eine rachedurstige Eifersucht hegte. Das Verbrechen wurde genau in der Nacht begangen, in der Grey, wie der Comte wußte, geschäftlich abberufen worden war. Grey reiste allein, niemand kannte seine Route, und dieser Pembroke konnte dahin gebracht werden, im Verhör Grey als seinen Auftraggeber zu bezeichnen. Pembroke schickte zweifellos eine Nachricht an den Hausherrn von The Larches, daß sich Collingforth in Deal aufhielt, doch ich wette, daß es der Comte war, der sie in Empfang nahm.«

»Sie wissen sehr viel über das Treiben dieses Mannes«, bemerkte Neddie.

»Es ist meine Pflicht, über alles unterrichtet zu sein, was der Comte plant, bevor er es selbst zu Ende gedacht hat«, konterte Mr. Emilious. »Verhaften Sie diesen Pembroke, Herr Friedensrichter Austen, und stellen Sie fest, ob ich es Ihnen nicht richtig vorhergesagt habe!«

Ein schwaches Wimmern war zu hören, wie von einem kleinen Tier, das in die Enge getrieben ist, und Anne Sharpe legte mir eine zitternde Hand auf den Arm.

»Was ist, meine Liebe? Möchten Sie zu Bett gehen?«

Sie schüttelte den Kopf und sagte mit einer so schwachen Stimme, daß sie fast unhörbar war: »Ich habe noch eine Pflicht zu erfüllen, oder ich finde überhaupt keinen Schlaf mehr.« Dann setzte sie deutlicher hinzu: »Sie haben mich gefragt, ob ich jemals Gelegenheit fand, Mr. Sothey im Pferdestall von The Larches zu besuchen. Ergab sich diese Frage aus einem besonderen Anlaß, den Sie im Auge hatten, Miss Austen, oder nur aus einem allgemeinen Verdacht wegen meines Verhaltens?«

»Aus einem besonderen Anlaß«, antwortete ich. »Eine Frau mit rabenschwarzem Haar wurde beobachtet, wie sie aus dem Pferdestall von The Larches herausritt, und zwar wenige Tage vor Mrs. Greys Tod.«

Die Gouvernante erhob sich unsicher, als habe sie einen Anfall erlitten, und trat langsam vom Tisch zurück. Ihre nußbraunen Augen waren auf Julian Sothey gerichtet, und der Ausdruck des Entsetzens in ihren Tiefen muß selbst ihn mit Furcht erfüllt haben.

»Dann warst *du* es«, flüsterte sie. »Ich dachte, ich hätte geträumt – das Licht und mein gequältes Hirn hätten mir einen Streich gespielt. Aber ich habe es immer wieder vor mir gesehen, und es hat mich in Gedanken verfolgt wie ein Kinderreim! Wenn du wüßtest, unter welchem Alptraum ich gelitten habe, Julian, dann wärst du schon längst aus dem Lande geflohen!«

»Anne ...«

»Weißt du nicht, daß ich hundertmal gesehen habe, wie du zu Pferde sitzt, damals in den glücklichen Tagen in Weymouth? Auch wenn du im Damensattel reitest und ein langes rotes Kleid trägst, würde ich deinen Sitz überall wiedererkennen!«

– Hast du gesehen, Neddie, wie wild diese grauäugige Hexe ihrem Pferd die Sporen gab?

– Ich glaube, Mrs. Grey hat braune Augen, Henry.

»Natürlich«, sagte ich langsam. »Henry hat gesehen, was wir alle nicht bemerkt haben. Ihre Augen sind ganz deutlich grau, Mr. Sothey – und die Augen der Dame waren braun.«

»Ich konnte es nicht glauben«, stieß Anne Sharpe hervor, »doch ich wußte, daß ich mich nicht getäuscht hatte! Du warst es, Julian, der Mrs. Greys Pferd während des letzten Rennens ritt, und die Dame selbst war schon tot durch deine Hand!«

Kapitel 21
Der bessere Teil der Tapferkeit

26. August 1805, Forts.

Was als nächstes geschah, ereignete sich schneller als man denken kann. Emilious Finch-Hatton sprang auf und hätte Anne Sharpe am Halse gepackt, wenn Mr. Sothey ihm nicht zuvorgekommen wäre. Sie schrie auf und verbarg sich hinter der schlanken Gestalt des Landschaftsgestalters. Sothey brachte es fertig, Finch-Hatton in Schach zu halten, der Flüche zwischen den Zähnen knurrte.

»Dummkopf! Sie bringt dich an den Galgen!«

»Mir liegt nichts mehr am Leben, Finch-Hatton«, rief Sothey, »wenn mir nicht die Liebe dieser Frau bleibt. Verstehen Sie mich so wenig?«

»Ich verstehe dich überhaupt nicht mehr. Ich habe dich für einen vernünftigen Mann gehalten, der kaltblütig rechnet, und nicht für einen weichherzigen Trottel, mit dem ein Mädchen sein Spiel treiben kann!« Mr. Emilious wandte sich von seinem Spießgesellen ab und schleuderte einen Küchenstuhl heftig gegen die Wand. Er schien den Ausdruck entsetzter Faszination im Gesicht meines Bruders nicht zu bemerken. Ich hatte schon länger begriffen, was für ein Mensch er war, und nahm das gelassener hin.

»Du mußt von ihr einen Eid der Verschwiegenheit verlangen, Sothey«, brummte er. »Alles – dein Leben und möglicherweise auch Greys – hängt davon ab!«

»Ganz zu schweigen von der Untadeligkeit Ihres eigenen Rufes«, bemerkte ich von meinem Platz am Tisch aus. »Ich glaube nicht, daß Miss Sharpe freiwillig von dem sprechen wird, was sie weiß, wenn sie ihr offenes Grab vor sich sieht, aber wollen Sie denn von uns einen ähnlichen Eid fordern,

Mr. Finch-Hatton? Ein solches Verlangen mag vernünftig erscheinen bei einer ältlichen Jungfer, die nur noch den Wunsch hat, ruhig zu Hause zu sitzen, doch bei einem Mann, der für den Frieden der ganzen Nachbarschaft verantwortlich ist -! Noch dazu einem Mann in einer gewissen Position, dessen Ehre darin besteht, daß er sein Wort hält. Ich würde mich nicht auf einen solchen Eid verlassen, Mr. Finch-Hatton, aber vielleicht wählen Sie den sichersten Weg und bringen uns alle um. Wozu rät Ihnen Mr. Sothey?«

Sothey warf mir lediglich einen langen Blick zu, dann führte er Anne Sharpe so sanft zu ihrem Platz zurück, wie man es sonst nur mit Alten und Gebrechlichen macht. Sie ging wie eine Verurteilte zur Hinrichtung: stumm, steif und gedankenverloren. Als ich ihre Hand berührte, fühlte sie sich eiskalt an.

»Während Mr. Emilious noch über die geeignetsten Mittel nachdenkt, uns zum Schweigen zu bringen«, sagte ich, »könnten Sie sich bemühen, meine Neugier zu befriedigen, Mr. Sothey. Ich begreife jetzt, daß der Mord an Mrs. Grey das Werk mehrerer Tage war, das Ergebnis umfangreicher Planung. Sie wurden beobachtet, wie Sie den Pferdestall von The Larches betraten und als schwarzhaarige Frau verkleidet herausritten, und das zwei volle Tage vor dem Tode der Dame. Ich verstehe, daß Sie Vorbereitung benötigten, denn es ist eine Sache, einer Meute nachzureiten in der Haltung, in der man immer reitet, aber eine andere, wenn man das im Damensattel und langem Kleid versucht.«

»Die Aussicht darauf gefiel mir nicht«, antwortete er. »Aber ich hielt es für das beste, auf jeden möglichen Fall vorbereitet zu sein. Und das erwies sich ja dann auch als richtig. Auf dem Rennplatz erklärte mir Mrs. Grey, daß ihr Gatte sie betrogen hätte und daß ihr Ansehen in Frankreich und jede Aussicht auf ihr zukünftiges Leben verloren wäre. Sie flehte mich an, ihr bei einem verzweifelten Vorhaben zu helfen: Sie wollte Valentine Grey entführen und foltern. Sie glaubte, damit könnte sie ihn zwingen, ihr zu verraten, wo sich die spanischen Schätze, die man Frankreich versprochen hatte, gegenwärtig befänden. Ich mochte Grey zu sehr und hatte zu lange für die Umleitung der Fonds gearbeitet, als daß ich einem solchen Verlangen hätte entsprechen können.«

»Und als Sie sich weigerten, schlug sie Sie mit der Reitpeitsche.«

»Auf mein Nein reagierte sie mit einem schrecklichen Wutanfall«, gab er zu. »Sie hatte sich nie ganz in der Gewalt. Ich erklärte ihr, an einem so infamen Verbrechen könnte ich mich nicht beteiligen, es gäbe aber wohl andere, die ihr gern helfen würden.«

»Wie etwa Denys Collingforth.«

Er wandte den Blick ab.

»Deshalb beschlossen Sie also, daß um Greys willen und Ihrer – Politik willen Mrs. Grey sterben müsse. Ihre sorgfältige Vorbereitung mußte genutzt werden. Sie warteten in Collingforths Kutsche auf sie, und als sie diese bestieg, kurz vor dem letzten Rennen und unter den wachsamen Augen der ganzen Gesellschaft der Austens, erdrosselten Sie sie dort mit ihrem eigenen Haarband.«

»Ich wundere mich, daß ihr nichts von dem Kampf gehört habt«, sagte Neddie.

Ich zuckte die Achseln. »Trotz seiner schmächtigen Gestalt bewegt sich Mr. Sothey mit großer Gewandtheit, und ich vermute, daß er viel Kraft besitzt.«

Emilious Finch-Hatton schritt ruhelos vor dem Küchenherd auf und ab, die Hände hinter dem Rücken gefaltet. Jetzt, dachte ich, während die beiden Männer mit der Erzählung ihrer Geschichte beschäftigt waren, müßte der richtige Moment sein, sie zu ergreifen und zu fesseln. Sie hatten praktisch den Mord gestanden, und dennoch tat Neddie nichts. Sollte er noch zögern? Oder zweifelte er an seiner Fähigkeit, ihnen die Schuld nachzuweisen?

Doch dann sah ich, wie Neddies Hand ein Brotmesser umfaßt hielt und es unmerklich zur Tischkante heranzog. Ich setzte eilig wieder zum Sprechen an.

»Ich nehme an, Mr. Sothey, als Ihre gräßliche Arbeit verrichtet war, zogen Sie einfach Mrs. Greys Kleid über Ihren eigenen Anzug. Sie sind schlank genug dafür, und Mrs. Grey war eine wohlproportionierte Frau. Sie fügten aber noch zwei Stücke hinzu, eine schwarze Perücke und den leichten Schleier an der Krempe des Dreispitzes der Dame. Wie hatten Sie die an Ihrem Körper verborgen, während Sie sich auf dem Rennplatz ergingen?«

Sothey zuckte verächtlich mit den Schultern. »Sie erinnern sich, daß ich einen sehr schönen Hut trug mit einem hohen runden Kopf. Dort drin hatte ich die Perücke und den Schleier versteckt, und davon wurde mir verteufelt warm.«

»Doch das war sehr nötig, um die Neugierigen abzuschrecken. Sie wollten allerdings nicht lange beobachtet werden. Angetan mit dem scharlachroten Reitkleid, verließen Sie die Kalesche, nahmen von Mrs. Greys Reitknecht ihren Rappen entgegen, ritten zu den Schranken und jagten dem Felde nach. Doch das, meine ich, wurde Ihnen schließlich zum Verhängnis, denn Miss Sharpe sah, wie Sie über die Schranken setzten, und begriff, daß sich da etwas verändert hatte, wenn sie es auch nicht verstehen oder sich erklären konnte.«

»Sie hat nicht die geringste Ahnung von dem, was sie da gesehen hat«, unterbrach mich Mr. Emilious müde. »Ihre ganze Geschichte, Miss Austen, ist eine außerordentliche Mischung von Humbug und Lügen.«

Ich lächelte ihn leicht an. »Ich hielt es gleich für unwahrscheinlich, Sir, daß Lord Harold Trowbridge einen engen Freund besitzen sollte, doch nachdem ich Sie nun etwas näher kennengelernt habe, begreife ich erst das ganze Ausmaß meiner Torheit. Sie hätten nie mit einem Mann seiner hervorragenden Intelligenz verkehren können, ohne von seinem Beispiel zu lernen. Geben Sie zu, Mr. Finch-Hatton, daß Sie die Austens unterschätzt haben, und lassen Sie es dabei.«

»Als die Stute Josephine gewonnen hatte«, sagte mein Bruder zu Julian Sothey, »brauchten Sie nur noch den Pokal mit lässiger Höflichkeit in Empfang zu nehmen und Ihren Phaeton schnell vom Rennplatz wegzufahren. Eine Meile weiter auf der Straße nach Wingham warfen Sie das Kleid weg, doch im letzten Moment fiel Ihnen ein, die Perücke und den Schleier zu behalten. Es wäre nicht gut gewesen, wenn man *die* gefunden hätte, denn dann hätten wir sofort gemerkt, daß es nicht Mrs. Grey, sondern ein Betrüger war, der auf dem Rennplatz herumritt.«

»Wir haben uns nie gefragt, was aus dem Hut der Dame geworden ist«, stimmte ich zu. »Das war sehr dumm von uns. Und was war mit Mr. Sotheys eigenem teuren Hut mit dem hohen Kopf, in dem man so wunderbar eine Perücke verbergen konnte?«

»Ich warf ihn aus dem Fenster auf der anderen Seite von Collingforths Kalesche, bevor ich auf dieser Seite als Mrs. Grey verkleidet ausstieg«, antwortete er bedrückt. »Er fiel ins Gebüsch am Rande des Rennplatzes – Sie erinnern sich, daß die Kalesche am äußersten Ende des Halteplatzes stand –, und soviel ich weiß, liegt er noch immer dort.«

»Es ist das Schicksal aller geliebten und teuren Dinge«, bemerkte ich, »zufällig und vorzeitig verlorenzugehen. Und nachdem Sie den Phaeton ein Stück die Straße nach Wingham entlanggefahren hatten, ließen Sie sich wohl von Ihrem Diener abholen?«

»Natürlich nicht«, erwiderte Sothey. »Ich ging zu Fuß zum Rennplatz zurück. Hätte ich meinem Diener Einblick in meine geheimen Angelegenheiten gestattet, wäre ich in seiner Macht gewesen. Das ist nicht die Art und Weise, in der ein Agent George Cannings überlebt.«

»Anscheinend auch dadurch nicht, daß er sich in die Macht einer Frau begibt, aber daran ließ sich wohl nichts ändern. Ich verstehe alles, Mr. Sothey, nur eines nicht: Warum beschlossen Sie, Denys Collingforth da hineinzuziehen?«

»Ich hatte lange genug auf The Larches gewohnt, um zu wissen, daß Collingforth zu allem fähig war, Miss Austen. Er wurde von seiner Spielleidenschaft getrieben und stand unter dem Druck der daraus resultierenden Schulden. Er liebte zwar Mrs. Grey nicht, aber sie hatte ihn völlig in der Hand, und er wäre das naheliegende Werkzeug ihrer Rache an ihrem Gatten. Ich durfte nicht zulassen, daß sie sich besprachen.«

»Außerdem war Collingforths Kalesche eine der wenigen ohne Dienerschaft«, überlegte ich. »Es war nicht einmal ein Reitknecht da, der sich um die Pferde kümmerte. Ja, ich sehe es vollkommen vor mir. Ihre Wahl wurde von furchtbar passenden Umständen bestimmt.«

»Ich konnte mir einfach nicht vorstellen, daß man ihn des Mordes anklagen würde«, verteidigte sich Sothey. »Der Mann hatte doch hundert Zeugen für seinen Aufenthalt an dem Tag, und immer war er weit weg von seiner Kalesche. Ich meinte, er wäre außer Verdacht.«

»Bis mein Bruder den Brief in Mrs. Greys Kleid fand.«

»Ich hatte keine Ahnung, daß sie ihn dort aufbewahrt hatte.«

Ich sah ihn scharf an. »Sie haben die Einladung selbst geschrieben?«

Er senkte den Kopf. »Ich hatte Collingforths Handschrift oft genug gesehen – er schickte dauernd kleine Briefchen, in denen er die Einladungen zu Mrs. Greys Kartenpartien annahm. Für einen Künstler war es einfach, die Handschrift nachzumachen.«

»Tatsächlich so einfach, daß sich sogar seine Frau davon täuschen ließ. Welch ein Pech für Mr. Collingforth! Von allen Seiten bedrängt, floh er lieber aus der Stadt, als sich dem Leichenbeschauer zu stellen, und so starb er als zweites Opfer Ihrer Machenschaften. Doch warum mußten Sie seine Leiche beschweren und in den Mühlteich werfen? Wäre Ihnen nicht mit einem vermeintlichen Selbstmord und einem entsprechenden Brief in seiner Handschrift mehr gedient gewesen?«

Sotheys Augen weiteten sich. »Sie glauben doch wohl nicht, daß ich *Collingforth* ermordet habe! Einen Unschuldigen! Ich fühlte mich nie so elend wie in dem Augenblick, als ich das Ergebnis der Verhandlung erfuhr, und nie so erleichtert wie dann, als ich hörte, er sei geflohen. Ich hielt es für einen Segen des Himmels, daß wenigstens einer dem Schicksal der Verdammten entgehen würde.«

»Und als Sie erfuhren, daß er ermordet worden war?«

Sothey hob die Hände gen Himmel mit einer Geste absoluter Hilflosigkeit und ließ sie wieder fallen.

Der Protest des Landschaftsgestalters klang echt, doch wie sollte man in einem solchen Fall wissen, wem man glauben konnte? Eine Jury von Geschworenen würde seine Behauptung ohne Zögern verwerfen. Der Mord an Mrs. Grey würde beweisen, daß er zu jeder Schandtat fähig wäre. Aber was er gegen eine offen erklärte Spionin des Landesfeindes vollbracht hatte, war das nicht eine einfache Kriegshandlung? Vielleicht war es Sothey, dem wir es zu verdanken hatten, daß die friedliche Nachtruhe von Kent noch ungestört war und die Truppenlager entlang der Kanalküste abgebrochen wurden. Es stand nicht in meiner Macht, solche Verwicklungen zu lösen, ich wußte nur, daß ich vor einer Hand zurückschauderte, die eine Frau aus kaltblütiger Berechnung umbringen konnte, während ich an den Tod eines feindlichen Soldaten in der Hitze des Schlacht kaum einen Gedanken verschwendete. Darin lag eine Heuchelei, die mir zu schaffen machte, und eine ähnliche Verwirrung las ich im Blick meines Bruders.

»Wenn Sie endlich fertig sind«, sagte Mr. Emilious Finch-Hatton, »dann sollten Sothey und ich uns wohl verabschieden.«

Er war aufgestanden und hatte eine Duellpistole aus der Tasche gezogen. Es war eine hübsche Waffe aus glänzend poliertem Holz mit silbernem Griff. Doch die Kugel in ihrem Lauf würde nur für einen reichen, dann müßte Finch-Hatton neu laden. Mit dieser Erkenntnis richtete er die Waffe auf meinen Bruder.

»Ich schlage vor, Sie legen das Messer auf den Tisch, Austen, wo ich es sehen kann.«

Es war ein glänzendes Manöver. Hätte Finch-Hatton sich gegen Anne Sharpe gewendet, hätte er sich auf Sothey nicht verlassen können, und gegen mich, dann hätte er Neddie zu Heldentaten provoziert. So aber las mein Bruder den Schrecken in unseren Blicken und dachte dabei wohl auch an seine neun Kinder. Er zögerte, sah mich flehentlich an und schob dann das Messer in die Mitte des verschrammten Eichentisches.

»Es tut mir leid, daß ich solche brutale Überredung anwenden muß«, sagte Mr. Emilious traurig, »doch der Morgen dämmert bald, und Sothey hat noch einen weiten Weg vor sich. Bitte entschuldigen Sie uns bei Ihrer bezaubernden Gattin, Mr. Austen, und versichern Sie ihr, daß wir wegen dieser überstürzten Flucht keinen Groll hegen. Die weitere Besichtigung Ihres Besitztums muß leider auf spätere Zeit verschoben werden.«

»Es gibt viele Formen der Gerechtigkeit, Finch-Hatton«, antwortete Neddie vorsichtig, »und Sothey wird die seine ereilen. Ihres eigenen Schicksals bin ich nicht so sicher, das gebe ich zu. Sie haben die besondere Fähigkeit, immer am Rande des Feldes zu bleiben, als ein Beobachter des Kampfes und vielleicht auch sein wirklicher Anstifter. Solche Menschen führen unweigerlich lange und interessante Leben, doch ob ihr Ansehen sie überlebt, ist eine ganz andere

Frage. Und nun verschwinden Sie bitte, bevor ich törichten Mut fasse und auf der Suche nach der Seifenblase Ruhm Ihre Kugel abbekomme.«

Finch-Hatton schüttelte den Kopf, während ein Lächeln seine Mundwinkel umspielte. »Bitte erlauben Sie Mr. Sothey, Sie auf Ihrem Stuhl festzubinden, Mr. Austen – und die Damen auch –, damit Sie uns nicht zu Pferde quer durch ganz England nachjagen. Wir brauchen mehrere Stunden, glaube ich, für unsere Flucht und haben keinen Augenblick zu verlieren. In kurzer Zeit, nehme ich an, wird Ihre Köchin kommen und das Frühstück vorbereiten wollen.«

Und so geschah es denn auch: Finch-Hatton hielt die Pistole auf Neddie gerichtet, während Sothey Stricke aus der Vorratskammer holte. Wir wurden auf unseren Stühlen so fest angebunden, wie die Knoten es erlaubten, und blieben mit dem unangenehmen Gefühl zurück, wie Schweine zum Schlachten geschnürt zu sein. Nur Anne Sharpe war zu abwesend, um etwas zu spüren, sie war fast bewußtlos.

»Anne«, sagte Sothey verzweifelt, während er vor ihrem Stuhl kniete, »willst du nicht alles hinter dir lassen und mit mir kommen?«

Sie wandte sich mit einem solchen Ausdruck des Entsetzens von ihm ab, daß sein Gesicht ganz weiß wurde. »Wird mir denn jedes zärtliche Gefühl verweigert? Kannst du nicht verstehen, was ich für meinen König und mein Land getan habe? – Wirklich, Anne, aus Liebe zu einer solchen Frau wie du?«

»Versuch mir nicht weiszumachen, daß du Mrs. Grey aus Liebe zu mir erdrosselt hast«, antwortete sie bitter. »Ich habe nie begriffen, was du bist. Vom ersten Augenblick an, als wir uns sahen, habe ich mein Herz einem Geschöpf geschenkt, das ich mir selbst erdacht hatte, und nun empfange ich weiter nichts als meinen gerechten Lohn.«

Er wollte sie berühren, doch sie schauderte zurück, und in tiefem Schweigen band er ihr die Hände.

»Wohin werden Sie sich wenden?« fragte ich, als er zu mir kam.

Er schüttelte nur den Kopf. »Mr. Canning, so muß ich glauben, wird eine Verwendung für einen Verzweifelten finden. Es gibt unzählige ekelhafte Löcher auf dieser Welt, in denen so einer sich verbergen und darin sterben kann.«

Als er sich herabbeugte, um meine Handgelenke zu fesseln, ergriff ich seine Finger. »Geben Sie sich nicht völlig der Verzweiflung hin, Mr. Sothey. Wenn diese Hände auch Blut vergossen haben, so sind sie zugleich die Werkzeuge einer erstaunlichen Schönheit. In Ihrer Kunst habe ich einen kleinen Blick ins Paradies erhascht, doch es gibt eben keinen Garten ohne die eine oder andere Schlange. Ich werde die Schönheit Ihrer Werke nicht so leicht vergessen und nicht das Genie, das ich darin erblickt habe.«

»Mein Genie, Miss Austen, ist dem Luzifers verwandt, und der wurde leider aus dem Himmel verstoßen.«

»In allen von uns lebt etwas von einem Dämon und etwas von einem Engel, Mr. Sothey«, antwortete ich, »und ich weiß, daß Ihr Engel die Oberhand behalten wird. Lassen Sie sich von dieser Hoffnung leiten, diesem Leuchtfeuer in Ihrer Dunkelheit, daß Erlösung und Entsühnung Ihnen endlich zuteil werden.«

Als die Knoten geschlungen waren, beugte er sich tief über meine zusammengebundenen Hände und küßte mir den Handrücken. Danach verließ er ohne eine weiteres Wort den Raum, den Blick von Anne Sharpe abgewandt.

Und damit verschwanden sie.

Es dauerte ermüdend lange, wahrscheinlich etwa anderthalb Stunden, bis Schritte auf der Dienertreppe die Hausmädchen ankündigten, die zum Wasserholen kamen. Anne Sharpe konnte keinen Gesprächsstoff beisteuern, um die Langeweile zu überbrücken. Sie war in ihre eigene Qual versunken, die keine Worte zuließ, und wir konnten ihr keine größere Freundlichkeit erweisen, als ihr Schweigen zu respektieren.

An Neddie wandte ich mich nur einmal mit einer Frage.

»Du sagtest, es gebe viele Formen der Gerechtigkeit, und Mr. Sothey würde zu gegebener Zeit von der seinen ereilt werden. Woran hast du dabei gedacht, Neddie? Hast du vor, ihn bis an die Grenzen des Rechts zu verfolgen?«

»Ich würde mir den Zorn Mr. George Cannings zuziehen«, antwortete er müde, »und vielleicht sogar den von Mr. Pitt. Ich kann nicht behaupten, ich verstünde ein solch kompliziert angelegtes Manöver, wie es uns hier dargestellt wurde, Jane. Doch ich kann eine Pflicht erfüllen, die mein Gewissen belastet: Ich kann Mr. Valentine Grey erklären, auf welche Weise seine Frau ums Leben kam.«

»Du glaubst, das weiß er noch nicht?« rief ich.

»Er hätte uns niemals ihre Briefe übergeben«, sagte Neddie, »wenn er geahnt hätte, welches Unheil er damit auf den Kopf seines Freundes Sothey herabbeschwor. Nein, Jane, ich meine, Greys Rolle in dem Puzzlespiel beschränkte sich lediglich auf die Entschädigung für die Schiffe der königlichen Marine. Von der rauhen Behandlung seiner Frau kann er nichts gewußt haben.«

»Aber vielleicht eine Menge vermutet«, erwiderte ich nachdenklich. »Dann war es vielleicht sein Gewissen, das ihn dazu trieb, die Briefe herauszugeben.«

»Wenn ich auch nur ein bißchen von dem Charakter dieses Mannes verstehe«, schloß Neddie grimmig, »dann wird er keine Ruhe geben, bis seiner Ehre Genüge getan ist. Es ist nun an Grey, seinen Freund Sothey bis ans Ende der Welt zu verfolgen und auf Pistolen mit ihm abzurechnen. Und es erleichtert mich sehr, meine liebe Jane, daß ich weit außer Hörweite sein werde, wenn das geschieht.«

Kapitel 22
Der Genius des Ortes

16. September 1805

Ich bin nun am Ende meines Zwischenspiels in Kent angelangt. Fast vier Monate voller Ausschweifungen, Laster und der Verderbtheit des vornehmen Lebens – und ich verabschiede mich von dieser Zeit mit unendlichem Bedauern. Vor mir liegen all die Freuden eines Besuches an der Küste in Worthing in Gesellschaft meiner Schwester Cassandra, unserer Freundin Mary Lloyd und meiner verwitweten und ständig jammernden Mutter, und danach die Rückkehr in den Winter nach Bath, in eine Mietwohnung und die Unfeinheit beengter Verhältnisse. Ich kann weder die vor mir liegenden Monate mit Zufriedenheit überblicken, noch die Vollendung meines dreißigsten Lebensjahres mit sonderlicher Befriedigung betrachten. Ich muß mich eben auf die plötzlichen Wendungen des Schicksals verlassen, die uns immer dann überraschen, wenn wir aufgehört haben, sie zu erwarten.

Ich beschloß meinen Besuch in Godmersham wie so oft mit einem Gang zu dem kleinen dorischen Tempel jenseits des Stour und saß dort eine Weile und genoß die Schönheit der Downs. Die Linden der Bentigh würden nun wohl unbehelligt stehenbleiben, wie auch die Küchengärten fortbestehen würden mit der emsigen Tätigkeit der Küchenmägde und Untergärtner darin. Die Versprechungen des Blauen Buchs von Mr. Sothey blieben in Godmersham unerfüllt und wurden auch in Eastwell nicht verwirklicht, sehr zur Verwirrung und zum Schmerz von Lady Elizabeth. Von Mr. Sotheys Aufenthaltsort hat sie mit keiner Silbe etwas erfahren. Für die abrupte Abreise ihres Schützlings hat sie keine

Erklärung erhalten, wie auch vorher nicht für sein plötzliches Auftauchen an ihrer Tür. Sie tut so, als habe seine Abtrünnigkeit nichts zu bedeuten, doch sie ist der Meinung, daß er ihrer Tochter Louisa übel mitgespielt hat.

Anne Sharpe, die mehr Grund hat, sich im Stich gelassen zu fühlen, muß sich mit dem Bewußtsein zufriedengeben, daß sie ihre Einsamkeit selbst herbeigeführt hat. Sie hat sich einigermaßen gefangen, sieht sich aber nicht in der Lage, mit Lizzys Töchtern fertigzuwerden, und hat eine Stelle bei einer Mrs. Raikes angenommen, die nur eine kleine Tochter besitzt. Sie wird Godmersham im Januar verlassen, und ich hoffe, daß sie in ihrer zukünftigen Tätigkeit Ruhe findet.*

Ich hatte viel zu bedenken, während ich die Spätsommerluft genoß: den Abschluß der tragischen Affäre um Mrs. Grey und den geheimnisvollen Tod des Comte de Penfleur.

Es war in der Zeit, als ich unter den Schmeicheleien Edward Bridges' zu leiden hatte, am dritten Tage meines Besuches auf Goodnestone Farm, als ich die Nachricht von Neddie erhielt. Mein Bruder legte einem Brief von Cassandra eine kurze Notiz bei, in der er mir mitteilte, daß man den Franzosen mitten auf einem Reitweg nicht weit vom Stadtrand von Dover entfernt mit einem Herzschuß aufgefunden hätte. Man nahm an, der Comte habe sich im Morgengrauen mit einem anderen Herrn zur Austragung eines Ehrenhandels getroffen, doch warum er keinen Sekundanten mitgebracht hatte, der den Mörder benennen könnte, blieb ganz Kent ein Rätsel. Ein Verdacht fiel natürlich auf Mr. Valentine Grey, doch der Herr habe sich nicht zu dem unzeitigen Ende des Comte geäußert, und manche – zu

* Anne Sharpe fand später sogar ein Kind unerträglich und wurde Gesellschafterin bei Mrs. Raikes' verkrüppelter Schwester. Diese Stellung hatte sie fünf Jahre inne. Sie stand mit Jane Austen im Briefwechsel bis zu Janes Tod; Cassandra schickte ihr eine Locke von Janes Haar zur Erinnerung. Im Jahre 1823 führte Anne Sharpe eine Internatsschule für Mädchen in Liverpool, wo sie fast zwei Jahrzehnte wohnte. Sie starb im Ruhestand im Jahre 1853. – Die Herausgeberin.

denen auch der Friedensrichter Austen gehörte – erklärten, Grey habe sich zu der Zeit geschäftlich in London aufgehalten.

Während meines einwöchigen Besuchs bei der Familie Bridges widerfuhr mir die Ehre eines Heiratsantrages von seiten eines gewissen verzweifelten Hilfspfarrers, doch von meiner Antwort will ich weiter nichts berichten, als daß sie negativ lautete. Mr. Bridges' Antrag fiel zeitlich mit der geheimen Verlegung der Coldstream-Garde nach Deal zusammen, und es ist anzunehmen, daß nur die übermäßige Langeweile des erzwungenen Zuhausesitzens und die äußerste Besorgnis um die Sicherheit der Fasanen ihn zu dieser törichten Äußerung veranlaßt haben.

Damit besitze ich nun die Auszeichnung, zwei Männer geliebt zu haben, von denen mich das Schicksal für immer getrennt hat, und zwei andere abgewiesen zu haben, die ich niemals lieben konnte. Darin ähnelt mein Leben den interessanten Laufbahnen der Heldinnen Mrs. Burneys, und in Zukunft kann ich also nicht mehr viel Romantik erwarten.

Als ich dann an den Seiten meines kleinen Buches saß und mich damit abmühte, Lady Susan ihrem verdienten Schicksal zuzuführen, da schob sich die Gestalt eines Herrn in mein Blickfeld, der den Hügel hinaufstieg. Es war eine schlanke Gestalt, doch hochgewachsen und elegant gekleidet, ein Herr in langen Hosen, der auf dem Lande fehl am Platz war und dessen Schuhe die Nachwirkungen des Regens der vorigen Nacht nicht überstehen würden. Das Haar unter seinem flotten Hut war silbergrau, und seine messerscharfe Nase verkündete seinen Namen ebenso laut wie eine frisch gedruckte Visitenkarte. Das Wiedererkennen überfiel mich wie ein Schock, ich erhob mich und fand Halt an dem Tisch im Tempel, atmete tief durch und bemühte mich, meinen jagenden Herzschlag zu beruhigen.

Als Lord Harold schließlich den Gipfel von Neddies kleinem Hügel erreichte, hatte ich meinen Gesichtsausdruck leidlich unter Kontrolle. Ich konnte einen Knicks machen, die Hand ausstrecken und mit bewundernswerter Fassung sagen: »Wirklich eine unverhoffte Freude, Lord Harold! Was kann Sie denn nur in diesen abgelegenen Winkel von Kent führen? Denn ich kann Ihnen versichern, Sir, wir in Godmersham verstehen nichts von Koalitionen und Abkommen oder von den Winkelzügen der Diplomatie. Sie sollten lieber wieder umkehren und sich nach dem Weg nach Eastwell Park erkundigen.«

»Ich hatte tatsächlich vor, Mr. Finch-Hatton meine Aufwartung zu machen«, antwortete er und versuchte sein Lächeln zu verbergen, »doch ich habe kürzlich erfahren, daß er ins Ausland versetzt wurde – auf eine Sinekure in Indien, die augenblicklich hart umkämpft wird. Mit Tigern auf der einen Seite und meuternden Sepoys auf der anderen, wer weiß, wie es Mr. Emilious da ergehen wird?«

»Nachdem er die gefährliche Miss Austen überlebt hat«, erwiderte ich, »können wir annehmen, daß er allem gewachsen ist.«

Lord Harold warf den Kopf zurück und lachte – es war die erste echte Äußerung von Fröhlichkeit, die ich bei dem Herrn je erlebt hatte. Dann nahm ich die Seiten von »Lady Susan« an mich, reichte ihm meinen Arm und ließ mich von ihm zum Hause meines Bruders zurückführen.

Wenn jemals ein Denkmal auf den Hügeln von Godmersham erbaut wird, vielleicht zur Versöhnung des Genius des Ortes, dann möge es dem Geist des Lachens gewidmet sein.

AtV

Band 1418

Stephanie Barron
Jane Austen und das Medaillon des Todes

Historischer Kriminalroman

Aus dem Amerikanischen
von Friedrich Baadke

288 Seiten
ISBN 3-7466-1418-X

Im Jahr 1804 verbringt die Schriftstellerin Jane Austen den Winter mit ihrer Familie im Modeort Bath im Westen Englands. Während eines Kostümballs der Herzogin von Wilborough wird sie Zeugin einer Auseinandersetzung zwischen dem Theaterdirektor Richard Portal und Lord Kinsfell. Wenig später wird Portal erdolcht aufgefunden und Kinsfell verhaftet. Lord Kinsfell jedoch beteuert seine Unschuld. Jane Austen, die den Methoden der englischen Rechtsprechung gründlich mißtraut, macht sich erneut als charmante Beobachterin der Gesellschaft auf die Suche nach den Hintergründen eines Verbrechens und stößt dabei auf ein Intrigenspiel von Liebe und Eifersucht und auf ein geheimnisvolles Medaillon.

AtV

Band 1445

Stephanie Barron
Jane Austen und die Herren der Nacht

Historischer Kriminalroman

Aus dem Amerikanischen von
Susanne Olivia Klotz

382 Seiten
ISBN 3-7466-1445-7

1804. Jane Austen, die berühmte englische Schriftstellerin, ist mit ihren Eltern und ihrer Schwester Cassandra auf dem Weg zu einem Badeurlaub am Meer. Ein schweres Unwetter zieht auf, die Kutsche wird umgeworfen und Cassandra dabei verletzt. Die Familie findet Unterschlupf in High Down Grange, dem Haus von Geoffrey Sidmouth und seiner schönen Cousine. Doch über dem Anwesen scheint der Schleier eines Geheimnisses zu liegen. Der Hausherr verhält sich sehr befremdlich und zynisch. Widerwillig muß sich Jane eingestehen, daß sie ihn trotzdem anziehend findet. Bald darauf wird er verhaftet. Ist er wirklich der Kopf einer weithin bekannten Schmugglerbande?